Charlaine Harris (Misisipi, Estados Unidos, 1951), licenciada en Filología Inglesa, se especializó como novelista en historias de fantasía y misterio. Con la serie de novelas *Real Murders*, nominada a los premios Agatha en 1990, se ganó el reconocimiento del público. Pero su gran éxito le llegó con *Muerto hasta el anochecer* (2001), primera novela de la saga vampírica *Sookie Stackhouse*, ambientada en el sur de Estados Unidos. La traducción de las ocho novelas de la saga a otros idiomas y su adaptación a la serie de televisión *TrueBlood* (*Sangre fresca*) han convertido las obras de Charlaine Harris en best-sellers internacionales.

www.charlaineharris.com
www.hbo.com/trueblood
www.sangrefresca.es

Muerto hasta el anochecer

CHARLAINE HARRIS

Traducción de Laura Jambrina Alonso

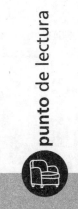

punto de lectura

Título original: *Dead Until Dark*
© 2001, Charlaine Harris
Traducción: Laura Jambrina Alonso
© De esta edición:
2009, Santillana Ediciones Generales, S.L.
Torrelaguna, 60. 28043 Madrid (España)
Teléfono 91 744 90 60
www.puntodelectura.com

ISBN: 978-84-663-2282-9
Depósito legal: B-32.712-2009
Impreso en España – Printed in Spain

Primera edición: febrero 2009
Segunda edición: marzo 2009
Tercera edición: julio 2009

Impreso por Litografía Rosés, S.A.

Con mi sincero aprecio y agradecimiento
a las personas que pensaron que este libro
era una buena idea:

Dean James, Toni L.P. Kelner
y
Gary y Susan Nowlin

1

Cuando el vampiro entró en el bar, yo llevaba años esperándole.

Desde que los vampiros habían comenzado a salir del ataúd —como irónicamente se suele decir— dos años atrás, yo había estado esperando a que alguno viniese a Bon Temps. Ya teníamos al resto de minorías en nuestro pequeño pueblo, así que, ¿por qué no la última, la de los oficialmente reconocidos no muertos? Pero, al parecer, el rural norte de Luisiana no les resultaba tentador a los vampiros; Nueva Orleans, sin embargo, era un centro neurálgico para ellos: cosas del efecto Anne Rice, supongo.

No se tarda mucho en conducir desde Bon Temps hasta Nueva Orleans, y toda la gente que venía por el bar decía que allí tirabas una piedra a cualquier esquina y dabas con un vampiro... aunque era mejor no intentarlo.

Pero yo estaba esperando a «mi» vampiro.

No se puede decir que salga mucho. Y no es porque no sea guapa, que lo soy. Tengo veinticinco años, soy rubia y tengo los ojos azules; además de unas buenas piernas, pecho abundante y cintura de avispa. Me sienta muy bien el uniforme de verano que Sam escogió para las camareras: short negro, camiseta y calcetines blancos, y unas Nike negras.

Pero tengo una tara. Así es como yo lo llamo.

Los clientes dicen, sencillamente, que estoy loca.

De cualquier manera, el resultado es que casi nunca tengo una cita; por lo que cualquier pequeño detalle cuenta mucho para mí.

Y él se fue a sentar en una de mis mesas. El vampiro.

Supe inmediatamente que lo era. Me sorprendió que nadie más se girase para mirarlo. ¡No lo distinguían! Su piel tenía un ligero brillo, para mí estaba claro.

Podría haberme puesto a bailar de alegría; de hecho, di algún que otro paso allí mismo, junto a la barra. Sam Merlotte, mi jefe, apartó la vista de la bebida que estaba preparando y me sonrió levemente. Yo cogí la bandeja y el bloc, y me dirigí a la mesa del vampiro, rezando para que mi pintalabios no se hubiese difuminado y mi coleta estuviera aún en su sitio. Soy un poco nerviosa, y sentía que una sonrisa forzaba las comisuras de mis labios hacia arriba.

Él parecía estar completamente abstraído, lo que me brindó la oportunidad de echarle un buen vistazo antes de que levantara la mirada. Calculé que medía algo menos de metro ochenta. Tenía el pelo castaño, bien tupido, peinado hacia atrás. Le llegaba hasta el cuello y sus largas patillas resultaban, en cierto modo, anticuadas. Pálido, por supuesto; bueno, es que estaba muerto, si hacemos caso a la leyenda. Según la versión políticamente correcta, la que los propios vampiros respaldan en público, este chico era víctima de un virus que le había dejado aparentemente muerto durante un par de días y, desde entonces, alérgico a la luz del sol, a la plata y al ajo. Los pormenores dependían del periódico que leyeses: todos estaban repletos de información sobre vampiros en aquel momento.

En cualquier caso, tenía unos labios preciosos, bien definidos, y cejas oscuras y arqueadas. Su nariz surgía justo de entre esos arcos, como la de los príncipes de los mosaicos bizantinos. Cuando por fin me miró, descubrí que sus ojos eran aún más oscuros que su pelo; la parte blanca, casi nívea.

—¿Qué va a ser? —le pregunté, más feliz de lo que puedo describir. Él alzó las cejas.

—¿Tenéis sangre sintética embotellada? —preguntó.

—No, ¡lo siento mucho! Sam la ha encargado, debería llegar la próxima semana.

—Pues entonces vino tinto, por favor —dijo con una voz fresca y clara, como el sonido de un arroyo sobre cantos rodados. Me reí en voz alta, era demasiado perfecto.

—Ni caso a Sookie. No está bien de la cabeza —dijo una voz familiar desde el reservado que había junto a la pared. Toda mi alegría se desvaneció, aunque aún sentía los labios forzando una sonrisa. El vampiro me miraba fijamente, mientras la vida abandonaba poco a poco mi cara.

—Ahora mismo traigo el vino —dije, y me alejé a toda prisa, sin detenerme a mirar siquiera la cara de satisfacción de Mack Rattray. Iba al bar casi todas las noches; él y su mujer, Denise. Yo los llamaba los Ratas. Habían hecho todo lo posible por amargarme la vida desde que se habían mudado a una caravana de alquiler en Four Tracks Corner. Todo ese tiempo había albergado la esperanza de que se largaran tan repentinamente como habían aparecido.

La primera vez que entraron en el Merlotte's, escuché sus pensamientos sin ninguna consideración. Ya sé que dice muy poco de mí, pero es que yo me aburro como todo el mundo, y aunque me paso la mayor parte del tiempo bloqueando los pensamientos ajenos que se cuelan en mi mente, a veces caigo en la tentación. Así que me enteré de ciertos asuntos de los Rattray que probablemente nadie más conocía. Para empezar, habían estado en la cárcel, aunque no sabía por qué. Además, pude leer las sucias fantasías con que Mack se había deleitado a costa de una servidora. Y luego oí en la mente de Denise que había abandonado a su bebé dos años antes; no era de Mack.

Y encima no dejaban propina.

Sam sirvió un vaso de tinto de la casa y lo puso en mi bandeja sin perder de vista la mesa del vampiro.

Cuando Sam me miró de nuevo, tuve claro que él también se había dado cuenta de que nuestro nuevo cliente era un no muerto. Los ojos de Sam son del mismo azul que los de Paul Newman, a diferencia del indefinido azul grisáceo de los míos. Sam también es rubio pero tiene el pelo hirsuto y de un tono ligeramente rojizo. Siempre está algo moreno y, aunque vestido parece poca cosa, le he visto descargar camiones con el pecho descubierto y tiene mucha fuerza en el torso. Nunca escucho sus pensamientos; es mi jefe, y ya he tenido que dejar demasiados trabajos por descubrir cosas que no quería sobre mis otros jefes.

Sam no dijo nada, se limitó a darme el vino. Comprobé que la copa estaba bien limpia y regresé a la mesa del vampiro.

—Su vino —dije ceremoniosamente, antes de colocarlo con sumo cuidado justo delante de él. Me miró otra vez y yo aproveché para contemplar sus hermosos ojos cuanto pude—. Buen provecho —añadí, encantada.

—¡Eh, Sookie! ¡Otra jarra de cerveza por aquí! —me gritó Mack Rattray desde atrás.

Suspiré y me volví para coger la jarra vacía de la mesa de los Ratas. Me fijé en que Denise estaba en plena forma esa noche: llevaba un top que dejaba los hombros al aire y un short muy corto; su mata de pelo castaño, en una despreocupada maraña a la última. No es que fuera muy guapa, pero era tan llamativa y segura de sí misma que costaba un rato darse cuenta de ello.

Un poco más tarde observé, para mi disgusto, que los Rattray se habían trasladado a la mesa del vampiro y estaban hablando con él. No participaba mucho en la conversación, pero tampoco se marchaba.

—¡Hay que ver! —le comenté mosqueada a Arlene, mi compañera. Arlene es pelirroja, pecosa y diez años mayor que yo. Ha estado casada cuatro veces y tiene dos hijos, aunque algunas veces creo que me considera el tercero.

—Uno nuevo, ¿eh? —respondió con escaso interés. Arlene sale ahora con Rene Lenier y, aunque no veo que se sienta muy atraída por él, parece satisfecha. Creo que Rene fue su segundo marido.

—Es un vampiro —añadí, incapaz de reprimir mi entusiasmo.

—¿Ah, sí? ¿Aquí? Bueno, si lo piensas —dijo, sonriendo un poco para no herir mis sentimientos— no debe de ser muy listo, cielo. Si no, no estaría con los Ratas. Por otra parte, la verdad es que Denise está dedicándole todo un espectáculo.

No me di cuenta hasta que Arlene lo dejó claro. Se le da mucho mejor que a mí valorar situaciones con tensión sexual, sin duda gracias a su experiencia y a mi falta de ella.

El vampiro tenía hambre. Siempre había oído que la sangre sintética desarrollada por los japoneses conseguía mantener a los vampiros nutridos, pero apenas satisfacía su apetito, razón por la que de vez en cuando se producían «desafortunados incidentes» —ése era el eufemismo vampírico para referirse al sangriento asesinato de un ser humano—. Y ahí estaba Denise Rattray, acariciándose la garganta, inclinando el cuello a un lado y a otro... ¡Menuda zorra!

Mi hermano Jason entró en el bar y se acercó a darme un abrazo. Sabe que a las mujeres les gustan los hombres cariñosos con su familia y amables con los discapacitados, por lo que abrazarme le reporta doble beneficio. No es que Jason necesite ganar muchos más puntos de los que ya tiene por sí mismo. Es atractivo. También puede ser muy desagradable cuando quiere, pero a la mayor parte de las mujeres no parece importarles mucho este detalle.

—¡Eh, hermanita! ¿Cómo está la abuela?

—Tirando, como siempre. Pásate a verla.

—Ya iré. ¿Quién está libre esta noche?

—Mira a ver —en cuanto Jason empezó a mirar alrededor se organizó un revuelo de manos femeninas en cabellos, blusas y labios.

—¡Vaya, por ahí está DeeAnne! ¿Está acompañada?

—Está con un camionero de Hammond, que acaba de ir al baño. Cuidado.

Jason me sonrió y me extrañé una vez más de que otras mujeres no pudieran ver el egoísmo que encerraba esa sonrisa. Hasta Arlene se remetió la camiseta cuando Jason entró, y eso que tras cuatro maridos ya debería saber evaluar mejor a los hombres. La otra camarera con la que trabajaba, Dawn, sacudió su melena y se enderezó para que se le marcasen más las tetas. Jason le dedicó un gesto afable y ella le miró con fingido desprecio. Habían acabado fatal pero ella aún hacía todo lo posible por llamar su atención.

Estaba muy ocupada —todo el mundo se pasaba en algún momento de la noche del sábado por el Merlotte's—, así que le perdí la pista al vampiro durante un buen rato. La siguiente vez que pude fijarme en él estaba hablando con Denise. Mack le miraba con una expresión tan ávida que me preocupé.

Me acerqué a la mesa, mirando fijamente a Mack. Incapaz de controlarme durante un segundo más, bajé la guardia y escuché: Mack y Denise habían estado en la cárcel por «drenaje» de vampiros.

Aunque horrorizada, conseguí llevar, como un autómata, una jarra de cerveza y unos vasos hasta una ruidosa mesa de cuatro. Se decía que la sangre de vampiro genuina y sin diluir aliviaba de forma temporal los síntomas de cualquier enfermedad y aumentaba la potencia sexual —como un todo en uno de cortisona y Viagra—, por lo que se había desarrollado un inmenso mercado negro en torno a ella. Y donde hay mercado, siempre hay proveedores; en este caso, la repugnante pareja formada por los Ratas. Según pude averiguar, ya habían atrapado y drenado vampiros en el pasado para vender pequeños viales de sangre a doscientos dólares la unidad. Llevaba un par de años siendo la droga de moda, y a pesar de que algunos consumidores habían perdido la razón tras beber la sangre en estado puro, nada frenaba el mercado.

Un vampiro drenado no duraba mucho por término medio. Empalados o abandonados al aire libre, a los vampiros sólo les quedaba esperar a que amaneciera para convertirse en inopinados protagonistas de *Se ha escrito un crimen*. De vez en cuando, los periódicos mencionaban casos en que se habían vuelto las tornas y eran los drenadores los que acababan desangrados.

Mi vampiro se levantó y caminó hacia la salida en compañía de los Ratas. Mack reparó en mi expresión y, tras mirarme con aire perplejo, se encogió de hombros y me dio la espalda; lo mismo que todo el mundo.

Esto me enfureció. Estaba fuera de mí.

¿Qué podía hacer? Allí estaba yo, luchando conmigo misma y ellos ya habían salido. ¿Me creería el vampiro si corriera tras él y se lo dijese? Nadie lo hacía. Y de hacerlo, enseguida les inspiraba odio y temor por ser capaz de leer lo que ocultaban sus mentes. Una noche en que su cuarto marido vino a recogerla, Arlene me suplicó que comprobara si él pensaba abandonarla, pero no lo hice porque quería conservar a la única amiga que tenía. Y ni siquiera ella se había atrevido a pedírmelo directamente porque eso supondría admitir que tengo este don, o mejor dicho, esta maldición. La gente no puede asumirlo; necesitan pensar que estoy loca. ¡Y a veces no les falta razón!

Me debatía entre confusa, asustada y molesta. Pero esa mirada de Mack —como si yo fuera una criatura insignificante— me hizo reaccionar. Sabía que tenía que hacer algo.

Crucé el bar hasta donde Jason tenía a DeeAnne completamente entregada. No es que eso sea muy difícil, según dicen por ahí. El camionero de Hammond estaba que echaba chispas justo al lado.

—Jason —llamé, apremiante. Se volvió con una mirada de advertencia—. Oye, ¿sigues teniendo aquella cadena en la caja de la camioneta?

—Nunca salgo de casa sin ella —contestó sin muchas ganas. Escrutó mi rostro detenidamente— ¿Te vas a pelear, Sookie?

Forcé una sonrisa. Estaba tan acostumbrada a hacerlo que resultó fácil.

—Pues espero que no —dije, intentando parecer despreocupada.

—Eh, ¿necesitas ayuda? —al fin y al cabo, era mi hermano.

—No, gracias —contesté, con tono tranquilizador. Y luego me dirigí a Arlene—. Oye, tengo que salir un poco antes, ¿te importa sustituirme? No hay mucho jaleo —nunca pensé que llegaría a pedirle tal cosa, y eso que yo había cubierto su turno muchas veces. Ella también me ofreció ayuda—. No pasa nada —le dije—, volveré antes de cerrar, si puedo. Si haces mi zona, te limpio la caravana.

Arlene asintió encantada. Yo señalé la puerta de servicio a mí misma e hice un gesto de caminar con los dedos, para que Sam supiera adónde iba. No parecía muy contento.

Salí por la puerta de atrás y anduve con cuidado para no hacer ruido al pisar la gravilla. El aparcamiento de los empleados estaba detrás del bar y se llegaba a él por una puerta que salía del almacén. Ahí estaban los coches de Arlene, de Dawn, del cocinero, y el mío. A mi derecha, que quedaba al este, estaba la camioneta de Sam, justo delante de su caravana.

Pasé a la superficie asfaltada donde estaba el aparcamiento —bastante más grande— reservado a los clientes, al oeste del bar. El Merlotte's se encontraba en un claro completamente rodeado de bosque y las lindes de la explanada eran de grava. Sam mantenía el lugar bien iluminado por medio de altas farolas, lo que provocaba un extraño efecto algo surrealista.

Descubrí el abollado deportivo de los Ratas, no podían estar muy lejos. Al fin encontré la camioneta de Jason: negra, con remolinos rosa y turquesa pintados a cada lado. Desde luego, le encantaba llamar la atención. Me metí por la puerta trasera y rebusqué hasta encontrar la cadena, una serie de eslabones gruesos que llevaba por si había pelea. La enrollé y me la pegué al cuerpo para evitar el tintineo.

Me paré un instante a pensar. El único sitio un poco apartado al que los Rattray podían haber atraído al vampiro era el margen del aparcamiento; allí los árboles casi cubrían los coches. Me arrastré en esa dirección, tratando de moverme con rapidez y sin que me vieran.

Paraba cada poco a escuchar. Pronto oí un gemido y un débil murmullo. Me deslicé entre los coches y los avisté justo donde pensaba que estarían. El vampiro yacía boca arriba, con el rostro contraído de dolor. Un brillo de cadenas cruzaba sus muñecas y se extendía hasta sus tobillos. Plata. En el suelo ya había dos frasquitos de sangre junto a los pies de Denise y, mientras yo miraba, ella ajustó un nuevo tubo a la aguja. Sobre el codo del vampiro habían colocado un torniquete que se hundía salvajemente en su piel.

Estaban de espaldas a mí y el vampiro aún no me había visto. Aflojé la cadena hasta soltar un metro y medio.

¿A quién atacar primero? Los dos eran pequeños y peligrosos.

Recordé los desprecios a que me sometía Mack, y el hecho de que nunca dejaba propina. Él primero.

Nunca antes me había visto metida en una verdadera pelea. De alguna manera, estaba deseando hacerlo.

Salté desde detrás de una camioneta blandiendo la cadena. Mack cayó de rodillas tras recibir un fuerte golpe en la espalda. Lanzó un grito y se incorporó de un salto. Denise me miró de reojo y se dispuso a insertar el tercer tubo de extracción. Mack llevó la mano a su bota y sacó algo brillante. Tragué saliva. Era una navaja.

—Oh, oh —dije, sarcástica.

—¡Loca de mierda! —rugió. Parecía tener muchas ganas de usar la navaja. Yo estaba demasiado involucrada como para mantener mi barrera mental, así que tuve una imagen bastante clara de lo que se proponía hacer conmigo. Me sacó de mis casillas. Fui hacia él con el firme propósito de hacerle tanto daño como pudiera. Pero él ya estaba preparado para atacar y se abalanzó sobre mí mientras yo hacía girar la cadena. Intentó clavarme la navaja en el brazo y falló por los pelos. La cadena, al retroceder, se enredó en su fino cuello con la voluptuosidad de una amante. El grito triunfal de Mack se convirtió en un ahogado jadeo. Soltó la navaja y aferró los eslabones con ambas manos. Al quedarse sin aire, se tiró sobre el duro pavimento, arrancándome la cadena de las manos.

Bueno, hasta aquí llegó la cadena de Jason. Me agaché para coger la navaja de Mack, y la agarré como si supiera lo que estaba haciendo. Denise había avanzado hacia mí.

Bajo las sombras proyectadas por las luces de seguridad, parecía una hechicera sureña.

Se detuvo en seco cuando vio que yo tenía la navaja. Maldijo, completamente trastornada, y de su boca salió una letanía de palabras terribles. Esperé a que terminara y entonces dije:

—Largaos. Ya.

Denise me lanzó una mirada cargada de odio. Intentó hacerse con los frascos de sangre, pero se lo impedí, así que ayudó a Mack a ponerse en pie. Él aún respiraba con dificultad y seguía agarrado a la cadena. Denise prácticamente lo arrastró hasta el coche y lo metió a empujones en el asiento del copiloto. Luego, sacó unas llaves del bolsillo y ocupó el asiento del conductor.

Mientras escuchaba el sonido del motor, me di cuenta de que los Ratas ahora tenían otra arma. Más rápido de lo que me he movido en toda mi vida, corrí hasta el vampiro y le dije casi sin aliento:

—¡Impúlsate con los pies!

Lo cogí por debajo de los brazos y tiré de él con todas mis fuerzas. Entre los dos, conseguimos llegar a la linde del bosque, justo cuando el coche se abalanzaba rugiendo hacia nosotros. Denise no nos alcanzó por algo menos de un metro, y eso porque tuvo que girar para no chocar con un pino. Poco a poco, el sonido del potente motor se fue perdiendo en la distancia.

—¡Puff! —exclamé, y me arrodillé junto al vampiro porque mis piernas no me sostenían más. Respiré profundamente durante un minuto, tratando de recuperarme. El vampiro se agitó levemente y me volví para mirarlo. Descubrí horrorizada que le salían pequeñas columnas de humo de las muñecas, justo donde la plata rozaba su piel.

—Pobrecillo —dije, furiosa por no haberle prestado atención enseguida. Aún sin aliento, comencé a desatar las finas hebras de plata que parecían formar parte de una larguísima cadena—. Mi pobre niño —susurré, sin reparar hasta más tarde en lo incongruente que aquello sonaba. Tengo manos ágiles y fui capaz de liberarle con bastante rapidez. Me preguntaba cómo habrían sido capaces de distraerlo para poder atarlo, y noté que me sonrojaba al imaginármelo.

El vampiro cobijó las manos en su pecho mientras yo intentaba desatarle las piernas. Sus tobillos se encontraban en mejor estado porque los drenadores no habían conseguido subirle las patas del pantalón, y la plata no había entrado en contacto directo con la piel.

—Siento no haber llegado antes —me disculpé—. Te encontrarás mejor enseguida, ¿verdad? ¿Quieres que me marche?

—No —eso me hizo sentir genial; hasta que añadió—: Podrían volver, y aún no puedo defenderme —su respiración era irregular pero no se puede decir que estuviera extenuado.

Puse cara de pocos amigos y, mientras se recuperaba, decidí extremar las precauciones. Me senté de espaldas a él para proporcionarle cierta intimidad. Sé lo desagradable que es que te miren cuando lo estás pasando mal. Me agaché buscando un ángulo para poder vigilar el aparcamiento. Varios coches se fueron y otros llegaron, pero ninguno se acercó al lugar en que estábamos. Una ligera corriente de aire fue suficiente para saber que el vampiro se había incorporado.

No dijo nada. Volví la cabeza para mirarlo. Estaba más cerca de lo que había pensado. Sus enormes ojos oscuros estaban clavados en los míos. Los colmillos se habían retraído; eso me decepcionó un poco.

—Gracias —dijo con frialdad.

Conque no le hacía mucha ilusión que una mujer lo hubiera rescatado. Típico en un hombre.

Como estaba siendo tan desagradable me entraron ganas de corresponderle, así que dejé que mi mente escuchara con total libertad. Y lo que oí fue nada.

—Oh —dije, notando el tono de sorpresa en mi voz, casi sin saber lo que decía—. No puedo «oírte».

—Gracias —repitió el vampiro silabeando.

—No, no... Puedo oírte hablar, pero... —completamente aturdida, hice algo que de otro modo jamás habría hecho porque resulta agresivo, no está bien, y además pone al descubierto mi tara. Me volví por completo hacia él, puse las manos a ambos lados de su cara y le miré fijamente. Me concentré todo lo que pude. *Nada*. Era como estar condenada a escuchar la radio todo el rato, emisoras que jamás sintonizaría, y de repente dar con una frecuencia que no se recibe.

Estaba en el cielo.

Me miraba con ojos cada vez más abiertos, cada vez más oscuros, pero seguía muy quieto.

—Oh, perdona —dije, avergonzada. Retiré las manos y volví la vista al aparcamiento. Empecé a balbucear algo sobre Mack y Denise, sin dejar de pensar ni por un instante en lo maravilloso que sería pasar el tiempo con alguien a quien no pudiera oír a menos que decidiera hablar en alto. ¡Qué hermoso era su silencio!— ... Así que pensé que debía salir a ver qué tal estabas —concluí; no tenía ni idea de qué había estado diciendo.

—Saliste a rescatarme. Has sido muy valiente —dijo, con una voz tan seductora que hubiera hecho que a Dee-Anne se le cayeran las bragas de puro placer.

—Déjalo —le corté, volviendo a la realidad bruscamente.

Se quedó atónito durante todo un segundo. Luego su cara recuperó su delicada blancura.

—¿No te da miedo estar aquí sola con un vampiro hambriento? —preguntó. Había algo paternalista, y a la vez peligroso, en el tono de sus palabras.

—No.

—¿Piensas que por haberme ayudado estás completamente a salvo a mi lado? ¿Que después de todos estos años aún albergo un resquicio de humanidad? Los vampiros suelen volverse contra las personas que confían en ellos. No tenemos sentimientos, ya lo sabes.

—Muchos humanos se vuelven contra la gente que los quiere —señalé. Suelo ser práctica—: No soy imbécil —estiré el brazo y le mostré el cuello. Mientras él se recuperaba, había enrollado las tiras de plata alrededor.

Se estremeció.

—Pero tienes una apetitosa arteria en la ingle —dijo tras una pausa, con una voz sinuosa como la de una serpiente.

—No digas guarradas —contesté—, por ahí no paso.

Una vez más nos miramos en silencio. Tenía miedo de no volverle a ver; al fin y al cabo, su primera visita al Merlotte's no había sido lo que se dice un éxito. Intenté retener cada detalle, sabía que iba a atesorar este momento para revivirlo durante mucho, mucho tiempo. Era algo singular, una especie de premio. Quería rozarle la piel de nuevo. Ya no recordaba su tacto. Pero eso suponía traspasar cualquier norma de educación elemental, además de hacer que él volviese a la carga con todo ese rollo en plan seductor.

—¿Te apetece probar la sangre que me sacaron? —preguntó de improviso—. Sería una forma de mostrarte mi gratitud —señaló los viales desparramados por el suelo—. Se supone que si la bebes, mejorarán tu vida sexual y tu salud.

—Estoy más sana que una manzana —le respondí con sinceridad—, y no tengo vida sexual que mejorar. Haz lo que quieras con ellos.

—Podrías venderlos —sugirió, pero creo que sólo quería ver mi reacción.

—Ni siquiera los tocaría —dije, ofendida.

—Tú eres diferente —dijo—. ¿Qué eres? —por la forma en que me miraba, parecía estar analizando distintas posibilidades. Comprobé con alivio que no podía oír ni una sola.

—Bueno, me llamo Sookie Stackhouse, y soy camarera —le respondí—. Tú, ¿cómo te llamas? —pensé que al menos eso podía preguntárselo sin parecer atrevida.

—Bill —dijo él.

Antes de poder evitarlo, solté una carcajada, muerta de risa.

—Bill, el vampiro —dije—. No sé, pensé que sería Antoine, o Basil ¡o Langford! Pero Bill —hacía mucho que nada me hacía tanta gracia—. Bueno, ya nos veremos, Bill. Tengo que volver al curro —noté que la sonrisa tensa se apoderaba de mi gesto sólo con mencionar el Merlotte's. Me apoyé en el hombro de Bill para levantarme. Era duro como una roca y cogí tanto impulso que casi me tropiezo. Comprobé que las vueltas de mis calcetines estaban igualadas, repasé mi uniforme de arriba abajo en busca de algún rastro de lucha, me sacudí el trasero y, ya cruzando el aparcamiento, me despedí de Bill con un gesto.

Había sido una noche increíble, que dejaba mucho en lo que pensar. Por una vez, estaba casi tan contenta como indicaba mi sonrisa.

Pero Jason iba a cabrearse muchísimo con lo de la cadena.

Aquella noche, después de trabajar, volví en coche a casa, que está sólo a unos seis kilómetros y medio al sur del bar. Para cuando regresé del aparcamiento, Jason ya se había ido (tampoco estaba DeeAnne), y eso había supuesto otra buena noticia. Fui repasando cada detalle de la noche todo el camino a casa de mi abuela, donde yo vivía. Está justo antes de llegar al cementerio de Tall Pines, en una de las salidas de una estrecha carretera comarcal. La edificación data de tiempos del padre de mi tatarabuelo, que, al parecer, consideraba vital proteger su intimidad familiar. Por eso, para llegar al claro en que se levanta la casa hay que dejar la carretera y tomar un camino que atraviesa una zona boscosa.

Desde luego, no se trata de un monumento histórico, ya que, en su mayoría, las partes más antiguas se han ido derribando y reconstruyendo a lo largo de los años. Y por supuesto, está provista de todo tipo de comodidades modernas como electricidad, agua corriente y un buen sistema de aislamiento térmico. Sin embargo, aún conserva un tejado de estaño que deslumbra bajo el sol. Cuando lo arreglamos, pensé en emplear tejas normales pero mi abuela se negó. Aunque la que pagaba era yo, la casa es de ella; así que, evidentemente, pusimos estaño.

Fuera histórica o no, yo llevaba viviendo en esa casa desde los siete años, y ya antes había ido de visita a menudo, así que le tenía mucho cariño. No era más que un viejo caserón familiar, demasiado grande para la abuela y para mí, supongo. Tenía una amplia fachada blanca flanqueada por un porche cubierto: mi abuela era tradicional hasta la médula. Crucé la espaciosa sala de estar, repleta de muebles maltrechos que se habían dispuesto como mejor nos convino; atravesé el pasillo, y entré en el primer dormitorio a la izquierda, el más grande.

Adele Hale Stackhouse, mi abuela, se encontraba recostada en su alta cama, con un millón de almohadas alrededor de sus finos hombros. Se ponía un camisón de algodón de manga larga incluso en noches tan cálidas como la de aquella primavera. La luz de su mesilla estaba encendida y apoyaba un libro en su regazo.

—Hola —dije.

—Hola, cariño.

Mi abuela es menuda y muy vieja, pero conserva una buena mata de pelo, tan blanco que a veces casi refleja un ligero matiz verdoso. De día, lo peina en un moño bajo, pero por la noche, suele dejarlo suelto o recogido en una trenza. Eché un vistazo a la portada del libro.

—¿Otra vez leyendo a Danielle Steel?

—Ah, esa mujer sí que sabe contar historias —al parecer, lo que más placer proporcionaba a mi abuela era leer libros de Danielle Steel, ver telenovelas, que ella llamaba

24

«seriales», y asistir a los actos de la multitud de clubes a los que había pertenecido a lo largo de su vida adulta. Sus preferidos eran los Descendientes de los Muertos Gloriosos y la Sociedad Botánica de Bon Temps.

—Adivina qué me ha pasado esta noche —le dije.

—¿Qué? ¿Tuviste una cita?

—No —contesté, tratando de mantener la sonrisa en la boca—. Vino un vampiro al bar.

—Ooh, ¿y tenía colmillos?

Los había visto brillar a la luz de las farolas mientras los Ratas lo drenaban, pero no había ninguna necesidad de contarle todo eso a mi abuela.

—Pues claro, pero estaban retraídos.

—Un vampiro aquí, en Bon Temps —mi abuela no parecía nada contenta con la noticia—. ¿Ha mordido a alguien del bar?

—¡Qué va! Sólo se sentó a tomar una copa de vino tinto. Bueno, la pidió pero no llegó a beberla. Creo que sólo buscaba un poco de compañía.

—Me gustaría saber dónde se aloja.

—No creo que vaya contándolo por ahí.

—No —dijo, pensativa—. Supongo que no. ¿Te gusta?

Ésa sí que era una pregunta difícil. Reflexioné un poco antes de responder.

—No lo sé. Me ha parecido muy interesante —dije, con precaución.

—Me encantaría conocerlo —no me sorprendió en absoluto que mi abuela dijera eso porque le gustaban las novedades casi tanto como a mí. No era una de esas reaccionarias que piensan que todos los vampiros están malditos

25

por definición—. Pero ahora, a dormir. Estaba esperando que llegaras a casa para apagar la luz.

Me incliné para darle un beso y le di las buenas noches.

Al salir, dejé la puerta entreabierta y la escuché apagar la luz. Mi gata, *Tina*, apareció para frotarse contra mis piernas; la cogí en brazos y la acaricié un rato antes de sacarla para que pasara la noche fuera. Miré el reloj: eran casi las dos de la mañana y mi cama me reclamaba.

Mi habitación estaba justo al otro lado del pasillo. La primera vez que dormí en ella, tras la muerte de mis padres, la abuela había traído todos mis muebles para que me sintiera como en casa. Y ahí estaban todavía: la cama individual, la coqueta de madera blanca y la pequeña cajonera.

Encendí la luz, cerré la puerta y empecé a desvestirme. Me quedaban al menos cinco pares de pantalones negros de tipo short y una infinidad de camisetas blancas, ya que éstas se manchaban con mucha facilidad. Por no hablar de la cantidad de calcetines blancos que se amontonaban en el cajón. No necesitaba hacer la colada esa noche. Y estaba demasiado cansada como para ducharme. Me lavé los dientes y me desmaquillé, me puse un poco de crema hidratante y me quité la cinta de la cabeza.

Me arrastré hasta la cama con mi camiseta de Mickey Mouse, que casi me llegaba a las rodillas. Me tumbé de lado, como siempre, y disfruté del silencio que reinaba en la habitación. Casi todo el mundo «apaga» su cerebro a estas horas de la madrugada. No hay interferencias ni intrusiones que repeler. En semejante estado de calma, sólo tuve tiempo de acordarme de los oscuros ojos del vampiro antes de caer, exhausta, en los brazos del más profundo de los sueños.

Al día siguiente hacia la hora de comer me encontraba tomando el sol sobre mi tumbona plegable en el jardín de la entrada. Me estaba poniendo morena por segundos. Llevaba puesto mi bikini blanco preferido, que me quedaba menos ceñido que el año anterior, así que estaba más contenta que unas pascuas.

Entonces, escuché el sonido de un motor acercándose por el camino, y la camioneta negra de Jason, con sus motivos rosa y turquesa, se detuvo a menos de un metro de mis pies.

Jason descendió de ella —¿he mencionado que la camioneta luce un tipo de neumáticos enorme?— para acosarme. Llevaba su uniforme de trabajo habitual: camisa y pantalón caqui, y había enganchado su cuchillo de monte al pantalón, como casi todos los trabajadores de carreteras del condado. Por sus andares, deduje que estaba cabreado.

Me puse las gafas de sol.

—¿Por qué no me dijiste que les habías dado una paliza a los Rattray? —mi hermano se dejó caer en la silla de aluminio que había junto a mi tumbona—. ¿Dónde está la abuela? —añadió; demasiado tarde.

—Tendiendo la colada —contesté. Mi abuela usaba la secadora sólo cuando era estrictamente necesario. Le encantaba colgar la ropa mojada al sol. Naturalmente, el tendedero estaba en el jardín trasero, como debe ser—. Está preparando chuletas a la parrilla, con boniatos y judías verdes de su cosecha, para comer —añadí, consciente de que eso distraería a Jason un rato. No quería que ella escuchase la conversación—. Habla bajo —le advertí.

—Rene Lenier estaba impaciente por contármelo todo esta mañana en el trabajo. Se pasó por la caravana de los Rattray anoche para pillar un poco de hierba y dice que Denise apareció conduciendo como si quisiera atropellar a alguien. Me dijo que lo podría haber matado de lo furiosa que estaba. Tuvieron que meter a Mack en la caravana entre los dos, y luego lo llevaron al hospital de Monroe —Jason me lanzó una mirada acusadora.

—¿Y te ha contado Rene que Mack me atacó con una navaja? —le pregunté, tras decidir que la mejor defensa posible consistía en pasar a la ofensiva. Sabía que el pique de Jason se debía en gran medida al hecho de haberse enterado por otra persona.

—Pues si Denise le dijo algo, no lo ha mencionado —respondió Jason lentamente, y vi que su atractivo rostro enrojecía de furia—. ¿Te atacó con una navaja?

—Y tuve que defenderme —dije, como si resultase obvio—. Se llevó tu cadena —todo era cierto, aunque la información estuviera algo manipulada.

—Fui a decírtelo —continué—, pero cuando llegué ya te habías ido con DeeAnne, y como me encontraba bien, creí que no merecía la pena intentar localizarte. Sabía que te sentirías obligado a ir por él si te contaba lo de la navaja —añadí, con mucha diplomacia. Era la pura verdad, a Jason le encantan las peleas.

—De todas formas, ¿se puede saber qué hacías ahí fuera? —me preguntó, aunque ya más relajado. Estaba empezando a asumirlo.

—¿Sabías que, además de vender droga, los Ratas se dedican a drenar vampiros?

—No... ¿y? —mi hermano empezaba a alucinar.

—Pues resulta que uno de mis clientes de anoche era un vampiro y lo estaban dejando seco en el aparcamiento. ¡No podía permitirlo!

—¿Hay un vampiro en Bon Temps?

—Sí. Y aunque no quieras tener a uno de ellos como mejor amigo, no puedes dejar que gentuza como los Ratas lo drene. No es como robar gasolina del depósito de un coche. Además, lo habrían abandonado a su suerte en el bosque —aunque los Ratas no me habían dicho nada de lo que pensaban hacer, eso era lo que yo creía. Incluso si lo dejaban a cubierto para que pudiera sobrevivir a la luz del sol, a un vampiro drenado le costaba como mínimo veinte años recuperarse. Por lo menos, eso es lo que uno de ellos había contado en el programa de Oprah*. Y eso, sólo si otro vampiro puede encargarse de él.

—¿El vampiro estaba en el bar al mismo tiempo que yo? —preguntó Jason, impresionado.

—Ajá. El tipo de pelo oscuro que estaba con los Ratas.

Jason sonrió al escuchar el mote con el que me refería a los Rattray, pero todavía seguía dándole vueltas a la noche anterior.

—¿Cómo supiste que era un vampiro? —inquirió, pero en cuanto me miró supe que habría preferido morderse la lengua.

---

* *The Oprah Winfrey Show* es uno de los *talk shows* (programa de testimonios) de programación diurna más antiguos de los Estados Unidos. Se emite desde 1986. *(N. de la T.)*

—Sencillamente, lo sabía —contesté, sin mostrar ninguna emoción.

—Ya —y mantuvimos toda una silenciosa conversación.

—En Homulka no hay un solo vampiro —terció Jason, pensativo. Echó hacia atrás la cabeza para que le diera el sol, y supe que el peligro ya había pasado.

—Cierto —asentí. Homulka era la población más odiada por los habitantes de Bon Temps. Durante generaciones ambos pueblos habían rivalizado sobre fútbol, baloncesto y relevancia histórica.

—Ni en Roedale —dijo mi abuela desde atrás, dándonos un buen susto. He de reconocer que, cada vez que ve a la abuela, Jason siempre le da un abrazo.

—Abuela, ¿tienes comida suficiente para mí en el horno?

—Para ti, y para dos más como tú —contestó mi abuela mientras le dedicaba una enorme sonrisa. No ignoraba sus fallos, ni los míos, pero aun así lo adoraba—. Everlee Mason acaba de llamar. Me ha estado contando que ayer pasaste la noche con DeeAnne.

—¡Esto es la leche! Aquí no se puede hacer nada sin que se entere todo el mundo —dijo Jason, aunque no parecía estar realmente enfadado.

—Esa tal DeeAnne —le advirtió mi abuela mientras entrábamos en la casa— ha estado embarazada por lo menos una vez, que yo sepa. Ten cuidado, no vaya a ser que te toque estar pagándole una pensión para el resto de tu vida. ¡Claro que ésa sería la única forma de que yo tuviera un bisnieto algún día!

La comida ya estaba servida, así que en cuanto Jason se acomodó, bendijimos la mesa y empezamos a comer.

Jason y mi abuela comenzaron a cotillear —a «ponerse al día», según ellos— sobre la gente de nuestro pequeño pueblo y su parroquia*. Mi hermano trabajaba para el Estado, como supervisor de mantenimiento de carreteras. A mí me daba la impresión de que su jornada diaria consistía en pasearse por ahí con la camioneta del trabajo, fichar a la salida, y pasarse toda la noche haciendo lo mismo, esta vez con su propia camioneta. Rene pertenecía a uno de los grupos que Jason supervisaba. Habían ido juntos al instituto y solían salir a tomar algo con Hoyt Fortenberry.

—Sookie, me ha tocado cambiar el calentador de casa —dijo Jason, de repente. Vive en nuestra antigua casa, donde habíamos vivido con nuestros padres hasta que murieron en la riada. Después de aquello nos trasladamos a casa de la abuela, pero cuando Jason finalizó sus dos años de formación profesional y empezó a trabajar para el Estado, se mudó a nuestro antiguo hogar, que sobre el papel nos pertenece a los dos.

—¿Te tengo que dar algo? —le pregunté.

—No, ya está.

Los dos ganamos un sueldo pero también contamos con una modesta renta gracias a los beneficios de un fondo que mis padres crearon cuando apareció un pozo de petróleo en una de sus fincas. El pozo se secó a los pocos años, pero mis padres, y después mi abuela, se aseguraron de invertir bien el dinero. Ese colchón económico nos había

* A diferencia del resto de Estados de los Estados Unidos, Luisiana está dividido en 64 *parishes* (parroquias) equivalentes a condados. (*N. de la T.*)

ahorrado muchas penurias a Jason y a mí. No logro imaginarme cómo se las habría apañado mi abuela para criarnos de no haber sido por aquel dinero. Ella estaba firmemente decidida a no vender ningún terreno, a pesar de que sus ingresos se reducen casi exclusivamente a la pensión de la Seguridad Social. Ésa es una de las razones por las que no me he independizado. A mi abuela le parece razonable que si vivo con ella, traiga comida a casa; pero jamás aceptaría que hiciera lo mismo y luego me marchase a mi piso. Eso es caridad y la ofende muchísimo.

—¿Y cuál has comprado? —le pregunté a Jason, por pura cortesía. Estaba deseando contármelo; mi hermano es un chiflado de los electrodomésticos y se enfrascó en un relato pormenorizado de comparativas de modelos y precios. Le escuché intentando mostrar toda la atención que pude.

De repente se calló y dijo:

—Oye, Sook, ¿te acuerdas de Maudette Pickens?

—Claro —contesté, sorprendida—. Fuimos juntas a clase.

—Ha aparecido muerta en su apartamento. Alguien la asesinó anoche.

La abuela y yo no dábamos crédito a lo que acabábamos de escuchar.

—¿Cuándo dices que ha sido? —preguntó la abuela, extrañada de no haberse enterado antes.

—La han encontrado esta misma mañana en su dormitorio. Su jefe la había estado llamando porque ayer tampoco fue a trabajar. Como no respondía, fue hasta allí, habló con el portero y entraron en su apartamento. ¿Sabes que DeeAnne vive justo enfrente? —en Bon Temps sólo había un complejo de apartamentos propiamente dicho: un conjunto de tres edificios de dos plantas dispuestos en forma de U, así que sabía perfectamente a qué lugar se refería.

—¿La mataron allí? —me recorrió un escalofrío. Me acordaba de Maudette perfectamente: mandíbula prominente, culo caído, bonito pelo negro y espalda ancha. Era poco espabilada y no tenía grandes ambiciones. Me parecía recordar que trabajaba en Grabbit Kwik, una especie de área de servicio.

—Sí, calculo que llevaba trabajando allí algo más de un año —confirmó Jason cuando se lo comenté.

—¿Y cómo ha sido? —mi abuela puso esa mirada de «dímelo sin rodeos» con que las buenas personas se enfrentan a las malas noticias.

—Tenía mordiscos de vampiro en eh...; la cara interna de sus muslos —dijo mi hermano, sin levantar la vista del plato—. Pero no fue eso lo que la mató. La estrangularon. Según DeeAnne, cada vez que tenía un par de días libres, Maudette solía pasarse por ese bar de vampiros que hay en Shreveport; eso podría explicar lo de los mordiscos. A lo mejor no tiene nada que ver con el vampiro de Sookie.

—¿Maudette era «colmillera»? —sentí náuseas al imaginarme a la rechoncha y cortita de Maudette ataviada con uno de los extravagantes modelitos negros que se estilan entre los colmilleros.

—¿Qué es eso? —preguntó la abuela. Debió de perderse el monográfico que dedicaron en *Sally-Jessy** al fenómeno.

* *The Sally Jessy Raphael Show* fue el *talk show* más antiguo de la televisión estadounidense. Comenzó a emitirse en 1983. *(N. de la T.)*

—Hombres y mujeres que salen con vampiros; les gusta que los muerdan. Son una especie de *groupies*. A mí me da que no duran mucho porque con tanto mordisco, antes o después les dan uno de más.

—Pero Maudette no murió a causa de un mordisco —mi abuela quería asegurarse de que lo había entendido bien.

—No, la estrangularon —Jason estaba terminando de comer.

—¿No vas siempre a Grabbit a por gasolina? —le pregunté.

—Claro, como un montón de gente.

—¿Y no saliste una temporada con Maudette? —inquirió mi abuela.

—Bueno, es una forma de decirlo —respondió Jason cautelosamente.

Supuse que eso quería decir que se acostaba con ella cuando no había otra cosa.

—Espero que el sheriff no te interrogue —dijo mi abuela sacudiendo la cabeza, como si ese gesto lo hiciera menos probable.

—¿Qué? —Jason enrojeció y se puso a la defensiva.

—A ver, ves a Maudette siempre que vas a por gasolina; sales con ella, por así decirlo; luego, aparece muerta en un bloque de apartamentos por el que se te ha visto —resumí. No era mucho, pero era algo, y los casos de homicidio misterioso eran tan raros en Bon Temps que estaba segura de que removerían cielo y tierra hasta encontrar la solución.

—No soy el único que encaja en ese perfil. Hay un montón de tíos que van a esa gasolinera y todos conocen a Maudette.

—Sí, pero ¿en qué sentido? —le preguntó mi abuela sin andarse con rodeos—. No era prostituta, ¿verdad? Así que seguramente le contara a alguien con quién se veía.

—Claro que no lo era, sólo buscaba pasar un buen rato —fue un detalle por su parte que defendiera a Maudette, teniendo en cuenta lo egoísta que era Jason. Empecé a tener una mejor opinión de mi hermano mayor—. Supongo que se sentía algo sola —añadió.

Jason nos miró y vio que las dos estábamos sorprendidas y conmovidas.

—Hablando de prostitutas —se apresuró a decir—, hay una en Monroe especializada en vampiros. Siempre tiene cerca a un tipo con una estaca por si algún cliente se pasa de listo. Bebe sangre sintética para mantener su caudal sanguíneo.

Aquello era un cambio de tema en toda regla, así que la abuela y yo empezamos a pensar alguna pregunta que hacerle sin caer en cuestiones obscenas.

—¿Cuánto cobrará? —aventuré. Cuando Jason nos dijo la cifra que había oído, nos quedamos las dos boquiabiertas.

Una vez que dejamos atrás el asunto del asesinato de Maudette, la comida prosiguió como siempre: Jason miró la hora y dijo que tenía que marcharse justo cuando tocaba fregar los platos.

Sin embargo, mi abuela siguió dándole vueltas al tema de los vampiros. Más tarde, mientras me estaba maquillando para ir a trabajar, entró en mi habitación.

—¿Cuántos años tendrá el vampiro ese que conoces?

—No tengo ni idea, abuela —me estaba aplicando la máscara de pestañas, abriendo los ojos de par en par e intentando no parpadear para no darme en el ojo, por lo que mi voz sonó muy rara, como si estuviera haciendo una prueba para una película de miedo.

—¿Crees que podría recordar la Guerra?

No hacía falta preguntarle a qué guerra se refería. Después de todo, mi abuela era socia fundadora de los Descendientes de los Muertos Gloriosos.

—Puede ser —dije, girando la cabeza a ambos lados para asegurarme de que el maquillaje estaba uniforme.

—¿Crees que vendría a dar una charla? Podríamos organizar una sesión extraordinaria.

—Por la noche —le recordé.

—Ah, claro. Es verdad —los Descendientes solían reunirse a mediodía en la biblioteca y siempre traían su propio almuerzo.

Pensé en ello. Sería muy grosero dejarle caer al vampiro que debía dar una charla para el club de la abuela en reconocimiento a lo que había hecho por él, pero a lo mejor se ofrecía él mismo si le daba alguna pista. No me apetecía nada, pero lo haría por la abuela.

—Se lo diré la próxima vez que se pase por el bar —le prometí.

—No sé, al menos podría entrevistarse conmigo y permitirme grabar sus palabras —dijo mi abuela. Percibía el revuelo de su mente al pensar qué gran golpe daría de conseguirlo—. Sería algo tan interesante para el resto de los miembros —añadió, muy pía.

Reprimí las ganas de reír.

—Yo se lo comento —le dije—, y ya veremos.

Cuando salí de casa, mi abuela ya estaba paladeando las mieles del éxito.

No se me había ocurrido ni por un momento que a Rene Lenier le fuera a dar por irle a Sam con el cuento de la pelea. Pero al parecer se aburría mucho. Esa tarde, cuando llegué a trabajar, asumí que el ambiente de agitación que se respiraba se debía al asesinato de Maudette. Me equivocaba.

Sam me arrastró hasta el almacén nada más llegar. Se puso como un energúmeno y me echó una bronca tremenda. Nunca lo había visto así conmigo y enseguida me entraron ganas de llorar.

—Y si piensas que un cliente corre peligro, me avisas y ya me encargo yo, no tú —tuvo que decírmelo por sexta vez para que por fin me diera cuenta de que había estado preocupado por mí. Ese pensamiento suyo se coló en mi mente, lo que me recordó que tenía que reforzar la guardia y concentrarme en no «oírle». «Escuchar» a tu jefe siempre acaba mal.

Jamás se me había ocurrido que pudiera pedirle ayuda a Sam, o a quien fuera.

—Y si crees que están atacando a alguien ahí fuera, lo siguiente que haces es llamar a la policía, y no lanzarte al ataque como si fueras de la patrulla ciudadana —añadió enrabietado. Tenía el tono de piel, por naturaleza ya rubicundo, más encendido que nunca; y el pelo tan alborotado que parecía que no se había peinado.

—Vale —dije, tratando de mantener la voz serena y los ojos muy abiertos para que no se me escapara ninguna lágrima—. ¿Vas a despedirme?

—¡No, no! —exclamó. Parecía aún más enfadado—. ¡No quiero perderte! —me cogió por los hombros y me zarandeó con suavidad. Y luego se me quedó mirando con esos ojos grandes e increíblemente azules, y sentí una oleada de calor emanando de su cuerpo. El contacto físico complica gravemente mi tara. Hace que resulte inevitable «escuchar» a la persona que me está tocando. Lo miré a los ojos detenidamente, un largo instante. Luego volví en mí, y me aparté para evitar el contacto. Me giré y salí del almacén, asustada.

Me había enterado de un par de cosas bastante desconcertantes. A saber: Sam me deseaba y yo no era capaz de «oírle» con la misma claridad que al resto de la gente. En lugar de sus pensamientos, había sentido retazos de sus emociones. Se parecía más a observar los cambios de color en un anillo mágico —de esos que supuestamente muestran el estado de ánimo del portador— que a recibir un telegrama.

La cuestión es: ¿qué es lo que hice con toda esta información? Nada de nada.

Nunca antes había visto a Sam como un posible compañero de cama —por lo menos con el que yo me pudiera ir— por innumerables razones. La principal es que yo nunca había visto a nadie de esa manera. No es que no tenga hormonas —ya lo creo que las tengo— pero siempre las reprimo porque el sexo para mí es una desgracia. ¿Puede alguien imaginarse lo que significa saber todo lo que tu compañero de cama está pensando? Eso, cosas como: «Dios, mira qué verruga... Es un poco culona... Ojalá se moviera un poco a la derecha... ¿Por qué no capta la idea y...?». Ya me entendéis, ¿no? Es como un jarro de agua fría, en serio. Y mientras dura el contacto, es imposible mantener ningún tipo de barrera mental.

Otra de las razones es que Sam es un buen jefe y me gusta mi trabajo. Hace que salga de casa, me mantiene activa y además, gano algo de dinero. Así, no me convertiré en una ermitaña, como mi abuela se teme. Para mí resulta muy difícil trabajar en una oficina, y dejé de estudiar porque tenía que hacer tal esfuerzo por concentrarme que acababa totalmente agotada.

Así que, en ese momento, lo único que podía permitirme era meditar sobre la ola de deseo que había notado en Sam. No era como si me hubiera hecho una propuesta verbal o me hubiera tirado al suelo del almacén. Conocía sus sentimientos y podía elegir ignorarlos. Era todo muy sutil y me pregunté si Sam me había tocado a propósito, si de verdad sabía lo que yo era.

Tomé la precaución de no quedarme a solas con él, pero tengo que admitir que estaba muy agitada.

Las dos noches siguientes fueron mejores. Retomamos nuestra cómoda relación para mi gran alivio... y decepción. Había un jaleo tremendo a raíz del asesinato de Maudette. En Bon Temps corrían todo tipo de rumores y los servicios informativos de Shreveport prepararon un especial sobre las trágicas circunstancias de su muerte. Yo no fui al funeral, pero según mi abuela la iglesia estaba hasta arriba de gente. ¡Pobre Maudette! La gordita de muslos mordisqueados resultaba mucho más interesante muerta de lo que nunca había sido en vida.

Estaba a punto de librar dos días y me preocupaba no ver más al vampiro; a Bill. Tenía que transmitirle la petición de mi abuela y no había vuelto por el bar. Empezaba a preguntarme si lo haría alguna vez.

Mack y Denise tampoco habían vuelto por el Merlotte's, pero Rene Lenier y Hoyt Fortenberry se aseguraron de que estuviera al corriente de sus terribles amenazas. No se puede decir que me las tomara muy en serio. Los delincuentes de poca monta como los Ratas andaban siempre recorriendo el país de caravana en caravana, incapaces de asentarse en algún sitio para ganarse la vida honradamente. Nunca aportarían nada bueno al mundo ni tendrían la más mínima relevancia, a mi modo de ver. Pasé de las advertencias de Rene.

Desde luego, a él le encantaba el tema. Rene Lenier era menudo, como Sam; pero así como Sam era rubio y siempre estaba un poco colorado, Rene era moreno y tenía una indómita pelambrera negra salpicada de canas. Rene se pasaba a menudo por el bar para tomarse una cerveza y ver a Arlene, que —según le contaba encantado a todo el que estuviera en el bar— era su ex mujer favorita. Tenía tres. Hoyt Fortenberry pasaba mucho más desapercibido. Ni moreno, ni rubio; ni gordo ni flaco. Siempre parecía contento y dejaba buenas propinas. Y admiraba a mi hermano mucho más de lo que Jason se merecía, en mi opinión.

Estaba encantada de que ni Rene ni Hoyt estuvieran por allí la noche en que el vampiro regresó.

Se sentó en la misma mesa que la otra vez.

Ahora que de verdad lo tenía delante, estaba un poco cortada. Me di cuenta de que ya me había olvidado del brillo casi imperceptible de su piel, y de que había exagerado su estatura y la limpieza de líneas de su boca.

—¿Qué va a ser? —pregunté.

Levantó la mirada. También me había olvidado de lo profundos que eran sus ojos. No sonrió ni parpadeó, estaba completamente inmóvil. Por segunda vez sentí su relajante silencio. En cuanto bajé la guardia, mi cara se distendió. Supongo que aquello era tan bueno como que te den un masaje.

—¿Qué eres? —me preguntó. Era la segunda vez que lo hacía.

—Soy camarera —le respondí, malinterpretándole a propósito de nuevo. Sentí cómo mi sonrisa volvía a su sitio; el lapso de paz había terminado.

—Vino tinto —pidió; y si estaba decepcionado no se lo noté en la voz.

—Por supuesto —dije—. La sangre sintética debería llegar mañana. Oye, ¿podría hablar luego contigo? Tengo que pedirte un favor.

—Desde luego. Estoy en deuda contigo —no parecía hacerle mucha gracia.

—¡No es para mí! —me estaba impacientando—. Es para mi abuela. Si estás despierto... Bueno seguro que lo estás... Cuando salga de trabajar a la una y media, ¿te importaría esperarme en la puerta de servicio, detrás del bar? —la señalé con la cabeza y la coleta me bailó sobre los hombros. Él siguió el movimiento de mi pelo con la mirada.

—Será todo un placer.

No sabía si estaba mostrando el tipo de cortesía que, según insistía mi abuela, se estilaba en tiempos pasados o si, sencillamente, se estaba burlando de mí.

Resistí la tentación de sacarle la lengua o hacerle una pedorreta. Di media vuelta y regresé a la barra. Cuando le llevé el vino, me dejó una propina del veinte por ciento. Poco después miré hacia su mesa, sólo para descubrir que había desaparecido. No sabía si mantendría su palabra.

Arlene y Dawn se marcharon antes de que yo hubiera terminado por la razón que fuera. Fundamentalmente, porque todos los servilleteros de mi zona estaban medio vacíos. Luego, saqué el bolso de la taquilla del despacho de Sam en que siempre lo guardo y me despedí de él. Le oía trastear en el servicio de caballeros, seguramente intentando arreglar una fuga de agua en el váter. Por último, yo pasé un momento por el de mujeres para atusarme un poco.

Al salir, me di cuenta de que Sam ya había apagado las farolas del aparcamiento, que estaba únicamente iluminado por las luces de emergencia del poste de alumbrado que había junto a su caravana. Para regocijo de Arlene y Dawn, Sam se había hecho un pequeño jardín a la entrada y lo había sembrado con boj. Se pasaban el día bromeando sobre lo bien cuidado que tenía el seto. A mí me parecía que quedaba muy bonito.

Como de costumbre, el camión de Sam estaba aparcado delante de su caravana y mi coche era el único que quedaba en el aparcamiento.

Miré a ambos lados. Ni rastro de Bill. Me sorprendió sentirme tan decepcionada. En el fondo, esperaba que él fuera cortés, aun cuando no lo hiciera de corazón; si es que tenía de eso.

Tal vez, pensé con una sonrisa, saltase desde un árbol o apareciera de golpe ante mí envuelto en una negra capa de forro rojo. Pero nada de eso ocurrió, así que me dirigí al coche.

Había estado esperando una sorpresa, pero no del tipo de la que recibí.

Mack Rattray saltó desde detrás del coche y en un solo movimiento se acercó lo suficiente para asestarme un golpe en el mentón. Descargó con tanta fuerza que caí a plomo sobre el suelo. Dejé escapar un grito mientras caía, pero el aterrizaje me dejó sin aliento; y sin algo de piel. No podía gritar ni respirar, estaba completamente indefensa. Entonces vi a Denise balancear su pesada bota. Me encogí para protegerme y empecé a recibir un aluvión de patadas.

El dolor fue inmediato, agudo, despiadado. De modo instintivo, me cubrí la cara con los brazos, de manera que mi espalda y mis extremidades quedaron expuestas y se llevaron la peor parte.

Creo que al principio estaba convencida de que en algún momento dejarían de golpearme y escupirían unas cuantas amenazas e insultos antes de largarse. Recuerdo el momento exacto en que me di cuenta de que querían matarme.

Podía aguantar unos cuantos golpes sin inmutarme pero no iba a permitir que me mataran sin presentar batalla.

En cuanto vi una pierna acercarse me lancé a agarrarla y me aferré a ella con todas mis fuerzas. Intenté morder, para al menos dejarle una marca a alguno de ellos. No sabía ni de quien era la pierna que tenía en mis manos.

Justo entonces, se escuchó un gruñido a mi espalda. «Lo que me faltaba —pensé—. Se han traído un perro». El gruñido era claramente hostil. Si hubiese tenido algún modo de expresar mis emociones, se me habría puesto el pelo de punta.

Recibí una patada más en la espalda y entonces, la paliza terminó.

El último golpe había provocado algo terrible dentro de mí. Podía oír mi respiración, como un estertor. De mis pulmones parecía llegar una especie de borboteo extraño.

—¿Qué demonios es eso? —preguntó Mack Rattray, absolutamente aterrorizado.

Volví a escuchar el gruñido, aún más cerca, justo detrás de mí. Desde otro punto llegó algo así como un gemido. Denise se lamentaba, Mack estaba maldiciendo. Ella liberó su pierna de mi abrazo, que ya era muy débil. Mis brazos cayeron al suelo inertes; no me respondían. Aunque veía borroso, me di cuenta de que tenía el brazo roto. Sentía humedad en el rostro y tuve miedo de seguir evaluando los daños.

Mack comenzó a gritar, y luego Denise. Parecía haber mucha actividad a mi alrededor, pero era incapaz de moverme. Todo lo que alcanzaba a ver era mi brazo roto, mis maltrechas rodillas y la oscuridad que reinaba bajo mi coche.

Después de un rato, se hizo el silencio. El perro aullaba detrás de mí. Una fría nariz tocó mi oreja y una cálida lengua la chupó. Intenté alzar la mano para acariciar al animal que, sin duda, había salvado mi vida; pero no pude. Me escuché suspirar, el sonido parecía llegar de muy lejos.

Enfrentándome a los hechos, me dije:

—Me estoy muriendo —cada vez me parecía más real. El sonido de los sapos y los grillos se había extinguido por completo, así que mi débil voz se escuchó con claridad antes de perderse en la oscuridad. Con mucha extrañeza, poco después escuché dos voces.

Entonces, aparecieron ante mis ojos un par de rodillas cubiertas por unos vaqueros empapados en sangre. El vampiro Bill se inclinó para que pudiera verle la cara. Tenía sangre por todo el rostro y los colmillos, desplegados, brillaban contra su labio inferior. Intenté sonreírle pero algo no iba bien en mi cara.

—Te voy a coger —dijo Bill. Parecía muy sereno.

—Moriré si lo haces —susurré.

—Aún no —dijo después de evaluar mi estado detenidamente. Por raro que parezca, esto me hizo sentir mejor. «La cantidad de heridas que habrá visto a lo largo de su vida», me dije.

—Esto te va a doler —me avisó.

Era difícil imaginarse algo que no fuera a hacerlo.

Me pasó los brazos por debajo antes de que tuviera tiempo de pensarlo. Grité sin mucha fuerza.

—Rápido —dijo una voz apremiante.

—Vamos a escondernos en el bosque —dijo Bill, aupándome como si no pesara nada.

¿Iba a enterrarme allí atrás, donde nadie nos viera? ¿Justo cuando acababa de salvarme de los Ratas? Casi ni me importaba.

Experimenté un pequeño alivio cuando me tendió sobre un lecho de agujas de pino en la oscuridad del bosque. Veía la luz del aparcamiento a lo lejos. Me di cuenta de que me goteaba sangre por el pelo, me dolía el brazo y las profundas magulladuras me hacían agonizar; pero lo que más me asustaba era lo que no sentía.

No sentía las piernas.

Tenía el abdomen hinchado y pesado. La expresión «hemorragia interna» se me vino a la cabeza.

—Morirás a menos que hagas lo que voy a decirte —me dijo Bill.

—Lo siento, no quiero convertirme en vampira —le contesté con voz frágil y temblorosa.

—Eso no va a suceder —dijo con más suavidad—. Sanarás rápidamente. Tengo la cura, pero tienes que estar dispuesta a hacer lo que te diga.

—Pues date prisa —susurré—. Me voy —empezaba a desesperar.

En la recóndita parte de mi mente que aún recibía estímulos externos, se coló un quejido. Era de Bill, sonaba como si le hubiesen herido. Luego, sentí algo contra mi boca.

—Bebe —dijo.

Intenté sacar la lengua; lo logré. Bill estaba sangrando, apretando la herida para que el flujo de sangre llegara a mi boca desde su muñeca. Sentí arcadas, pero quería vivir. Me forcé a tragar y tragar de nuevo.

De pronto, la sangre comenzó a saber mejor, salada, la esencia de la vida. Con el brazo sano agarré la muñeca del vampiro y la presioné contra mi boca. Me encontraba mejor con cada trago. Tras un minuto, me venció el sueño.

Cuando desperté aún estaba tumbada en el suelo del bosque. Había alguien tendido junto a mí; era el vampiro. Podía ver su resplandor. Su lengua se movía por mi cabeza; estaba lamiendo una herida. Difícilmente podía reprochárselo.

—¿Mi sabor es distinto al de otra gente? —pregunté.

—Sí —dijo con voz profunda—. ¿Qué eres?

Era la tercera vez que me lo preguntaba. Mi abuela siempre decía que a la tercera va la vencida.

—Eh, no estoy muerta —dije. De pronto recordé que había estado segura de ir a pasar a mejor vida. Meneé el brazo que había estado roto. Tenía poca fuerza pero ya no colgaba inerte. Podía sentir las piernas y también las moví. Probé a inspirar y espirar y descubrí, encantada, que sólo sentía un dolor leve. Intenté incorporarme; tuve que esforzarme, pero lo conseguí. Era como mi primer día sin fiebre tras la neumonía que tuve de niña: me encontraba débil pero dichosa. Era consciente de que había sobrevivido a algo terrible.

Antes de que pudiera enderezarme del todo, el vampiro me rodeó con sus brazos y me acercó a él. Luego, se apoyó contra un árbol. Me sentí muy cómoda sentada sobre su regazo y con la cabeza sobre su pecho.

—Lo que soy es telépata —le dije—. Puedo escuchar los pensamientos de la gente.

—¿Los míos también? —preguntó con algo de curiosidad.

—No, por eso me gustas tanto —contesté, flotando en un rosado mar de bienestar. No me apetecía estar camuflando mis sentimientos.

Rio y sentí que su pecho retumbaba. La risa sonaba algo oxidada.

—No te «oigo» nada de nada —continué, embelesada—. No tienes ni idea de la paz que supone, después de toda una vida de bla, bla, bla, no escuchar... nada.

—¿Cómo te las arreglas para salir con chicos? Supongo que los chicos de tu edad sólo pensarán en cómo llevarte a la cama.

—No me las arreglo de ninguna manera. Y, francamente, sólo piensan en eso a cualquier edad. No salgo con chicos. Todo el mundo piensa que estoy loca porque no puedo decirles la verdad: que lo que me trastorna son todos esos pensamientos de sus cabezas. Tuve unas cuantas citas con chicos que no me conocían cuando empecé a trabajar en el bar, pero siempre pasaba lo mismo. Es imposible sentirte a gusto con un chico o «ponerte a punto» cuando sabes que está preguntándose si te tiñes el pelo, o pensando que no le gusta tu culo, o imaginándose cómo son tus tetas.

47

De repente me di cuenta de lo mucho que estaba revelándole a esa criatura sobre mí y me puse en alerta.

—Discúlpame —le dije—. No quería agobiarte con mis problemas. Gracias por salvarme de los Ratas.

—Si te han atacado es por mi culpa —respondió. Se podía adivinar la ira bajo la serena apariencia de su voz—. Si hubiera tenido la decencia de llegar a tiempo, nada de esto habría sucedido. Así que te debía algo de mi propia sangre, te debía la cura.

—¿Están muertos? —para mi vergüenza, mi voz resultó chillona.

—Desde luego.

Tragué saliva. No podía lamentar que el mundo se viera libre del azote de los Ratas, pero debía enfrentarme a la realidad: estaba sentada sobre el regazo de un asesino. Sin embargo, estaba encantada de estar allí, entre sus brazos.

—Debería estar preocupada, pero no lo estoy —dije sin pensar. Sentí esa risa oxidada de nuevo.

—Sookie, ¿qué querías decirme esta noche?

Tuve que hacer un esfuerzo para recordar. Aunque estaba milagrosamente repuesta de la paliza, mi mente seguía un poco nublada.

—Mi abuela tiene muchas ganas de saber cuántos años tienes —dije, vacilante. No sabía hasta qué punto era personal esa pregunta para un vampiro. Aquél en cuestión me acariciaba la espalda como si tratara de calmar a un gatito.

—Me convirtieron en vampiro en 1870, cuando tenía treinta años de edad —lo miré. Su resplandeciente rostro no daba muestras de emoción, sus ojos eran pozos de oscuridad en la negrura del bosque.

—¿Combatiste en la Guerra?

—Sí.

—Tengo la impresión de que te vas a enfadar. Pero mi abuela y su club estarían tan contentos si pudieras contarles algo sobre la Guerra; sobre cómo fue en realidad.

—¿Su club?

—Pertenece a los Descendientes de los Muertos Gloriosos.

—Muertos Gloriosos —la voz del vampiro carecía de expresión pero parecía claro que no le gustaba mucho la idea.

—Oye, no es necesario que les hables del hambre, las infecciones y los gusanos —le dije—. Ya tienen su propia idea de la Guerra y, aunque no son estúpidos, han vivido otras guerras, están más interesados en saber cómo vivía la gente entonces; en que les hables de los uniformes y los movimientos de tropas.

—Cosas agradables.

—Eso —dije, respirando profundamente.

—¿Te haría feliz si lo hago?

—¿Qué más da eso? Haría feliz a mi abuela y, ya que estás viviendo en Bon Temps, sería un buen empujón para tus relaciones públicas.

—¿Te haría feliz a ti?

No era un tipo fácil de evadir.

—Vale, sí.

—Entonces lo haré.

—La abuela te pide que, por favor, comas antes de ir.

De nuevo escuché su risa, esta vez aún más profunda.

—Ahora sí que tengo ganas de conocerla. ¿Puedo pasarte a ver alguna noche?

—Ah, claro. Mañana por la noche acabo el turno, y luego tengo dos días libres, así que el jueves estaría bien —alcé el brazo para ver la hora. El reloj funcionaba pero estaba cubierto de sangre seca—. ¡Qué asco! —dije, chupándome el dedo para limpiar la esfera. Apreté el botón que iluminaba las manecillas y me sorprendí al ver la hora.

—¡Dios mío! Me tengo que ir a casa. Espero que la abuela se haya quedado dormida.

—Debe de estar preocupada. Es muy tarde para que estés fuera de casa tú sola —comentó Bill. Había un tono de reproche en sus palabras. ¿Estaría pensando en Maudette? Durante un breve espacio de tiempo me sentí intranquila; me preguntaba si Bill la había conocido, si ella lo habría invitado a su casa. Pero deseché la idea porque estaba empeñada en no detenerme en la escabrosa naturaleza de los hechos que concernían a la vida y muerte de Maudette. No quería que algo tan horrible arrojase ninguna sombra sobre mi trocito de felicidad.

—Es parte de mi trabajo —dije, secamente—. No se puede remediar. De todos modos, no siempre cubro el turno de noche; aunque cuando puedo, lo hago.

—¿Por qué? —el vampiro me ayudó a ponerme en pie y después se levantó con gran agilidad.

—Las propinas son mejores, hay más trabajo. No tengo tiempo de pensar.

—Pero la noche es más peligrosa —dijo con desaprobación. Él debía de saberlo bien.

—Bueno, ahora pareces mi abuela —le reprendí con suavidad. Casi habíamos alcanzado el aparcamiento.

—Soy mayor que tu abuela —me recordó. Eso puso punto final a la conversación.

Una vez que salí del bosque, me quedé mirando. El aparcamiento estaba tranquilo y en orden, como si allí no hubiese ocurrido nada; como si no me hubiesen dado una paliza de muerte hacía escasamente una hora; como si los Ratas no hubiesen encontrado su sangriento final sobre aquel trozo de grava.

Las luces del bar y de la caravana de Sam estaban apagadas.

La grava del suelo estaba húmeda, pero no había rastro de sangre.

Mi bolso estaba sobre el capó del coche.

—¿Y el perro? —pregunté.

Me giré para mirar a mi salvador, pero ya no estaba.

2

A la mañana siguiente me levanté muy tarde, lo que no es de extrañar. Había encontrado a mi abuela dormida cuando llegué a casa y, para mi alivio, había sido capaz de meterme en la cama sin despertarla.

Estaba tomando un café en la cocina mientras mi abuela limpiaba la despensa, cuando sonó el teléfono. La abuela se sentó en el taburete de la encimera, su lugar habitual para contestar llamadas, antes de descolgar.

—¿Quién es? —dijo. Por alguna razón, siempre parecía molesta; como si recibir una llamada fuera lo último que deseara. Yo sabía perfectamente que ése no era el caso.

—Hola, Everlee. No, estaba aquí hablando con Sookie, que se acaba de levantar. No, no he oído nada. No, no me ha llamado nadie. ¿Qué? ¿Qué tornado? Anoche estaba despejado. ¿En Four Tracks Corner? ¿De verdad?... No puede ser. ¿En serio? ¿Los dos? Ajá, ya. ¿Qué ha dicho Mike Spencer?

Mike Spencer era el juez de instrucción de la parroquia. Empecé a tener un mal presentimiento. Terminé el café y me serví otra taza. Estaba segura de que la iba a necesitar.

La abuela colgó un poco después.

—¡Sookie, no te vas a creer lo que ha pasado! —yo estaba por apostar que sí.

—¿Qué? —dije, tratando de aparentar inocencia.

—¡Pues que a pesar de lo tranquilo que estaba el tiempo anoche, un tornado ha azotado Four Tracks Corner! Volcó la caravana de alquiler que había en un claro del bosque y, al parecer, la pareja que la ocupaba ha muerto. Estaban atrapados bajo la caravana y completamente hechos papilla. Mike dice que nunca ha visto nada igual.

—¿Va a pedir la autopsia de los cadáveres?

—Bueno, creo que tiene que hacerlo, aunque la causa de la muerte parece estar suficientemente clara, según Stella. La caravana ha quedado de lado, el coche está casi encima y hay muchos árboles arrancados alrededor.

—Dios mío —musité, pensando en la fuerza necesaria para recrear ese escenario.

—Cariño, no me dijiste si tu amigo el vampiro fue ayer por el bar.

Di un respingo de culpabilidad y luego me di cuenta de que, a ojos de mi abuela, la conversación había cambiado de tema. Llevaba días preguntándome si había visto a Bill, y ahora, por fin, podía decirle que sí, aunque sin mucho entusiasmo.

Como era de prever, mi abuela se ilusionó como una cría. Revoloteaba por la cocina como si hubiésemos invitado al mismísimo príncipe Carlos.

—Mañana por la noche. ¿Y a qué hora? —preguntó.

—Después de anochecer. Eso es todo lo que puedo decirte.

—Ya estamos con el horario de verano, así que será bastante tarde —reflexionó mi abuela—. Bueno, tendremos tiempo de cenar y recoger antes de empezar la sesión. Y mañana tendremos todo el día para limpiar la casa. ¡Estoy por jurar que no hemos limpiado esa alfombra desde hace por lo menos un año!

—Abuela, estamos hablando de un tipo que duerme bajo tierra todo el día —le recordé—. No creo que se vaya a fijar en la alfombra.

—Bueno, pues si no es por él, lo haré por mí. Quiero sentirme orgullosa —sentenció mi abuela—. Además, señorita, ¿cómo sabes tú dónde duerme?

—Buena pregunta, abuela. No lo sé. Pero tiene que protegerse de la luz y esconderse, así que yo apostaría por eso.

Pronto comprendí que era imposible evitar que mi abuela entrase en una especie de frenesí de orgullo casero. Mientras me arreglaba para ir a trabajar, fue a la tienda, alquiló un aspirador de alfombras y se puso manos a la obra.

De camino al Merlotte's, decidí desviarme un poco al norte y pasé por Four Tracks Corner. Era un cruce tan antiguo como los primeros pobladores de aquella zona. Aunque ahora aparecía asfaltado y señalizado, la tradición popular decía que era una intersección de pistas de caza. Antes o después, habrá casas de estilo ranchero y calles comerciales a cada lado de la calzada, pero, de momento, seguía siendo bosque y aún había caza, según Jason.

Como nada había que me lo impidiera, conduje por el desnivelado camino que llevaba al claro en que los Rattray se habían instalado. Paré el coche y miré por el parabrisas, aterrada. La pequeña y vieja caravana yacía aplastada a tres metros de su ubicación original. El abollado coche rojo de los Rattray aún descansaba sobre uno de los extremos de la misma. Había arbustos y escombros esparcidos por todo el claro, y los árboles de detrás de la caravana mostraban signos de haber sido sometidos a una fuerza devastadora: ramas arrancadas, la copa de un pino colgando de un hilo de corteza. Había ropa entre las ramas de los árboles, y hasta una bandeja de horno.

Me bajé muy despacio y miré alrededor. Los daños eran sencillamente increíbles, especialmente sabiendo que no habían sido causados por un tornado; Bill, el vampiro, había dispuesto la escena para justificar la muerte de los Rattray.

Un viejo jeep bajó sorteando los baches hasta llegar a mí.

—Vaya, vaya. ¡Sookie Stackhouse! —dijo Mike Spencer—. ¿Qué estás haciendo aquí, jovencita? ¿No tienes que trabajar?

—Sí, señor. Es que conocía a los Ratas, a los Rattray. Ha sido horrible —pensé que era un comentario lo suficientemente ambiguo. Entonces vi que el sheriff también estaba allí.

—Una cosa horrible, sí. Por cierto, he oído —dijo el sheriff Bud Dearborn mientras bajaba del jeep— que tú y Mack y Denise no os llamasteis precisamente guapos la semana pasada en el aparcamiento del Merlotte's.

Sentí un frío agudo en algún lugar cerca del hígado cuando los dos hombres se pararon ante mí.

Mike Spencer era, además, director de una de las dos funerarias de Bon Temps. Como él siempre señalaba con mucha presteza, cualquiera podía solicitar los servicios de las Pompas Fúnebres Spencer e Hijos, pero sólo las personas de raza blanca parecían querer hacerlo. Del mismo modo, únicamente la gente de color elegía el Dulce Descanso. Mike era un hombre grueso de mediana edad, con el pelo y el bigote del color del té ralo y una gran afición por las botas de cowboy y las corbatas de lazo, que no podía ponerse cuando estaba de servicio en Spencer e Hijos. En aquel momento llevaba una.

El sheriff Dearborn, que tenía fama de buena persona, era algo mayor que Mike, pero era duro y fibroso desde la punta de su abundante cabello canoso hasta la de sus pesadas botas. Tenía el rostro algo aplastado y agudos ojos castaños. Había sido muy buen amigo de mi padre.

—Sí, señor. Tuvimos un rifirrafe —dije con franqueza, echando mano de mi acento sureño.

—¿Quieres contármelo? —el sheriff sacó un Marlboro y lo encendió con un mechero metálico.

Y cometí un error. Debería habérselo dicho sin más. Se suponía que estaba loca, y algunos incluso pensaban que era retrasada. Pero por mi vida que no encontré ninguna razón por la que explicárselo a Bud Dearborn. Ninguna, excepto el sentido común.

—¿Por qué? —pregunté.

Sus pequeños ojos castaños se aguzaron, y su aire amistoso se desvaneció.

—Sookie —dijo, con tono de absoluta decepción. No me lo creí ni por un instante.

—Yo no hice nada de esto —rezongué, señalando aquel desastre.

—Claro que no —admitió—. Pero de todas formas, ellos han muerto a la semana de tener una disputa con alguien. Lo mínimo que puedo hacer es preguntar.

Reconsideré la idea de plantarle cara. Me hacía sentir bien, pero no merecía la pena. Empecé a pensar que podía aprovechar mi reputación de persona con pocas luces. Puede que no tenga estudios o no haya visto mundo, pero no soy ni estúpida ni inculta.

—Es que le estaban haciendo daño a un amigo —confesé, con la cabeza gacha y mirando al suelo.

—¿No te referirás al vampiro que vive en la antigua residencia Compton? —Mike Spencer y Bud Dearborn intercambiaron una mirada.

—Sí, señor —me sorprendió escuchar dónde vivía Bill, pero ellos no se enteraron. Tras años de escuchar cosas que no quería oír, había desarrollado cierta habilidad para controlar mi expresión facial. La antigua casa Compton estaba justo al otro extremo del bosque que había junto a mi casa, al mismo lado de la carretera. Entre ambas casas sólo se alzaba el cementerio. «¡Qué a mano para Bill!», pensé, y sonreí.

—Sookie Stackhouse, ¿tu abuela deja que te relaciones con ese vampiro? —inquirió Spencer, con muy poca prudencia.

—Puede preguntárselo a ella —contesté, maliciosa; con muchas ganas de ver lo que mi abuela diría a cualquiera que sugiriese que no estaba cuidando bien de

57

mí—. La cosa es que los Rattray estaban tratando de drenar a Bill.

—Así que estaban drenando al vampiro ¿Y tú los detuviste? —interrumpió el sheriff.

—Sí —dije, tratando de parecer resuelta.

—El drenaje de vampiros *es* ilegal —musitó.

—¿No es un asesinato matar a un vampiro que no te ha atacado? —pregunté.

Puede que forzase demasiado mi pose de ingenuidad.

—Sabes de sobra que lo es, aunque yo no esté de acuerdo con esa ley. Pero sigue siendo la ley y la aplicaré —dijo el sheriff con frialdad.

—¿Así que el vampiro los dejó ir como si nada, sin intentar vengarse? ¿Sin decirles siquiera que les gustaría verlos muertos? —preguntó con ironía Mike Spencer.

—Eso es —les sonreí y miré la hora en mi reloj. Al ver la esfera, recordé la sangre, mi sangre, brotando fuera de mi cuerpo por culpa de los Rattray. Tuve que mirar a través de esa sangre para poder ver la hora—. Si me disculpan, tengo que irme a trabajar —dije—. Buen día, señor Spencer, sheriff...

—Adiós, Sookie —contestó el sheriff Dearborn. Parecía tener muchas más preguntas que hacerme, pero no sabía cómo formularlas. Se veía a las claras que no estaba muy convencido por la puesta en escena y no parecía muy probable que ningún radar hubiese registrado un tornado en parte alguna. De cualquier modo, ahí estaban la caravana, el coche y los árboles, y los Rattray habían aparecido muertos debajo. ¿Qué otra cosa más podría decirse sino que el tornado había acabado con sus vidas? Me imaginé que ya habrían enviado los cadáveres al forense. En estas circunstancias, ¿cuánto podría desvelar una autopsia?

La mente humana es una cosa sorprendente. El sheriff Dearborn debía de saber que los vampiros poseen una fuerza extraordinaria, pero no podía imaginarse hasta qué punto: suficiente para volcar una caravana y aplastarla por completo. Incluso a mí me costaba creerlo, y sabía perfectamente que ningún tornado había golpeado Four Tracks Corner aquella noche.

Todo el bar bullía con la reciente noticia. El asesinato de Maudette había pasado a segundo plano ante la muerte de Mack y Denise. Descubrí a Sam mirándome un par de veces, y pensé en la noche anterior. Me pregunté cuánto sabía, pero me daba miedo preguntarle por si no había visto nada. Había cosas de la noche anterior que aún no había sido capaz de recomponer en mi cabeza, pero me sentía tan afortunada por estar viva que ni siquiera quería pensar en ello.

Mi sonrisa nunca había sido tan marcada como aquella noche. Nunca había devuelto los cambios con tanta energía ni había servido los pedidos con tal exactitud. Ni siquiera Rene, con su pelo alborotado, logró que me detuviera a participar en sus largas peroratas cada vez que pasaba cerca de la mesa que él compartía con Hoyt y otro par de colegas.

A Rene le gustaba ir de cajún* de vez en cuando, aunque su acento siempre era impostado. Su familia había

* Grupo étnico localizado en Luisiana cuyo dialecto proviene del francés. (N. de la T.)

dejado que se perdiera toda su herencia cultural. Todas las mujeres con las que se había casado habían sido recias y salvajes. Su breve matrimonio con Arlene había tenido lugar cuando ella era joven y no tenía hijos, y ella me había dicho que en aquella época había hecho cosas que ahora, sólo de pensarlas, le ponían los pelos de punta. Ella había madurado desde entonces, pero Rene no. Para mi sorpresa, era indudable que Arlene le tenía cariño.

Esa noche en el bar reinaba una gran excitación a causa de los inusuales sucesos que se habían producido en Bon Temps. Una mujer había sido asesinada en circunstancias misteriosas; por lo general, todos los casos de asesinato se resolvían con facilidad en el pueblo. Además, una pareja había muerto de forma violenta como consecuencia de un capricho de la naturaleza. Atribuí lo que pasó a continuación a esa excitación. Éste es un bar local, por el que se pasan pocos forasteros, por lo que nunca había tenido muchos problemas por recibir atenciones no deseadas. Pero aquella noche uno de los hombres sentados a la mesa de Rene y Hoyt, un rubio corpulento con la cara ancha y enrojecida, subió la mano por la pata de mi short cuando les llevaba una cerveza.

Eso no cuela en el Merlotte's.

Estaba pensando en estamparle la bandeja en la cara, cuando sentí que había quitado la mano. Alguien estaba justo detrás de mí. Volví la cabeza y vi a Rene, que se había levantado de su silla sin que yo me hubiera dado cuenta. Seguí su brazo con la mirada y vi que su mano apretaba fuertemente la del rubio. La roja cara de este último estaba adquiriendo diversas tonalidades.

—¡Eh, tío, suelta! —protestó el rubio—. No ha sido nada.

—Aquí no se toca a las camareras. Ésas son las normas —puede que Rene sea bajo y enjuto, pero cualquiera del bar habría apostado por él en caso de pelea.

—Vale, vale.

—Pídele disculpas a la señorita.

—¿A la pirada de Sookie? —preguntó, con estupor. Al parecer ya había estado en el bar antes.

Rene debió de apretar aún más la mano del rubio. Se le saltaron las lágrimas.

—Lo siento, Sookie, ¿de acuerdo?

Asentí con tanta dignidad como fui capaz. Rene soltó bruscamente la mano del hombre e hizo un gesto con el pulgar para indicarle que se fuera a paseo. El rubio no tardó ni un segundo en largarse acompañado de su amigo.

—Rene, deberías haberme dejado a mí encargarme de la situación —le dije en voz baja cuando los clientes parecían haber retomado sus conversaciones. Habíamos alimentado la máquina de los rumores para otros dos días—. Pero muchas gracias de todos modos.

—No quiero que nadie le ande tocando las narices a la amiga de Arlene —dijo Rene, con naturalidad—. Éste es un sitio agradable, y así queremos que continúe. Además, a veces me recuerdas a Cindy, ¿sabes?

Cindy era la hermana de Rene. Se había mudado a Baton Rouge uno o dos años antes. Era rubia y tenía los ojos azules; más allá de eso no veía ningún otro tipo de similitud, pero no quería parecer descortés.

—¿Ves mucho a Cindy? —pregunté. Hoyt y el otro tipo discutían sobre puntuaciones y estadísticas de los Shreveport Captains*.

—Bueno, de vez en cuando —contestó Rene, meneando la cabeza como si quisiera decir que le gustaría verla más a menudo—. Trabaja en la cafetería de un hospital.

Le di una palmada en el hombro.

—Tengo que trabajar.

Cuando llegué a la barra para recoger otro pedido, Sam me miró arqueando las cejas. Abrí mucho los ojos para mostrarle lo sorprendida que estaba con la actuación de Rene, y Sam se encogió ligeramente de hombros, como para indicar que el comportamiento humano es impredecible.

Pero cuando pasé al otro lado de la barra para coger más servilletas, descubrí que había sacado el bate de béisbol que siempre guarda bajo la caja registradora para los casos de emergencia.

La abuela me mantuvo muy ocupada al día siguiente. Ella pasó el polvo, la aspiradora y la fregona; y yo limpié los baños. Mientras frotaba la taza del váter con un estropajo, me pregunté si los vampiros necesitarían ir alguna vez al baño. La abuela me hizo aspirar el pelo del gato del sofá; vacié las papeleras, abrillanté las mesas y hasta le pasé el paño a la lavadora y la secadora, por estúpido que parezca.

* Equipo perteneciente a la liga de béisbol profesional de Estados Unidos con sede en Shreveport, Luisiana. *(N. de la T.)*

Cuando la abuela comenzó a meterme prisa para que me duchara y arreglase, me di cuenta de que pensaba que Bill, el vampiro, salía conmigo. Eso me hizo sentir un poco rara. En primer lugar, demostraba que mi abuela estaba tan desesperada por que yo me relacionara que hasta un vampiro le resultaba aceptable; en segundo lugar, yo albergaba ciertos sentimientos que avalaban esa teoría; en tercer lugar, Bill podía percatarse perfectamente de todo esto; y, por último, ¿podrían los vampiros hacerlo como los humanos?

Me duché, me maquillé y me puse un vestido, porque sabía que a mi abuela le daría algo si no lo hacía. Era un vestido corto de algodón azul con pequeñas margaritas estampadas; más ajustado de lo que mi abuela habría querido, y más corto de lo que Jason consideraba apropiado para su hermana. Había «oído» todo esto la primera vez que me lo puse. Me puse los pendientes de bolas amarillas y me recogí el pelo con un pasador en forma de plátano amarillo.

La abuela me dirigió una extraña mirada, que no supe cómo interpretar. Podía haberlo descubierto rápidamente, pero escuchar la mente de una persona con la que vives está fatal, así que preferí permanecer en la ignorancia. Ella llevaba una falda y una blusa que solía ponerse para las reuniones de los Descendientes de los Muertos Gloriosos, ya que el conjunto no era lo suficientemente bueno como para llevarlo a misa, ni tan sencillo como para ponérselo todos los días.

Yo estaba barriendo el porche, del que nos habíamos olvidado, cuando él llegó. Hizo una entrada al más puro estilo vampiro: no estaba, y al instante siguiente lo vi al pie de las escaleras, mirándome.

Sonreí y le dije:

—No me has asustado.

Pareció un poco azorado.

—Es la costumbre —dijo—. Nunca hago mucho ruido.

Abrí la puerta.

—Adelante —le invité, y él subió las escaleras mirando alrededor.

—Me acuerdo de este lugar —dijo—. Pero no era tan grande.

—¿Te acuerdas de esta casa? A la abuela le va a encantar saberlo.

Lo precedí hasta el salón, llamando a la abuela por el camino.

Ella entró en la sala con mucha dignidad y por primera vez me di cuenta de que se había tomado muchas molestias para peinar su espesa mata de pelo blanco, que, para variar, llevaba suave y bien peinado, formando una complicada espiral sobre su cabeza. También se había pintado los labios.

Bill demostró estar a la altura de mi abuela en lo que a relaciones sociales se refiere. Se saludaron, se dieron las gracias, intercambiaron cumplidos y, por fin, Bill se sentó en el sofá, mientras que mi abuela lo hizo en la butaca, dejando claro que mi lugar estaba junto a Bill. No había forma de salir de aquélla sin que todo el asunto resultara aún más evidente. Me senté junto a él, pero recostada contra el borde, como si en cualquier momento tuviera que levantarme a rellenar los vasos de té helado que estábamos tomando.

Él acercó decorosamente los labios al borde del vaso y volvió a dejarlo. La abuela y yo dimos largos sorbos a los nuestros, con nerviosismo.

La abuela escogió un primer tema de conversación muy desafortunado.

—Supongo que se habrá enterado de lo de ese extraño tornado —dijo.

—Cuénteme —dijo Bill, con una voz más suave que la seda. No me atreví a mirarlo, así que me senté con las manos cruzadas sin poder levantar la vista.

La abuela comenzó a detallarle el caso del misterioso tornado y la muerte de los Ratas. Le dijo que todo el asunto era espantoso, pero que estaba clarísimo. Justo entonces, me pareció que Bill se relajaba una pizca.

—Ayer pasé por allí de camino al trabajo —dije, sin elevar la mirada—, junto a la caravana.

—¿Era lo que te esperabas encontrar? —preguntó Bill, mostrando simple curiosidad.

—No —contesté—. No era nada que pudiera haber imaginado. La verdad es que me quedé completamente asombrada.

—Pero Sookie, tú ya has visto antes lo que es capaz de provocar un tornado —dijo la abuela, sorprendida.

Cambié de tema.

—Bill, ¿dónde compraste ese polo? Es muy bonito —llevaba unos Dockers de color caqui y un polo a rayas verdes y marrones; unos mocasines lustrosos y unos finos calcetines marrones.

—En Dillard's —contestó, e intenté imaginármelo paseando por el centro comercial de Monroe, tal vez, y al resto de la gente volviéndose a mirar a esta exótica criatura de piel resplandeciente y preciosos ojos. ¿De dónde sacaría el dinero? ¿Cómo se lavaría la ropa? ¿Se metería desnudo en su ataúd? ¿Tendría coche o sencillamente flotaba hasta el lugar al que quisiese llegar?

La abuela estaba encantada con la normalidad de los hábitos de compra de Bill. Sentí otra punzada de dolor al observar lo contenta que estaba de tener a mi supuesto pretendiente en su salón, aun cuando —según se decía— éste fuera víctima de un virus que le confería el aspecto de un muerto.

La abuela se lanzó a interrogar a Bill. Él contestó a sus preguntas con cortesía y aparente buena disposición. Vale, se trataba de un muerto muy *educado*.

—¿Y su familia era de esta zona? —preguntó la abuela.

—La familia de mi padre era de los Compton, y la de mi madre, de los Loudermilk —respondió él con prontitud. Parecía muy relajado.

—Todavía quedan muchos Loudermilk —dijo la abuela, muy contenta—. Pero me temo que el anciano señor Jessie Compton murió el año pasado.

—Lo sé —replicó Bill—. Por eso regresé. La propiedad de las tierras revertía en mí, y como las cosas han cambiado últimamente para los de mi especie, decidí reclamarla.

—¿Conoció a los Stackhouse? Sookie dice que posee usted una larga historia —pensé que la abuela lo había planteado de un modo muy elegante. Sonreí sin dejar de mirarme las manos.

—Recuerdo a Jonas Stackhouse —contestó Bill, para regocijo de mi abuela—. Mis padres ya estaban aquí cuando Bon Temps sólo era un bache en el camino que discurría junto a la frontera. Jonas Stackhouse llegó a este lugar con su esposa y sus cuatro hijos cuando yo era apenas un muchacho de dieciséis años. ¿No es ésta la casa que él levantó, al menos en parte?

Advertí que cuando Bill hablaba del pasado, empleaba un vocabulario diferente y su voz adquiría una cadencia distinta. Me pregunté cuántos cambios en la jerga y la entonación del inglés se habrían sucedido a lo largo del último siglo.

Ni que decir tiene, la abuela se encontraba en el paraíso genealógico. Quería saberlo todo acerca de Jonas, el tatatatarabuelo de su marido.

—¿Poseía esclavos? —le preguntó.

—Señora, si no recuerdo mal, tenía una esclava doméstica, y otro para las labores del campo. La esclava era una mujer de mediana edad y el esclavo era un joven robusto, llamado Minas. Pero eran principalmente los Stackhouse los que trabajaban los campos, como hacía mi propia gente.

—¡Oh! Ésta es la clase de cosas que a mi pequeño grupo le encantaría descubrir. ¿Le dijo Sookie...? —la abuela y Bill, tras muchos finos circunloquios, acordaron una fecha para que Bill diese una charla en una sesión nocturna de los Descendientes.

—Y ahora, si nos disculpa a Sookie y a mí, quizá demos un paseo. Hace una noche espléndida —lentamente, para que pudiera verlo venir, se inclinó y cogió mi mano. Se levantó al mismo tiempo que tiraba de mí. Su mano era fría, firme y suave. Bill no estaba pidiéndole permiso a la abuela, pero tampoco la estaba ignorando.

—Oh, marchad tranquilos —dijo mi abuela, henchida de felicidad—. Tengo muchas cosas que hacer. Tendrá usted que referirme todos los nombres que recuerde de cuando estaba... —y ahí se detuvo, tratando de no herirlo.

—... Residiendo aquí en Bon Temps —añadí intentando ayudar.

—Por supuesto —dijo el vampiro, y por la forma en que apretó sus labios me pareció que estaba intentando reprimir una sonrisa.

De algún modo, llegamos a la puerta, y me di cuenta de que Bill me había elevado y trasladado velozmente. Sonreí de puro placer. Me gusta lo inesperado.

—Enseguida volvemos —le dije a la abuela. Creo que no se había dado cuenta del extraño movimiento, porque estaba recogiendo los vasos de té.

—Oh, no os deis prisa por mí —replicó—. Estaré perfectamente.

Afuera, las ranas, sapos e insectos estaban interpretando su particular ópera rural nocturna. Bill siguió asiendo mi mano durante el rato que caminamos hasta el jardín, que olía a césped recién cortado y a plantas en flor. Mi gata, *Tina*, apareció de entre las sombras demandando atención. Me agaché a rascarle la cabeza. Luego, para mi sorpresa, *Tina* fue a frotarse contra las piernas de Bill, que no hizo nada por disuadirla.

—¿Te gusta este animal? —preguntó, con un tono neutro.

—Es mi gata —contesté—. Se llama *Tina* y la adoro.

Sin decir nada, Bill se quedo inmóvil esperando a que *Tina* siguiese su camino hasta adentrarse de nuevo en la oscuridad que rodeaba el porche.

—¿Quieres sentarte en el columpio o en aquellas sillas, o prefieres dar un paseo? —le pregunté, ya que me parecía que ahora era yo la anfitriona.

—Oh, vamos a pasear un poco. Necesito estirar las piernas —por un algún motivo, esta frase me intranquilizó, pero comencé a avanzar por el largo camino de entrada hacia la estrecha carretera comarcal que unía nuestras casas.

—¿Te disgustaste al ver la caravana?

Intenté buscar una forma de explicarme.

—Eh... Me siento frágil cuando lo recuerdo.

—Ya sabías que era fuerte.

Ladeé la cabeza, meditando.

—Sí, pero no era consciente de hasta qué punto —le contesté—. También me impresionó que mostraras tanta imaginación.

—Con el tiempo, hemos conseguido ser muy buenos cuando se trata de ocultar lo que hemos hecho.

—Ya… Eso quiere decir que has matado a bastantes personas.

—Unas cuantas —«Asúmelo», parecía querer decir su voz. Me apreté las manos tras la espalda—. ¿Sentiste mucha hambre justo después de convertirte en vampiro? ¿Cómo ocurrió?

Eso no se lo había esperado. Me miró. Sentí sus ojos clavados en mí a pesar de la negrura de la noche. Estábamos rodeados de bosque y sólo se oía el rechinar de nuestros pasos sobre la gravilla.

—La historia de cómo llegué a ser lo que soy es demasiado larga para contarla ahora —dijo—. Pero sí, cuando era más joven, alguna vez, maté por accidente. Nunca sabía cuándo podría alimentarme de nuevo, ¿comprendes? Se nos perseguía sin tregua, como es lógico, y no había nada parecido a la sangre artificial. Además, no había tanta gente.

Pero había sido un buen hombre en vida; es decir, hasta que me infecté con el virus. Por eso, intenté ser lo más civilizado que pude, que mis víctimas fueran malas personas y que nunca se tratase de niños. Por lo menos, conseguí no matar a ninguno. Ahora todo es completamente distinto. Puedo acudir a una farmacia de guardia en cualquier ciudad y conseguir sangre sintética, aunque sabe fatal; o puedo pagar a una puta y conseguir suficiente alimento para tirar un par de días; o incluso hipnotizar a alguien para que me deje morderle por amor y después hacer que lo olvide. Además, ya no siento tanto apetito.

—También puedes encontrarte a una chica con heridas en la cabeza —añadí.

—Oh, tan sólo fuiste el postre; los Rattray hicieron de plato principal.

De nuevo: «Asúmelo».

—¡Uf! —dije, sin aliento—. Dame un minuto.

Y eso es lo que hizo. Ningún otro hombre entre un millón me habría concedido todo ese tiempo. Abrí la mente, bajé la guardia y me relajé. Su silencio se derramó sobre mí. Permanecí en pie, con los ojos cerrados, y exhalé un suspiro de alivio demasiado profundo para ser verbalizado.

—¿Feliz? —preguntó, como si lo supiera.

—Sí —musité. En ese momento sentí que nada importaba lo que aquella criatura hubiese hecho, el valor de la paz que me transmitía era incalculable tras toda una vida condenada a escuchar el insoportable ruido de los pensamientos de los demás.

—Tú también me sientas bien —dijo, para mi sorpresa.

—¿A qué te refieres? —le pregunté, embelesada.

—En ti no hay miedo, ni prisas, ni actitud de condena. No tengo que recurrir al glamour para que te detengas a hablar conmigo.

—¿Glamour?

—Sí, bueno. Es como un hipnotismo —explicó—. Todos los vampiros lo utilizamos, en mayor o menor medida. Antes de que se fabricara la sangre sintética, resultaba vital ser capaces de persuadir a la gente de que éramos inofensivos..., o de que jamás nos habían visto... A veces, incluso era necesario hacerles creer que habían visto otra cosa.

—¿Y eso funciona conmigo?

—Pues claro —contestó, sorprendido ante la pregunta.

—Vale, prueba.

—Mírame.

—Está todo muy oscuro.

—No importa. Mírame a la cara —dio un paso hacia mí y apoyó suavemente sus manos sobre mis hombros. Entonces, me miró. Volví a apreciar el leve halo de su piel y de sus ojos, y le miré fijamente, preguntándome si empezaría a cloquear como una gallina o a desvestirme.

Pero no ocurrió nada. Tan sólo sentía el narcótico efecto de la relajación que su presencia siempre me procuraba.

—¿Sientes la influencia? —preguntó. Parecía agotado.

—Ni una pizca. Lo siento —dije con humildad—. Sólo veo tu brillo.

—¿Puedes percibirlo? —había vuelto a sorprenderlo.

—Claro. Como todo el mundo, supongo.

—No. Esto sí que es raro, Sookie.

—Si tú lo dices. ¿Puedo ver cómo levitas?

—¿Aquí? —Bill parecía divertido.

—Claro, ¿por qué no? A menos que haya alguna razón.

—No, ninguna en absoluto —soltó mis brazos y comenzó a elevarse.

Suspiré extasiada. Él flotaba en la oscuridad, resplandeciente, como el mármol blanco a la luz de la luna. Cuando estaba casi a un metro del suelo, comenzó a planear. Me pareció que me estaba sonriendo.

—¿Todos vosotros sabéis hacerlo? —le pregunté.

—¿Sabes cantar?

—No, soy incapaz de entonar.

—Pues nosotros tampoco podemos hacer todos exactamente las mismas cosas —Bill descendió con lentitud y aterrizó en el suelo sin hacer un solo ruido—. La mayoría de los humanos se muestran aprensivos con los vampiros, pero tú no —comentó.

Me encogí de hombros. ¿Quién era yo para recelar de algo fuera de lo común? Pareció comprender porque, tras una breve pausa en que retomamos nuestro paseo, dijo:

—¿Ha sido siempre tan duro para ti?

—Sí, la verdad —no podía decir otra cosa, aunque no quería empezar a quejarme—. Lo peor fue cuando era muy pequeña porque no sabía cómo protegerme y escuchaba pensamientos que, por supuesto, nadie esperaba que oyera, y los repetía. Eso es lo que hacen los niños, claro. Mis padres no sabían qué hacer conmigo; sobre todo, mi padre. Al final, mi madre me llevó a una psicóloga infantil, que sabía perfectamente lo que yo era, pero se negaba a aceptarlo y les decía a mis padres que yo era muy observadora y podía interpretar su lenguaje corporal, por lo que tenía motivos para creer que podía leer en sus mentes. Por supuesto, ella no podía admitir que yo estuviera literalmente *escuchando los pensamientos de la gente*, porque algo así no encajaba en su concepción del mundo.

»También me fue muy mal en el colegio porque me resultaba imposible concentrarme cuando había tan pocos compañeros que lo hicieran. Sin embargo, cuando había examen, obtenía muy buenos resultados porque los otros niños le prestaban toda su atención... Eso me daba algo de margen. A veces, mis padres pensaban que era una vaga y no me esforzaba en clase. Mis profesores llegaron a pensar que tenía algún trastorno del aprendizaje; en fin, no puedes ni imaginarte la cantidad de teorías al respecto. Me examinaban los ojos y los oídos cada dos meses, me sometían a escáneres cerebrales... Dios. Mis pobres padres se gastaron un dineral, pero nunca fueron capaces de aceptar la realidad. Bueno, al menos abiertamente.

—En su interior, lo sabían.

—Sí. Me acuerdo que una vez mi padre no sabía si avalar a un hombre que quería abrir un establecimiento de repuestos para automóviles, así que me pidió que me sentara a su lado cuando el hombre viniese a hablar con él. Cuando se hubo marchado, mi padre me llevó afuera, apartó la vista y me preguntó: «Sookie, ¿está diciendo la verdad?». Es el momento más extraño que recuerdo.

—¿Cuántos años tenías?

—No llegaba a los siete, porque murieron cuando estaba en segundo de primaria.

—¿Cómo?

—Una riada. Estaban cruzando el puente que está al oeste.

Bill no dijo nada. Supuse que a lo largo de su existencia había visto multitud de muertes.

—¿Mentía aquel hombre? —preguntó al cabo de unos segundos.

—Oh, sí. Tenía pensado coger el dinero y largarse.

—Tienes un don.

—Sí, claro, un don —sentí descender las comisuras de mis labios.

—Te hace distinta al resto de los humanos.

—No me digas —caminamos en silencio durante unos minutos más—. ¿Entonces, no te consideras humano?

—Llevo mucho tiempo sin hacerlo.

—¿Realmente crees que has perdido el alma? —eso era lo que la iglesia católica predicaba.

—No hay modo de saberlo —contestó Bill, como si tal cosa. Era evidente que le había dado tantas vueltas a esa cuestión que ya era un tema corriente para él—. En mi opinión, no. Hay algo en mí que no es cruel ni asesino, incluso después de todos estos años. Aunque puedo ser ambas cosas.

—No es culpa tuya haberte infectado con el virus —Bill bufó, pero era elegante hasta para esto.

—Desde que hay vampiros se han inventado miles de teorías. A lo mejor ésa es la verdadera —pareció arrepentirse de haberlo dicho—. Si se trata de un virus —continuó, sin tanta gravedad—, es un virus muy selectivo.

—¿Cómo se convierte uno en vampiro? —había leído todo tipo cosas, pero ahora me iba a enterar de primera mano.

—Tendría que desangrarte, de una vez o durante un par de días, hasta la muerte; y, luego, darte mi sangre. Yacerías como un cadáver durante unas cuarenta y ocho horas, a veces durante tres días, para luego levantarte y andar en la noche. Y tendrías mucha hambre.

La forma en que dijo «hambre» me hizo temblar.

—¿No hay ningún otro modo?

—Algunos vampiros me han dicho que los humanos a los que muerden con frecuencia, un día tras otro, pueden convertirse en vampiros súbitamente. Pero claro, eso requiere mordidas profundas y consecutivas. Otra gente sencillamente se vuelve anémica. Y, bueno, si la persona está próxima a morir por la razón que sea, un accidente de coche o una sobredosis, por ejemplo, el proceso puede acabar realmente mal.

Estaba empezando a aterrorizarme.

—Cambiemos de tema. ¿Qué tienes pensado hacer con la propiedad Compton?

—Quiero vivir allí mientras pueda. Estoy cansado de vagar de ciudad en ciudad. Crecí en el campo y, ahora que se reconoce legalmente mi derecho a existir y puedo ir a Monroe, Shreveport o Nueva Orleans a por sangre sintética o prostitutas especializadas, me quiero quedar aquí. O por lo menos, intentarlo. Llevo décadas dando tumbos por ahí.

—¿En qué condiciones está la casa?

—Bastante malas —admitió—. He estado tratando de limpiarla por las noches, pero necesito obreros para hacer algunas reparaciones. No se me da mal la carpintería, pero no tengo ni idea de electricidad —«Obviamente», pensé—. Me da la impresión de que hay que renovar el cableado —continuó Bill, con la misma preocupación de un propietario normal y corriente.

—¿Tienes teléfono?

—Pues claro —contestó, sorprendido.

—Entonces, ¿qué problema hay con los obreros?

—Es difícil localizarlos por la noche y conseguir concertar una cita con ellos para explicarles lo que hay que hacer. Se asustan o piensan que es una broma —la frustración era patente en su voz, aunque no podía verle la cara.

Me reí.

—Si quieres, los puedo llamar yo —me ofrecí—. A mí me conocen y, aunque todo el mundo piensa que estoy loca, saben que se pueden fiar de mí.

—Me harías un gran favor —dijo Bill, tras pensárselo unos instantes—. Podrían trabajar durante el día, una vez que hayamos discutido las obras y el precio.

—Qué cantidad de inconvenientes tiene que tener no poder salir durante el día —dije sin pensar. La verdad es que nunca me lo había planteado antes.

—Muchos —confirmó Bill secamente.

—Y tener que ocultar tu lugar de descanso —continué. Cuando noté el silencio de Bill, me disculpé—. Lo siento —dije. Si no hubiera estado todo tan oscuro, me habría visto enrojecer.

—El lugar de descanso de un vampiro es su secreto mejor guardado —dijo rígidamente.

—Lo siento mucho.

—Disculpa aceptada —dijo, tras un rato en que lo pasé fatal.

Llegamos a la carretera y miramos a ambos lados como si estuviésemos esperando un taxi. Podía verle con toda claridad a la luz de la luna ahora que nos habíamos alejado de los árboles. Él también me podía ver. Me miró de arriba abajo.

—Tu vestido es del color de tus ojos. Muy conjuntado.

—Gracias —desde luego yo no le veía con *tanta* claridad.

—No es que haya mucho, por otro lado.

—¿Cómo?

—Me cuesta acostumbrarme a que las chicas jóvenes lleven tan poca ropa —dijo Bill.

—Pues has tenido unas cuantas décadas para hacerte a la idea —le espeté—. ¡Vamos, Bill! ¡Hace cuarenta años que se llevan los vestidos cortos!

—A mí me gustaban las faldas largas —dijo, con nostalgia—. Y todo lo que se ponían las mujeres bajo la ropa. Aquellas enaguas.

Resoplé despectivamente.

—¿Por lo menos llevas enaguas? —preguntó.

—Lo que llevo es una preciosa braguita de nailon beis con encaje —le respondí, indignada—. ¡Y si fueras humano, pensaría que estás tratando de que te hable de mi ropa interior!

Se rió con esa carcajada profunda y un poco oxidada que tanto me afectaba.

—¿De verdad la llevas, Sookie?

Le saqué la lengua porque sabía que me podía ver. Tiré del vestido un poco hacia arriba, dejando al descubierto parte del encaje y unos cuantos centímetros de mi piel morena.

—¿Contento? —le pregunté.

—Tienes unas piernas preciosas, pero sigo prefiriendo los vestidos largos.

—Eres un cabezota —le dije.

—Eso es lo que mi mujer solía decirme.

—Así que estuviste casado.

—Sí. Me convertí en vampiro a los treinta años. Tenía mujer y cinco hijos. Mi hermana, Sarah, vivía con nosotros. Nunca se casó, su prometido murió en la Guerra.

—¿En la Guerra Civil?

—Sí. Yo conseguí regresar del frente. Fui uno de los pocos afortunados; por lo menos, eso era lo que yo pensaba.

—Luchaste en el bando del Ejército Confederado —dije, meditabunda—. Si conservases el uniforme y te lo pusieras para asistir a la charla, las señoras se desmayarían de ilusión.

—Hacia el final de la Guerra, aquello no podía llamarse uniforme —dijo con amargura—. Nos cubríamos con harapos y nos moríamos de hambre —pareció sacudirse aquel recuerdo—. Todo aquello dejó de tener sentido cuando me convertí en vampiro —dijo Bill, recuperando su tono frío y distante.

—He mencionado algo que te apena —le dije—. Lo siento. ¿De qué podemos hablar? —nos volvimos y caminamos de regreso a la casa.

—De tu vida —contestó—. Dime qué haces por las mañanas, cuando te despiertas.

—Me levanto. Hago enseguida la cama. Desayuno: tostadas, a veces cereales, otras huevos, y café. Luego me lavo los dientes, me ducho y me visto. De vez en cuando, me depilo y todo eso. Si tengo turno de día, voy para allá. Si no trabajo hasta la noche, me voy de compras, llevo a la abuela a la tienda, alquilo una peli o tomo el sol. Y leo un montón. Tengo suerte de que la abuela se mantenga activa. Ella es la que lava y plancha la ropa, y, por lo general, se ocupa de cocinar.

—¿Y qué me cuentas de chicos?

—Bueno, ya te lo dije. Es imposible.

—¿Y qué vas a hacer, Sookie? —preguntó con dulzura.

—Pues envejecer y morir —dije secamente. Tocaba con demasiada frecuencia mi punto débil.

Para mi sorpresa, Bill se acercó y me cogió la mano. Ahora que ambos nos habíamos molestado un poco cuando la otra persona había tocado algún tema delicado, todo parecía más claro. La noche estaba serena y una leve brisa mecía mi cabello.

—¿Podrías quitarte el pasador? —preguntó Bill.

No había motivo para negarse. Solté su mano y me lo quité. Sacudí la cabeza para que el pelo terminara de soltarse. Luego, metí el pasador en su bolsillo, ya que el vestido no tenía. Como si fuera lo más normal del mundo, Bill comenzó a pasar los dedos por mi pelo, extendiéndolo sobre mis hombros.

Como parecía que el contacto físico estaba permitido, acaricié sus patillas.

—Son largas —comenté.

—Era la moda —me aseguró—. Tengo suerte de no haber llevado barba, como tantos hombres, o la habría tenido para toda la eternidad.

—Entonces, ¿nunca te afeitas?

—No, por suerte me acababa de afeitar —parecía estar fascinado con mi pelo—. A la luz de la luna parece plata —dijo muy bajito.

—Bueno, ¿y a ti qué te gusta hacer?

Pude ver el esbozo de una sonrisa en la oscuridad.

—A mí también me gusta leer —reflexionó un poco—. Me gusta el cine, por supuesto, he seguido toda su evolución. Me gusta estar con gente que tiene una vida normal. A veces, añoro la compañía de otros vampiros, aunque la mayoría lleva una vida muy distinta a la mía.

Caminamos un poco más en silencio.

—¿Te gusta la tele?

—La veo de vez en cuando —confesó—. Durante una época grababa las telenovelas y las veía por la noche. Fue cuando pensaba que estaba olvidando cómo era ser humano. Luego dejé de hacerlo porque, a juzgar por lo que veía en las series, la humanidad no era algo que mereciera ser recordado —me reí.

Llegamos al círculo de luz que rodea la casa. Una parte de mí esperaba que la abuela estuviera esperándonos sentada en el columpio del porche, pero no fue así. Sólo había una bombilla encendida en el salón. «De verdad, abuela», pensé, exasperada. Era como si un chico me llevara a casa después de nuestra primera cita. De hecho, me preguntaba si Bill intentaría besarme. Dadas sus ideas sobre la longitud de los vestidos, probablemente lo consideraría inapropiado. Pero, por estúpido que parezca querer besar a un vampiro, me di cuenta de que eso era lo único que deseaba con todas mis fuerzas.

Sentía cierta tirantez en el pecho, amargura ante otra cosa más que se me negaba. Y pensé, ¿por qué no?

Tiré suavemente de su mano para que se detuviera. Me puse de puntillas y posé los labios sobre su reluciente mejilla. Aspiré su aroma: normal, con un ligero matiz salado. Noté un rastro de colonia.

Sentí que él temblaba. Giró su cabeza hasta que sus labios rozaron los míos. Tras un breve momento, pasé mis brazos alrededor de su cuello. Su beso se hizo más intenso y separé los labios. Nunca me habían besado así. Seguimos hasta que sentí que no había nada más en el mundo que aquel beso. Mi respiración se aceleró y comencé a desear que sucedieran más cosas.

De pronto, Bill se retiró. Parecía agitado, lo que me satisfizo sobremanera.

—Buenas noches, Sookie —dijo, acariciando mi pelo una última vez.

—Buenas noches, Bill —respondí. Mi voz también sonaba temblorosa—. Mañana trataré de llamar a los electricistas. Ya te diré qué contestan.

—¿Te pasas por mi casa mañana por la noche? No tienes que trabajar, ¿no?

—Vale —dije, aún tratando de reponerme.

—Hasta entonces. Gracias, Sookie —dijo, y se adentró en el bosque en dirección a su casa. Una vez se alejó de la zona iluminada, dejé de verlo.

Me quedé mirando como una tonta, hasta que volví en mí y entré en la casa para acostarme.

Ya tumbada en la cama, me pasé las horas muertas pensando si los no muertos podrían realmente hacerlo. También me preguntaba si sería posible mantener una conversación franca con Bill sobre ese tema. Unas veces parecía demasiado chapado a la antigua; otras, el típico vecino de enfrente. Bueno, no del todo, pero sí bastante normal.

El hecho de que la única criatura conocida en años con la que me apetecía acostarme fuera un no muerto resultaba patético y maravilloso a la vez. La telepatía había restringido enormemente mi campo de opciones. Desde luego, había tenido sexo por tenerlo; pero había estado esperando poder disfrutar de ello alguna vez.

¿Qué pasaría si lo hacíamos y, después de tantos años, descubría que no tenía ningún talento para ello? O quizá no sintiese placer. A lo mejor todos los libros y las películas lo mitificaban un poco. Bueno, Arlene también. No parecía entender que su vida sexual no me interesaba en absoluto.

Finalmente, me sumí en un largo y oscuro sueño.

A la mañana siguiente, mientras sorteaba el interrogatorio de la abuela sobre mi paseo con Bill y nuestros planes de futuro, hice algunas llamadas. Encontré a dos electricistas, un fontanero y otros profesionales que me dieron un número de teléfono para localizarles por la noche. Me aseguré de que entendieran que, si recibían una llamada de Bill Compton, no se trataba de una broma.

Algo después, mientras me tostaba al sol, la abuela me trajo el teléfono para que respondiera una llamada.

—Es tu jefe —dijo. A la abuela le caía bien Sam y, a juzgar por su sonrisa, él debía de haberle dicho algo para agradarla.

—Hola, Sam —dije sin demasiada alegría porque me imaginaba que algo andaba mal en el trabajo.

—Dawn no ha venido, cielo —me informó.

—¡Vaya, hombre! —dije, sabiendo que me tocaría ir a mí—. Es que tengo planes, Sam —aquello era una auténtica primicia—. ¿Cuándo me necesitas?

—¿Podrías venir de cinco a nueve? Nos vendría muy bien.

—¿Me vas a dar otro día libre?

—¿Qué tal si partes el turno con Dawn otra noche? —di un bufido y la abuela me miró con gesto serio. Acababa de ganarme un buen sermón—. Vale, está bien —dije a regañadientes—. Te veo a las cinco.

—Gracias, Sookie —contestó—. Sabía que podía contar contigo.

Traté de sentirme bien con aquello, aunque me parecía que yo tenía una virtud bastante aburrida. «¡Siempre puedes contar con Sookie para echar una mano porque no tiene vida propia!»

Por supuesto, no pasaba nada por llegar a casa de Bill después de las nueve; después de todo, se pasaba toda la noche despierto.

Nunca se me había pasado tan despacio la jornada de trabajo. Tuve muchos problemas para mantener mi guardia intacta porque me pasé todo el rato pensando en Bill. Afortunadamente, no había muchos clientes; de lo contrario habría recibido una avalancha de pensamientos no deseados. De hecho, me enteré de que Arlene tenía un retraso. Temía haberse quedado embarazada y la sentí tan preocupada, que antes de poder evitarlo, le di un abrazo. Ella me miró, inquisitiva, y después se puso colorada.

—¿Me has leído la mente, Sookie? —preguntó, con tono de advertencia. Arlene era una de las pocas personas que se refería a mi habilidad sin eufemismos ni insinuaciones despectivas. De lo que sí me había dado cuenta es de que tampoco lo mencionaba a menudo ni utilizaba un tono de voz normal cuando lo hacía.

—Lo siento. No era mi intención —me disculpé—. Es que hoy no me centro.

—Vale, no pasa nada. Pero mantente aparte desde ahora mismo —dijo Arlene agitando un dedo delante de mi cara, mientras sus llameantes rizos le golpeaban las mejillas.

Sentí ganas de llorar.

—Lo siento mucho —repetí y me fui a toda prisa al almacén para tranquilizarme. La puerta se abrió tras de mí—. ¡Vale, Arlene, ya te he dicho que lo siento! —prorrumpí. Quería estar a solas. En ocasiones, Arlene confundía la telepatía con las facultades de un médium. Me daba miedo que me fuera a preguntar si estaba realmente embarazada. Haría mucho mejor en comprarse una prueba de embarazo en la farmacia.

—Sookie —era Sam. Me puso la mano en el hombro para que me girara—. ¿Qué te pasa?

Lo dijo dulcemente, y eso me hizo tener aún más ganas de llorar.

—¡Si me lo dices así, me vas a hacer llorar! —le dije. Él se rió, no a carcajadas, sino suavemente; y me rodeó con un brazo—.

—¿Qué ha pasado? —no iba a darse por vencido.

—Pues que he... —dije, y me paré en seco. Nunca jamás me había referido explícitamente a mi problema, así es como yo lo veía, delante de Sam ni de nadie más. Todo el mundo en Bon Temps había oído rumores sobre por qué era tan extraña, pero nadie parecía haberse dado cuenta de lo duro que era tener que soportar ese continuo martilleo mental, tanto si quería como si no. Todos los malditos días lo mismo.

—¿Has escuchado algo desagradable? —lo preguntó de forma serena y natural. Puso un dedo en la mitad de mi frente para indicar que sabía exactamente cómo «oía».

—Sí.

—No lo puedes evitar, ¿verdad?

—No.

—Lo odias, ¿no, cielo?

—No sabes cuánto.

—Entonces no es culpa tuya, ¿no crees?

—Intento no escuchar, pero no siempre puedo mantener la guardia.

Sentí cómo una lágrima que no había sido capaz de contener empezaba a resbalar por mi mejilla.

—¿Es así como lo haces? ¿Te mantienes en guardia? ¿Cómo?

Parecía realmente interesado. No hablaba como si pensara que yo estaba como una regadera. Lo miré fijamente a sus resplandecientes ojos azules.

—Pues, es difícil de explicar a alguien que no puede hacerlo... Levanto una valla... No, no es una valla. Es como colocar chapas de acero entre mi cerebro y los demás.

—¿Y tienes que mantenerlas en posición?

—Sí, y requiere mucha concentración. Tengo que dividir mi mente todo el rato. Por eso la gente piensa que estoy loca. La mitad de mi cerebro se ocupa de mantener las chapas, mientras que la otra mitad está anotando los pedidos, por lo que a veces no queda mucho con lo que mantener una conversación coherente —¡qué aliviada me sentía al poder hablar de ello!

—¿Escuchas palabras o sólo recibes impresiones?

—Depende de a quién escuche. Y de su estado. Si están borrachos o trastornados, me llegan imágenes, impresiones, intenciones. Si están sobrios y cuerdos, palabras e imágenes.

—El vampiro dice que no puedes oírle.

La idea de que Sam y Bill hubieran estado hablando sobre mí me hizo sentir muy rara.

—Es cierto —admití.

—¿Eso te relaja?

—Oh, *sí* —lo dije de todo corazón.

—Y a mí, ¿puedes oírme?

—¡No quiero ni intentarlo! —me apresuré a decir. Fui hasta la puerta del almacén y apoyé la mano en el pomo de la puerta. Me saqué un pañuelo del bolsillo y me sequé el rastro de la lágrima—. ¡Tendría que dejar el trabajo si lo hiciera, Sam! ¡Y me caes bien y me gusta mucho estar aquí!

—Tú sólo inténtalo de vez en cuando, Sookie —dijo con naturalidad, volviéndose a abrir una caja de whisky con la afilada cuchilla que siempre llevaba en el bolsillo—. Por mí no te preocupes. Mantendrás tu trabajo hasta que tú quieras.

Limpié una mesa sobre la que Jason había tirado algo de sal. Se había pasado un poco antes a tomar una hamburguesa con patatas fritas y un par de cervezas.

Estaba dándole vueltas en mi cabeza a la invitación de Sam.

No iba a intentar escucharle hoy; ya se lo esperaba. Aguardaría a que estuviera ocupado haciendo algo. Entonces, me colaría en su mente y lo escucharía. El hecho de que me hubiera invitado era algo completamente insólito.

Desde luego, resultaba agradable.

Me retoqué el maquillaje y me cepillé el pelo. Lo había llevado suelto, ya que a Bill parecía gustarle así, y había sido un engorro toda la tarde. Ya era hora de irme, así que recogí mi bolso del cajón del despacho de Sam y me marché.

La casa de Bill, como la de la abuela, estaba algo apartada, aunque era bastante más visible desde la carretera comarcal que la nuestra. Sin embargo, la casa Compton daba al cementerio, debido, en parte, a que se encontraba situada sobre un terreno más elevado. Estaba en la cima de un montículo y tenía dos plantas completas, mientras que la de la abuela sólo contaba con un par de habitaciones y un pequeño desván en el piso superior.

En algún punto de la larga historia de la familia, los Compton habían poseído una hermosa casa. Incluso en la oscuridad, no carecía de cierto aire armonioso. Pero yo sabía que a la luz del sol se podían apreciar los desconchones de las columnas, el estado ruinoso de los recubrimientos de madera y el abandono absoluto del jardín, que parecía más bien una jungla. En el templado y húmedo clima de Luisiana la vegetación crecía con inusitada rapidez, y el anciano señor Compton no era de los que pagaban a alguien para mantener un jardín. Por eso, cuando ya no pudo encargarse él mismo de su cuidado, la parcela empezó a adquirir una apariencia salvaje.

El camino circular de entrada no había recibido grava nueva en muchos años y mi coche fue dando tumbos desde la misma entrada. Vi que la casa estaba iluminada y comencé a darme cuenta de que aquella velada no sería como la anterior. Había otro coche aparcado delante de la fachada, un Lincoln Continental blanco con la capota de color azul oscuro. Una pegatina con texto azul sobre fondo blanco decía: ME LA CHUPAN LOS VAMPIROS. En otra, roja y amarilla, se leía: SI ERES DONANTE DE SANGRE,

¡PITA! En la placa personalizada de matrícula ponía, simplemente: COLMILLOS 1.

Si Bill ya tenía compañía, quizá lo mejor fuese irme a casa.

Pero me había invitado y me estaría esperando. Vacilante, alcé la mano y llamé a la puerta.

Me abrió una vampira.

Deslumbrante, en un sentido casi literal. Era negra y debía de medir algo más de uno ochenta. Vestía un sujetador deportivo de color rosa flamenco y unas mallas de estilo «pirata» del mismo color; todo ello de licra. Por encima, llevaba una camisa blanca desabotonada. Eso constituía todo su atuendo.

Pensé que resultaba vulgar, como una fulana barata; aunque seguro que los hombres la encontraban irresistiblemente apetitosa.

—Hola, trocito de carne humana —ronroneó.

De repente, me di cuenta de que estaba en peligro. Bill ya me había advertido varias veces de que no todos los vampiros eran como él. Y de que él mismo tenía sus momentos. No era capaz de leer la mente de aquella criatura, pero detecté una buena dosis de crueldad en su voz. Puede que hubiese atacado a Bill, o tal vez fuera su amante.

En un instante se me pasó todo esto por la cabeza, pero, como ya era costumbre en mí, no dejé que mi rostro lo delatara. Saqué la mejor de mis sonrisas, enderecé la columna y dije con fingida despreocupación:

—¡Hola! Quedé con Bill en pasar esta noche a darle un recado. ¿Está por aquí?

La vampira se rió, burlona; nada a lo que no estuviera acostumbrada. Sentí que mi sonrisa se estiraba un grado más. Aquel bicho irradiaba peligro por cada poro de su piel.

—¡Bill, aquí hay una nena que quiere hablar contigo! —gritó por encima del esbelto, moreno y precioso hombro. Intenté no dar muestra alguna de alivio—. ¿Quieres ver a la humanita o le doy un amoroso muerdo?

«Por encima de mi cadáver», pensé, furiosa. Y luego me di cuenta de que ése podría ser precisamente el caso.

No oí la voz de Bill, pero la vampira se retiró y entré en la vieja casa. No tenía ningún sentido echar a correr; aquella «vampiresa» me habría atrapado antes de que pudiera dar cinco pasos. Además, no había visto a Bill, por lo que no podía estar segura de que a él no le hubiese pasado nada. Habría que echarle valor al asunto y esperar que todo saliese bien. Esto último siempre se me ha dado fenomenal.

El amplio recibidor estaba atiborrado de viejos muebles y de gente. Bueno, no sólo gente. Tras fijarme un poco más caí en la cuenta de que allí había dos personas y otros dos vampiros desconocidos. Eran blancos y de sexo masculino. Uno de ellos llevaba el pelo al uno y tenía cada centímetro visible de su piel cubierto de tatuajes. El otro era aún más alto que la vampira, calculé que mediría uno noventa y cinco. Tenía un porte magnífico y una larga melena, oscura y ondulada.

Los humanos no eran tan impresionantes. La mujer, de unos treinta y cinco años o más, era rubia y rechoncha. Se había pasado como un kilo con el maquillaje. Aparentaba estar más cascada que una zapatilla. Él era otra cosa. Nunca había visto a un chico tan guapo. No debía de tener más de veintiún años. Era moreno, quizá de origen hispano; menudo, de estructura fina y delicada. Llevaba puestos unos vaqueros recortados y nada más. Aparte del maquillaje, claro. No me sorprendió mucho, pero no me atraía.

En ese momento, Bill se movió y pude verlo entre las sombras del oscuro pasillo que conducía del salón a la parte posterior de la casa. Lo miré, tratando de encontrar la respuesta a tan extraña situación. Para mi consternación, su aspecto no resultaba nada tranquilizador. Su rostro carecía de expresión, su mirada era impenetrable. Aunque apenas podía creerlo, me descubrí pensando en lo estupendo que hubiera sido poder echar un vistazo a su mente.

—Bueno, la velada se presenta perfecta —dijo el vampiro de pelo largo. Parecía encantado—. ¿Es amiguita tuya, Bill? Muy refrescante.

Se me vinieron a la cabeza unas cuantas lindezas que le había escuchado a Jason.

—Si nos disculpáis a Bill y a mí un momento —dije, con toda cortesía, como si la reunión fuese de lo más normal—, me gustaría comentarle con quién he hablado para las obras de la casa —intenté adoptar un tono lo más impersonal y formal posible, aunque iba vestida con un short, una camiseta y unas Nike; un uniforme que no inspira mucho respeto profesional. En cualquier caso, esperaba transmitir la impresión de pensar que aquella agradable gente que acababa de conocer no podía, en ningún modo, suponer una amenaza para mí.

—Y decían que Bill se alimentaba exclusivamente a base de sangre sintética —dijo el vampiro de los tatuajes—. Al parecer, nos han informado mal, Diane.

La vampira ladeó la cabeza y me dirigió una prolongada mirada.

—Yo no estaría tan segura. A mí me parece que es virgen.

Estaba convencida de que Diane no hablaba de nada relacionado con el himen.

Aventuré un par de pasos hacia Bill, con la esperanza de que me defendiera si las cosas se ponían peor, aunque descubrí que no estaba tan segura de su posible reacción. Yo seguía sonriendo, deseando que actuara, que dijese algo. Y eso es lo que hizo.

—Sookie es mía —dijo con una voz gélida; tan fina que, de haberse tratado de una piedra, no habría provocado una sola onda al caer al agua.

Le lancé una súbita mirada, pero tuve suficiente cabeza como para no decir nada.

—¿Qué tal te has estado ocupando de nuestro Bill? —preguntó Diane.

—¿Y a ti qué coño te importa? —le respondí, aún sonriente, con una de las expresiones de Jason. Ya he dicho que tengo bastante genio.

Hubo una incómoda pausa. Todos, humanos y vampiros, parecían estar examinándome tan detenidamente como para contar cada pelo del vello de mis brazos. Entonces, el vampiro alto rompió a reír y el resto siguió su ejemplo. Aprovechando el momento, me acerqué un poco más a Bill. Sus oscuros ojos estaban clavados en mí —él no reía—, y tuve la clara impresión de que él deseaba que pudiera leer su mente tanto como yo.

Estaba claro que Bill corría algún tipo de peligro; y, si eso era así, yo también.

—Tienes una sonrisa muy rara —dijo el vampiro alto, pensativo. Me gustaba más cuando se reía.

—Vamos, Malcolm —dijo Diane—. A ti todas las humanas te parecen raras.

Malcolm atrajo al humano hacia sí y le estampó un largo beso. Estaba empezando a encontrarme mal. Ese tipo de cosas son íntimas.

—Eso es cierto —contestó Malcolm, retirándose un poco, para disgusto del joven—. Pero ésta tiene algo raro. Puede que su sangre esté rica.

—¡Bah! —dijo la mujer rubia, con una voz tan ácida como para agrietar la pintura de las paredes—. No es más que la loca de Sookie Stackhouse.

Miré a la mujer con más atención. Tras eliminar mentalmente unos cuantos años de mala vida y la mitad del maquillaje, la reconocí finalmente: Janella Lennox. Había sido camarera del Merlotte's. Sam había tardado en echarla dos semanas. Arlene me contó que se había mudado a Monroe.

El vampiro de los tatuajes rodeó a Janella con el brazo y empezó a sobarle el pecho. Palidecí. Estaba asqueada. Pero la cosa fue a peor cuando ella, con la misma indecencia, le puso la mano en la entrepierna y comenzó a frotar.

Por lo menos estaba claro que los vampiros sí que pueden mantener relaciones sexuales. En ese momento, no me pareció muy excitante saberlo.

Malcolm me había seguido mirando, y yo le había seguido mostrando mi desagrado.

—Sigue pura —le dijo a Bill, con una sonrisa llena de expectativas.

—Es mía —repitió Bill; ahora con mayor intensidad. La advertencia no habría podido ser más clara si hubiera venido de una serpiente de cascabel.

—Venga, Bill, no me irás a decir que esta cosita puede darte todo lo que tú necesitas —dijo Diane—. Se te ve mustio y con mal color. No te ha estado cuidando bien —me acerqué un par de centímetros más a Bill—. Vamos —le apremió Diane, a la que estaba empezando a odiar—. Prueba un sorbo de la que está con Liam o de Jerry, el precioso muchachito de Malcolm.

Janella ni se inmutó por que la ofreciesen por ahí —quizá porque estaba demasiado ocupada bajando la cremallera de los vaqueros de Liam— pero Jerry se deslizó encantado hacia Bill. Sonreí como si se me fueran a partir las mandíbulas mientras aquel crío lo abrazaba, le besaba el cuello y frotaba el pecho contra su camisa.

La tensión del rostro de mi vampiro resultaba terrible de contemplar. Desplegó sus colmillos. Era la primera vez que los veía completamente extendidos. Estaba claro, la sangre sintética no estaba cubriendo todas las necesidades de Bill.

Jerry comenzó a lamerle un lunar del cuello. Mantener la guardia en esta situación estaba empezando a resultarme imposible. Como tres de los presentes eran vampiros —cuyos pensamientos no podía oír— y Janella estaba completamente entregada a su tarea, sólo quedaba Jerry. «Escuché», y sentí arcadas.

Bill, temblando ante la tentación, ya se acercaba para hundir sus colmillos en el cuello de Jerry cuando grité:

—¡Para! ¡Tiene el sinovirus!

Como liberado de un hechizo, Bill me miró por encima del hombro de Jerry. Respiraba con pesadez pero sus colmillos se habían retraído. Aproveché la situación para avanzar unos pasos más. Ahora estaba a unos treinta centímetros de él.

—Sino-sida —dije.

La sangre de las personas alcohólicas o bajo la influencia de grandes dosis de drogas afectaba a los vampiros temporalmente, y se decía que algunos de ellos hasta disfrutaban con los efectos; pero jamás contraían sida, enfermedades de transmisión sexual o cualquier otra plaga que asolara a la humanidad.

Con excepción del sino-sida. Este virus no acababa con la vida de los vampiros con la misma certeza con que el del sida mataba a los humanos, pero los debilitaba enormemente durante aproximadamente un mes, período en el que resultaba relativamente fácil capturarlos y clavarles una estaca. Además, de vez en cuando sucedía que algún vampiro moría definitivamente —¿«remoría»?— sin necesidad de una estaca tras haberse estado alimentando en más de una ocasión con la sangre de un humano infectado. Aunque aún era poco frecuente en los Estados Unidos, el sino-sida estaba ganando terreno a pasos agigantados en ciudades portuarias como Nueva Orleans, en las que marineros y viajeros de muy diversa procedencia se mezclaban en un ambiente festivo.

Todos los vampiros estaban paralizados mirando a Jerry como a la misma muerte, algo que, quizá, para ellos, fuera precisamente a suponer.

El bello muchacho me cogió completamente desprevenida. Se giró y saltó sobre mí. No era un vampiro, pero era fuerte; estaba claro que la enfermedad se encontraba en una primera fase. Me empujó contra la pared que estaba a mi izquierda. Con una mano, me agarró del cuello y alzó la otra para golpearme en la cara. Aún estaba subiendo los brazos para defenderme cuando alguien asió la mano de Jerry. Se quedó completamente inmóvil.

—Suéltale la garganta —dijo Bill con una voz tan aterradora que yo misma me asusté. A estas alturas, dudaba de que volviera a sentirme a salvo alguna vez. Los dedos de Jerry no se aflojaban y emití una especie de lloriqueo sin pretenderlo en absoluto. Miré de reojo a ambos lados. Entonces me di cuenta de que Bill le estaba agarrando la mano y Malcolm lo había cogido por las piernas. Jerry, completamente lívido, estaba demasiado aterrado para comprender lo que se esperaba de él.

Todo se volvió muy confuso, un enjambre de voces zumbaba a mi alrededor. La mente de Jerry luchaba contra la mía. Era incapaz de mantenerle apartado. La imagen del amante que lo había contagiado nublaba su cerebro; un amante que le había abandonado por un vampiro; un amante al que el propio Jerry había asesinado en un virulento ataque de celos. Jerry sabía que iba a morir a manos de los vampiros que había querido matar, y su ansia de venganza no quedaba satisfecha con haberlos infectado.

Vi la cara de Diane por encima del hombro de Jerry. Estaba sonriendo.

Bill le rompió la muñeca.

Jerry gritó y cayó al suelo. El riego volvió a llegarme a la cabeza y estuve a punto de desmayarme. Malcolm recogió a Jerry y lo llevó al sofá, con la misma naturalidad que si fuera una alfombra enrollada, pero su rostro no tenía nada de natural; supe que Jerry tendría suerte si moría pronto.

Bill se colocó ante mí, ocupando el lugar en el que había estado Jerry. Con los dedos, los mismos que le habían fracturado la muñeca a Jerry, me acarició el cuello tan dulcemente como lo habría hecho mi abuela. Posó un dedo en mis labios para indicarme que debía guardar silencio.

Después, pasándome un brazo alrededor, se volvió a los vampiros.

—Todo esto ha sido muy entretenido —dijo Liam. Su voz sonaba tan serena como si Janella no estuviese allí mismo dándole un masaje íntimo sobre el sofá. No se había molestado en mover ni un dedo durante todo el incidente. Ahora tenía a la vista tatuajes que por nada del mundo hubiera podido imaginar. Me revolvían el estómago—. Pero creo que deberíamos ir pensando en regresar a Monroe. Habrá que tener una pequeña charla con Jerry cuando se despierte, ¿verdad, Malcolm?

Malcolm se echó al hombro a Jerry, que estaba inconsciente. Diane parecía decepcionada.

—Oye, tíos —protestó—. No nos hemos enterado de por qué lo sabía ésta.

La mirada de los dos vampiros se fijó al mismo tiempo en mí. Casualmente, Liam eligió ese preciso instante para correrse. Vale, sí que podían hacerlo. Tras un breve suspiro de culminación, dijo:

—Gracias, Janella. Buena pregunta. Malcolm, nuestra querida Diane ha vuelto a ir directa a la yugular —y los tres vampiros rieron como si aquel chiste tuviera mucha gracia, aunque a mí me parecía espantoso.

—Todavía no puedes hablar, ¿verdad, cariño? —Bill me apretó el hombro mientras preguntaba, como si no fuera a pillar la indirecta.

Sacudí la cabeza.

—Creo que yo podría hacerla hablar —se ofreció Diane.

—Diane, te olvidas de que… —dijo Bill con suavidad.

—Ah, sí. Que es tuya —le interrumpió Diane. Pero no parecía que estuviera ni amedrentada ni muy convencida.

—Ya iremos a veros en alguna otra ocasión —dijo Bill con un tono que dejaba claro que tendrían que irse o luchar con él.

Liam se puso en pie, se subió la bragueta y le hizo un gesto a su hembra humana.

—Vamos, Janella. Nos están desalojando —los tatuajes de sus musculosos brazos se tensaron mientras se estiraba. Janella pasó las manos por su costado como si no pudiera tener bastante de él. Liam la apartó sin ninguna delicadeza, como si fuera una mosca. Ella pareció irritada; a mí me habría mortificado, pero Janella parecía estar acostumbrada a esa clase de tratamiento.

Malcolm cogió a Jerry y lo sacó por la puerta principal sin mediar palabra. Si beber la sangre de Jerry le había transmitido el virus, desde luego éste aún no le había debilitado lo más mínimo. Diane salió la última. Se echó el bolso al hombro y lanzó una ávida mirada hacia atrás.

—Bueno, tortolitos, entonces os dejaré a solas. Ha estado muy bien, cielo —dijo frívolamente, y salió dando un portazo.

En cuanto escuché arrancar el coche, me desmayé; algo que nunca jamás había hecho, y que espero no volver a hacer, aunque en esta ocasión me pareció más que justificado.

Daba la impresión de que pasaba bastante tiempo inconsciente cerca de Bill. Sabía que tenía que considerar esta cuestión, de vital importancia, pero aquél no era el momento. Cuando volví en mí, todo lo que había visto y oído se agolpó en mi mente y sentí náuseas de verdad.

Inmediatamente, Bill me inclinó sobre el borde del sofá aunque conseguí reprimir el vómito, quizá porque no tenía casi nada en el estómago.

—¿Todos los vampiros se comportan así? —susurré. Tenía la garganta magullada y dolorida—. Son horribles.

—Intenté localizarte en el bar cuando me enteré de que no estabas en casa —dijo Bill con tono neutro—, pero ya te habías ido.

Aunque sabía que no valía para nada, empecé a llorar. Para entonces, Jerry debía de estar muerto y sentí que debería haber hecho algo para evitarlo. Por otra parte, no podía callarme cuando estaba a punto de infectar a Bill. Había tantas cosas de aquel breve episodio que me habían afectado profundamente que no sabía por dónde empezar a asimilarlas. En no más de quince minutos había temido por mi vida, por la de Bill —bueno, más bien, por su existencia—; había sido testigo de actos sexuales que deberían ser estrictamente privados; había visto a mi posible amorcito en las garras de una sangrienta lujuria —y hago énfasis en «lujuria»— y un chapero había estado a punto de asfixiarme.

Tras pensarlo dos veces, me concedí permiso absoluto para desahogarme. Me senté, me puse a llorar y luego me sequé las lágrimas con un pañuelo que Bill me había dejado. Dediqué unos instantes a preguntarme para qué necesitaría un pañuelo un vampiro, lo que constituyó un pequeño remanso de normalidad ahogado en un mar de lágrimas y nervios.

Bill mostró tener sentido común al no abrazarme. Se sentó en el suelo y tuvo la delicadeza de apartar la mirada mientras me enjugaba el llanto.

—Cuando los vampiros viven en nidos —dijo de repente— suelen hacerse más crueles porque se incitan a ello entre sí. Se ven reflejados en los otros constantemente y eso les hace recordar lo mucho que distan de ser humanos. Dictan sus propias leyes. Los vampiros como yo, que vivimos solos, tenemos más facilidad para acordarnos de nuestra antigua condición de humanos —escuché su suave voz reproducir lentamente sus pensamientos, mientras Bill intentaba explicarme lo inexplicable—. Sookie, nuestra vida consiste, y durante siglos ha consistido, en seducir y tomar. La sangre sintética y la reacia aceptación de los humanos no va a cambiar ese hecho de la noche a la mañana; ni siquiera en una década. Diane, Liam y Malcolm llevan cincuenta años juntos.

—¡Qué romántico! —dije, y en mi voz escuché algo que nunca antes había mostrado: mordacidad—. Son sus bodas de oro.

—¿Podrías olvidarte de todo esto? —me preguntó. Sus enormes ojos oscuros estaban cada vez más cerca. Su boca sólo estaba a cinco centímetros de la mía.

—No lo sé —contesté, y, sin pensarlo, añadí—: ¿Sabes? No sabía si podrías hacerlo.

—¿Hacer qué? —preguntó, arqueando las cejas inquisitivamente.

—Tener... —y me detuve, pensando en un modo amable de expresarlo. Aquella tarde había presenciado más ordinariez que en toda mi vida y no quería añadir ninguna más—... una erección —dije, eludiendo su mirada.

—Pues ahora ya lo sabes —sonaba como si estuviera intentando no encontrarlo gracioso—. Podemos mantener relaciones sexuales, pero no tener hijos o dejar embarazada a una mujer. ¿No te sientes mejor al saber que Diane no puede tener niños?

Me estaba sacando de quicio. Abrí mucho los ojos y le miré fijamente. Luego, marcando mucho cada palabra, le dije:

—No te rías de mí.

—Venga, Sookie —dijo, y acercó la mano para acariciarme.

Esquivé su mano y me puse en pie con dificultad. Afortunadamente, no intentó ayudarme. Se quedó mirándome con la cara inmóvil, completamente indescifrable. Sus colmillos estaban replegados, pero sabía que aún sentía hambre. Peor para él.

Mi bolso estaba en el suelo, junto a la puerta de entrada. Con pasos inseguros, empecé a caminar. Saqué la lista de electricistas del bolsillo y la dejé en la mesa.

—Me tengo que ir.

De repente estaba delante de mí. Había vuelto a hacer uno de esos trucos de vampiros.

—¿Puedo darte un beso de despedida? —me preguntó con los brazos en los costados, dejando muy claro que no me tocaría hasta que yo se lo permitiera.

—No —dije con vehemencia—. No lo soportaría después de todo esto.

—Iré a verte.

—Vale. Como quieras.

Se adelantó para abrirme la puerta, pero pensé que iba a agarrarme y me estremecí. Me giré bruscamente y casi corrí hasta el coche, con los ojos empañados en lágrimas de nuevo. Me alegré de que el camino a casa fuera tan corto.

3

El teléfono llevaba un rato sonando. Me tapé la cabeza con la almohada; seguro que la abuela podía cogerlo. Como aquel irritante sonido persistía, me imaginé que la abuela debía de haber salido a hacer la compra o que estaría fuera, trabajando en el jardín. Comencé a arrastrarme hasta la mesilla, no muy feliz, aunque resignada. Con el dolor de cabeza y los remordimientos de quien tiene una resaca de espanto —aunque la mía era más de tipo emocional que alcohólico—, extendí una temblorosa mano para coger el auricular.

—¿Sí? —dije. No me salió muy bien. Me aclaré la voz y lo intenté de nuevo—: ¿Diga?

—¿Sookie?

—Hum. ¿Sam?

—Sí. Oye, cielo, ¿me haces un favor?

—¿Qué? —ese día ya tenía que ir a trabajar y no me apetecía nada tener que cargar con el turno de Dawn y además el mío.

—Pásate por casa de Dawn y entérate de qué le pasa, ¿vale? No coge el teléfono y ha vuelto a faltar. Acaba de llegar el camión de reparto y tengo que decirles a los chicos dónde tienen que poner las cosas.

—¿Ahora? ¿Quieres que vaya ahora? —las sábanas de mi vieja cama nunca habían tirado de mí con tanta fuerza.

—Por favor —estaba empezando a darse cuenta de que no estaba de humor. Y eso era extraño. Nunca le había negado nada a Sam.

—Bueno —dije, sintiéndome agotada ante la mera idea. No es que me encantara Dawn, ni yo a ella. Estaba convencida de que le había leído la mente para contarle a Jason algo que ella pensaba, y que por eso él la había dejado. Si me tomara ese tipo de interés en las relaciones de Jason, no tendría tiempo ni de comer ni de dormir.

Me duché y me puse el uniforme de trabajo, con torpes movimientos. Todo mi dinamismo se había disipado, lo mismo que una gaseosa destapada. Tomé unos cereales y me lavé los dientes. Le conté a la abuela adónde iba en cuanto logré localizarla: había estado fuera, plantando petunias en una jardinera que había junto a la puerta de atrás. No pareció enterarse muy bien de lo que le decía, pero sonrió y agitó la mano en señal de despedida, de todos modos. La abuela se iba quedando más sorda cada semana, pero no era de extrañar, ya que tenía setenta y ocho años. Era increíble que aún siguiera tan sana y fuerte, y con la cabeza en su sitio.

Mientras me dirigía a cumplir mi indeseada misión, pensé en lo duro que habría sido para la abuela criar a otros dos niños, después de haberlo hecho ya con los suyos propios. Mi padre, su hijo, había muerto cuando yo tenía siete años y Jason diez. Cuando yo contaba veintitrés, mi tía Linda —la hija de la abuela— había muerto de cáncer de útero. Su hija, mi prima Hadley, ya había desaparecido en el mismo mundillo que había generado a los Rattray bastante antes de que mi tía muriera; de hecho, hoy en día aún no sabemos si se ha enterado de la muerte de su madre. Tiene que haber sido muy doloroso para ella sobrellevar todo eso, pero la abuela siempre se ha mantenido fuerte por nosotros.

A través del parabrisas divisé los tres pequeños adosados que se erigían a un lado de la calle Berry, que discurría entre un par de manzanas decrépitas más allá del centro de Bon Temps. Dawn vivía en uno de ellos. Allí, en la entrada de una de las casas en mejor estado, estaba su coche, un compacto verde. Aparqué tras él. Dawn había colgado una maceta de begonias junto a la puerta de entrada, pero parecían estar secas. Llamé a la puerta.

Esperé un minuto o dos, y volví a llamar.

—Sookie, ¿necesitas ayuda? —la voz me resultó muy familiar. Me giré y me protegí los ojos del sol matinal. Rene Lenier estaba junto a su camioneta, que estaba aparcada al otro lado de la calle frente a una de las casas prefabricadas que poblaban el vecindario.

—Pues... —comencé a decir. No estaba segura de si iba a necesitar ayuda, o de si Rene podría proporcionármela—. ¿Has visto a Dawn? Lleva un par de días sin ir a trabajar y no ha llamado para avisar. Sam me ha pedido que me pase por aquí.

—Sam debería ocuparse él mismo del trabajo sucio —dijo Rene, lo que, por algún retorcido mecanismo, me hizo intentar justificar a mi jefe.

—Había llegado el camión de reparto y tenía que descargar —me giré y llamé una vez más—: ¡Dawn! —grité—. Vamos, déjame pasar —bajé la vista y me fijé en el cemento del porche. El polen de los pinos había empezado a desprenderse hacía un par de días y prácticamente cubría la amarilla superficie del porche. Las únicas pisadas eran las mías. Empecé a sentir cierta inquietud.

Apenas me di cuenta de que Rene se había quedado junto a la puerta de su camioneta, sin decidir si marcharse o no.

El adosado de Dawn sólo tenía una planta y era bastante pequeño. De hecho, la puerta de entrada a la otra casa estaba a muy pocos centímetros de la suya. Parecía que no estaba ocupada: el acceso estaba completamente despejado y no había cortinas en las ventanas. Dawn había tenido el decoro de colgar cortinas; eran blancas con flores de color amarillo oscuro. Estaban corridas pero el tejido era muy fino y no tenían forro. Además, no había bajado las persianas, así que se podía echar un vistazo al interior. El mobiliario del salón era de mercadillo. Había una taza de té en una mesita. Al lado divisé una desgastada butaca y un viejo sofá cubierto por una colcha de ganchillo.

—Creo que voy a echar un vistazo a la parte de atrás —le avisé a Rene. De inmediato, empezó a cruzar la calle como si le hubiera dado la señal que había estado esperando. Pisé el césped, que parecía amarillo por el polen, y pensé que me iba a tener que sacudir el calzado, y quizá también los calcetines, antes de ir a trabajar. En las épocas de floración del pino, todo se vuelve amarillo: los coches, las plantas, los tejados, las ventanas. Todo aparece cubierto de un manto dorado. Hasta las lagunas y pozás lucen una especie de corona a su alrededor.

La ventana del baño de Dawn estaba tan alta que no podía asomarme a ella. Había bajado las persianas del dormitorio, pero se podía mirar a través de las rendijas. Dawn estaba tumbada boca arriba. La ropa de cama estaba revuelta. Ella tenía las piernas abiertas y el rostro hinchado y descolorido. Tenía la lengua fuera y una docena de moscas revoloteaba alrededor.

Escuché a Rene colocarse tras de mí.

—Vete a llamar a la policía —le dije.

—¿Por qué? ¿La has visto?

—*¡Vete a llamar a la policía!*

—Vale, vale —Rene emprendió una rápida retirada.

Algún tipo de solidaridad femenina me hizo procurar evitar que Rene la viera así, sin su consentimiento. Y desde luego, Dawn no estaba como para consentir.

Permanecí con la espalda contra la ventana, sintiéndome terriblemente tentada de volver a mirar, con la vaga esperanza de haberme equivocado en la primera ocasión. Me pregunté cómo los inquilinos del adosado de enfrente, que no estaban a más de un par de metros, no habrían escuchado nada; sobre todo, con el grado de violencia que todo aquello demostraba.

Entonces regresó Rene. Su curtido rostro estaba fruncido en una expresión de gran preocupación, y sus relucientes ojos marrones parecían al borde de las lágrimas.

—¿Puedes avisar también a Sam? —le pedí. Sin mediar palabra, se volvió y regresó a su casa. Estaba portándose muy bien. A pesar de su tendencia al cotilleo, Rene siempre se mostraba dispuesto a ayudar a quien lo necesitara. Me acordé de que había ido a casa a ayudar a Jason a instalar el columpio del porche, por poner un ejemplo de un día muy distinto a éste.

El adosado de enfrente era exactamente idéntico al de Dawn, por lo que estaba mirando directamente a la ventana del dormitorio. Apareció una cara y se abrió la ventana. Una cabeza despeinada se asomó por ella.

—¿Qué estás haciendo por aquí, Sookie Stackhouse? —inquirió con lentitud una profunda voz masculina. Lo miré unos instantes hasta que conseguí situar aquella cara, intentando no fijarme con excesivo descaro en el esbelto torso desnudo de su propietario.

—¿J.B.?

—Pues claro.

Había ido al instituto con J.B. du Rone. De hecho, algunas de mis escasas citas las había tenido con él, que era un encanto, pero tan simple que le daba igual si podía leer su mente o no. Incluso en aquellas circunstancias, no pude sino apreciar su belleza. Cuando se han reprimido los instintos hasta el extremo en que yo lo había hecho, no hace falta mucho para que se desaten. Lancé un suspiro al contemplar los musculosos brazos y el tórax de J.B.

—¿Qué haces ahí fuera? —volvió a preguntar.

—Parece que algo le ha pasado a Dawn —contesté, sin saber si contárselo o no—. Mi jefe me ha enviado a ver qué pasaba porque lleva un par de días sin ir a trabajar.

—¿Está ahí dentro? —J.B. saltó por la ventana. Llevaba unos pantalones cortos, unos vaqueros cortados.

—Por favor, no mires —le pedí interponiendo la mano y, sin aviso previo, me puse a llorar. Últimamente lo hacía muy a menudo—. Está horrible, J.B.

—Vaya, cielo —dijo y, alabado sea su corazón sureño, me rodeó con un brazo y me dio unas palmaditas en el hombro. Por Dios que reconfortar a cualquier mujer

106

atribulada que anduviese cerca constituía una prioridad para J.B. du Rone.

—A Dawn le gustaba lo extremo —dijo en tono de consuelo, como si eso lo explicara todo. Puede que para cierta gente pero no para mí, que tenía tan poco mundo.

—¿Qué extremo? —pregunté, esperando encontrar algún pañuelo en el bolsillo.

Alcé la mirada y vi que se sonrojaba un poco.

—Pues, a ella... Uf, Sookie, no tienes por qué oírlo.

Yo disfrutaba de una reputación de inocencia muy extendida, lo que no dejaba de ser irónico. Y en ese momento, hasta inconveniente.

—Me lo puedes decir, trabajaba con ella —J.B. asintió con solemnidad, como si le pareciera que eso lo justificase todo.

—Bueno, cielo, el caso es que le gustaban que los hombres, pues, que la mordieran y golpearan, y todo eso —J.B. parecía no poder explicarse tales preferencias. Debí de poner una cara rara porque me dijo—: Ya, yo tampoco entiendo cómo a alguien le puede gustar eso.

Nunca dispuesto a dejar pasar una oportunidad de tocar pelo, J.B. me rodeó con los dos brazos y siguió con las palmaditas, concentrándose especialmente en el centro de mi espalda —en otras palabras, comprobando si llevaba sujetador— y luego bastante más abajo —creí recordar que a J. B. le gustaban los traseros firmes.

Tenía un montón de preguntas en la punta de la lengua, pero no me atrevía a pronunciarlas. Llegó la policía, personificada por Kenya Jones y Kevin Pryor. Cuando el jefe de la policía local los había asignado como pareja, todo el pueblo comentó que había demostrado tener un gran sentido del humor, ya que Kenya medía por lo menos uno ochenta, era negra como el carbón, y tenía una constitución a prueba de huracanes. Por su parte, Kevin tenía una estatura de uno setenta y cinco; era pálido e increíblemente pecoso, y poseía la estructura magra y fina de un atleta. Por extraño que parezca, los dos Kas se llevaban de perlas, aunque también habían mantenido alguna que otra disputa memorable.

En aquel momento, sólo se podía pensar en ellos como policías.

—¿De qué va todo esto, señorita Stackhouse? —preguntó Kenya—. Rene dice que a Dawn Green le ha pasado algo —mientras hablaba, había examinado detenidamente a J.B. Por su parte, Kevin inspeccionaba el terreno que nos rodeaba. No sabía por qué, pero seguramente había algún buen motivo.

—Mi jefe me ha enviado esta mañana para que averiguase por qué Dawn llevaba dos días sin ir a trabajar —le dije—. He llamado a la puerta pero no ha contestado, y como tiene el coche ahí fuera, me he empezado a preocupar. Entonces me he venido a la parte de atrás para echar un vistazo por la ventana, y ahí está —señalé a su espalda y los dos agentes se giraron para mirarla. Luego, intercambiaron una mirada y asintieron, como si hubieran mantenido toda una conversación. Mientras Kenya se ocupaba de la ventana, Kevin se acercó a la puerta de atrás.

J.B. se había olvidado de darme palmaditas para dedicarse por completo a observar el trabajo policial. De hecho, tenía la boca entreabierta, enseñando así su perfecta dentadura. Quería mirar por la ventana más que nada en el mundo, pero era imposible abrirse paso a través de Kenya, que ocupaba todo el espacio disponible.

Ya no quería seguir escuchando mis propios pensamientos ni un segundo más. Así que me relajé, bajé la guardia y escuché los de los demás. Entre el bullicio, escogí una trama de pensamiento y me concentré en ella.

Kenya Jones se volvió para mirar en nuestra dirección sin realmente vernos. Estaba considerando todo lo que Kevin y ella tenían que hacer para llevar a cabo una investigación tan ceñida al manual como cabía esperar de unos agentes de Bon Temps. Se estaba acordando de que había oído comentarios poco halagüeños acerca de Dawn y sus gustos sexuales. Entonces, pensó que no era de extrañar que hubiera acabado mal, aunque le daba pena cualquiera que terminara con todas esas moscas paseándose por encima. Luego se acordó del donut de más que se había comido aquella mañana y lamentó haberlo hecho porque si terminaba vomitando, avergonzaría a su raza.

Después sintonicé el otro canal.

J.B. se estaba imaginando a Dawn siendo asesinada en plena sesión de sexo extremo a tan sólo unos metros de él. A pesar de que era espantoso, resultaba excitante, y Sookie todavía tenía un tipazo. Ojalá se la pudiera tirar ahora mismo. Era muy dulce y agradable. Estaba intentado deshacerse de la humillación que había sentido cuando Dawn le había pedido que la golpeara y él no había sido capaz. Y mira que hacía ya tiempo de aquello.

Cambié de canal.

Kevin dobló la esquina pensando que más valía que ni Kenya ni él borraran ninguna prueba y alegrándose de que nadie más supiera que él había dormido con Dawn

Green. Se sentía furioso de que una mujer conocida hubiese sido asesinada, y deseaba con todas sus fuerzas que no hubiese sido un negro, porque eso complicaría aún más su relación con Kenya.

Volví a cambiar.

Rene Lenier estaba deseando que alguien viniera a llevarse el cuerpo. Esperaba que nadie supiera que se había acostado con Dawn. Sus pensamientos no me llegaban con claridad. Sólo percibía una maraña de tristes y oscuras reflexiones. Hay personas en las que no puedo hacer una buena lectura, y él estaba muy agitado.

Sam se aproximó corriendo hacia mí y aflojó el ritmo cuando vio que J.B. me estaba agarrando. No pude leerle la mente. Podía sentir sus emociones —en ese momento, una mezcla de preocupación, pesadumbre y furia— pero no era capaz de descifrar un solo pensamiento. Me sentí tan sorprendida y fascinada que me aparté del abrazo de J.B., deseando acercarme a Sam, coger sus brazos y mirarle a los ojos para intentar penetrar en su cerebro. Me acordé de cuando me abrazó y yo me había retirado. Justo en ese momento me *sintió* en su cabeza y, aunque continuó avanzando hacia mí, su mente se apartó. Cuando me había invitado a entrar, no había previsto que yo me daría cuenta de que era diferente a los demás. Pude percibir eso antes de que me expulsara.

Nunca había sentido algo así. Era como una puerta de hierro cerrándose en mi cara.

Había estado a punto de tocarle de manera instintiva, pero dejé caer la mano a un lado. Deliberadamente, Sam miró a Kevin, en vez de a mí.

—¿Qué sucede, agente? —le preguntó.

—Vamos a forzar la entrada, señor Merlotte; a menos que tenga usted una llave maestra.

¿Por qué iba a tener Sam una llave maestra?

—Es mi casero —me dijo J.B. al oído, y pegué un respingo.

—¿Ah, sí? —pregunté tontamente.

—Es el propietario de los tres adosados.

Sam había estado rebuscando en los bolsillos y finalmente sacó un manojo de llaves. Las fue pasando con pericia hasta detenerse en una y separarla de las demás. La sacó del llavero y se la entregó a Kevin.

—¿Vale para la puerta principal y la trasera? —inquirió Kevin. Sam asintió. Seguía sin mirarme.

Kevin fue hasta la puerta trasera del adosado, fuera del alcance de nuestra vista. Nos quedamos tan callados que le oímos desatrancar la puerta. Luego, entró en el dormitorio en que se hallaba el cadáver, y le vimos torcer al gesto al percibir el hedor que provenía de aquel cuerpo. Tapándose la nariz y la boca con una mano, se inclinó sobre el cadáver y le puso los dedos en el cuello. Miró por la ventana y sacudió la cabeza en señal a su compañera. Kenya asintió y se dirigió al coche patrulla para hacer una llamada por radio.

—Oye, Sookie, ¿te apetecería quedar a cenar esta noche? —me preguntó J.B.—. Esto tiene que haberte resultado muy duro, y necesitarás un poco de diversión que lo compense.

—Gracias, J.B. —era plenamente consciente de que Sam estaba escuchando—. Es muy considerado por tu parte, pero me da la sensación de que hoy voy a tener que trabajar horas extras.

111

Durante un breve instante su hermoso rostro perdió toda expresión. Luego, comenzó a mostrar signos de entendimiento.

—Ya. Sam va a tener que contratar a otra persona —señaló—. Tengo una prima en Springhill que está buscando trabajo. A lo mejor la aviso. Ahora podríamos vivir al lado.

Le sonreí, aunque muy débilmente, y me mantuve pegada al hombre con el que llevaba dos años trabajando.

—Lo siento, Sookie —me dijo, muy bajito.

—¿Por qué? —mi propio tono era inaudible. ¿Se refería a lo que nos acababa de pasar, o, mejor dicho, a lo que él no había dejado suceder?

—Por enviarte a ver qué pasaba con Dawn. Debería haber venido yo mismo, pero estaba seguro de que tenía un nuevo rollo y necesitaba que le recordaran lo que significa trabajar. La última vez que vine a por ella se puso hecha una fiera y no quería tener que volver a pasar por eso. Como un cobarde, te he enviado a ti y mira lo que has tenido que ver.

—Eres una caja de sorpresas, Sam.

No se volvió a mirarme ni hizo ningún comentario, pero entrelazó sus dedos con los míos. Nos quedamos un buen rato allí, al sol, cogidos de la mano, mientras la gente revoloteaba a nuestro alrededor. Tenía la palma de la mano seca y caliente, y sus dedos eran fuertes. Sentí que verdaderamente había conectado con otro ser humano. Pero luego aflojó la mano y se adelantó para hablar con el inspector que estaba saliendo del coche. Entonces J.B. se puso a hacerme preguntas sobre el aspecto del cadáver, y el mundo regresó a su sempiterna rutina.

El contraste fue cruel. Volví a sentirme completamente agotada y empecé a recordar la noche anterior con más detalle del que me hubiera gustado. El mundo parecía un lugar perverso y terrible, poblado por sospechosas criaturas; y yo, el inocente cordero que vagaba por el valle de la muerte con un cencerro al cuello. Con grandes zancadas fui hacia mi coche. Abrí la puerta y me senté de lado. Ya iba a pasar mucho tiempo de pie ese día; me sentaría mientras pudiera.

J.B. me siguió. Ahora que me había redescubierto, no me iba a dejar marchar así como así. Me acordé de que cuando aún iba al instituto, la abuela se había hecho muchas ilusiones con respecto a nosotros. Pero lo cierto es que hablar con J.B., o leer su mente, resultaba tan interesante como una cartilla de primaria para un lector avezado. Que alguien tan lerdo tuviese un cuerpo tan elocuente debía de ser una broma de Dios.

Se arrodilló ante mí y me cogió de la mano. Me sorprendí pensando en lo maravilloso que sería que alguna vieja y adinerada dama pasara por allí y le propusiera matrimonio. Alguien que le cuidara y disfrutara de lo que él podía ofrecer. Se estaría llevando una ganga.

—¿Dónde trabajas ahora? —le pregunté, sólo por distraerme.

—En el almacén de mi padre —me contestó.

Ése era el último recurso, el trabajo al que J.B. siempre regresaba cuando le despedían por hacer alguna estupidez, no aparecer, u ofender de modo imperdonable a alguno de sus supervisores. El padre de J.B. tenía un taller de repuestos para el automóvil.

—¿Y qué tal os va?

—Pues bien. Oye, Sookie, deberíamos hacer algo juntos.

«No me tientes», pensé.

Algún día las hormonas se iban a apoderar de mí y haría algo que lamentaría después; y podía ser bastante peor que hacerlo con J.B. Pero decidí contenerme y esperar a algo mejor.

—Gracias, cielo —le dije—. A lo mejor más adelante. Ahora mismo no me encuentro muy bien.

—¿Estás enamorada del vampiro? —me preguntó sin ambages.

—¿Dónde has oído eso?

—Es lo que Dawn decía —su cara se nubló al acordarse de que Dawn estaba muerta. Lo que Dawn había dicho, descubrí inspeccionando su mente, era: «Al vampiro nuevo le gusta Sookie Stackhouse. Yo le iría mejor. Necesita a alguien a quien le gusten las emociones fuertes, y Sookie gritaría si la tocara».

No tenía sentido enfadarse con una muerta, pero me concedí ese capricho durante unos segundos.

Luego, el inspector se encaminó hacia nosotros y J.B. se puso en pie para alejarse.

El inspector adoptó la misma postura que J.B., acuclillándose frente a mí. Debía de tener muy mal aspecto.

—¿Señorita Stackhouse? —preguntó, con ese tono de gravedad que muchos profesionales emplean en los momentos críticos—. Soy Andy Bellefleur —los Bellefleur llevaban asentados en Bon Temps casi tanto tiempo como el que había pasado desde su fundación, así que no encontré especialmente gracioso que un hombre se apellidara «bella flor». De hecho, lo sentí por quienquiera

114

que lo hiciera, a la vista de la imponente estampa del inspector. Este miembro de la familia en particular se había graduado justo un año antes que Jason, y yo había ido a clase con su hermana, Portia.

Él también me había estado ubicando.

—¿Qué tal le va a tu hermano? —me preguntó en voz baja, aunque el tono no era del todo neutro. Parecía haber tenido algún encontronazo que otro con Jason.

—Por lo poco que sé, le va bien —respondí.

—¿Y a tu abuela?

—Esta mañana ha estado plantando flores en el jardín —dije, con una sonrisa.

—Eso está bien —dijo, con esa sincera sacudida de cabeza que suele indicar sorpresa y admiración—. Bueno, parece ser que trabajas en el Merlotte's.

—Así es.

—¿Igual que Dawn Green?

—Sí.

—¿Cuándo viste a Dawn por última vez?

—Hace dos días, en el trabajo —me sentía completamente exhausta. Sin levantar las piernas del suelo ni mi brazo del volante, me recosté en el asiento del conductor.

—¿Hablaste con ella?

Intenté hacer memoria.

—Creo que no.

—¿Mantenías una relación estrecha con ella?

—No.

—¿Y por qué has venido hoy? —le expliqué que Dawn no había ido ayer a trabajar y que Sam me había pedido que me pasara por allí—. ¿Le contó el señor Merlotte por qué no podía venir él mismo?

115

—Sí, había llegado un camión de reparto y tenía que ayudar a poner las cosas en su sitio —la mitad de las veces, Sam se ponía a descargar las cajas para aligerar el proceso.

—¿Crees que el señor Merlotte mantenía algún tipo de relación con Dawn?

—Bueno, era su jefe.

—No. Quiero decir fuera del trabajo.

—Entonces, no.

—Pareces muy segura.

—Lo estoy.

—¿Estás saliendo con Sam?

—¿No?

—Entonces, ¿por qué estas tan segura?

Buena pregunta. ¿Porque de vez en cuando había oído pensamientos que indicaban que si Dawn no odiaba a Sam, desde luego no le tenía mucho cariño? No era muy inteligente decirle eso al inspector.

—A Sam le gusta mantener una atmósfera profesional —contesté. Me sonaba ridículo hasta a mí, pero era la pura verdad.

—¿Estabas al corriente de la vida privada de Dawn?

—No.

—¿No os llevabais bien?

—No especialmente —mi mente se puso a divagar, mientras el inspector ladeaba la cabeza, sumido en sus propias reflexiones. Al menos eso era lo que parecía.

—¿Y eso por qué?

—Supongo que no teníamos nada en común.

—¿Como qué? Dame un ejemplo.

Resoplé exasperada. Si no teníamos nada en común, ¿cómo iba a darle un ejemplo?

—Vale —dije lentamente—. Dawn llevaba una vida social muy activa, y le gustaba estar con hombres. No le apetecía mucho pasar tiempo con otras chicas. Su familia es de Monroe, así que no tiene lazos familiares aquí. Además, bebía y yo no. Yo leo mucho y ella jamás había abierto un libro. ¿Está bien así?

Andy Bellefleur inspeccionó mi expresión para ver si decía la verdad. Lo que vio debió de tranquilizarlo.

—Así que ¿nunca quedabais fuera del trabajo?

—Eso es.

—Entonces, ¿no te pareció extraño que Sam te pidiera que vinieras a verla?

—Pues la verdad es que no —contesté, muy resuelta. Por lo menos no me lo parecía ahora, después de que Sam me hubiera contado el numerito de Dawn—. Esto me queda de camino al bar, y no tengo niños, como Arlene, la otra camarera que hace mi turno. Así que me era más fácil a mí —eso tenía sentido, pensé. Si le hubiera dicho que Dawn se había puesto a gritar la última vez que Sam había venido, habría dado una impresión equivocada.

—¿Qué hiciste anteayer después de trabajar, Sookie?

—No fui a trabajar. Tenía el día libre.

—¿Y qué planes tenías?

—Estuve tomando el sol y ayudé a mi abuela a limpiar la casa porque teníamos visita.

—¿De quién se trataba?

—Se trataba de Bill Compton.

—El vampiro.

—Sí.

—¿Hasta qué hora permaneció el vampiro en tu casa?

117

—No sé. Puede que hasta medianoche, o la una de la madrugada.

—¿Qué impresión te dio?

—Pues…, buena.

—¿Parecía crispado o irritado?

—No.

—Señorita Stackhouse, tendremos que seguir hablando en comisaría. Este asunto nos va a llevar algún rato aquí, como es evidente.

—Está bien, supongo.

—¿Podrías volver en un par de horas?

—Si Sam no me necesita en el bar… —dije, comprobando la hora.

—La cuestión, señorita Stackhouse, es que este asunto tiene más importancia que trabajar en un bar.

Vale, ya me había cabreado. No porque no pensase que la investigación de un asesinato fuese más importante que llegar puntual al trabajo, hasta ahí estábamos de acuerdo; sino porque percibí claramente el desprecio implícito hacia mi trabajo.

—Puede que pienses que mi trabajo no vale gran cosa, pero se me da bien y me gusta. Soy tan digna de respeto como tu hermana, la abogada. Y no lo olvides: no soy una idiota, ni una guarra.

El inspector enrojeció muy despacio y con poca gracia.

—Lo siento —dijo, muy envarado. Seguía intentando negar la antigua relación, el instituto en común, el contacto entre ambas familias. Pensando que debería haber ejercido en otro pueblo, donde pudiera tratar a la gente de la manera en que él creía que un agente de policía debería.

—No, te iría mejor aquí si corrigieras esa actitud —le dije. Sus ojos grises centellearon y experimenté una satisfacción casi infantil por haberlo dejado sin palabras, aunque estaba segura de que antes o después tendría que pagar por ello. Siempre que daba una muestra de mi tara, terminaba ocurriendo lo mismo.

En general, la gente salía despavorida cuando les ofrecía una dosis de lectura mental, pero Andy Bellefleur estaba maravillado.

—Entonces, es cierto —soltó, como si estuviéramos en cualquier sitio a solas en vez de en la entrada de un decrépito adosado de la Luisiana rural.

—No, olvídalo —me apresuré a decir—. Es sólo que a veces sé lo que piensa la gente por los gestos que hacen.

Intencionadamente, él se puso a pensar en desabotonarme la blusa, pero yo ya estaba en guardia, y me limité a sonreír ampliamente. De todos modos, creo que no conseguí engañarlo.

—Cuando estés listo, pásate por el bar. Podemos hablar en el almacén o en el despacho de Sam —dije con firmeza, e introduje las piernas en el coche.

Cuando llegué allí, el bar era un hervidero de gente. Sam había llamado a Terry Bellefleur, un primo segundo de Andy, si no recuerdo mal, para que se ocupara del bar mientras él hablaba con la policía en casa de Dawn. Terry lo había pasado mal en Vietnam y subsistía con estrecheces gracias a una pensión por algún tipo de invalidez de guerra. Lo habían herido, capturado y retenido durante dos años; y sus pensamientos daban tanto miedo que ponía un cuidado especial cuando él estaba cerca. Terry había tenido una vida muy dura y actuar con normalidad le resultaba todavía más difícil que a mí. Gracias a Dios, Terry no bebía.

Mientras cogía la bandeja y me lavaba las manos, le di un pequeño beso en la mejilla. A través de la ventana de la cocina, vi a Lafayette Reynold, el cocinero, dándole la vuelta a unas hamburguesas y metiendo unas patatas en la freidora. En el Merlotte's se sirven también algunos bocadillos, y poco más. Sam no quiere que se convierta en un restaurante. Pretende que sea un bar en el se puede pedir algo de comer.

—¿Y eso a qué ha venido? No es que me queje, claro —dijo Terry. Había arqueado las cejas. Era pelirrojo, aunque cuando no se había afeitado, se adivinaban canas en sus patillas. Terry pasaba mucho tiempo al aire libre, pero nunca tenía la piel exactamente bronceada. Adquiría un aspecto áspero y rojizo, que resaltaba aún más las cicatrices de su mejilla izquierda, aunque eso no parecía preocuparle. Un día que llevaba unas copas de más, Arlene se había acostado con él, y después me dijo que Terry tenía en su cuerpo cicatrices mucho peores que aquélla.

—A que estás aquí —le contesté.

—¿Es verdad lo de Dawn?

Lafayette puso dos platos en la ventanilla. Me guiñó un ojo con un barrido de sus densas pestañas postizas. Siempre se pone un montón de maquillaje. Estaba tan acostumbrada a él que ya no me llamaba la atención; pero esta vez, su sombra de ojos devolvió a Jerry, el muchacho de la noche anterior, a mi cabeza. Le había dejado ir con tres vampiros sin rechistar. Seguramente, había obrado mal; pero siendo realistas, no había nada que yo hubiese podido hacer. Jamás habría conseguido que la policía los detuviera a tiempo. De todos modos, se estaba muriendo,

120

y pretendía llevarse consigo a tantos humanos y vampiros como pudiera. Y era un asesino en el sentido literal de la palabra. Advertí a mi conciencia de que ésa era la última conversación que mantendríamos sobre Jerry.

—Arlene, ya están las hamburguesas —avisó Terry, trayéndome de vuelta a la realidad. Arlene se acercó a por los platos. Supe por su mirada que en cuanto pudiera me iba a someter a un exhaustivo interrogatorio. Charlsie Tooten también estaba por allí. Hacía sustituciones cuando alguna de nosotras estábamos de baja o, sencillamente, no aparecíamos por allí. Confié en que Charlsie ocupara el puesto de Dawn de modo permanente. Siempre me había caído bien.

—Sí, Dawn ha muerto —le dije a Terry. No parecía importarle la larga pausa que había hecho.

—¿Qué le ha pasado?

—No lo sé, pero no ha sido muerte natural —había visto sangre en las sábanas; no mucha, pero la suficiente.

—Maudette —dijo Terry, y comprendí de inmediato.

—A lo mejor —le dije. Desde luego era muy posible que quienquiera que hubiera acabado con Maudette fuera la misma persona que había matado a Dawn.

Como no podía ser de otra forma, toda la parroquia de Renard se pasó aquel día por allí; si no a comer, a tomarse un café o una cerveza por la tarde. Si no había forma de que esto cuadrase con su horario de trabajo, esperaban a fichar y pasaban de camino a casa. ¿Dos chicas jóvenes del pueblo asesinadas en el mismo mes? Estaba claro que la gente quería hablar de ello.

Sam volvió hacia las dos, emanando calor y sudando la gota gorda por haberse pasado toda la mañana al sol en

121

la escena del crimen. Me dijo que Andy le había asegurado que se pasaría a hablar conmigo en breve.

—No sé por qué —dije con cierta hosquedad—. Yo nunca iba con Dawn. ¿Te han dicho qué ha pasado?

—La estrangularon tras propinarle una pequeña paliza —contestó Sam—. Pero también han encontrado señales de mordiscos. Como los de Maudette.

—Hay muchísimos vampiros, Sam —le dije, respondiendo a la observación implícita que acababa de hacer.

—Sookie —dijo con voz queda y grave; me hizo recordar el modo en que me había cogido la mano en casa de Dawn, y entonces me acordé de cómo me había expulsado de su mente; cómo había sabido lo que yo estaba haciendo y cómo había sido capaz de protegerse—, cielo, Bill es un buen tipo, para ser vampiro; pero no es humano.

—Cielo, ni tú tampoco —le contesté, rápida pero incisivamente. Y me volví de espaldas, no queriendo admitir por qué estaba tan enfadada con él, pero queriendo que él lo supiera.

Trabajé como nunca. Fuesen cuales fuesen sus defectos, Dawn era muy eficiente; y Charlsie no podía igualar su ritmo. Tenía muy buena disposición y yo estaba segura de que lograría hacerse con el ritmo de trabajo del bar, pero de momento, nos tocó a Arlene y a mí tirar del carro aquella noche.

Gané una fortuna en propinas, especialmente hacia la noche, cuando la gente había empezado a enterarse de que yo había descubierto el cadáver. Mantuve una expresión solemne y lo llevé lo mejor que pude, tratando de no ofender a unos clientes que sólo pretendían informarse de lo mismo que el resto del pueblo.

De camino a casa, me permití desconectar un poco. Estaba agotada. Lo último que esperaba ver cuando tomé el estrecho camino de entrada que llevaba a mi casa a través del bosque era a Bill Compton. Me estaba esperando, apoyado contra un pino. Pasé por delante de él con la intención de ignorarle. Pero al final me detuve algo más lejos.

Me abrió la puerta. Salí sin mirarlo a los ojos. Parecía sentirse a gusto en la noche, de un modo en el que yo nunca podría hacerlo. Había demasiados tabúes infantiles sobre la noche, la oscuridad, y todas las cosas que pueden surgir repentinamente de ellas.

Pensándolo bien, Bill era una de esas cosas. No era de extrañar que se sintiera tan cómodo allí.

—¿Te vas a pasar toda la noche mirándote los pies, o vas a decidirte a dirigirme la palabra? —preguntó en lo que era poco más que un suspiro.

—Ha ocurrido algo que deberías saber.

—Cuéntame —estaba intentando algo conmigo: podía sentir su poder cerniéndose sobre mí, pero lo esquivé. Él lanzó un suspiro.

—No puedo seguir de pie —dije penosamente—. Vamos a sentarnos; en el suelo, o donde sea. Tengo los pies destrozados.

Atendiendo a mi petición, me tomó en brazos y me subió al capó del coche. Luego se puso frente a mí con los brazos cruzados, esperando de un modo evidente.

—Tú dirás.

—Dawn ha sido asesinada. Exactamente igual que Maudette Pickens.

—¿Dawn?

De pronto me sentí mejor.

—La otra camarera del bar.

—¿La pelirroja que ha estado tantas veces casada? Mucho, mucho mejor.

—No, la morena. La que no dejó de chocar las caderas contra tu silla para reclamar tu atención.

—Ah, ésa. Vino a mi casa.

—¿Dawn? ¿Cuándo?

—Después de que te fueras el otro día. La noche en que los otros vampiros estuvieron allí. Tuvo suerte de no coincidir con ellos. Confiaba demasiado en su capacidad para manejar cualquier tipo de situación.

Lo miré a la cara.

—¿Por qué dices que tuvo suerte? ¿No la habrías protegido?

Los ojos de Bill eran dos pozos de oscuridad a la débil luz de la luna.

—No creo —contestó.

—Eres...

—Soy un vampiro, Sookie. No pienso como tú. No me preocupo por la gente de manera automática.

—Pero a mí me protegiste.

—Tú eres distinta.

—¿No me digas? Soy camarera, como Dawn. Vengo de una familia normal y corriente, como Maudette. ¿Qué es tan diferente?

Una súbita rabia recorrió todo mi cuerpo. Sabía lo que se aproximaba. Él puso un dedo en mi frente.

—Eres distinta —repitió—. No eres como nosotros pero tampoco como ellos.

Sentí un incontrolable acceso de cólera casi divina. Lo empujé y le di una bofetada, algo completamente descabellado. Era como intentar golpear un furgón acorazado. En un abrir y cerrar de ojos, me había levantado del coche y me estrechaba contra su cuerpo, reteniendo mis brazos contra mis costados con un solo brazo.

—¡No! —grité. Luché y pataleé pero podía haberme ahorrado las fuerzas. Por último, me dejé caer contra él. Mi respiración era irregular, también la suya; aunque creo que por diferentes motivos.

—¿Por qué creíste necesario contarme lo de Dawn? —sonaba tan razonable que parecía como si la pelea no hubiera tenido nunca lugar.

—Bueno, Señor de las Tinieblas —dije hecha una furia—, Maudette tenía marcas de antiguos mordiscos en los muslos y la policía le dijo a Sam que Dawn también.

Si los silencios pudieran calificarse, el suyo era reflexivo. Mientras Bill meditaba, o lo que sea que hacen los vampiros, su abrazo se aflojó. Con una mano, comenzó a frotarme la espalda con aire ausente, como si fuera un cachorrillo lloriqueante.

—Por lo que dices, no murieron a causa de las mordeduras.

—No. Fueron estranguladas.

—Entonces no fue un vampiro —dijo con tono concluyente.

—¿Por qué no?

—Si se hubiera tratado de un vampiro, habrían muerto desangradas en lugar de estranguladas. No habrían sido desperdiciadas de ese modo.

Justo cuando empezaba a sentirme cómoda con Bill, él tenía que decir algo tan frío, tan de vampiro, que me hacía volver a empezar de nuevo.

—Entonces —dije hastiada—, o se trata de un astuto vampiro con un tremendo autocontrol, o ha sido alguien decidido a asesinar mujeres que han estado con vampiros.

—Humm…

Ninguna de las dos opciones me gustaba mucho.

—¿Crees que yo haría algo así? —inquirió.

No me esperaba la pregunta. Me revolví intentando liberarme de su abrazo para mirarlo a los ojos.

—Te has tomado muchas molestias para destacar lo despiadado que eres —le recordé—. ¿Qué es lo que quieres que crea?

Y resultaba tan maravilloso no saberlo que casi sonreí.

—Podría haberlas matado, pero no es algo que haría aquí o ahora —contestó. A la luz de la luna, su rostro no mostraba más color que el hueco oscuro de sus ojos y cejas—. Quiero quedarme aquí, quiero tener un hogar.

Un vampiro con aspiraciones hogareñas.

—No te compadezcas de mí, Sookie. Eso sería un error —parecía estar intentando que lo mirara a los ojos.

—Bill, a mí no me puedes hipnotizar, o lo que sea que hagas. No puedes hechizarme para que te deje morderme y luego convencerme de que no has estado aquí. Conmigo no valen esos truquitos. Tendrás que portarte como una persona normal, o forzarme.

—No —dijo con sus labios casi sobre los míos—. Jamás te forzaría.

Luché contra el apremiante impulso de besarlo. Por lo menos sabía que el impulso era mío, y no inducido.

—Pues si no fuiste tú —dije, tratando de retomar el asunto—, entonces es que Maudette y Dawn conocían a otro vampiro. Maudette frecuentaba el bar de vampiros de Shreveport. A lo mejor, Dawn también. ¿Me llevarías allí?

—¿Para qué? —preguntó, meramente curioso.

Me resultaba imposible explicarle lo que era sentirse en peligro a alguien que parecía estar más allá de él. Por lo menos, por la noche.

—No estoy segura de que Andy Bellefleur llegue al meollo de la cuestión —mentí.

—¿Todavía queda algún Bellefleur por aquí? —preguntó, y había algo distinto en su voz. Sus brazos ejercían tal presión sobre mí que me hacía daño.

—Sí —le contesté—. A montones. Andy es inspector de policía. Su hermana, Portia, es abogada. También está su primo, Terry, veterano de guerra y barman. Está sustituyendo a Sam. Y hay muchos más.

—Bellefleur…

Me estaba machacando.

—Bill —le dije con la voz atenazada por el miedo.

Aflojó el abrazo inmediatamente.

—Perdóname —dijo con aire grave.

—Me tengo que ir a la cama —le dije—. Estoy agotada.

Me depositó sobre el suelo sin hacer un solo ruido. Me miró.

—Les dijiste a los otros vampiros que te pertenecía —le dije.

—Así es.

—¿Qué significa eso, exactamente?

—Significa que si tratan de alimentarse contigo, los mataré —respondió—. Significa que eres mi humana.

—Tengo que reconocer que me alegro de que lo hicieras, pero no estoy muy segura de lo que conlleva ser tu humana —dije con precaución—, y no recuerdo que nadie me preguntara si a mí me parecía bien la idea.

—Sea lo que sea, seguro que es mejor que ir de fiesta con Malcolm, Liam y Diane —no me iba dar una respuesta clara.

—Entonces, ¿me vas a llevar al bar?

—¿Cuándo es tu siguiente noche libre?

—Pasado mañana.

—Entonces, al anochecer. Yo conduzco.

—¿Tienes coche?

—¿Y cómo crees que llego a los sitios si no? —es posible que hubiera una sonrisa en su resplandeciente cara. Dio media vuelta y se fundió con la negrura del bosque. Por encima del hombro, dijo:

—Sookie, déjame en buen lugar.

Me quedé allí mirando, boquiabierta.

¡Que lo dejara en buen lugar!

4

La mitad de los clientes del bar pensaba que Bill había tenido algo que ver con las señales aparecidas en los cadáveres de las dos mujeres asesinadas. La otra mitad pensaba que algún vampiro de un pueblo más grande o de la ciudad había mordido a Maudette y a Dawn cualquier noche de copas, y que les estaba bien empleado, por querer irse a la cama con «chupasangres». Algunos creían que cualquier no muerto las habría estrangulado, y otros sencillamente afirmaban que habían acabado de la única forma posible, dada su incorregible promiscuidad.

Sin embargo, toda la gente que venía al Merlotte's coincidía en algo: todos temían que otra mujer resultase asesinada. No puedo recordar la cantidad de veces que me dijeron que tuviera cuidado, que no me fiara de mi amigo Bill Compton, o que cerrara con llave la puerta y no dejara entrar a nadie en casa… Como si todo eso no fuera algo que ya hacía yo habitualmente.

Jason despertaba, a partes iguales, piedad y recelos por haber «salido» con ambas chicas. Un día vino por casa y estuvo una hora lamentándose de su situación, mientras la abuela y yo intentábamos animarlo a que prosiguiera con su trabajo como haría cualquier persona inocente.

Pero, por primera vez desde que yo tengo uso de razón, mi atractivo hermano estaba verdaderamente preocupado. No es que me alegrara de ello, pero tampoco me daba pena. Ya sé que es un poco ruin por mi parte, pero no soy perfecta.

Hasta tal punto, que a pesar de la reciente muerte de dos mujeres que conocía, me pasaba considerables cantidades de tiempo especulando sobre lo que Bill habría querido decir cuando me pidió que le dejara en buen lugar. No tenía ni idea de cuál sería la indumentaria apropiada para acudir a un bar de vampiros, pero no albergaba ninguna intención de disfrazarme con algún tipo de atuendo estúpido, como, al parecer, los humanos asiduos a este tipo de bares hacían.

No sabía a quién le podía preguntar.

No era ni tan alta ni tan delgada como para enfundarme un modelito de licra como el que le había visto a Diane.

Al final, saqué del fondo del armario un vestido que casi no había tenido ocasión de lucir. Era perfecto para una cita especial en la que pretendieras llamar la atención de la persona —o lo que fuera— que te acompañara. El vestido en cuestión tenía un escote cuadrado y pronunciado; blanco y sin mangas, era bastante ceñido. El tejido estaba delicadamente salpicado de flores, en un rojo vistoso, con largos tallos verdes. Destacaba el bronceado de mi piel y confería una apariencia muy sugerente a mi pecho. Me puse unos pendientes de esmalte rojo y unos zapatos, rojos también, de los de ir pidiendo guerra. Para rematar el conjunto, cogí un bolso encarnado de tipo cesta, me maquillé con tonos naturales y me dejé el pelo suelto en una ondulada melena que me caía por la espalda.

La abuela abrió los ojos de par en par cuando me vio salir de la habitación.

—Cariño, estás preciosa —me dijo—. Pero ¿no pasarás frío con ese vestido?

Sonreí.

—No, señora, no lo creo. Hace bastante bueno ahí fuera.

—¿Y por qué no te pones un «jersecito» por encima?

—Pues ya ves —me reí. Había conseguido expulsar de mi cabeza al resto de los vampiros lo suficiente como para que resultar sexy me volviera a parecer apetecible. Estaba muy emocionada por tener una cita, pese al insignificante detalle de que la que se lo había propuesto a Bill era yo, y de que se trataba más bien de una especie de misión para averiguar detalles sobre lo ocurrido. Este último punto también lo había intentado soslayar para poder disfrutar de la ocasión.

Sam llamó para decirme que el cheque con mi sueldo estaba listo. Me preguntó si pasaría a recogerlo, como solía hacer cuando al día siguiente no tenía que ir a trabajar.

Me acerqué con el coche hasta el Merlotte's, un poco nerviosa por que la gente me viera tan arreglada.

Pero cuando crucé la puerta de entrada tuve un momento de gloria: un instante de asombrado reconocimiento en el más absoluto de los silencios. Sam estaba de espaldas a mí, pero Lafayette estaba asomado a la ventanilla, y Rene y J.B., apoyados en la barra. Por desgracia, así estaba también mi hermano Jason, que abrió los ojos como platos cuando se giró a mirar lo que Rene estaba contemplando.

—¡Estás increíble, reina! —gritó Lafayette, entusiasmado—. ¿De dónde has sacado ese vestido?

—¡Buf! Hace siglos que tengo este trapo —dije bromeando. Él se rió.

Sam se volvió a ver de qué hablaba Lafayette y también abrió mucho los ojos.

—Madre mía —exhaló. Un poco cortada, me acerqué a él para pedirle el cheque.

—Pasa al despacho, Sookie —me dijo, y lo seguí hasta el pequeño cubículo que tenía al lado del almacén. Rene medio me abrazó cuando pasé a su lado y J.B. me besó en la mejilla.

Sam estuvo rebuscando entre los montones de papeles que se apilaban sobre su escritorio hasta que finalmente dio con el cheque. Sin embargo, no me lo entregó de inmediato.

—¿Vas a algún sitio en especial? —me preguntó, casi a regañadientes.

—Tengo una cita —contesté, tratando de que sonara de lo más natural.

—Estás impresionante —dijo, y tragó saliva. Su mirada era ardiente.

—Muchas gracias. Esto… Sam, ¿me das el cheque?

—Claro —me lo entregó y lo guardé en el bolso.

—Bueno, entonces adiós.

—Adiós —pero en lugar de indicar que ya me podía ir, Sam se acercó a mí para olerme. Con la cabeza a escasos centímetros de mi cuello, aspiró profundamente. Cerró sus brillantes ojos azules un instante, como para evaluar el aroma. Luego, exhaló con suavidad y sentí su cálido aliento sobre la piel.

Salí del despacho y dejé el bar, algo confusa y llena de curiosidad ante el comportamiento de Sam.

A la puerta de casa había aparcado un coche extraño. Se trataba de un fulgurante Cadillac negro: el coche de Bill. ¿De dónde sacaban el dinero para comprarse esos cochazos? Sacudí la cabeza y entré en casa tras cruzar el porche. Al sentirme, Bill dirigió la vista a la entrada, expectante; estaba sentado en el sofá, charlando con la abuela, que se apoyaba contra el brazo de una vieja silla llena de trastos.

En cuanto me vio, supe que me había excedido. Parecía bastante contrariado: tenía la cara completamente rígida y le centelleaban los ojos; sus manos se habían crispado en un gesto atenazador.

—¿Voy bien así? —pregunté con nerviosismo. Sentía cómo la sangre se me subía a las mejillas.

—Sí —contestó finalmente; pero había tardado tanto en responder como para enfurecer a la abuela.

—Cualquiera con un poco de criterio ha de reconocer que Sookie es una de las chicas más guapas de por aquí —dijo la abuela con voz aparentemente amable, pero más fría que el acero.

—Oh, desde luego —admitió Bill, pero su voz carecía de inflexión, lò cual resultaba bastante significativo.

«Mira, que le den.» Yo había intentado hacerlo lo mejor posible. Me erguí con dignidad y le pregunté:

—Bueno, ¿nos vamos?

—Sí —contestó, y se puso en pie—. Buenas noches, señora Stackhouse. Ha sido un placer volverla a ver.

—De acuerdo, que lo paséis bien —dijo ella, más apaciguada—. Vete con cuidado, Bill. Y no bebas mucho.

—Descuide, señora —dijo él, arqueando una ceja. La abuela lo dejó correr.

Bill mantuvo abierta la puerta del coche mientras yo me sentaba, como parte de una serie de estudiadas maniobras dirigidas a que no se me viera nada que tuviera que estar cubierto por el vestido. Cerró mi puerta y se metió en el coche. Me pregunté quién le habría enseñado a conducir. Henry Ford, seguramente.

—Siento no llevar la vestimenta apropiada —dije, mirando hacia delante.

Estábamos sorteando los baches del camino de entrada con lentitud. De pronto, el coche frenó en seco.

—¿Quién ha dicho eso? —preguntó Bill con suavidad.

—Me has mirado como si hubiera hecho algo malo —le solté.

—Sólo estaba considerando las probabilidades que tengo de sacarte luego de allí sin tener que matar a nadie por desearte.

—Estás siendo sarcástico —seguía sin mirarlo.

Me agarró el cuello con la mano y me obligó a volver la cara hacia él.

—¿De verdad te lo parece?

Mantuvo sus oscuros ojos abiertos de par en par sin pestañear.

—Ah… no —admití.

—Entonces, créeme.

Casi no hablamos en todo el trayecto a Shreveport, pero no resultaba incómodo. Bill puso cintas durante la mayor parte del camino. Sentía debilidad por Kenny G.

El Fangtasia estaba situado en la zona comercial de un barrio residencial de Shreveport, muy cerca de un economato Sam's y una juguetería Toys 'R' Us. A esas horas, el bar de vampiros era el único establecimiento abierto del centro comercial en el que se encontraba. Un llamativo neón rojo indicaba el nombre del bar sobre la fachada de color gris acero. A juego con el letrero, unas puertas rojas completaban el conjunto. Quienquiera que fuera el dueño debía de pensar que el gris no resultaba tan explícito como el negro, ya que el interior estaba decorado en los mismos tonos.

A la entrada, una vampira me pidió la documentación. Ni que decir tiene, inmediatamente reconoció a Bill como uno de los suyos y le hizo un gesto de asentimiento con la cabeza, pero a mí me inspeccionó con atención. Pálida como la tiza, al igual que todos los vampiros caucásicos, resultaba inquietantemente atractiva con su largo vestido negro de mangas hasta el suelo. Me pregunté si su recargado «look vampiro» obedecía a sus propios gustos o era sólo un intento de no defraudar las expectativas de la clientela humana.

—Hacía años que no me pedían la documentación —le dije, hurgando en el bolso a la búsqueda de mi carné de conducir. Estábamos en un pequeño vestíbulo cuadrado.

—Hace mucho que no distingo la edad de los humanos, y tenemos que tener mucho cuidado de no atender a menores, en ningún sentido —dijo, con lo que con toda probabilidad pretendía ser una sonrisa ingeniosa. Le dedicó una mirada de soslayo a Bill, recorriéndolo de arriba abajo de un modo ofensivo. Ofensivo, al menos, para mí—. Hace ya meses que no te veo —dijo ella, con ese tono meloso y a la vez distante que sólo le había escuchado a Bill.

—Estoy integrándome —le contestó, y ella asintió.

—¿Qué le has querido decir? —le susurré mientras cruzábamos el pequeño vestíbulo para franquear la doble puerta roja de la entrada principal.

—Que estoy intentando vivir entre los humanos.

Quería enterarme de más, pero por primera vez tenía ante mí el interior del bar. Todo era gris, negro o rojo. Las paredes estaban revestidas con escenas de películas de vampiros, mostrando a todos los actores que alguna vez hubieran sacado los colmillos en la gran pantalla, desde Bela Lugosi a George Hamilton, pasando por Gary Oldman y otros mucho menos ilustres. La iluminación era muy tenue, por supuesto; no había nada raro en ello. Lo inusual era la clientela. Y los letreros.

El bar estaba lleno. Los clientes humanos podían dividirse en dos grupos claramente delimitados: los *groupies* del movimiento vampiro y los turistas. Los *groupies* o «colmilleros» iban ataviados con sus mejores galas: la tradicional capa y el esmoquin para los caballeros, y el manido «estilo Morticia Adams» para ellas. Además, algunos llevaban reproducciones del vestuario utilizado por Brad Pitt y Tom Cruise en *Entrevista con el vampiro*, mientras otros recurrían a modelitos más modernos, seguramente inspirados en *El ansia*. Para completar el efecto, había quien llevaba colmillos postizos, y quien se había pintado hilillos de sangre en la comisura de los labios o marcas de mordiscos en el cuello. Todo aquello era extraordinario; a la vez que extraordinariamente patético.

Los turistas tenían el aspecto de cualquier turista, quizá algo más arriesgado que en la mayoría de los casos.

Pero, para no desentonar con el espíritu del bar, iban todos vestidos de negro, como los «colmilleros». ¿Vendrían con un viaje organizado? «¡No se olvide de incluir algo negro en su equipaje para la emocionante visita a un bar de vampiros real! Siga nuestras indicaciones y podrá disfrutar de este exótico submundo con total tranquilidad.»

Esparcidos entre aquella variedad humana, como piedras preciosas en un cajón de bisutería, estaban los vampiros. Habría unos quince, y también parecían inclinarse por los colores oscuros.

Me quedé allí en medio, mirando a mi alrededor con interés y asombro; y algo de desagrado, también. Bill susurró:

—Eres como una vela blanca en una mina de carbón.

Me reí y nos abrimos paso hasta la barra entre las diseminadas mesas. Era la única barra que he conocido que tuviera a la vista un mostrador con botellas de sangre caliente. Como es natural, Bill pidió una. Yo respiré hondo y me decidí por un gin-tonic. El camarero me sonrió, de modo que pude apreciar cómo sus colmillos se asomaban ante el placer de atenderme. Intenté devolverle la sonrisa y parecer recatada al mismo tiempo. Era amerindio, de largo pelo liso, tan negro como el carbón. Tenía la nariz aguileña y una boca afilada; y un cuerpo enjuto y fibroso.

—¿Cómo te va, Bill? —le preguntó el camarero—. Cuánto tiempo… ¿El menú de esta noche? —me señaló con un gesto de la cabeza mientras nos ponía las bebidas.

—Ésta es mi amiga Sookie. Tiene algunas preguntas para ti.

—Lo que tú quieras, preciosidad —contestó el camarero, sonriendo de nuevo. Me gustaba más con la boca cerrada.

—¿Has visto a alguna de estas dos chicas por el bar? —le pregunté, sacando del bolso las fotografías de Maudette y Dawn publicadas en el periódico—, ¿o a este hombre? —con cierta desazón, le enseñé la foto de mi hermano.

—Sí que he visto a las chicas, pero a él no… y eso que tiene que ser una delicia… —dijo él, dedicándome una nueva sonrisa—. ¿Tu hermano, quizá?

—Sí.

—Todo un mundo de posibilidades… —susurró.

Desde luego era una suerte tener tan desarrollado el control de los músculos faciales.

—¿Recuerdas con quién solían quedar ellas?

—No sabría decirte —contestó con rapidez, cambiando el gesto—. Aquí, no nos fijamos en eso. Tú no lo harás tampoco.

—Muchas gracias —le dije, con cortesía. Acababa de romper una de las reglas del bar. Resultaba evidente que era peligroso andar preguntando quién se iba con quién—. Has sido muy amable.

Se quedó un momento pensando.

—Esa de ahí… —dijo, apuntando la foto de Dawn—. Ésa quería morir.

—¿Cómo lo sabes?

—Eso es lo que quieren todos los que vienen por aquí, en mayor o menor medida —lo dijo con tanta naturalidad que me di cuenta de que para él estaba clarísimo—. Eso es lo que somos nosotros: muerte.

138

Sentí un horrible escalofrío. Bill me agarró por el hombro y me condujo a un reservado que acababa de quedarse libre. Como para subrayar las palabras del indio, a intervalos regulares se podían leer carteles por todo el bar que advertían: ESTÁ PROHIBIDO MORDER EN EL RECINTO DE ESTE ESTABLECIMIENTO, SE RUEGA EVITEN DEMORAS EN EL APARCAMIENTO, ATIENDAN SUS ASUNTOS PERSONALES EN OTRO LUGAR, O APRECIAMOS SU CONFIANZA. HAGA UN USO RESPONSABLE DE NUESTRAS INSTALACIONES.

Bill abrió su botella con un solo dedo y tomó un sorbo. Traté de no mirar, pero no lo conseguí. Él vio la expresión de mi cara y sacudió la cabeza.

—Ésta es la realidad, Sookie —me dijo—. La necesito para vivir.

Tenía restos rojos entre los dientes.

—Pues claro —le dije, intentando adoptar el mismo tono de naturalidad que había empleado el camarero. Respiré hondo—. ¿Piensas que quiero morir porque he venido a este lugar contigo?

—Creo que quieres averiguar por qué otra gente ha muerto —contestó. No estaba segura de si aquello era lo que pensaba en realidad.

Me pareció que Bill no era consciente de lo precario de su propia situación. Di unos sorbos a mi copa y empecé a sentir la reconfortante calidez de la ginebra apoderándose de mi cuerpo.

Una «colmillera» se acercó al reservado. He de reconocer que yo quedaba medio oculta tras de Bill pero, aún así, todo el mundo me había visto llegar con él. La chica era delgada y tenía el pelo rizado. Mientras se aproximaba, se había quitado las gafas y las había metido a toda prisa en el bolso. Se inclinó sobre la mesa hasta dejar su boca a escasos centímetros de la de Bill.

—Hola, chico peligroso —le dijo, tratando de poner un acento seductor. Con una uña pintada de escarlata, dio unos golpecitos en la botella de sangre de Bill—. La mía es de verdad —se acarició el cuello por si aún no había quedado claro.

Inspiré profundamente para controlarme. Era yo la que le había insistido a Bill para que me llevara a aquel local, y no al revés; por tanto, no tenía ningún derecho a opinar sobre lo que fuera que él decidiera hacer allí. Aun así, sentía unas ganas casi irreprimibles de darle un buen bofetón a aquella fresca en su pálida y pecosa cara. Me mantuve completamente inmóvil para no darle a Bill ninguna pista de lo que se me estaba pasando por la cabeza.

—Tengo compañía —le respondió Bill en tono amable.

—Pues no parece que tenga ninguna marca en el cuello —indicó la chica, dignándose por fin a reconocer mi presencia con una mirada despectiva. Lo mismo podría haber dicho «¡Gallina!» y haberse puesto a agitar los brazos a modo de alas. Me pregunté si ya sería apreciable el humo que me salía por las orejas.

—Tengo compañía —repitió Bill, sin tanta amabilidad esta vez.

—No sabes lo que te pierdes —le dijo ella, con sus grandes y desvaídos ojos centelleando de furia.

—Sí que lo sé —replicó él.

Se volvió a su mesa tan apresuradamente como si de verdad la hubiese abofeteado.

Pero, para mi disgusto, sólo fue la primera de un total de cuatro. Aquella gente, tanto hombres como mujeres, quería intimar con un vampiro y no tenía ningún reparo en demostrarlo. Bill los despachó a todos con mucho aplomo.

—No dices nada —me dijo, justo después de que un hombre de cuarenta años se hubiera alejado llorando al verse rechazado.

—No tengo nada que decir —contesté, en un ejercicio de autocontrol.

—Podías haberlos mandado a paseo. ¿Quieres que te deje a tu aire? ¿Hay alguien que te interese? A Sombra Larga, el de la barra, le encantaría pasar un rato contigo, te lo puedo asegurar.

—¡Oh, no, por Dios! —no me habría sentido segura con ningún otro vampiro del bar, me aterraba que fuesen como Liam o Diane. Bill había vuelto sus oscuros ojos hacia mí y parecía estar esperando que yo dijese algo más—. Lo que pasa es que tengo que preguntarles si han visto a Dawn o a Maudette por aquí.

—¿Quieres que te acompañe?

—Sí, por favor —contesté. Mi voz sonaba más asustada de lo que me habría gustado. Había pretendido pedírselo como si sencillamente considerara un placer tenerlo a mi lado.

—Aquel vampiro de ahí es bastante guapo y ya te ha mirado un par de veces —dijo. Casi me pareció que Bill también se estaba mordiendo un poco la lengua.

—Estás de broma —respondí, insegura.

El vampiro en cuestión era, más que guapo, impresionante: rubio con los ojos azules, alto y de espalda ancha. Llevaba botas, vaqueros y un chaleco. Y punto. Un poco como los tipos que aparecen en las portadas de las novelas románticas. Me asustaba de muerte.

—Se llama Eric —dijo Bill.

—¿Cuántos años tiene?

—Muchos. Es lo más antiguo de todo el bar.

—¿Es desagradable?

—Todos somos desagradables, Sookie; demasiado fuertes y violentos.

—Tú no —dije. Él bajó la cabeza—. Tú quieres integrarte. No vas a ir por ahí haciendo nada antisocial.

—Justo cuando creo que eres demasiado ingenua para poder desenvolverte tú sola en la vida, haces algún comentario de este calibre, realmente sagaz —señaló, medio riéndose—. Muy bien, vamos a hablar con Eric.

Eric, que sí que me había echado un par de miraditas, estaba sentado con una vampira tan espectacular como él. Ya habían repelido unos cuantos avances humanos. De hecho, un chico hasta se había arrastrado por el suelo para besarle la bota a la vampira, en un intento desesperado de captar su atención. Ella se había quedado mirándole y le había dado un golpecito en el hombro; había hecho un auténtico esfuerzo para no patearle la cara. Al contemplar la escena, los turistas se estremecieron, y una pareja se levantó y se marchó a toda velocidad. Los «colmilleros», sin embargo, parecían encontrar todo aquello de lo más natural.

Al sentirnos llegar, Eric levantó la vista y frunció el ceño hasta que descubrió la identidad de los nuevos intrusos.

—Bill —dijo, con un gesto de asentimiento. Al parecer, los vampiros nunca se dan la mano.

En lugar de dirigirse directamente a la mesa, Bill se mantuvo a una distancia prudencial; y como me llevaba cogida del antebrazo, yo tuve que detenerme también. Parecía que eso era lo que dictaban las normas de cortesía de aquellos seres.

—¿Quién es tu amiga? —preguntó la vampira. Aunque Eric tenía algo de acento, ella hablaba un perfecto inglés americano. Con su cara redonda y sus dulces rasgos podría haber pasado por ser una saludable lechera. Al sonreír, sus colmillos asomaron, arruinando la bucólica estampa.

—Hola, soy Sookie Stackhouse —me presenté, muy educada.

—Mira qué rica —dijo Eric. Deseé fervientemente que estuviera refiriéndose a mi carácter.

—Nada del otro mundo —repliqué.

Eric me miró sorprendido durante un momento. Luego, la vampira y él empezaron a reírse.

—Sookie, ésta es Pam y yo soy Eric —dijo el vampiro rubio. Bill y Pam se saludaron con el gesto de asentimiento con la cabeza habitual entre vampiros.

Hubo una pausa. Yo habría hablado, pero Bill me apretó el brazo.

—A mi amiga Sookie le gustaría haceros un par de preguntas —dijo Bill.

Pam y Eric intercambiaron miradas de aburrimiento.

—Como… ¿Cuánto nos miden los colmillos?, y ¿en qué tipo de ataúd dormimos? —preguntó Pam. Su tono era desdeñoso. Seguro que ésa era la clase de preguntas que los turistas formulaban una y otra vez.

—No, señora —contesté. Esperaba que Bill no me arrancara el brazo de un pellizco. Estaba intentando ser amable y considerada.

La vampira me miró con expresión de asombro. ¿Se podía saber qué era tan extraordinario? Empezaba a cansarme de aquello. Antes de que Bill pudiera agraciarme con otra de sus dolorosas pistas, abrí el bolso y saqué las fotos.

—Me gustaría saber si han visto a alguna de estas dos mujeres por aquí —no pensaba enseñarle la foto de Jason a aquella vampira. Sería como poner un cuenco de cremosa leche delante de un gato.

Miraron las fotos. La cara de Bill carecía de todo tipo de expresión. Eric levantó la vista.

—He estado con ésta —dijo, resuelto, señalando la foto de Dawn—. Le gustaba el dolor.

Pam estaba sorprendida de que Eric me hubiese contestado, sus cejas la delataban. De algún modo, se sintió obligada a seguir su ejemplo.

—Las he visto a las dos, pero nunca he estado con ninguna de ellas. Ésta —puso el dedo sobre la foto de Maudette— era una criatura patética.

—Muchas gracias, no les robaré más tiempo —dije, e intenté volverme para alejarme, pero Bill aún aprisionaba mi brazo.

—Bill, ¿estás muy unido a tu amiga? —preguntó Eric.

Tardé algún tiempo en percatarme del significado de la frase. Eric el Macizo estaba pidiendo permiso para «atacar».

—Es mía —dijo Bill. Esta vez no rugía, como había hecho con los asquerosos vampiros de Monroe. Sin embargo, había una rotunda firmeza en su voz.

Eric inclinó su dorada cabeza y me volvió a echar un vistazo. Por lo menos, él empezó por mi cara.

Bill pareció relajarse. Dedicó una ligera reverencia a Eric, incluyendo en el gesto a Pam; dio un par de pasos hacia atrás, y finalmente permitió que pudiera dar la espalda a la pareja.

—¿De qué va todo esto? —susurré, furiosa. Gracias a Bill, me iba a salir un precioso moratón.

—Son siglos mayores que yo —dijo Bill, muy metido en su papel de vampiro.

—¿Así es como se establece la jerarquía dentro de la «manada»? ¿Va por orden de edad?

—La manada… —dijo Bill, pensativo—. No es una mala forma de decirlo —por la manera en que retorcía la sonrisa, estaba a punto de echarse a reír.

—Si tú hubieras estado interesada, habría estado obligado a dejarte ir con Eric —dijo, una vez volvimos a nuestros sitios y dimos un trago a nuestras bebidas.

—No —dije, con brusquedad.

—¿Por qué no has dicho nada cuando todos esos «colmilleros» han venido a intentar alejarme de ti?

Desde luego, no estábamos en la misma onda. A lo mejor, los rudimentos sociales eran algo que se les escapaba a los vampiros. Iba a tener que explicar matices tan sutiles que apenas soportaban una explicación. Dejé escapar un sonido de pura exasperación bastante poco femenino, la verdad.

—Vale —le dije, bruscamente—. ¡Escúchame, Bill! Cuando viniste a mi casa, te tuve que invitar yo. A venir a este bar te he invitado yo. Nunca me has pedido salir. Y acechar en el camino de entrada a mi casa no cuenta. Pedirme que vaya a tu casa con una lista de contratistas tampoco cuenta. Así que siempre he sido yo la que te lo ha pedido. ¿Cómo te voy a decir que te tienes que quedar conmigo? Si esas chicas —o, para el caso, aquel tipo— te dejan chuparles la sangre, no creo que tenga ningún derecho a interponerme en su camino.

—Eric es mucho más guapo que yo —dijo Bill—. También es más poderoso, y, por lo que tengo entendido, el sexo con él es una experiencia inolvidable. Es tan viejo que sólo necesita tomar un sorbo para mantener su fuerza, así que ya casi nunca mata. Por lo tanto, para tratarse de un vampiro, es un buen tipo. Todavía podrías irte con él. Sigue mirándote. Si no estuvieras conmigo, probaría su glamour contigo.

—Yo no quiero irme con Eric —dije con tenacidad.

—Ni yo con ninguno de los «colmilleros» —replicó él.

Permanecimos en silencio un minuto o dos.

—Así que estamos bien así —dije yo, de manera un tanto críptica.

—Sí.

Estuvimos algo más de tiempo pensando en ello.

—¿Te apetece tomar algo más? —me preguntó.

—Sí, a no ser que tengas que volver ya.

—No, así está bien.

Bill se levantó para ir a la barra. En ese momento, Pam, la amiga de Eric, se marchó, y el rubio vampiro se dedicó a mirarme tan fijamente que parecía estar contándome las pestañas. Intenté mantener la mirada baja en señal de modestia. Sentía una poderosa ráfaga de energía a mi alrededor, y tuve la incómoda sensación de que Eric estaba intentando influirme. Aventuré una mirada fugaz hacia él, que me miraba con expectación. ¿Qué se suponía que estaba esperando?; ¿que me quitara el vestido allí mismo?, ¿que me pusiera a ladrar como un perro?, ¿que le diese una patada a Bill en las canillas? Menuda mierda.

Bill regresó con las bebidas.

—Se va a dar cuenta de que no soy normal —le dije muy seria. Bill no necesitó más explicaciones.

—Está rompiendo el código al intentar usar su glamour contigo, justo cuando le acabo de decir que eres mía —contestó. Parecía bastante cabreado. Su voz no se elevaba cada vez más, como hacía la mía cuando me enfadaba, sino que adquiría un tono cada vez más frío.

—Parece que se lo vas diciendo a todo el mundo —me limité a añadir en un susurro.

—Es una tradición vampírica —volvió a explicarme—. Si te proclamo mía, nadie más puede tratar de alimentarse de ti.

—Alimentarse de mí… ¡Me encanta cómo suena! —repuse con hosquedad. Durante un par de segundos la cara de Bill reflejó auténtica exasperación.

—Estoy intentando protegerte —dijo con un tono de voz bastante menos neutro de lo habitual.

—Alguna vez se te ha pasado por la cabeza que yo… —me detuve. Cerré los ojos y conté hasta diez. Cuando volví a abrirlos; Bill me estaba mirando sin pestañear. Casi podía oír los engranajes de su mente rechinando.

—¿Que tú… no necesitas protección? —sugirió en voz baja—. ¿Que eres tú la que me está protegiendo?

No dije nada. Sé cuándo hay que callarse.

Pero él me cogió por detrás de la cabeza con una sola mano y, girándola, me obligó a mirarlo. Empezaba a irritarme su costumbre de tratarme como a una marioneta.

Sus ojos se clavaron en mí con tanta intensidad que pensé que me iba a perforar el cerebro.

Fruncí los labios y soplé en su cara.

—Buuu —dije. Me sentía muy incómoda. Me puse a mirar a la gente del bar y dejé caer la guardia; «escuché».

—¡Qué aburrimiento! —le dije—. Esta gente es un auténtico rollo.

—¿Sí? ¿En qué están pensando, Sookie? —era un alivio escuchar su voz, por muy extraña que sonara.

—En sexo, sexo y más sexo —y era cierto. Todas y cada una de las personas que había en el bar tenían lo mismo en mente. Hasta los turistas, que en general no consideraban acostarse con un vampiro, se recreaban imaginando escenas de sexo entre «colmilleros» y vampiros.

—¿Y tú en qué estás pensando, Sookie?

—En sexo no —respondí con rapidez. Era cierto, acababa de recibir una desagradable sorpresa.

—¿Y entonces?

—Me preguntaba qué probabilidades tenemos de irnos de aquí sin problemas.

—¿Por qué ibas a estar pensando en eso?

—Uno de los turistas es un policía de paisano. Ha ido al baño porque sabe que hay un vampiro mordiéndole el cuello a una «colmillera». Ya ha dado parte a la comisaría por radio.

—Larguémonos —dijo, sin levantar la voz. A toda prisa, salimos del reservado y nos dirigimos hacia la puerta. Pam había desaparecido pero al pasar por la mesa de Eric, Bill le hizo alguna señal. Con la misma presteza, el vampiro irguió su majestuosa silueta y, dando unas zancadas mucho más largas que las nuestras, fue el primero en franquear la entrada principal, donde tomó del brazo a la vampira que hacía de «gorila» y la condujo hacia el exterior con nosotros.

Cuando estábamos a punto de cruzar la puerta, recordé que Sombra Larga, el camarero, había respondido con amabilidad a mis preguntas, así que me giré hacia él y señalé la puerta con el dedo varias veces para que entendiera la señal. Se mostró tan alarmado como pueda estarlo un vampiro y, mientras Bill tiraba de mí hacia fuera, vi que soltaba el paño que tenía entre las manos.

En el exterior, Eric aguardaba junto a su coche: un Corvette, ¡cómo no!

—Va a haber una redada —le dijo Bill.

—¿Cómo lo sabes?

Bill se atascó con la respuesta.

—Por mí —contesté, sacándolo del aprieto.

Los enormes ojos azules de Eric resplandecieron en la oscuridad del aparcamiento. Iba a tener que explicarlo.

—Lo he leído en la mente de un policía —musité. Miré de reojo a Eric para ver cómo se lo tomaba. Él me miraba del mismo modo que los vampiros de Monroe. Pensativo. Hambriento.

—Interesante —dijo—. Una vez estuve con una médium. Fue increíble.

—¿A ella también se lo pareció? —me salió una voz más agria de lo que pretendía.

Pude oír cómo Bill contenía el aliento.

—Al principio, sí —respondió Eric entre risas, con aire ambiguo.

Escuchamos sirenas a lo lejos y, sin mediar palabra, Eric y la portera se metieron en el coche y desaparecieron en la negrura de la noche. De algún modo, el vehículo resultaba más silencioso de lo normal. Bill y yo nos abrochamos los cinturones de seguridad a toda prisa y logramos abandonar el recinto del aparcamiento justo cuando la policía entraba en él. Traían el furgón de vampiros, un transporte especial con barrotes de plata conducido por dos agentes de condición no muerta; se bajaron y llegaron a la entrada del bar a tal velocidad que mi vista de humana sólo consiguió distinguir un par de borrosos bultos.

Nos habíamos alejado unas manzanas cuando Bill paró de repente en el aparcamiento de otro oscuro centro comercial.

—¿Qué...? —comencé, pero no pude decir nada más. Bill había desabrochado mi cinturón, reclinado mi asiento y me estaba agarrando mucho antes de que pudiera terminar. Temiendo que estuviera enfadado, intenté echarlo hacia atrás, pero era como intentar arrancar un árbol a empujones. Entonces sus labios encontraron los míos y descubrí lo que quería.

Eso sí que era besar. Puede que tuviéramos algún que otro problema de comunicación, pero así nos entendíamos perfectamente. Nos dejamos llevar durante cinco deliciosos minutos; sentía oleadas de sensaciones agradables recorrer mi cuerpo. A pesar de lo incómodo de estar en el asiento delantero de un coche, conseguí encontrarme a gusto. Era tan fuerte y considerado... Mordí suavemente su piel. Él emitió una especie de aullido.

—¡Sookie! —dijo, con la voz entrecortada.

Me aparté un poco, apenas un centímetro.

—Si vuelves a hacer eso, voy a tener que tomarte, quieras o no —me dijo. Y no me cupo duda de que hablaba en serio.

—No quieres hacerlo —dije finalmente, intentando que no sonara a pregunta.

—Vaya si quiero —me cogió la mano y la arrastró para demostrármelo.

De repente apareció una brillante luz rotatoria a nuestro lado.

—La policía —dije. Vi cómo una silueta se bajaba del coche patrulla y se dirigía a la ventanilla de Bill—. Que no se enteren de que eres un vampiro —me apresuré a decir, temiendo que se tratase de una prolongación de la redada en el Fangtasia. Aunque la mayoría de las fuerzas de seguridad se mostraban encantadas de contar con vampiros entre sus miembros, existían muchos prejuicios contra los vampiros de a pie, sobre todo si formaban parte de una pareja mixta.

La manaza del policía golpeó el cristal de la ventanilla. Bill arrancó el motor y pulsó el botón del elevalunas para bajarla, pero no dijo nada. Me di cuenta de que no había podido replegar los colmillos. Si abría la boca, resultaría evidente que era un vampiro.

—Hola, agente —dije yo.

—Buenas noches —respondió el hombre con bastante corrección. Se inclinó para mirar por la ventanilla—. Saben que las tiendas de por aquí ya han cerrado, ¿no?

—Sí, señor.

—Parece que estamos un poco traviesos… No es que tenga nada en contra, pero estas cosas se hacen en casa.

—Ya nos vamos —dije efusivamente. Bill inclinó la cabeza con rigidez.

—Estamos haciendo una redada en un bar de las cercanías —dijo el policía con indiferencia. Apenas le veía la cara pero parecía ser fornido y de mediana edad—. ¿No vendrán de allí, por casualidad?

—No —contesté.

—Es un bar de vampiros —añadió el agente.

—Pues no. Por ahí no…

—Si me lo permite, señorita, voy a iluminarle el cuello.

—No hay problema.

¡Y vaya si iluminó! No sólo mi cuello, también el de Bill.

—Muy bien. Sólo era una comprobación rutinaria; ya pueden circular.

—De acuerdo.

El asentimiento de Bill fue aún más seco que al saludar. Con el policía observándonos, devolví el asiento a su posición original, me abroché el cinturón de seguridad y Bill arrancó para dar marcha atrás.

Bill estaba sencillamente furioso. Durante todo el camino de vuelta a casa guardó un huraño silencio —o al menos, eso pensé yo—, mientras que yo no podía dejar de considerar muy gracioso todo lo ocurrido.

Me alegraba haber descubierto que Bill no era indiferente a mis encantos, fueran éstos los que fueran. Empecé a desear que algún día volviera a darme un beso, aún más largo y apasionado. Y a lo mejor…, incluso podríamos llegar a algo más… Estaba intentando no hacerme muchas ilusiones. En realidad, había un par de cosas que Bill no sabía de mí, que no sabía nadie… Era mejor no crearse muchas expectativas.

Cuando llegamos a casa de la abuela, Bill se bajó del coche y se apresuró a abrirme la puerta, lo que me hizo arquear las cejas; pero no iba a oponerme a una simple muestra de cortesía. Estaba claro que él sabía que mis brazos funcionaban adecuadamente y que mis facultades mentales alcanzaban a discernir el mecanismo de apertura de una puerta. Cuando salí del coche, él se apartó.

Me sentí herida. No quería volver a besarme; se arrepentía de lo de antes. Seguro que se estaba acordando de esa Pam del demonio... o hasta de Sombra Larga. Empezaba a darme cuenta de que la posibilidad de mantener relaciones sexuales a lo largo de varios siglos abría mucho el abanico de modalidades. ¿Tan mal estaría añadir una telépata a su lista?

Encogí ligeramente los hombros y crucé los brazos sobre el pecho.

—¿Tienes frío? —preguntó Bill al instante, pasándome un brazo alrededor. Pero era el equivalente físico de un abrigo; parecía querer mantenerse tan alejado de mí como le fuera posible.

—Siento haberte molestado. No te pediré nada más —dije yo, en tono neutro. Mientras lo decía me di cuenta de que la abuela y Bill aún no habían acordado una fecha para la charla a los Descendientes, pero eso era algo que iban a tener que arreglar ellos solitos.

Se quedó inmóvil. Al final, acabó diciendo:

—Eres... increíblemente ingenua —y ni siquiera añadió la coletilla sobre mi supuesta sagacidad, como había hecho antes.

—Vaya —dije, inexpresiva—. ¿Es eso lo que soy?

—O tal vez seas uno de los inocentes de Dios —dijo, y aquello sonó bastante menos agradable, como si fuera Quasimodo o algo así.

—Supongo —dije con acritud— que tendrás que averiguarlo.

—Será mejor que lo averigüe yo —dijo de modo misterioso. Yo no entendía nada. Me acompañó hasta la puerta, y volví a hacerme ilusiones, pero se limitó a darme un casto beso en la frente—. Buenas noches, Sookie —susurró.

Apoyé mi mejilla contra la suya un instante.

—Gracias por llevarme —le dije. Me aparté rápidamente para que no pensara que quería algo más—. No voy a volver a llamarte —y antes de que mi voluntad flaqueara, me introduje en la oscura casa y cerré la puerta delante de sus narices.

5

Los dos días siguientes tuve mucho en lo que pensar. Para ser alguien que siempre estaba deseando recibir novedades, había tenido más que suficiente para varias semanas. Sólo con la gente del Fangtasia daba para rato; por no hablar de los vampiros. Había pasado de soñar con conocer a alguno, a entablar una estrecha relación con más de los que me habría gustado.

Muchos hombres de Bon Temps y de los alrededores habían sido citados para acudir a la comisaría y responder unas cuantas preguntas acerca de Dawn Green y sus hábitos. Además, al detective Bellefleur le había dado por pasarse por el bar en su tiempo libre, lo que resultaba bastante violento. Nunca se tomaba más de una cerveza pero no perdía ripio de lo que sucedía en torno a él. Como el Merlotte's no era precisamente un foco de actividad ilegal, a nadie pareció importarle mucho una vez se acostumbraron a su presencia.

Por alguna extraña razón, Andy siempre se sentaba en una de las mesas de mi zona; y empezaba a entablar un silencioso juego conmigo. Siempre que me acercaba a su mesa se ponía a pensar en algo provocativo, buscando una reacción en mí. No parecía entender lo impúdico que resultaba aquello. Se trataba de provocarme, no de insultarme. Por lo que fuera, estaba empeñado en que le leyera la mente.

Como a la quinta o la sexta vez, iba a llevarle alguna cosa —creo que era una Coca-Cola Light— cuando se puso a imaginarme retozando con mi hermano. Alcancé tal estado de nervios —me había estado esperando algo, pero no precisamente aquello— que se me saltaron las lágrimas, incapaz ya hasta de enfadarme. Me recordó a la tortura, bastante menos sofisticada, que había tenido que soportar en la escuela primaria.

Andy me observaba con rostro expectante. Cuando vio que no podía contener el llanto, una sorprendente sucesión de sentimientos afloró en su cara: triunfo, disgusto y, por último, bochorno absoluto.

Le tiré la maldita Coca-Cola por encima. Crucé el bar y salí por la puerta de atrás.

—¿Qué ha pasado? —preguntó Sam de repente. Estaba justo detrás de mí.

Sacudí la cabeza sin querer explicárselo y me saqué un arrugado pañuelo del bolsillo para secarme las lágrimas.

—¿Te ha dicho algo desagradable? —preguntó Sam en un tono más bajo y furioso.

—Más bien lo ha estado pensando —contesté, llena de impotencia—. Está intentando provocarme. Lo sabe.

—¡Qué hijo de puta! —dijo Sam, casi devolviéndome a la normalidad: él nunca decía palabrotas.

Una vez que empezaba a llorar, no podía parar. Necesitaba un desahogo ante tantas pequeñas frustraciones.

—Vuelve a entrar —le dije, avergonzada por la llorera—. Estaré bien en un minuto.

Sentí que la puerta trasera se abría y se cerraba. Me imaginé que Sam me había tomado la palabra. Pero en lugar de ello, Andy Bellefleur dijo:

—Lo siento, Sookie.

—Señorita Stackhouse para ti, Andy Bellefleur —le solté—. Tengo la impresión de que harías mejor en estar investigando las muertes de Dawn y de Maudette, en vez de dedicarte a inventar sucios jueguecitos mentales con los que sorprenderme.

Me giré y miré al policía. Se mostraba terriblemente mortificado. Al menos, su pesar parecía sincero.

Sam balanceaba los brazos, como para descargar su furia.

—Bellefleur, si vuelves por aquí, siéntate en la zona de otra camarera —le dijo. Tenía la voz repleta de violencia contenida.

Andy lo miró. Era el doble de corpulento y unos cinco centímetros más alto que mi jefe. Sin embargo, en ese momento habría apostado todo mi dinero por Sam; y, desde luego, no parecía que Andy quisiese correr el riesgo de enfrentarse al desafío, aunque sólo fuera por sentido común. Se limitó a asentir y cruzó el aparcamiento hasta llegar a su coche. El sol se reflejaba en los mechones rubios que matizaban su pelo castaño.

—Lo siento, Sookie —dijo Sam.

—No es culpa tuya.

—¿Necesitas tomarte algún tiempo libre? Hoy no hay mucho jaleo.

—No. Voy a terminar el turno —Charlsie Tooten estaba empezando a cogerle el tranquillo al oficio, pero no me habría sentido bien dejándola sola. Era el día libre de Arlene.

157

Volvimos a entrar en el bar y, aunque algunas personas nos miraron con curiosidad, nadie nos preguntó qué había ocurrido. En mi zona sólo había una pareja, absorta en el disfrute de su comida y su bebida recién servida, así que no iban a necesitarme por algún tiempo. Me puse a colocar copas de vino. Sam se apoyó contra la encimera de al lado.

—¿Es cierto que Bill Compton da una charla esta noche a los Descendientes de los Muertos Gloriosos?

—Según mi abuela, sí.

—¿Vas a ir?

—No lo tenía pensado —no quería volver a ver a Bill hasta que él me llamara para pedirme una cita en toda regla.

Sam no dijo nada más en ese momento pero, algo más tarde, cuando fui a recoger el bolso, entró en el despacho y se puso a revolver entre los papeles de su escritorio. Yo había sacado el cepillo y me afanaba en desenredarme la coleta. Por la forma en que Sam revoloteaba alrededor, parecía evidente que quería hablar conmigo. Resultaba exasperante que todos los hombres dieran tantos rodeos para dirigirse a mí.

Como Andy Bellefleur; que podía haberme preguntado sin más por mi tara, en lugar de practicar absurdos jueguecitos conmigo.

Como Bill; que podía haber dejado claras sus intenciones, en vez de emplear toda esa parafernalia entre tórrida y distante.

—¿Qué? —dije. Sonó un poco más cortante de lo que pretendía.

Se ruborizó por completo.

—Me preguntaba si te gustaría ir conmigo a la charla y luego tomar un café…

Me quedé estupefacta. Detuve el cepillo en el aire, sin poder finalizar el movimiento. De pronto, una multitud de ideas se me agolpaba en la cabeza: el tacto de su mano aquel día, en el adosado de Dawn; el muro con el que me había encontrado en su mente; lo poco juicioso que resulta salir con el jefe…

—Claro —contesté, tras una pausa notoria. Pareció respirar aliviado.

—Genial, entonces te paso a recoger por tu casa sobre las siete y veinte. La sesión empieza a las siete y media.

—Vale. Entonces, luego te veo.

Tuve miedo de acabar haciendo alguna cosa rara si me quedaba un poco más, así que agarré el bolso y me dirigí a grandes zancadas hasta mi coche. No sabía si reírme como una tonta de pura felicidad o lamentar profundamente mi propia estupidez.

Cuando llegué a casa ya eran las seis menos cuarto y la cena estaba sobre la mesa; la abuela tenía que marcharse pronto para llevar unos refrigerios al Centro Social, donde se iba a celebrar la reunión.

—Me pregunto si habría accedido a dar la charla si la hubiéramos celebrado en el centro comunitario de la Iglesia Baptista —soltó la abuela, de improviso. No me costó mucho enlazar con su cadena de pensamientos.

—Pues yo creo que sí —contesté—. Me parece que todo eso de que los vampiros le tienen miedo a los símbolos religiosos es una patraña, aunque no se lo he preguntado.

—No sabes qué cruz tienen allí colgada —continuó la abuela.

—Al final sí que voy a ir a la charla —le dije—. He quedado con Sam Merlotte.

—¿Con Sam, tu jefe? —la abuela estaba muy sorprendida.

—Sí, señora.

—Humm, vaya, vaya… —comenzó a sonreír mientras ponía los platos sobre la mesa. Pasé todo el tiempo, mientras comíamos unos sándwiches y una macedonia, pensando qué ropa llevar. La abuela ya estaba emocionada por la sesión, y por poder escuchar a Bill y presentárselo a sus amigos; pero en aquel preciso instante debía de estar flotando en algún punto del espacio exterior, probablemente cerca de Venus, porque, además, yo tenía una cita. Y con un humano.

—Luego saldremos a tomar algo —le dije—, así que me imagino que llegaré a casa como una hora después de que termine la reunión —no es que hubiera muchos sitios donde tomar un café en Bon Temps. Y los que había, no eran precisamente lugares apetecibles.

—Muy bien, cariño. Tú tómate el tiempo que necesites —la abuela ya estaba arreglada y, después de cenar, la ayudé a cargar con la bandeja de pastas y la enorme cafetera que había comprado para estas ocasiones. Tenía el coche a la entrada de la puerta trasera, lo que nos ahorró bastante esfuerzo. Desbordaba felicidad y no dejó de parlotear en todo el rato. Ésta era su noche.

Me quité el uniforme de trabajo y me metí en la ducha en un santiamén. Mientras me enjabonaba, me puse a pensar qué ponerme. Nada en blanco y negro, eso seguro; me estaba hartando de los colores de camarera del Merlotte's. Volví a depilarme las piernas; no tenía tiempo de lavarme

160

y secarme el pelo, pero lo había hecho la noche anterior. Abrí de par en par mi armario y contemplé, pensativa, el interior. Sam ya me había visto con el vestido blanco de flores, y el vaquero no estaba a la altura de una reunión con los amigos de mi abuela. Al final, me decidí por unos pantalones caquis y una blusa de seda de manga corta en color bronce. Tenía unas sandalias y un cinturón de cuero marrón que quedarían bien con el conjunto. Me puse una cadena al cuello y unos pendientes grandes de oro, y ya estaba lista. Como si me hubiera cronometrado, Sam llamó a la puerta en ese mismo instante.

El momento de abrir la puerta y saludarlo resultó algo embarazoso.

—Te pediría que pasaras, pero andamos muy justos de tiempo…

—Aceptaría encantado, pero andamos muy justos de tiempo…

Los dos nos reímos.

Cerré la puerta con llave y Sam se apresuró a abrirme la puerta de su camioneta. Me alegré de haberme puesto los pantalones; no quería ni imaginarme lo que hubiera sido intentar subir allí arriba con una falda corta.

—¿Necesitas un empujón? —preguntó, esperanzado.

—Creo que ya estoy —contesté, intentando no sonreír.

Permanecimos en silencio durante todo el trayecto hasta el Centro Social que se encontraba en la parte más antigua de Bon Temps, la anterior a la Guerra. La estructura actual no era de aquel período, pero se sabía que en ese mismo emplazamiento había existido un edificio que fue destruido en la Guerra, aunque su propósito original no estaba documentado en ningún registro.

Los Descendientes de los Muertos Gloriosos constituían un grupo muy variopinto. En él se daba cabida a frágiles y vetustos ancianitos, a otros miembros no tan mayores y muy activos, e incluso a alguna que otra persona de mediana edad. Pero no contaba con un solo joven entre sus listas, de lo que mi abuela se lamentaba a menudo, mientras me dirigía expresivas miradas.

El señor Sterling Norris, viejo amigo de mi abuela y alcalde de Bon Temps, se ocupaba de recibir a los asistentes, y permanecía a la puerta estrechando manos e intercambiando unas palabras con todo el que llegaba.

—Querida Sookie, cada día estás más guapa —me dijo—. ¡Y Sam! Hacía una eternidad que no le veíamos por aquí. Sookie, ¿es cierto que el vampiro es amigo tuyo?

—Sí, señor.

—¿Podrías asegurar que esta noche estaremos todos a salvo?

—Sin ningún tipo de duda. Es una… persona muy agradable —¿Qué decir si no? ¿Un ser? ¿Una entidad? ¿Si te gustan los no muertos, te va a encantar?

—Si tú lo dices —dijo el señor Norris, no muy convencido—. En mis tiempos una cosa así sólo aparecía en los cuentos.

—Bueno, señor Norris, éstos aún son sus tiempos —dije, con la alegre sonrisa que se esperaba de mí. Él rió y nos invitó a pasar, que era lo que se esperaba de Sterling Norris. Sam me cogió de la mano y prácticamente dirigió mis pasos hasta la penúltima fila de sillas metálicas. Saludé con la mano a mi abuela mientras nos sentábamos. La sesión estaba a punto de comenzar y la sala acogía a unas cuarenta personas, todo un éxito de convocatoria, para tratarse de Bon Temps. Pero no veía a Bill por sitio ninguno.

Justo en ese momento, la presidenta de los Descendientes, la fornida y oronda Maxine Fortenberry, subió al estrado.

—¡Buenas noches! ¡Buenas noches a todos! —su voz retumbó por todas las esquinas—. Nuestro invitado de honor acaba de llamar para informarnos de que ha tenido un pequeño problema con su automóvil y llegará con unos minutos de retraso. Así que vamos a adelantar la junta ordinaria para cubrir este espacio de tiempo.

El grupo se puso manos a la obra, y no nos quedó más remedio que soportar el desarrollo de una infinidad de tediosos asuntos. Sam estaba a mi lado, con los brazos cruzados y la pierna derecha apoyada en la izquierda a la altura del tobillo. Yo estaba poniendo especial atención en mantener la guardia alta y sonreír, por lo que me sentí como si me tiraran un jarro de agua fría encima cuando Sam se inclinó hacia mí y me susurró:

—Puedes relajarte.

—Pensé que ya lo había hecho —contesté en voz baja.

—Me parece que no sabes cómo hacerlo.

Lo miré arqueando las cejas. Iba a tener que decirle unas cuantas cosas al señor Merlotte después de la sesión.

Justo en ese momento apareció Bill. Durante unos instantes reinó un silencio absoluto hasta que quienes nunca lo habían visto se acostumbraron a su presencia. Lleva algún tiempo hacerlo si es la primera vez que ves un vampiro. Bajo aquellos focos fluorescentes, Bill parecía aún más inhumano que a la tenue luz del Merlotte's o de su

163

propia casa. No había forma de que pasara por ser un tipo normal y corriente. Por supuesto, aquella iluminación acentuaba su palidez, y las profundas simas que eran sus ojos resultaban todavía más gélidas y oscuras de lo habitual. Llevaba un traje en tono azulón de tejido ligero —por consejo de la abuela, casi con toda seguridad—. Estaba imponente. El señorial arco de sus cejas, la elegante curva de su soberbia nariz, esos labios esculpidos con cincel, sus blancas manos de largos dedos y uñas arregladas con esmero… Estaba intercambiando unas palabras con la presidenta, que parecía tan hechizada ante la media sonrisa de Bill como para estar a punto de perder la faja.

Ignoro si Bill estaba lanzando su glamour por toda la sala, o si todos los allí presentes estaban predispuestos a sentirse interesados, pero el resultado fue que se impuso un expectante silencio en el lugar.

Entonces él me vio. Juro solemnemente que parpadeó. Luego, me dirigió una pequeña reverencia a la que yo respondí con un leve asentimiento de cabeza, incapaz de sonreírle. Incluso entre aquella multitud pude sentir el profundo abismo de su silencio.

La señora Fortenberry hizo la presentación, aunque no recuerdo lo que dijo o cómo eludió la cuestión de que Bill fuese una criatura «diferente».

Entonces Bill comenzó a hablar. Observé con sorpresa que había traído notas consigo. Sam estaba inclinado hacia delante, con los ojos fijos en la cara de Bill.

—… Ya no había mantas y apenas quedaba comida —decía Bill, sereno—. Muchos desertaban.

Aquel dato no era muy del agrado de los Descendientes, pero algunos de ellos movieron la cabeza en señal

164

de asentimiento. El relato debía de encajar con lo que habían averiguado en el curso de sus estudios.

Un anciano de la primera fila levantó la mano.

—Señor, ¿no conocería por casualidad a mi bisabuelo, Tolliver Humphries?

—Sí —respondió Bill tras unos instantes. Su rostro era inescrutable—. Tolliver era amigo mío.

Y durante un breve instante percibí algo tan trágico en su voz que tuve que cerrar los ojos.

—¿Cómo era? —preguntó el hombre con voz temblorosa.

—Pues era... temerario. Por eso murió —dijo Bill con cierta ironía en su sonrisa—. Era valiente. En toda su vida ganó un céntimo que no malgastara.

—¿Cómo murió? ¿Estaba usted allí?

—Sí, así es —contestó Bill con abatimiento—. Vi cómo le disparaba un francotirador del Norte en una zona boscosa a unos treinta kilómetros de aquí. Avanzaba con lentitud porque estaba muy desnutrido. Todos lo estábamos. A media mañana de un día muy frío, Tolliver presenció cómo un muchacho de nuestra compañía, que estaba a descubierto en mitad del campo de batalla, recibía un disparo. No había muerto, pero estaba malherido. Durante toda la mañana nos estuvo llamando para que fuéramos a auxiliarlo. Sabía que, de lo contrario, moriría.

En la sala se hizo tal silencio que habría sido posible escuchar hasta el sonido de un alfiler al caer.

—Chillaba y sollozaba. A punto estuve de dispararle yo mismo para hacerlo callar porque sabía que cualquier intento de rescate habría sido un suicidio. Sin embargo, no fui capaz de hacerlo. Eso sería cometer asesinato, no un acto de guerra, pensé. Pero más tarde deseé con todas mis fuerzas haberlo hecho. Tolliver tenía menos capacidad que yo para resistirse a las súplicas del muchacho. Después de dos largas horas soportando aquella agonía, me dijo que tenía la intención de ir a rescatarlo. Intenté disuadirlo pero me aseguró que Dios quería que lo intentara. Había estado rezando todo aquel tiempo sobre el duro suelo del bosque.

»Aunque le dije que dudaba mucho de que Dios quisiera que malgastara su vida tan inútilmente, que tenía una esposa e hijos rezando para que volviera sano y salvo a casa, Tolliver me pidió que distrajese al enemigo mientras él lo intentaba. Salió corriendo al campo como si fuera primavera y estuviera en perfecta forma. Consiguió alcanzar la posición del muchacho, pero entonces sonó un disparo... y Tolliver cayó muerto. Después de algún tiempo, el chico comenzó a gritar de nuevo.

—¿Qué fue de él?

—Sobrevivió —contestó Bill. Algo en el tono de su voz me hizo sentir escalofríos—. Logró aguantar con vida hasta que cayó el sol y pudimos recogerlo.

De algún modo, aquellas personas habían vuelto a la vida con el relato de Bill. Aquel anciano de la primera fila ahora podía atesorar el recuerdo del honorable comportamiento de su antepasado.

No creo que ninguno de los presentes en la charla de aquella noche estuviera preparado para el impacto de escuchar hablar sobre la Guerra Civil a un superviviente. Los había cautivado... e impresionado.

Una vez que Bill respondió a todas las preguntas, los aplausos fueron atronadores. Bueno, tan atronadores como puedan ser unos aplausos si los dan cuarenta personas. Incluso Sam, que no es precisamente el mayor fan de Bill, batió sus palmas.

Después, todos querían hablar un rato con Bill a solas. Todos menos Sam y yo. Mientras el inusitado orador despachaba a la concurrencia con aire reacio, Sam y yo nos escabullimos hasta la camioneta. Fuimos al Crawdad Diner, todo un antro que, sorprendentemente, ofrecía buena comida. Yo no tenía hambre, pero Sam tomó tarta de lima con su café.

—Ha sido interesante —dijo, cauteloso.

—¿La ponencia de Bill? Sí, ha estado bien —respondí, con la misma cautela.

—¿Sientes algo por él?

Después de tantos rodeos, Sam había decidido coger el toro por los cuernos.

—Sí —contesté.

—Sookie —repuso él—, no tienes futuro con él.

—Pues lleva ya unos años por aquí… Y tiene toda la pinta de irse a quedar unos cuantos siglos más.

—Nunca se sabe lo que puede ocurrirle a un vampiro.

Eso no podía discutírselo pero, como me encargué de señalarle a Sam, tampoco había medio de saber qué iba a sucederme a mí, que era humana.

Mantuvimos un largo tira y afloja sobre el asunto hasta que, irritada, le pregunté:

—¿Y a ti qué más te da, Sam?

Aún más colorado de lo que era habitual en él, clavó sus brillantes ojos azules en los míos.

—Me gustas, Sookie. Como amiga o quizá algo más en su momento…

—¿Eh?

—Es sólo que no me gustaría que te equivocaras.

Lo miré. Podía sentir cómo se me iba formando una mueca de escepticismo en el rostro. Era la de siempre: ceño fruncido y labios forzados hacia arriba.

—Ya —le dije. Me salió una voz muy a juego con la cara.

—Siempre me has gustado.

—¿Tanto que has tenido que esperar a que alguien más se interesase por mí para mencionarlo?

—Me lo merezco —parecía estarle dando vueltas a algo. Como si quisiera decirlo pero no se atreviera. Fuera lo que fuera, se le quedó atascado, o eso al menos es lo que me pareció.

—¿Nos vamos? —le dije. Me imaginé que iba a ser difícil reconducir la conversación. Mejor irse a casa.

El trayecto de vuelta fue un tanto extraño. Cada vez que Sam parecía a punto de decir algo, sacudía la cabeza y se quedaba callado. Me estaba sacando tanto de quicio que me daban ganas de matarlo.

Llegamos a casa más tarde de lo que yo había pensado. La luz del dormitorio de la abuela estaba encendida, pero el resto de la casa estaba a oscuras. No se veía el coche, así que me imaginé que lo habría aparcado en la parte de atrás para descargar las sobras directamente a la cocina. Me había dejado la luz del porche encendida.

Sam rodeó la camioneta para abrirme la puerta. Todo estaba tan oscuro que, al bajar, me tropecé con el estribo y casi me caigo. Sam me agarró. Primero me cogió por los brazos para sujetarme… y luego me abrazó. Y me besó.

Supuse que no iría más allá de un simple pico de buenas noches, pero su boca no terminaba de apartarse. La verdad es que la sensación era algo más que agradable, pero, de repente, el pequeño censor que llevo dentro dijo: «Es tu jefe».

Me solté con delicadeza. De inmediato, él se dio cuenta de que me estaba retirando y, con mucha suavidad, deslizó sus palmas por mis brazos hasta darme la mano. Caminamos hasta la puerta en silencio.

—Me lo he pasado bien —le dije, con voz queda. No quería despertar a la abuela ni resultar exagerada.

—Yo también. Podríamos repetirlo.

—Ya veremos —le contesté. No tenía muy claro qué sentía por él.

Esperé hasta oír que la camioneta se alejaba para apagar la luz del porche y entrar en casa. Me fui desabotonando la blusa de camino a la habitación. Estaba cansada y con ganas de meterme en la cama.

Algo iba mal.

Me detuve en mitad de la sala de estar y miré alrededor.

Todo parecía en su sitio, ¿no?

Sí. Todo estaba como siempre.

Era el olor.

Como a metal.

Un olor a cobre, penetrante y salado.

El olor de la sangre.

Y estaba allí abajo, a mi alrededor; no en el piso superior, donde se encontraban las habitaciones de invitados.

—¿Abuela? —llamé. Odié que me temblara la voz.

Tenía que moverme. Me obligué a avanzar hasta la puerta de su habitación; estaba intacta. Recorrí la casa encendiendo las luces de cada estancia.

Mi habitación estaba tal como la había dejado.

El baño estaba desierto.

El cuarto de aseo también.

Encendí la última luz. La cocina…

Grité, una y otra vez. Mis manos se agitaban sin propósito alguno en el aire, temblando más con cada alarido. Oí un estrépito detrás de mí, pero era incapaz de reaccionar. Entonces, unas manos enormes me agarraron y elevaron. Alguien se interpuso entre mi cuerpo y lo que había visto en el suelo de la cocina. Al principio no lo reconocí, pero fue Bill quien me alzó para llevarme al salón, donde ya no pudiera ver aquello.

—Sookie, ¡cállate! ¡No sirve para nada! —me dijo con dureza. De lo contrario, habría seguido gritando.

—Lo siento —dije, aún fuera de mí—. Me estoy comportando como aquel muchacho —me miró sin comprender—. El de tu historia —añadí, aturdida.

—Tenemos que llamar a la policía.

—Claro.

—Hay que marcar el número de teléfono.

—Espera, ¿cómo has entrado aquí?

—Tu abuela se ofreció a llevarme a casa, pero yo insistí en pasar primero por aquí para ayudarla a descargar el coche.

—¿Y por qué sigues aquí?

—Te estaba esperando.

—Entonces, ¿sabes quién la ha matado?

—No. Crucé el cementerio para pasar por casa a cambiarme.

Llevaba unos vaqueros y una camiseta de los Grateful Dead*. Solté una risa nerviosa.

—Es para partirse —dije, entre carcajadas incontenibles. Y de repente, me puse a llorar. Cogí el teléfono y marqué el 911.

Andy Bellefleur llegó en cinco minutos.

Jason vino en cuanto lo localicé. Lo había llamado a cuatro o cinco sitios, y al final lo encontré en el Merlotte's. Terry Bellefleur estaba a cargo del bar esa noche, y cuando volvió a ponerse al teléfono para anunciarme que ya había avisado a Jason, le pedí que le dijera a Sam que faltaría a trabajar unos días porque me había surgido un problema.

Debió de llamarlo de inmediato, porque Sam tardó exactamente treinta minutos en presentarse en casa, con la misma ropa que se había puesto para la charla. Al verlo, mire instintivamente hacia abajo. Recordaba haberme desabrochado la blusa mientras cruzaba la sala de estar, algo en lo que no había vuelto a pensar. Pero ahora estaba otra vez presentable. Caí en la cuenta de que Bill debía de haberse ocupado de ese pequeño detalle. Puede que más adelante me resultara embarazoso, pero en aquel momento sólo sentía gratitud por ello.

Cuando Jason llegó, le conté que la abuela había sido asesinada. Se me quedó mirando como si estuviera ido; era como si le hubieran extirpado la capacidad de

---

* Grupo de rock psicodélico norteamericano cuyo nombre podría traducirse al español como los «Muertos Agradecidos». (*N. de la T.*)

procesar nuevos datos. Por último, comprendió y cayó de rodillas allí mismo. Me arrodillé junto a él, y me abrazó. Apoyó la cabeza en mi hombro, y permanecimos así un buen rato. Sólo nos teníamos el uno al otro.

Bill y Sam salieron al patio delantero y se sentaron en las sillas del jardín para no interferir en la labor policial. Al poco tiempo, un agente nos pidió a Jason y a mí que esperásemos fuera, como mínimo en el porche; así que decidimos sentarnos con ellos. Era una noche templada. Yo me senté de cara a la casa, que tenía todas las luces encendidas como una tarta de cumpleaños. La gente entraba y salía sin cesar. Parecían hormigas atareadas con tan dulce descubrimiento. Toda aquella actividad rodeaba el cadáver de la que había sido mi abuela.

—¿Qué ha pasado? —preguntó, por fin, Jason.

—Llegamos de la reunión —dije muy despacio—. Entré en casa cuando Sam arrancó la camioneta… Sabía que algo no iba bien. Miré en todas las habitaciones —era la historia de *Cómo encontré a mi abuela muerta*, versión oficial—. Y cuando llegué a la cocina, la vi.

Jason volvió lentamente la cabeza hasta que sus ojos se encontraron con los míos.

—Cuéntamelo.

Sacudí la cabeza en silencio. Pero tenía derecho a saberlo.

—La habían golpeado, pero trató de defenderse, o eso creo. Quienquiera que fuera le hizo algunos cortes… y parece que después la estranguló —no podía ni mirarlo a la cara—. Ha sido culpa mía —mi voz no era más que un débil susurro.

—¿De dónde te sacas eso? —preguntó Jason. No estaba tratando de consolarme. En su voz sólo se adivinaba una terrible falta de agudeza mental.

—Me imagino que alguien vino a hacer conmigo lo mismo que con Dawn y Maudette. Pero era la abuela la que estaba aquí —la idea empezó a tomar forma en el cerebro de mi hermano—. Se suponía que yo iba a estar sola en casa esta noche mientras ella iba a la charla, pero Sam me propuso asistir en el último minuto. Además, mi coche estaba aquí porque hemos ido en su camioneta, y la abuela aparcó el suyo en la parte de atrás, así que desde fuera parecería que yo estaba sola. La abuela iba a llevar a Bill a casa, pero él la estuvo ayudando a descargar el coche y luego se fue andando para cambiarse de ropa. Cuando se fue, quienquiera que fuese… la atacó.

—¿Y cómo sabemos que no ha sido el vampiro? —preguntó Jason, como si Bill no estuviera allí mismo, sentado junto a él.

—¿Y cómo sabemos que no ha sido cualquiera? —repuse, harta de lo corto de entendederas que era mi hermano—. Puede haber sido cualquiera, cualquiera que conozcamos. No creo que haya sido Bill porque estoy segura de que él no mató a Dawn ni a Maudette; y estoy convencida de que quien lo haya hecho, también las mató a ellas.

—¿Sabes —dijo Jason a todo volumen— que la abuela te ha dejado toda la casa a ti solita?

Fue como si me tiraran un jarro de agua fría a la cara. Sam se estremeció. Los ojos de Bill se oscurecieron y mostraron esa gelidez que ya conocía.

—No. Siempre he supuesto que tú y yo la compartiríamos, como sucedió con la otra —la casa de nuestros padres, en la que Jason vivía ahora.

—Y las tierras también.

—¿Por qué me dices todo esto? —estaba a punto de volver a llorar, justo cuando había pensado que ya no me quedaban lágrimas.

—¡Ha sido injusta! —gritó—. ¡No es justo, y ahora ya no puede arreglarlo!

Comencé a temblar. Bill me hizo levantar de la silla y empezó a caminar de un extremo a otro del jardín conmigo. Sam se sentó frente a Jason y se dispuso a mantener una conversación seria con él; hablaba en voz baja pero su tono era grave.

Bill me había pasado el brazo por los hombros, pero yo no podía dejar de temblar.

—¿Lo habrá dicho en serio? —pregunté, sin esperar respuesta.

—No —dijo Bill. Lo miré, sorprendida—. No es eso. No ha podido defender a tu abuela y no sabe cómo enfrentarse a la idea de que alguien estuviera esperándote escondido y la acabara matando a ella. Así que necesita descargar su ira. Como no puede enfadarse contigo por no haber muerto, está furioso por la herencia. Yo no dejaría que me preocupara.

—La verdad es que me sorprende que tú me estés diciendo esto —le dije con franqueza.

—Oh, he hecho algún curso de Psicología en el horario nocturno —señaló Bill Compton, de profesión, vampiro.

No pude evitar pensar que el cazador siempre estudia a su presa.

—¿Por qué me iba a dejar la abuela todo a mí?

—Puede que lo averigües más adelante —dijo. Me pareció que tenía sentido.

En ese momento, Andy Bellefleur salió de la casa y se quedó inmóvil al borde de los escalones. Contemplaba el firmamento como si buscara alguna pista en él.

—Compton —dijo, de repente.

—No —emití una especie de gruñido. Bill me miró ligeramente sorprendido; todo un derroche de expresividad, viniendo de él—. Lo sabía —dije, furiosa.

—Me estabas protegiendo… —dijo Bill—. Pensaste que la policía sospecharía de mí en la investigación del asesinato de esas dos mujeres. Por eso querías asegurarte de que se hubieran relacionado con otros vampiros. Y ahora crees que el tal Bellefleur va a intentar acusarme de la muerte de tu abuela.

—Sí.

Respiró hondo. Estábamos junto a los árboles que bordeaban el jardín, en la penumbra. Andy vociferó su nombre de nuevo.

—Sookie —me dijo Bill, con dulzura—, estoy tan seguro como tú de que eras la víctima prevista de este ataque… —resultaba chocante escuchárselo a otra persona—. Yo no las maté. Así que si es obra de un mismo asesino, entonces yo no he sido; y él se dará cuenta, por muy Bellefleur que sea.

Comenzamos a andar hacia la luz. No quería que nada de aquello estuviese sucediendo. Deseaba que se apagaran las luces y toda esa gente se esfumara, Bill incluido; que me dejaran a solas con mi abuela, y que ella estuviera tan contenta como la última vez que la había visto.

Era inútil e infantil, pero no podía evitarlo. Estaba tan absorta en mis ensoñaciones que no advertí el peligro que se cernía sobre mí hasta que ya era demasiado tarde.

Mi hermano se plantó delante de mí y me dio un bofetón en la cara.

Fue tan inesperado y tan doloroso que perdí el equilibrio y me tambaleé. Caí sobre una rodilla.

Parecía que Jason iba a asestarme un nuevo golpe cuando, de repente, Bill apareció acuclillado delante de mí. Sus colmillos, completamente desplegados, amenazaban con fiereza. Daba un miedo espantoso. Sam se enfrentó a Jason y lo derribó; quizá hasta le golpease la cabeza contra el suelo, por si las moscas.

Andy Bellefleur asistía atónito a este inusitado despliegue de violencia, pero tras unos instantes se situó entre los dos grupos, sobre el césped. Miró a Bill y tragó saliva. Sin embargo, dijo con voz clara y firme:

—Compton, es suficiente. No va a volver a golpearla.

Bill respiraba a trompicones, inspirando profundamente para calmar sus ansias de sangre. No era capaz de acceder a sus pensamientos, pero podía interpretar su lenguaje corporal.

No podía leer con exactitud la mente de Sam, pero sí percibía su furia.

Jason estaba sollozando, se sentía confuso. El caos y la desolación reinaban en su cabeza.

No le gustábamos ni un pelo a Andy Bellefleur; ninguno de nosotros. Disfrutaba imaginando entre rejas a todas y cada una de las aberraciones de la Madre Naturaleza que, en su opinión, constituíamos.

Me puse en pie con dificultad y me palpé la mejilla, intentando sentir sólo ese dolor, y no la terrible pena que me rompía el corazón.

Me parecía que aquella noche no iba a acabarse nunca.

176

Fue el funeral más largo jamás celebrado en la parroquia de Renard. Eso es lo que dijo el pastor. Mi abuela recibió sepultura en un resplandeciente día de principios de verano. La enterramos junto a mis padres, en la fosa familiar del viejo cementerio situado entre su casa y la de los Compton.

Jason había estado en lo cierto. Ahora era mi casa. Así como las ocho hectáreas de terreno que la rodeaban y los derechos sobre el subsuelo. El dinero de la abuela, el poco que había, se repartió entre nosotros dos de manera equitativa. Además, la abuela había estipulado que le cediera a Jason la mitad que me correspondía de la casa de nuestros padres, si quería mantener plenos derechos sobre la suya. Eso fue fácil de hacer. No quise recibir nada a cambio, a pesar de las reservas de mi abogado sobre este asunto. Jason se habría puesto como una fiera si le hubiese pedido algún dinero; el hecho de que compartiéramos la propiedad de la casa nunca había pasado de la categoría de vieja fábula en su cerebro. Sin embargo, la decisión de la abuela de dejarme a mí su casa lo había ultrajado. Ella lo había «calado» mucho mejor que yo.

Era afortunada de poseer otros ingresos aparte de mi salario, me esforcé en considerar, para apartar de mi cabeza la sensación de pérdida. De todos modos, mis fondos se iban a ver sensiblemente reducidos al asumir el pago de los impuestos sobre las propiedades y el mantenimiento de la casa, al que mi abuela siempre había contribuido, al menos en parte.

—Me imagino que querrás mudarte —me dijo Maxine Fortenberry mientras limpiaba la cocina. Había traído huevos rellenos y ensalada de jamón. Restregar el suelo de mi casa, pensaría ella, iba a convertirla en el súmmum de la amabilidad.

—No —le contesté, sorprendida.

—Pero cielo, habiendo sucedido justo aquí… —su rostro se contrajo de preocupación.

—Conservo muchos más recuerdos buenos que malos de esta cocina —le expliqué.

—Oh, qué buena forma de enfocarlo —dijo, asombrada—. Sookie, eres bastante más lista de lo que la gente se cree.

—Vaya, gracias, señora Fortenberry —le dije. Si percibió la acritud de mi tono, no se dio por enterada. Quizá fuera lo mejor.

—¿Va a venir tu amigo al funeral? —hacía mucho calor allí. La corpulenta y rolliza Maxine se estaba secando el sudor con un paño de cocina. Las amigas de la abuela, que Dios las bendiga, habían limpiado el lugar exacto en que la había encontrado.

—¿Mi amigo? Ah, ¿Bill? No, no puede —me miró sin comprender—. Va a ser de día, como es de suponer —siguió sin entender nada—. Y él… no puede salir.

—¡Ah, claro! —se dio un golpecito en la sien para indicar que no había caído en la cuenta—. Qué tonta… Entonces, ¿es cierto que el sol lo freiría?

—Bueno, eso dice él.

—¿Sabes? Me alegro de que celebrásemos esa charla en el club… Ha sido muy importante para abrirle un hueco en nuestra comunidad —asentí, abstraída—. Hay mucha preocupación por los asesinatos, Sookie. Por todas partes se oye hablar de vampiros… y de su implicación en todas estas muertes —la miré entrecerrando los ojos—. ¡No te enfades conmigo, Sookie! Bill nos enterneció a todos cuando contó aquellas historias tan fascinantes en la reunión de los Descendientes, así que casi nadie lo cree capaz de haber cometido semejantes atrocidades —me pregunté qué tipo de rumores circularían por el pueblo, y temblé al imaginármelos—, pero ha recibido unas cuantas visitas con bastante mala pinta.

¿Se referiría a Malcolm, Liam y Diane? La verdad es que a mí tampoco me inspiraban mucha confianza, así que reprimí el impulso de salir en su defensa.

—Los vampiros son tan distintos entre sí como lo somos los humanos —señalé.

—Eso mismo es lo que le he dicho a Andy Bellefleur —dijo, asintiendo con vehemencia—. Le dije: «Deberías ocuparte de esos otros, de los que no se esfuerzan por integrarse entre nosotros; no como Bill Compton, que intenta hacer todo lo posible por ser uno más». En el tanatorio me estuvo contando que por fin había conseguido que le terminaran la cocina.

No pude sino quedarme mirándola fijamente. Intenté imaginar para qué querría Bill una cocina. ¿Qué iba a hacer con ella?

Pero no había forma de pensar en otra cosa. Empecé a darme cuenta de que me iba a pasar una temporada llorando cada dos por tres. Y eso es precisamente lo que hice.

Durante el funeral Jason estuvo a mi lado. Parecía que se había repuesto de su ataque de ira contra mí; que había recuperado el juicio. No me hablaba, ni tan siquiera me rozó; por lo menos, tampoco me golpeó. Me sentía muy sola, pero al mirar hacia fuera, a la ladera de la colina, me di cuenta de que todo el pueblo se dolía conmigo. Hileras de coches se extendían hasta donde alcanzaba la vista, centenares de vecinos vestidos de negro se agolpaban en las estrechas calles del cementerio. Allí estaba Sam. Llevaba traje y no parecía él. Y Arlene, acompañada de Rene, se había puesto un elegante vestido de flores. Lafayette se había quedado al fondo, alejado de la muchedumbre. Junto a él estaban Terry Bellefleur y Charlsie Tooten: ¡debían de haber cerrado el bar! Y todos los amigos de mi abuela; todos los que aún podían caminar. El señor Norris lloraba sin consuelo y se enjugaba el llanto con un pañuelo inmaculado. El orondo rostro de Maxine reflejaba un hondo pesar. Mientras el pastor decía lo que correspondía a la ocasión, mientras Jason y yo ocupábamos, solos, los asientos destinados a la familia, sentí que algo dentro de mí se alejaba de aquella escena y volaba hasta perderse en el azul del cielo; y tuve la certeza de que fuera lo que fuera lo que le había sucedido a la abuela, ahora estaba en casa.

El resto del día lo pasé como en una nube, gracias a Dios. No quería tener que recordarlo, ni siquiera quería ser testigo de lo que sucedía. Pero hubo un momento que se me quedó marcado.

En una especie de tregua provisional, Jason y yo nos apostamos junto a la mesa del comedor de casa de la abuela para recibir el pésame. Fuimos saludando a los asistentes, la mayoría de los cuales se esforzaban en no mirar el moratón que tenía en la cara.

Lo sobrellevamos como pudimos. Jason, pensando que después se iría a casa, se tomaría un buen «copazo» y no me vería en algún tiempo; y luego las aguas volverían a su cauce y todo sería como antes. Yo, pensando casi exactamente lo mismo. Salvo por lo de la copa.

Se nos acercó una de esas bienintencionadas señoras que acostumbran a considerar todas las posibles repercusiones de situaciones que, para empezar, no les conciernen en absoluto.

—No sabéis cuánto lo siento, chicos —dijo. La miré; por más que lo intentara, no era capaz de recordar su nombre. Era metodista y tenía tres hijos ya mayores. Pero su nombre se me escapaba por completo—. Me ha dado tanta pena veros allí solitos. Me he acordado tanto de vuestros padres… —añadió. Su rostro formó una máscara de compasión mil veces ensayada. Miré a Jason, la volví a mirar y asentí.

—Ya —dije, pero escuché sus pensamientos y palidecí antes de que prosiguiera.

—¿Y cómo no ha estado vuestro tío abuelo, el hermano de Adele? Supongo que sigue con vida.

—No tenemos mucho trato —le dije. Cualquiera con un poco de sensibilidad se hubiera desalentado al escuchar el tono de mi voz.

—Pero ¡era su único hermano! Me imagino que lo habréis… —finalmente, la combinación de las miradas de los dos pareció surtir algún efecto sobre la buena señora.

Varias personas más se habían referido a la ausencia de nuestro tío Bartlett, pero había bastado con insinuar la señal de «ésos son asuntos de familia» para pararles los pies. A esta señora —pero ¿cómo se llamaba?— le había costado un poco más darse por enterada. Había traído una ensalada de tacos que se iba a ir a la basura en cuanto tuviera la cortesía de largarse.

—Tenemos que decírselo —me dijo Jason discretamente cuando ella se hubo ido. Subí la guardia; no me
apetecía saber en qué estaría pensando.

—Llámalo tú —le dije.

—Vale.

Y eso fue lo último que nos dijimos el uno al otro en
el resto del día.

6

Tras el funeral me quedé en casa tres días. Era demasiado tiempo; necesitaba volver al trabajo. Pero no se me iba de la cabeza todo aquello de lo que había que ocuparse, o al menos, lo que yo consideraba que debía hacer. Tenía que vaciar la habitación de la abuela. Dio la casualidad de que Arlene se pasó a visitarme y le pedí ayuda. Me resultaba insoportable estar allí sola entre todas las cosas de la abuela, tan conocidas e impregnadas de su característico olor a polvos de talco y alcanfor.

Así pues, mi amiga Arlene me ayudó a empaquetar todo para donarlo a una ONG. Se habían producido varios tornados en el norte de Arkansas en los últimos días y, seguramente, alguna persona que lo hubiera perdido todo podría aprovechar aquella ropa. La abuela era más menuda y delgada que yo; además, teníamos gustos muy diferentes, por lo que sólo iba a quedarme con las joyas. No había muchas, pero eran auténticas y tenían un valor incalculable para mí.

Resultaba increíble la cantidad de cosas que la abuela había conseguido almacenar en su dormitorio. No quería ni imaginarme lo que iba a encontrarme en el desván; ya me encargaría de eso más adelante. Quizá en otoño, cuando allí arriba no hiciera tanto calor y ya hubiera pasado algo más de tiempo.

Es probable que me deshiciera de más de lo debido, pero realizar esta tarea me ayudaba a sentirme útil y activa, así que me empleé a fondo. Arlene doblaba, recogía y empaquetaba todo menos los papeles y cartas, fotografías, facturas y cheques cancelados que se encontraba. Mi abuela —que Dios la bendiga— jamás había usado una tarjeta de crédito ni había comprado nada a plazos en toda su vida, lo que me simplificó mucho las cosas en aquel duro trance.

Arlene me preguntó por el coche de la abuela. Tenía cinco años y muy pocos kilómetros.

—Venderás el tuyo y te quedarás con éste, ¿no? Tu coche es más nuevo, pero es muy pequeño.

—No lo había pensado —le contesté. Y descubrí que en ese momento tampoco era capaz de hacerlo; la limpieza del dormitorio era lo único a lo que podía enfrentarme aquel día.

Al caer la tarde, la habitación de la abuela estaba vacía. Entre Arlene y yo le dimos la vuelta al colchón y cambié las sábanas por mera costumbre. Era una cama con dosel de hermoso diseño. Siempre me había encantado el mobiliario de su dormitorio y, de repente, caí en la cuenta de que ahora era mío. Podía trasladarme allí y disfrutar de una habitación con cuarto de baño, en lugar de usar el del pasillo.

De pronto, decidí que eso era exactamente lo que iba hacer. Los muebles de mi dormitorio eran los mismos que había tenido en casa de mis padres. Cuando ellos murieron, la abuela los había hecho traer. Eran infantiles y cursis, me traían viejas reminiscencias de fiestas de pijama y juegos con la Barbie.

Y no es que yo hubiera celebrado muchas fiestas de ésas; ni asistido a ellas, la verdad.

No, no, no… No iba a volver a caer en esa vieja trampa. Yo era lo que era; tenía mi vida y valoraba los pequeños detalles que me hacían ir tirando hacia delante.

—A lo mejor me vengo aquí —le dije a Arlene mientras ella embalaba una caja.

—¿No es un poco pronto para eso? —preguntó. Se sonrojó al darse cuenta de que su tono había resultado bastante crítico.

—Creo que llevaré mejor estar aquí que al otro lado del pasillo, pensando que este cuarto está vacío —le expliqué. Arlene, acuclillada junto a una caja de cartón con la cinta adhesiva en las manos, pareció meditar mi respuesta.

—Pienso que tienes razón —dijo al fin, asintiendo con su refulgente cabeza.

Cargamos las cajas en su coche. Arlene se había ofrecido a dejarlas en el centro de recogida, que le quedaba de camino. Acepté, sinceramente agradecida. No quería que nadie me mirase con pena cuando me viera desprenderme de la ropa y el calzado que, todos sabían, habían pertenecido a mi abuela.

Al despedirme de Arlene, la abracé y le di un beso en la mejilla. Se me quedó mirando. Eso iba más allá de los límites en que habíamos mantenido nuestra relación de amistad hasta ese momento. Inclinó su cabeza para darme un suave golpe en la frente.

—Locuela —dijo con voz afectuosa—. A ver si te pasas por casa. Lisa está deseando que vuelvas a hacerle de canguro.

—Dile que tía Sookie le manda muchos recuerdos. Y a Coby también. Dales un beso.

—De tu parte —Arlene caminó hasta el coche. Su brillante melena ondulaba con cada paso; tenía un porte tan espléndido que el uniforme de camarera resultaba muy prometedor sobre su cuerpo.

Me abandonaron todas las fuerzas en cuanto se marchó. Me sentía como si tuviese un millón de años, triste y sola. Así es como iba a ser a partir de ahora.

No tenía hambre, pero el reloj indicaba que era hora de comer. Fui a la cocina y escogí al azar un tupper de la nevera. Tenía ensalada de pavo y uvas. Me gustaba, pero tenía que forzarme a llevarme el tenedor a la boca. Al final, desistí y volví a meterlo en el frigorífico. Necesitaba darme una buena ducha. Las esquinas de los armarios del baño siempre acumulan polvo, y ni siquiera mi abuela —que era un ama de casa excelente— había conseguido erradicarlo.

La ducha me sentó de maravilla. El agua caliente pareció evaporar parte de mi tristeza. Me enjaboné el pelo y froté cada centímetro de mi piel. Luego, me pasé la cuchilla por axilas y piernas; después salí de la ducha y me depilé las cejas; me apliqué crema hidratante, un poco de desodorante, vaporizador para desenredar el pelo… y todo lo que pude encontrar a mano. Con el pelo húmedo cayéndome por la espalda en una cascada de mechones desordenados, me puse una camisola blanca de Piolín —la usaba para dormir— y decidí que me sentaría frente a la tele para entretenerme un poco mientras me peinaba, proceso que siempre había considerado profundamente tedioso.

El arrebato de hiperactividad se esfumó enseguida; estaba agotada.

El timbre de la puerta sonó justo cuando entraba casi a rastras en el salón con el peine en una mano y una toalla en la otra.

Me asomé por la mirilla. Bill aguardaba pacientemente en el porche.

Abrí la puerta sin registrar ningún tipo de emoción ante su visita. Se sorprendió al verme: estaba en camiseta, descalza y con el pelo húmedo. Y sin maquillar.

—Pasa —le dije.

—¿Estás segura?

—Sí.

Entró mirando a su alrededor, como hacía siempre.

—¿Qué andas haciendo? —preguntó al ver la pila de cosas que había apartado para darles a los amigos de la abuela. Pensé que les gustaría tenerlas. Al señor Norris, por ejemplo, seguramente le hiciera ilusión quedarse con una foto enmarcada de su madre con la abuela.

—He estado vaciando el dormitorio esta tarde —le dije—. Creo que me voy a trasladar allí —no se me ocurría nada más que decir. Se volvió para mirarme con detenimiento.

—Deja que te peine —me dijo.

Asentí con indiferencia. Bill se sentó en el sofá de flores y me señaló la vieja otomana que estaba justo enfrente. Me senté, obediente, y él se inclinó un poco hacia delante, haciéndome un hueco entre sus muslos. Comenzó a desenredarme el pelo desde la coronilla.

Como siempre, su silencio mental me parecía un regalo. Para mí, era como el primer contacto del agua fría de la piscina en el pie, después de haber dado una larga y dura caminata bajo un sol abrasador.

Además, los largos dedos de Bill manejaban con habilidad mi espesa mata de pelo. Cerré los ojos mientras empezaba a relajarme poco a poco. Podía sentir los leves movimientos de su cuerpo detrás de mí mientras me peinaba. Me parecía que hasta podía oír el latido de su corazón, lo que desde luego era bastante absurdo. Al fin y al cabo, su corazón ya no latía.

—Solía hacer esto mismo con mi hermana Sarah —murmuró suavemente, como si supiera lo tranquila que estaba y no quisiera romper la calma—. Tenía el pelo más oscuro que tú. Y más largo. Nunca se lo cortaba. Cuando éramos pequeños y mi madre estaba ocupada, siempre me mandaba que peinara a Sarah.

—¿Era mayor o menor que tú? —pregunté muy despacio, con voz soñolienta.

—Era más pequeña. Tenía tres años menos que yo.

—¿Tenías más hermanos?

—Mi madre perdió dos niños al dar a luz —dijo lentamente, como si apenas pudiera acordarse—. Y luego, mi hermano Robert murió a los doce años; yo tenía once. Cogió unas fiebres que lo mataron. Ahora lo habrían atiborrado de penicilina y se habría recuperado. Pero entonces era imposible. Sarah sobrevivió a la Guerra, mi madre y ella, pero mi padre murió mientras yo estaba en el frente. Con el tiempo he sabido que aquello fue una apoplejía. Mi mujer vivía por entonces con ellos; y mis hijos…

—Bill… —dije con tristeza, casi en un susurro. Había perdido tanto…

—Sookie, no —dijo. Su voz había recobrado su serena claridad.

Siguió peinándome en silencio hasta que el peine empezó a deslizarse libremente por mi pelo. Cogió la toalla blanca que había dejado en el brazo del sofá y comenzó a secarme la cabeza. Después, fue pasando sus dedos mechón por mechón para darle cuerpo a la melena.

—Mmmm —al oírme, observé que aquél ya no era el sonido que emite alguien que se está relajando.

Sentí cómo sus frías manos apartaban el pelo de mi cuello, y entonces noté su boca en la nuca. Era incapaz de moverme o de hablar. Exhalé muy despacio para no hacer ningún ruido. Fue desplazando los labios hasta mi oreja, y atrapó el lóbulo entre sus dientes. Entonces, sentí su lengua por dentro. Me rodeó entre sus brazos, cruzándolos sobre mi pecho, y tiró de mí hacia él.

Parecía un milagro no tener que escuchar toda aquella sucesión de gilipolleces que sólo servían para arruinar un momento así. Sólo era capaz de «oír» lo que su cuerpo me decía. Y era muy simple.

Me elevó con la misma facilidad con la que yo le daría la vuelta a un bebé. Me puso sobre su regazo, de cara a él, con una pierna a cada lado de su cuerpo. Lo abracé y me acerqué un poco más para besarlo. Y ya no paramos. Después de un rato, Bill estableció un ritmo con la lengua que incluso alguien tan inexperta como yo no tardaba en identificar. La camisola se me había subido hasta las caderas. No podía dejar de frotar sus brazos. Aunque parezca mentira, se me vino a la cabeza la imagen de una sartén de azúcar que la abuela ponía a calentar para hacer un postre, y me acordé del dulce, dorado y caliente caramelo fundido que obtenía.

Se levantó, con mi cuerpo aún rodeando el suyo.

—¿Dónde? —preguntó.

Le señalé la puerta de la que había sido la habitación de mi abuela. Me llevó tal como estaba, con mis piernas alrededor de su cintura, la cabeza apoyada en su hombro, y me dejó sobre la cama recién hecha. Se quedó junto a mí. A la luz de la luna, que se colaba por las desnudas ventanas, lo vi desvestirse rápida y hábilmente. Me gustaba observarlo, pero sabía que iba a tener que hacer lo mismo, y me daba un poco de vergüenza. De un solo tirón, me quité la camisola y la tiré al suelo.

Me quedé mirándolo. Nunca en toda mi vida había visto nada tan hermoso ni tan aterrador al mismo tiempo.

—Bill —susurré, preocupada, cuando se colocó junto a mí en la cama—, no quiero decepcionarte.

—Eso es imposible —respondió con voz ronca. Sus ojos contemplaban mi cuerpo como si fuera un vaso de agua en medio del desierto.

—No sé mucho —le confesé, casi sin voz.

—No te preocupes. Yo sí —sus manos empezaron a acariciarme, tocándome en lugares en los que jamás me habían tocado. Me retiré, sorprendida, y luego me entregué completamente a él.

—¿Será diferente a hacerlo con un chico normal? —le pregunté.

—Y tanto que sí —lo miré intrigada—. Va a ser mucho mejor —me susurró al oído, y sentí una intensa punzada de excitación.

Con cierta timidez, alargué la mano para tocarlo. Él emitió un sonido muy humano, que enseguida se hizo aún más profundo.

—¿Ahora? —pregunté, con voz temblorosa.

—Sí —contestó, y se puso encima de mí. Un instante después descubrió hasta qué punto era inexperta.

—Deberías habérmelo dicho —me reprendió suavemente. Se retuvo con un esfuerzo casi palpable.

—¡Por favor, no pares! —supliqué, creyendo que iba a perder la cabeza, que algo horrible pasaría si él no seguía.

—No tengo ninguna intención de parar —afirmó con gesto serio—. Sookie… Te va a doler.

A modo de respuesta, elevé las caderas. Gimió algo ininteligible y empujó.

Contuve la respiración. Me mordí el labio. Ay, ay, ay…

—Querida —dijo Bill. Nadie me había llamado nunca así. Era un uso muy antiguo—, ¿estás bien? —vampiro o no, temblaba con el esfuerzo de contenerse.

—Vale —dije, sin mucho sentido. El punzante dolor inicial empezaba a remitir. Me echaría atrás si no continuaba en ese mismo momento—. Ahora —le dije, y le mordí con fuerza en el hombro.

Gimió y se agitó bruscamente. Empezó a moverse con una especie de frenesí que me dejó algo aturdida al principio. Luego, poco a poco, comencé a entender y adecuarme al ritmo. Le excitó mucho mi respuesta e intuí que algo estaba a punto de pasar, algo grande y bueno.

—¡Por favor, Bill, por favor! —jadeé y le clavé las uñas en las caderas. Era por ahí, casi ahí… Entonces, un leve cambio de postura le permitió apretarse aún más profundamente contra mí, y antes de poder evitarlo estaba volando. Me sentía flotar; tenía la mente en blanco y sólo veía pequeños destellos dorados. Noté el roce de

191

sus dientes sobre mi cuello y dije: «Sí». Los colmillos penetraron la piel. Fue un pequeño pinchazo, muy excitante. Mientras se corría dentro de mí, Bill aspiró la herida.

Nos quedamos así un buen rato, temblando de vez en cuando, como en pequeñas réplicas. Nunca en la vida me podré olvidar de su olor y su sabor, de lo que sentí teniéndolo dentro por primera vez —mi primera vez—. Ni del placer que me había descubierto.

Finalmente, Bill se retiró y se tumbó a mi lado. Apoyó la cabeza sobre una mano, y con la otra me acarició el vientre.

—Soy el primero.

—Sí.

—Sookie —se inclinó para besarme. Sus labios recorrieron la línea de mi garganta.

—Está claro que no sé casi nada —dije, tímida—, pero ¿ha estado bien para ti? Quiero decir, ¿al menos a la altura de otras mujeres? Puedo mejorar.

—Podrás adquirir más experiencia, Sookie… pero no hay forma de que puedas ser mejor —me dio un beso en la mejilla—. Ha sido increíble.

—¿Estaré dolorida algún tiempo?

—Ya sé que te parecerá raro, pero no lo recuerdo. La única virgen con la que había estado hasta ahora era mi esposa, y eso fue hace un siglo y medio… Espera, si no me acuerdo mal, estarás algo incómoda después. No podremos volver a hacer el amor durante un par de días.

—Tu sangre cura —señalé tras una breve pausa, sonrojándome.

A la luz de la luna aprecié cómo se daba la vuelta para mirarme a los ojos.

—Así es —dijo—. ¿Eso es lo que quieres?

—Claro. ¿Tú no?

—Sí —dijo en voz baja. Se mordió el brazo.

Fue tan repentino que solté un grito. Con toda naturalidad, él frotó su dedo por la herida y, antes de que me diera tiempo a estar tensa, lo deslizó dentro de mí. Comenzó a moverlo suavemente y, en efecto, el dolor desapareció al instante.

—Gracias —le dije—. Ya estoy mejor.

Pero no apartó el dedo.

—Ah —musité—, ¿te apetece volverlo a hacer tan pronto? ¿Puedes? —y mientras él aumentaba el ritmo, comencé a desear que así fuera.

—Espera y verás —respondió, con un matiz divertido en su dulce y profunda voz.

Casi sin poder reconocerme a mí misma, le susurré:

—Dime qué quieres que haga.

Y eso es lo que hizo.

Al día siguiente volví a trabajar. Por grandes que fueran los poderes curativos de la sangre de Bill, aún me encontraba algo incómoda. Eso sí, me sentía poderosa. Era una emoción nueva por completo para mí. Me costó horrores no estar exultante y ponerme a alardear de mi nueva hazaña.

Por supuesto, en el bar tuve que enfrentarme a los mismos problemas de siempre: aquella cacofonía de voces, su zumbido, su persistencia... Pero de algún modo me resultó más sencillo acallarlas y arrinconarlas en una esquina. Podía mantener alta la guardia con mayor facilidad y, por tanto, mostrarme más relajada. O quizá como estaba más relajada —y vaya que si lo estaba—, me resultase más fácil protegerme. No lo sé, pero lo cierto es que me sentía mejor y fui capaz de recibir el pésame de los clientes con serenidad, sin derramar una sola lágrima.

Jason vino a la hora de comer y se tomó un par de cervezas con la hamburguesa, lo que no constituía su dieta habitual. Por lo general, nunca bebía durante la jornada laboral. Sabía que se pondría furioso si mencionaba abiertamente el tema, así que me limité a preguntarle si todo iba bien.

—El jefe de policía me ha vuelto a citar hoy —dijo en voz baja. Miró alrededor para asegurarse de que nadie estuviera escuchando, aunque el bar estaba medio vacío porque aquel día se celebraba una reunión del Club Rotario en el Centro Social.

—¿Qué te ha estado preguntando? —dije, también en bajo.

—Que cada cuánto veía a Maudette, que si siempre iba a por gasolina al Grabbit… Una y otra vez; como si no hubiera respondido ya unas setenta y cinco veces a esas mismas preguntas. Mi jefe está al límite de su paciencia, Sookie, y no lo culpo. Ya he faltado a trabajar por lo menos dos días, puede que tres, con todas las visitas que he tenido que hacer a la comisaría.

—Tal vez deberías buscarte un abogado —le aconsejé, preocupada.

—Eso es lo que dice Rene.

Entonces, Rene Lenier y yo coincidíamos.

—¿Qué te parece Sid Matt Lancaster? —a Sidney Matthew Lancaster, destacado sureño y gran aficionado

194

al whisky sour, se le consideraba el abogado criminalista más agresivo de la parroquia. Me gustaba porque siempre me trataba con respeto cuando venía por el bar.

—Supongo que ésa sería la mejor opción —Jason parecía tan malhumorado y adusto como alguien encantador puede llegar a parecerlo. Intercambiamos una mirada. Ambos sabíamos que el abogado de la abuela era demasiado anciano para poder encargarse del caso si alguna vez, Dios no lo quisiera, llegaban a arrestar a Jason.

Jason estaba demasiado absorto en sus propios problemas para detectar algo diferente en mí, pero yo llevaba puesto un polo blanco —en lugar de la habitual camiseta de cuello redondo— para taparme el cuello. Arlene fue algo más observadora que mi hermano. Se pasó toda la mañana mirándome de reojo y, para cuando llegó la pausa de las tres de la tarde, se sentía segura de haberme pillado.

—¿Qué, cielo? —me dijo—, ¿has estado pasándolo bien?

Me puse más colorada que un tomate. «Pasándolo bien» convertía mi relación con Bill en algo más ligera de lo que en realidad era pero, por otro lado, resultaba un término bastante preciso para definir lo que había sucedido. No sabía si ir a por todas y contestarle: «No, haciendo el amor»; o mantener la boca cerrada; o decirle que no era asunto suyo; o, sencillamente, gritar: «¡Sí!».

—Vaya, vaya, Sookie, ¿y quién es él?

Oh, oh.

—Hum, bueno, él no…

—¿No es de por aquí? ¿Te estás viendo con uno de esos obreros de Bossier City?

—No —respondí, vacilante.

—¿Sam, entonces? He visto cómo te mira.

—No.

—Entonces, ¿quién?

Estaba actuando como si me avergonzara. «La cabeza bien alta, Sookie Stackhouse», me dije con firmeza. «Afronta las consecuencias.»

—Bill —dije. Deseaba con todas mis fuerzas que ella se limitara a responder: «Ah, claro».

—Bill —pronunció Arlene, sin comprender. Me fijé en que Sam se había ido acercando discretamente, y estaba escuchando. Lo mismo que Charlsie Tooten. Hasta Lafayette había sacado la cabeza por la ventanilla.

—Bill —repetí, tratando de sonar segura de mí misma—. Ya sabes qué Bill.

—¿Bill Auberjunois?

—No.

—¿Bill…?

—Bill Compton —intervino Sam, rotundo, justo cuando yo abría la boca para decir lo mismo—. Bill, el vampiro.

Arlene se quedó pasmada, Charlsie Tooten soltó un espontáneo gritito y a Lafayette casi se le desencaja la mandíbula inferior.

—Cielo, ¿no podrías buscarte un chico «normalito»? ¿Alguien más… humano? —inquirió Arlene cuando recuperó la voz.

—Es que no me ha pedido salir ningún chico humano «normalito» —sentí que se me encendía la cara. Me quedé allí, con la espalda bien tiesa, sintiéndome desafiante y, sin lugar a dudas, pareciéndolo.

—Pero cariño —musitó Charlsie Tooten con su voz aniñada—, cielo… Bill, eh…, tiene el virus ese.

—Ya lo sé —dije, consciente de la crispación que se reflejaba en mi voz.

—Pensaba que ibas a decir que salías con un negro, pero has conseguido algo mejor, ¿eh, reina? —dijo Lafayette mientras se rascaba el esmalte de uñas.

Sam no dijo nada. Se quedó de pie, apoyado contra la barra, con la boca apretada como si estuviera mordiéndose los labios por dentro.

Los miré uno por uno, obligándolos a tragar con ello o soltar lo que tuvieran que decir.

Arlene fue la primera en pasar la prueba.

—Si eso es lo que quieres… ¡Más vale que te trate bien o tendremos que sacar la estaca!

Esto los hizo reír a todos, aunque sólo fuera un poco.

—¡Lo que te vas a ahorrar en comida! —señaló Lafayette.

Pero entonces, con un solo gesto, Sam lo fastidió todo, justo cuando empezaban a aceptarlo. De repente, dio un paso al frente y tiró del cuello de mi polo hacia abajo.

El silencio fue tal que se podía cortar con cuchillo.

—Mierda —dijo Lafayette, en voz muy baja.

Miré a Sam a los ojos, pensando que nunca lo perdonaría por hacerme aquello.

—No me vuelvas a tocar la ropa —le dije, alejándome de él y volviendo a colocar el cuello en su sitio—. Ni te metas en mi vida.

—Tengo miedo por ti… Me preocupas, Sookie —dijo, mientras Arlene y Charlsie buscaban a toda prisa algo que hacer.

—No, eso no es cierto; por lo menos, no del todo. Lo que te pasa es que estás cabreado. Muy bien, pues escúchame, amiguito: haberte puesto a la cola.

Me alejé de allí rauda y veloz, y me puse a limpiar la formica de una de las mesas. Después, recogí todos los saleros y los rellené. Cuando acabé, comprobé los pimenteros y los botes de pimentón picante de cada una de las mesas y reservados, y también los de salsa de tabasco. Me dediqué a seguir trabajando y mantener la vista concentrada en lo que hacía. Poco a poco, el ambiente se fue relajando.

Sam se había ido al despacho, a hacer algún papeleo o lo que fuera; me daba igual, con tal de que se reservara sus opiniones para sí mismo. Aún me sentía como si al descubrir mi cuello hubiera invadido una parte muy privada de mi vida, y no lo había perdonado por ello. Pero Arlene y Charlsie se habían mantenido tan ocupadas como yo, y para cuando llegó la clientela que salía de trabajar, ya habíamos conseguido recuperar la normalidad.

Arlene me acompañó al servicio de mujeres.

—Oye, Sookie, tengo que hacerte una pregunta. ¿Los vampiros son todo lo que la gente asegura que son… como amantes?

Me limité a sonreír.

Bill vino al bar esa noche, justo después del anochecer. Me había quedado hasta tarde porque una de las camareras del turno de noche había tenido un problema con el coche. Entró como una exhalación: no estaba allí, y al instante siguiente sí, avanzando más despacio para que pudiera verlo aproximarse. Si Bill albergaba algún tipo de duda acerca de exhibir nuestra relación en público, desde luego no lo demostró. Me cogió la mano y la besó en un gesto que, en cualquier otro, habría resultado más falso que Judas. Sentí el tacto de sus labios en el dorso de la mano y un dulce hormigueo me recorrió todo el cuerpo hasta llegarme a la punta de los pies. Se dio perfecta cuenta de ello.

—¿Qué tal va la noche? —susurró. Me hizo temblar.

—Un poco… —no me salían las palabras.

—Ya me lo dirás después —sugirió—. ¿A qué hora sales?

—En cuanto llegue Susie.

—Vente a casa.

—Vale —le sonreí, entre radiante y algo mareada.

Bill me devolvió la sonrisa; pero como sus colmillos estaban asomando —supongo que mi proximidad también le había afectado—, me imagino que cualquiera que contemplara la escena la encontraría algo… inquietante.

Se inclinó para darme un beso, apenas un suave roce en la mejilla, y se volvió para marcharse. Pero, justo en ese preciso momento, se fue todo al infierno.

Malcolm y Diane irrumpieron en el bar, abriendo la puerta de golpe, conscientes de su aparición estelar. Me pregunté dónde estaría Liam. Probablemente aparcando el coche. Era demasiado esperar que lo hubieran dejado en casa.

La gente de Bon Temps empezaba a acostumbrarse a la presencia de Bill, pero la exuberancia y vistosidad de Malcolm y Diane causaron un auténtico revuelo. Mi primer pensamiento fue que esto no nos iba a poner las cosas nada fáciles a Bill y a mí.

Malcolm llevaba unos pantalones de cuero y una especie de camisa como de cota de malla. Parecía recién salido de la carátula de un disco de rock. Por su parte,

Diane «lucía» un ajustado body de una sola pieza en color verde lima, hecho de licra o de cualquier otro tejido elástico y muy fino. Con toda seguridad, habría podido contarle los pelos del pubis de habérmelo propuesto. La población afroamericana de Bon Temps no solía frecuentar el Merlotte's, pero si había una negra que estuviera por completo a salvo allí, ésa era Diane. Desde la ventanilla, Lafayette la contemplaba de hito en hito con franca admiración y una pizca de miedo.

Los dos vampiros empezaron a lanzar alaridos de fingida sorpresa al ver a Bill, como un par de borrachos embrutecidos. Hasta donde me alcanzaba el entendimiento, no parecía que Bill se sintiera muy feliz con la presencia de ninguno de ellos, pero decidió afrontar la invasión con mucha serenidad, como hacía casi con todo.

Malcolm besó a Bill en la boca, al igual que Diane. Era difícil saber cuál de los dos saludos horrorizó más a los clientes del bar. Bill debería mostrar desagrado, y cuanto antes, pensé, si quería que los habitantes humanos de Bon Temps conservaran una buena opinión de él.

Bill, que no era tonto, dio un paso atrás y me rodeó con el brazo, separándose así de los vampiros y alineándose con los humanos.

—Así que tu querida humanita sigue con vida —le espetó Diane. Su nítida voz se escuchó en todo el bar—. Asombroso.

—Asesinaron a su abuela la semana pasada —dijo Bill con serenidad, tratando de aplacar a Diane en su innegable voluntad de montar un numerito.

Fijó su preciosa —y desquiciada— mirada castaña en mí, y sentí un escalofrío.

200

—¿No me digas? —dijo, riéndose.

Se acabó. Nadie podría perdonarla nunca eso. Si Bill había estado buscando un modo de consolidar su posición en nuestra comunidad, no se me habría ocurrido una ocasión mejor. Por otro lado, la indignación que se palpaba en los clientes del local iba a provocar una reacción en contra de aquellos renegados que bien podría salpicar a Bill.

Claro que…, para Diane y sus amigos, el renegado era Bill.

—¿Y tú cuándo te vas a dejar matar, ricura? —me pasó una uña por la barbilla, y le aparté la mano de un plumazo.

Se me hubiera lanzado encima de no ser porque Malcolm le agarró la muñeca con cierta pereza, como sin hacer esfuerzo. Pero sus músculos se tensaron ferozmente mientras la sostenía.

—Bill —dijo en tono desenfadado, como si no estuviera forzando cada tendón de su cuerpo para sujetar a Diane—, he oído que este pueblo está perdiendo a sus trabajadoras no cualificadas a una velocidad terrorífica. Y un pajarito de Shreveport me ha dicho que tú y tu amiguita estuvisteis en el Fangtasia interesándoos por cierto vampiro con el que podrían haber estado las «colmilleras» asesinadas.

»Ya sabes que esas cosas se quedan entre nosotros, y no se dicen a nadie más —prosiguió Malcolm. De repente su rostro se tornó tan serio que inspiraba un pánico aterrador—. A algunos de nosotros no nos gustan los… partidos de béisbol ni… —era evidente que estaba intentando dar con algo que le resultara repugnantemente humano— ¡las barbacoas! ¡Somos «vampiros»! —imbuyó la palabra de tal majestuosidad y glamour que muchos de los clientes del bar estaban cayendo bajo el influjo de su hechizo. Malcolm era lo bastante inteligente como para intentar corregir la mala impresión que Diane había causado, sin por ello renunciar a derramar su desdén por encima de todos nosotros.

Le pisoteé el empeine con toda la fuerza que conseguí reunir. Él me obsequió con una panorámica de sus colmillos. La gente del bar parpadeaba y sacudía la cabeza.

—¿Por qué no se larga de aquí, caballero? —dijo Rene. Estaba inclinado sobre la barra, con una cerveza entre los codos.

En ese momento todo pendía de un hilo. El bar podría haberse convertido en un baño de sangre. Ninguno de mis congéneres humanos parecía ser consciente de la magnitud de la fuerza y la crueldad que los vampiros podían llegar a desplegar. Bill se puso delante de mí, hecho del que fueron testigos todos los clientes del Merlotte's congregados allí.

—Bien, si no se nos quiere por aquí… —dijo Malcolm. Su viril aspecto chocaba a todas luces con el tono aflautado que afectó—. Diane, esta buena gente querrá comer carne y hacer cosas humanas. Solos… o con nuestro antiguo amigo Bill.

—Me da que a la pequeña camarera le encantaría hacer cosas muy humanas con Bill —comenzó a decir Diane, pero entonces Malcolm la agarró del brazo y la arrastró fuera del local antes de que pudiera causar más daño.

Todo el bar pareció estremecerse al unísono en cuanto cruzaron la puerta. Pensé que lo mejor sería irme ya, aunque Susie aún no hubiera aparecido. Bill me estaba esperando fuera; cuando le pregunté por qué, me contestó que quería asegurarse de que se habían marchado de verdad.

Seguí a Bill hasta su casa, pensando que habíamos salido relativamente indemnes de la visita de los vampiros. Me preguntaba con qué propósito habrían venido Diane y Malcolm; me parecía mucha casualidad que estuvieran tan lejos de su hogar y hubiesen decidido, por puro capricho, pasarse por el Merlotte's. Como no estaban haciendo ningún esfuerzo por integrarse, quizá sólo quisieran echar por tierra los avances de Bill.

Resultaba evidente que en la casa Compton se habían operado ciertos cambios desde la última vez que había estado allí, aquella escalofriante noche en la que conocí a los otros vampiros.

Los contratistas estaban trabajando a destajo, no sé si porque le tenían miedo a Bill o porque les pagaba bien. Seguramente, por ambas cosas. En el salón, estaban acabando de retocar el techo y habían empapelado la pared con un elegante diseño floreado sobre fondo blanco. Habían pulido los suelos de madera noble, y ahora relucían como debieron de hacerlo antaño. Bill me condujo a la cocina. El mobiliario era escaso, como es natural, pero brillante y alegre. Además, había un frigorífico recién estrenado repleto de botellas de sangre sintética (puaggg).

El baño de la planta baja era opulento.

Por lo que yo sabía, Bill nunca usaba el baño, al menos no para las funciones primarias de un ser humano. Miré alrededor con asombro.

Habían conseguido que el baño fuera más espacioso al anexionar lo que había sido la despensa y aproximadamente la mitad de la antigua cocina.

—Me encanta ducharme —me dijo, apuntando hacia una transparente cabina de ducha que había en una esquina. Era lo bastante grande como para contener a un par de adultos y puede que a un enano o dos, en total—. Y me gusta sumergirme en un buen baño de agua caliente —me señaló la pieza central de la habitación, una especie de enorme bañera incrustada en una plataforma de cedro con escalones a ambos lados. Había multitud de macetas dispuestas alrededor. Aquel cuarto de baño era el lugar más parecido a una lujuriosa y exuberante selva que se podía encontrar en todo el norte de Luisiana.

—¿Y eso qué es? —le pregunté, extrañada.

—Un balneario portátil —contestó, orgulloso—. Tiene chorros ajustables para regular la presión del agua a voluntad. Un jacuzzi —resumió.

—Tiene asientos —dije, asomándome al interior. Estaba decorado con una cenefa de baldosas azules y verdes. Por fuera, destacaban unos botones de diseño muy vanguardista.

Bill los toqueteó y comenzó a brotar el agua.

—¿Te apetece probarla? —sugirió Bill. Sentí que me ardían las mejillas y el corazón me latía más deprisa—. ¿Ahora? —sus dedos comenzaron a tirar de mi polo hacia arriba.

—Pues, bueno… tal vez —no conseguía mirarle de frente. Aquel…, bueno, digamos que había visto más de mi cuerpo de lo que le había permitido a ninguna otra persona, incluyendo a mi médico.

—¿Me has echado de menos? —me preguntó, mientras sus manos me desabrochaban el short.

—Sí —dije enseguida, porque era la pura verdad. Él se rió mientras se arrodillaba para desatarme las Nike.

—¿Y qué es lo que más has echado de menos, Sookie?

—Tu silencio —dije sin pensarlo ni un segundo.

Miró hacia arriba. Sus dedos se detuvieron en el momento justo de tirar del extremo del cordón para desatarlo.

—Mi silencio —repitió.

—Sí, no ser capaz de escuchar lo que piensas, Bill. No tienes ni idea de lo maravilloso que es eso.

—Pensaba que dirías otra cosa.

—Bueno, también he echado eso de menos.

—Cuéntamelo —me pidió, quitándome los calcetines y recorriendo mis muslos con sus dedos para bajarme el short y las braguitas de un solo tirón.

—¡Bill, que me da mucho corte! —protesté.

—Sookie, no sientas vergüenza conmigo. Conmigo menos que con nadie —se había puesto de pie y, tras dejarme sin el polo, comenzó a pasar las manos por mi espalda para desabrocharme el sujetador. Sus dedos fueron recorriendo las marcas que los tirantes me habían dejado en la piel hasta llegar a mis pechos. En un determinado momento, se deshizo de sus sandalias.

—Lo intentaré —le dije, aún sin poder levantar la cabeza.

—Desnúdame.

Eso sí que podía hacerlo. Le desabotoné la camisa con rapidez y tiré de ella hasta sacársela de los pantalones y deslizarla por sus brazos. Luego, le solté el cinturón y comencé a desabrocharle los pantalones. La tenía dura, así que no era tarea fácil.

Pensé que me iba a echar a llorar si el botón no se decidía a cooperar un poco más. Me sentí torpe e inepta.

Me cogió las manos y las llevó al torso.

—Despacio, Sookie, despacio —dijo, con voz suave y trémula. Me fui relajando muy poco a poco, y comencé a acariciarle el pecho mientras él acariciaba el mío; pasé los dedos por entre su pelo ensortijado y le pellizqué un pezón con suavidad. Me pasó la mano por detrás de la cabeza y apretó hacia abajo con delicadeza. No sabía que a los hombres les gustara eso, pero a Bill parecía encantarle, así que le lamí los dos mientras, con las manos, retomaba la tarea de desabrochar aquel maldito botón. Esta vez se soltó sin problemas. Comencé a bajarle los pantalones, deslizando las manos por dentro de sus calzoncillos.

Me llevó hasta el jacuzzi, donde la espumosa agua se arremolinaba junto a nuestras piernas.

—¿Te baño yo primero? —preguntó.

—No —dije sin aliento—, pásame el jabón.

7

Al día siguiente por la noche, Bill y yo mantuvimos una conversación muy inquietante. Tumbados en su cama, de enormes dimensiones y cabecera tallada, descansábamos sobre un flamante colchón de látex recién estrenado. Las sábanas tenían un estampado floral, como el papel que recubría las paredes, y recuerdo haberme preguntado si le gustaría tener flores impresas por todas partes porque no podía verlas al natural, por lo menos del único modo en que los colores pueden apreciarse… A la luz del sol.

Bill yacía de costado, mirándome. Habíamos ido al cine; a él le chiflaban las películas de alienígenas, quizá porque se identificaba con aquellas criaturas de otros planetas. La que habíamos visto esa noche resultó ser un auténtico bodrio de disparos y efectos especiales, en el que se presentaba a casi todos los extraterrestres como bestias horrendas, espeluznantes y sedientas de sangre. Bill se había pasado toda la cena y todo el trayecto de vuelta a casa echando pestes al respecto, así que me alegré cuando me invitó a probar la nueva cama.

Era la primera en dormir allí con él.

Me estaba mirando como le gustaba hacerlo, por lo que parecía. A lo mejor me estaba escuchando los latidos del corazón, ya que él podía oír sonidos que yo no distinguía; o tal vez estuviera contemplando la palpitación de mis venas, porque también podía ver cosas que el ojo humano no captaba. Nuestra conversación había ido derivando del comentario sobre la película que acabábamos de ver a las cercanas elecciones a los órganos de gobierno de la parroquia —Bill iba a tratar de registrarse en el censo electoral solicitando el voto por correo— para terminar finalmente en nuestras infancias. Me di cuenta de que Bill estaba haciendo verdaderos esfuerzos por recordar cómo era ser una persona normal.

—¿Jugaste alguna vez a «los médicos» con tu hermano? —inquirió—. Ahora dicen que es normal, pero nunca me olvidaré de la paliza que mi madre le dio a mi hermano Robert cuando lo encontró entre unos arbustos con Sarah.

—No —contesté, intentando sonar natural, pero contraje el rostro y sentí que se me hacía un nudo en el estómago.

—No estás diciendo la verdad.

—Claro que sí —le miré fijamente a la barbilla, tratando de hallar alguna forma de cambiar de tema, pero Bill podía llegar a ser muy persistente.

—Entonces no fue con tu hermano. ¿Con quién?

—No quiero hablar de eso —cerré los puños. Empezaba a sentirme bloqueada.

Bill no soportaba que le dieran largas. Estaba acostumbrado a que la gente le dijera todo lo que quería saber, porque siempre se valía de su glamour para salirse con la suya.

—Dímelo, Sookie —su voz era muy persuasiva; sus ojos, enormes pozos de curiosidad. Me pasó el pulgar por la línea del vientre y sentí un escalofrío.

—Tenía un tío… demasiado cariñoso —dije al fin, sintiendo cómo se me dibujaba en la cara mi perenne sonrisa tirante.

Él alzó sus oscuras y arqueadas cejas. No entendía la expresión. Se la expliqué procurando ser lo más objetiva posible.

—Un hombre adulto que abusa de sus…, de los niños de su familia.

Sus ojos comenzaron a echar chispas. Tragó saliva y contemplé el movimiento de su nuez. Le sonreí con tirantez. Me aparté repetidamente el pelo de la cara con las manos. No podía dejarlas quietas.

—¿Alguien te hizo algo así? ¿Cuántos años tenías?

—Pues, empezó cuando yo era muy pequeña —mi respiración comenzó a acelerarse y mi corazón latía cada vez más rápido: las mismas señales de pánico que siempre se apoderaban de mí al recordar aquello. Subí las rodillas y las apreté muy juntas—. Tendría unos cinco años —balbucí, hablando cada vez más aprisa—. Como ya te habrás imaginado nunca llegó a, eh…, follarme, pero hacía otras cosas —mis manos temblaban ante mis ojos, allí situadas para protegerme de la mirada de Bill—. ¡Y lo peor, Bill, lo peor —proseguí, incapaz de detenerme— era que cada vez que venía a visitarnos, yo sabía lo que se proponía porque podía leer su mente! ¡Y no podía hacer nada para evitarlo! —me llevé las manos a la boca para forzarme a callar. No debía hablar más de ello. Me puse boca abajo para guarecerme, y me quedé así, absolutamente rígida.

Bastante rato después, noté la fría mano de Bill sobre el hombro. La dejó reposar allí, reconfortándome.

—¿Fue antes de que murieran tus padres? —preguntó con su habitual tono calmado. Aún no podía mirarlo.

—Sí.

—¿Se lo dijiste a tu madre? ¿No hizo nada?

—No. Creyó que yo tenía pensamientos sucios, o que habría encontrado algún libro en la biblioteca que enseñaba cosas que, según ella, aún no estaba preparada para saber —aún recordaba su cara, enmarcada por una melena dos tonos más oscura que la mía. Tenía el rostro contraído en una mueca de repugnancia. Provenía de una familia muy conservadora, y rechazaba frontalmente cualquier muestra pública de afecto o la mención de cualquier tema que ella considerase indecente—. Siempre me ha extrañado que mi padre y ella parecieran ser una pareja tan feliz —le comenté a mi vampiro—. Eran tan distintos… —entonces comprendí lo absurdo que resultaba lo que acababa de decir. Me volví de lado—. Como si nosotros no lo fuésemos —le dije, y traté de sonreír. Su rostro seguía inmutable, pero vi cómo se agitaba un músculo en su cuello.

—¿Se enteró tu padre?

—Sí, se lo dije justo antes de que muriera. Siendo más niña, me daba mucha vergüenza hablarle de eso. Además, mi madre no me había creído. Pero ya no lo soportaba más, sabía que tendría que ver a mi tío abuelo Bartlett al menos dos fines de semana al mes, que era la frecuencia con la que venía de visita.

—¿Vive todavía?

—¿El tío Bartlett? Claro. Era el único hermano de mi abuela, y la abuela era la madre de mi padre. El tío vive en Shreveport. Después de la muerte de mis padres, Jason

210

y yo nos mudamos a casa de la abuela, y la primera vez que vino el tío Bartlett, me escondí. Cuando la abuela me encontró y me preguntó por qué lo había hecho, se lo conté. Y me creyó —volví a sentir el alivio de aquel día al escuchar el hermoso sonido de la voz de mi abuela prometiéndome que no tendría que ver nunca más a su hermano porque jamás volvería a poner un pie en su casa.

Y así fue. Cortó las relaciones con su propio hermano para protegerme. El tío Bartlett ya lo había intentado con la hija de la abuela, mi tía Linda, cuando era muy pequeña, pero mi abuela había desterrado el incidente de su memoria, tomándolo por un malentendido. Me contó que después de aquello nunca había dejado que el tío se quedara a solas con Linda, y casi no había vuelto a invitarlo a casa, aunque en el fondo algo dentro de ella le impedía creer que su hermano hubiera sido capaz de hacer tal cosa.

—¿Así que también es un Stackhouse?

—Oh, no. Verás, la abuela se convirtió en una Stackhouse al casarse, pero antes de eso se apellidaba Hale —me sorprendió tener que explicarle eso a Bill. Estaba segura de que era lo bastante sureño, por muy vampiro que fuera, como para no haber sido capaz de seguirle la pista a una relación familiar tan simple como ésa.

Bill parecía distante, a muchos kilómetros de allí. Le había desconcertado con aquella lúgubre y desagradable historia y, qué duda cabe, a mí se me había helado la sangre.

—Bueno, me marcho —le dije. Bajé de la cama y me puse a buscar la ropa. A la velocidad del rayo, y no es una metáfora, saltó hasta mí y me arrancó la ropa de las manos.

—No me dejes ahora —dijo—. Quédate, por favor.

—Esta noche no soy más que una vieja plañidera —dos lágrimas rodaron por mis mejillas. Le sonreí.

Me secó las gotas con los dedos y siguió el rastro con la lengua.

—Quédate conmigo hasta que amanezca —me dijo.

—Pero entonces tendrás que irte a tu madriguera.

—¿A mi qué?

—Al lugar en el que pases los días. ¡No quiero saber dónde es! —alcé las manos para enfatizarlo—. Pero ¿no tienes que estar allí antes de que se perciba la más minima claridad?

—Ah —respondió—, me dará tiempo de sobra. Puedo sentirla llegar.

—¿Así que es imposible que te quedes dormido?

—Eso es.

—De acuerdo, entonces. ¿Me dejarás dormir un poco?

—Claro que sí —dijo, con una caballerosa reverencia, un poco fuera de lugar porque estaba desnudo—. Tan pronto… —mientras yo me tendía y alargaba mis brazos hacia él, susurró— como acabemos.

Como era de suponer, a la mañana siguiente me desperté sola en la cama. Me quedé allí un rato, pensando. En alguna ocasión ya había alejado algún que otro pensamiento molesto de mi cabeza, pero ésta era la primera vez que la otra cara de mi relación con el vampiro saltaba de su propia madriguera para atormentarme.

Nunca lo vería a la luz del día. Jamás podría prepararle el desayuno, ni quedaría con él para comer (Bill toleraba verme ingerir comida, aunque no es que se recreara en ello, precisamente. Luego, tenía que lavarme los dientes a conciencia, lo que, por otro lado, no dejaba de ser un hábito de lo más saludable).

Nunca tendría un hijo suyo, lo que por una parte nos permitía prescindir de métodos anticonceptivos, pero...

Nunca podría llamarle a la oficina para pedirle que de camino a casa parara a comprar leche. Jamás pertenecería al Club Rotario, ni participaría en ponencias sobre salidas profesionales en el instituto, ni podría entrenar a la Liga Infantil de Béisbol.

Nunca iría a misa conmigo.

Y sabía que justo en aquel momento, mientras yo estaba allí despierta, escuchando el trino matinal de los pájaros y el rugido de los camiones que comenzaban a recorrer la carretera; mientras todos los ciudadanos de Bon Temps se levantaban, hacían el café, recogían el periódico y planeaban su día, la criatura a la que yo amaba descansaba en algún lugar, en un agujero subterráneo, muerta hasta el anochecer para todo fin.

Me sentí tan deprimida que tuve que buscar algo positivo en lo que pensar mientras me aseaba y me vestía.

Él parecía preocuparse sinceramente por mí. Resultaba agradable, aunque algo inquietante, no saber con exactitud hasta qué punto.

El sexo con él era increíble. Nunca habría pensado que pudiera serlo tanto.

Además, nadie se metería conmigo mientras fuera la novia de Bill. Todas las manos que me habían acariciado sin mi consentimiento se mantenían ahora en el regazo de sus dueños. Y si la persona que había asesinado a mi abuela lo había hecho porque se la encontró mientras estaba esperando por mí, ya no se atrevería a volver a intentarlo conmigo.

Y con Bill podía relajarme, un lujo tan escaso que tenía un inestimable valor para mí. Podía bajar las defensas por completo y no descubriría nada que él no quisiera decirme.

Ahí quedaba eso.

En esta especie de estado contemplativo, bajé los escalones de casa de Bill hacia mi coche.

Para mi sorpresa, allí estaba Jason dentro de su camioneta.

No fue precisamente un feliz encuentro. Me dirigí con lentitud hasta la ventanilla.

—Ya veo que es cierto —dijo. Me tendió un café en un vaso de plástico del Grabbit Kwik—. Entra un momento.

Me subí, agradecida por el café pero con cierto recelo. Elevé la guardia de inmediato. Retomó su posición habitual lenta y dolorosamente, fue como volver a meterse en un corsé varios centímetros demasiado ceñido.

—No estoy en posición de decir nada —comenzó a decir—, no después del modo en que yo mismo he vivido en estos últimos años. Por lo que yo sé, es el primero, ¿no? —asentí—. ¿Te trata bien? —volví a asentir—. Tengo que contarte algo.

—Dime.

—Anoche mataron al tío Bartlett.

Me quedé mirándolo boquiabierta. Al retirar la tapa del recipiente, el vapor del café empezó a serpentear entre nosotros.

—Está muerto —dije, esforzándome en asimilarlo. Había puesto mucho empeño en no pensar nunca en él, y cuando por fin lo mencionaba, lo siguiente que oía es que había muerto.

—Sí.

—Guau… —miré por la ventanilla a la rosada luz del horizonte. Sentí una oleada de… libertad. La única persona que recordaba todo aquello aparte de mí, la única que lo había disfrutado y que había insistido hasta el final en que había sido yo la que había iniciado las repugnantes actividades que él encontraba tan gratificantes… estaba muerta. Respiré hondo.

—Espero que esté en el infierno —dije—. Espero que cada vez que piense en lo que me hizo, un demonio le pinche el culo con un tridente.

—¡Por Dios, Sookie!

—A ti no te hizo nada.

—¡Pues claro que no!

—¿Y eso qué quiere decir?

—¡Nada, Sookie! Pero ¡nunca molestó a nadie más que a ti, que se sepa!

—Y una mierda. También abusó de la tía Linda.

El rostro de Jason se congestionó de la impresión. Por fin había logrado que mi hermano lo comprendiera.

—¿Te lo dijo la abuela?

—Sí.

—A mí no me dijo nada.

—La abuela sabía que para ti era duro no poder verlo cuando resultaba evidente cuánto lo querías. Pero no podía dejarte a solas con él, porque no había forma de asegurarse al cien por cien de que sólo le interesaran las niñas.

215

—Habíamos vuelto a vernos desde hace un par de años.

—¿De verdad? —esto sí que era noticia. También lo habría sido para la abuela.

—Sookie, era un pobre viejo. Estaba muy enfermo. Tenía problemas de próstata y se encontraba muy débil. Necesitaba un andador para poder caminar.

—Probablemente eso le creara dificultades a la hora de andar por ahí persiguiendo a niñas de cinco años.

—¡Supéralo de una vez!

—¡Claro! ¡Como si pudiera! —nos lanzamos una larga mirada de lado a lado de la camioneta—. Entonces, ¿qué ha pasado? —pregunté por último, un poco reacia.

—Un ladrón entró anoche en su casa.

—¿Sí? ¿Y?

—Y lo desnucó. Lo tiró por las escaleras.

—Muy bien, pues ya lo sé. Me voy a casa. Tengo que ducharme y prepararme para ir a trabajar.

—¿Eso es todo lo que vas a decir?

—¿Y qué más tengo que decir?

—¿No quieres saber nada del funeral?

—No.

—¿Y del testamento?

—Tampoco.

Lanzó las manos al aire.

—Pues nada —dijo, como si hubiera estado intentando discutir a fondo un asunto conmigo y se diera cuenta de que yo era intratable.

—¿Qué más? ¿Alguna cosa más?

—No, sólo que tu tío abuelo se ha muerto. Pensé que sería más que suficiente.

—Pues tienes toda la razón —repliqué, abriendo la puerta de la camioneta y saliendo de allí—, es más que suficiente —le devolví el vaso—. Gracias por el café, hermanito.

No se me ocurrió hasta que llevaba un rato trabajando.

Estaba abstraída secando una copa, sin conceder un segundo de pensamiento a la muerte del tío Bartlett, cuando, de repente, me fallaron las manos.

—La Madre de Dios y Todos los Santos… —musité, contemplando los añicos de vidrio junto a mis pies—. Bill se ha encargado de su asesinato.

No sé por qué no tenía la más mínima duda de que estaba en lo cierto, pero así era; desde el mismo instante en que la idea se me había cruzado por la cabeza. Puede que hubiera oído a Bill marcar el teléfono mientras estaba medio dormida. O quizá la expresión del rostro de Bill cuando terminé de contarle lo del tío Bartlett hubiese activado una silenciosa alarma en mi interior.

Me pregunté si Bill pagaría al otro vampiro con dinero o si lo haría en especie.

Continué con mi trabajo sin poder sacudirme el estupor. No podía decirle a nadie lo que estaba pensando, ni siquiera podía alegar que estaba enferma sin que alguien me preguntara por qué, así que me callé y seguí trabajando. No dejé que nada ocupara mi cabeza más allá del siguiente pedido que debía servir. Después, conduje hasta casa tratando de bloquear mi mente, pero cuando me quedé sola no tuve más remedio que enfrentarme a los hechos.

Estaba aterrada.

Sabía, realmente había asumido, que Bill había matado a una o dos personas durante su larguísima vida. En su juventud como vampiro, cuando necesitaba grandes cantidades de sangre, antes de adquirir el suficiente control sobre sus instintos como para sobrevivir con un sorbo aquí y un trago allá, sin tener que matar a las personas de las que se alimentaba… Él mismo me había dicho que había dejado un cadáver o dos por el camino. Y había matado a los Rattray. Pero, de no intervenir Bill, aquella noche ese par me habría liquidado en el aparcamiento del Merlotte's sin duda alguna. Me sentía inclinada de manera natural a justificar esas muertes.

¿Por qué era diferente el asesinato del tío Bartlett? También me había hecho daño, de un modo horrible. Aquel hombre había convertido mi infancia, de por sí difícil, en una auténtica pesadilla. ¿Es que no había sentido alivio, incluso alegría, al enterarme de que había aparecido muerto? Entonces, ¿no se debería mi espanto ante la intervención de Bill a una hipocresía de la peor especie?

Sí, ¿no? Exhausta e increíblemente confundida, me senté en los escalones de la entrada y esperé la oscuridad de la noche, abrazándome las rodillas. El inconfundible canto de los grillos llegaba hasta mí de entre la hojarasca cuando él llegó, con tanta rapidez y sigilo que no pude oírle. Estaba sola allí en el porche y, al instante siguiente, Bill apareció sentado junto a mí.

—¿Qué quieres hacer esta noche, Sookie? —me rodeó con el brazo.

—Bill —mi voz estaba cargada de tristeza. Dejó caer el brazo. No lo miré a la cara, tampoco habría podido distinguirla en aquella oscuridad, de todas maneras—. No deberías haberlo hecho.

Por lo menos no se molestó en negarlo.

—Me alegro de que esté muerto, Bill. Pero no puedo...

—¿Crees que podría hacerte algún daño, Sookie? —su voz era serena y susurrante, como el sonido de las pisadas sobre la hierba seca.

—No, por extraño que parezca no creo que me hicieras nunca daño, incluso aunque estuvieras realmente furioso conmigo.

—¿Entonces…?

—Es como salir con «el Padrino», Bill. Tengo miedo de soltar cualquier cosa delante de ti. No estoy acostumbrada a resolver mis problemas de ese modo.

—Te quiero.

Nunca antes me lo había dicho, y esta vez casi me pareció haberlo imaginado, de lo baja y susurrante que era su voz.

—¿De verdad? —no subí la cabeza, mantuve la frente apretada contra las rodillas.

—De verdad.

—Entonces tienes que dejar que viva mi vida, Bill; no puedes cambiarla por mí.

—Pero sí que querías que la cambiara cuando los Rattray te estaban golpeando.

—Vale, sí. Pero no puedo consentir que te dediques a «pulir» los peores aspectos de mi vida ordinaria. Antes o después me enfadaré con alguien, o alguien se enfadará conmigo. No quiero estar pensando que a lo mejor acaban muertos. No puedo vivir así, cariño. ¿Entiendes lo que quiero decir?

—¿Cariño? —repitió.

—Te quiero —le dije—. No sé por qué, pero es así. Me muero de ganas de decirte todas esas cursilerías que la gente emplea cuando ama a alguien, sin importar lo estúpidas que suenen porque se las dirija a un vampiro; de decirte que eres mi niño y que te querré toda la vida hasta que seamos un par de canosos viejecitos, aunque sé que eso no va a suceder; de decirte que sé que me serás fiel para siempre, cuando está claro que eso tampoco va a suceder… Cada vez que trato de decirte que te quiero, Bill, me choco contra un muro —me quedé en silencio. Ya lo había dicho todo.

—Esta crisis ha llegado bastante antes de lo que yo pensaba —dijo Bill en la oscuridad. Los grillos habían reanudado sus cánticos, y los escuché durante largo rato.

—Eso es.

—¿Qué, Sookie?

—Necesito algo de tiempo.

—¿Para qué?

—Para decidir si el amor merece todo ese sufrimiento.

—Sookie, si supieras lo distinto que es tu sabor, hasta qué punto me gustaría protegerte…

Por el tono de su voz, estaba claro que me estaba confesando sentimientos muy íntimos.

—Aunque te parezca raro —contesté—, eso mismo siento yo por ti. Pero tengo que vivir conmigo misma, y he de pensar algunas reglas que los dos tengamos claras.

—Entonces, ¿ahora qué hacemos?

—Yo, reflexionar. Tú sigue con lo que estuvieras haciendo antes de conocerme.

—Tratar de descubrir si era capaz de integrarme. Pensar en alguien de quien poder alimentarme para no tener que beber esa maldita sangre sintética.

—Ya me imagino que te... alimentas de alguien más que de mí —traté de que no se me quebrara la voz con todas mis fuerzas—. Pero, por favor, que no sea nadie de aquí, nadie a quien tenga que ver. No podría soportarlo. Ya sé que no tengo derecho a pedírtelo, pero te lo suplico.

—Sólo si tú no sales con nadie más, si no te acuestas con nadie más.

—Te lo prometo —parecía que me iba a resultar bastante fácil mantener mi palabra.

—¿Te importa si voy al bar?

—No. No voy a decirle a nadie que ya no estamos juntos, ni pienso hablar del tema.

Se acercó. Sentí presión sobre el brazo cuando apretó su cuerpo contra él.

—Bésame —dijo.

Levanté la cabeza y me volví. Nuestros labios se encontraron. Sentía como un fuego de llama azulada, no roja ni anaranjada; no esa clase de calor, era una llama fría. En un segundo, sus brazos me rodearon. Al siguiente, fui yo la que lo abracé. Comencé a sentir una enorme laxitud. Me aparté con la respiración entrecortada.

—¡No podemos, Bill!

Respiró con pesadez.

—Claro que no, nos estamos separando —dijo en voz baja. Pero no sonaba como si se estuviera tomando en serio lo que le decía—. Bajo ningún concepto deberíamos estar besándonos. Y mucho menos aún debería tenderte sobre el suelo de este porche y follarte hasta que pierdas el sentido...

221

Me temblaban las piernas. Con ese lenguaje deliberadamente vulgar, y su dulce y fría voz, acrecentó mi deseo
hasta hacerlo casi irresistible. Me hizo falta toda mi fuerza
de voluntad, cada brizna de autocontrol, para conseguir
ponerme en pie y entrar en casa.

Pero lo conseguí.

Durante la siguiente semana comencé a organizar mi
vida diaria sin la abuela y sin Bill. Me tocó el turno de noche y trabajé duro. Por primera vez en toda mi vida, estuve
muy pendiente de las cerraduras y de todo lo que concer-
niese a mi seguridad. Ahí fuera había un asesino, y yo ya no
contaba con mi poderoso protector. Consideré comprar-
me un perro, pero no sabía qué raza elegir. Toda la protección que mi gata, *Tina*, podía ofrecerme se limitaba a unos
cuantos maullidos cuando alguien se aproximaba a la casa.

De vez en cuando, me llamaba el abogado de la abuela, informándome de los progresos en la ejecución del testamento. También recibí una llamada del abogado del tío
Bartlett. Mi tío abuelo me había dejado veinte mil dólares,
una gran suma para él. A punto estuve de renunciar a ella,
pero luego lo pensé mejor. Doné el dinero al centro local
de salud mental, destinándolo al tratamiento de niños víctimas de agresión sexual y de violación.

Se alegraron mucho de recibirlo.

Tomé toneladas de vitaminas porque estaba un poco
anémica. También ingerí muchos líquidos y me atiborré
a proteínas.

Y comí tanto ajo como me vino en gana, algo que Bill
nunca había sido capaz de soportar. Una noche que había

tomado pan de ajo para acompañar unos espaguetis a la boloñesa, llegó a decirme que el olor emanaba por cada uno de mis poros.

Dormí, dormí y dormí. Las noches en que no había dormido después del turno de trabajo me habían dejado falta de descanso.

Después de tres días me sentí totalmente restablecida. De hecho, me parecía que estaba un poco más fuerte que antes.

Comencé a fijarme en lo que sucedía a mi alrededor.

Lo primero que noté fue que mis paisanos estaban hasta la coronilla de los vampiros de Monroe. Diane, Liam y Malcolm habían hecho apariciones estelares por muchos bares de la zona, al parecer tratando de complicarle la vida a cualquier vampiro que quisiera integrarse. Su comportamiento había sido escandaloso y ofensivo. Los tres vampiros hacían que las correrías de los estudiantes de la Universidad de Luisiana resultaran simples travesuras de patio de colegio.

Ni siquiera parecían darse cuenta de que ellos mismos se estaban poniendo en peligro. El derecho a «salir del ataúd» se les había subido a la cabeza. El reconocimiento legal de su existencia había pulverizado todos sus límites, su prudencia y su cuidado. Malcolm había mordido a una camarera en Bogaloosas; Diane había bailado desnuda en Farmerville, y Liam se había liado con una menor, y con su madre, en Shongaloo. Tomó sangre de ambas. Ni siquiera se molestó en «modificarles» la memoria a ninguna de las dos.

Un jueves por la noche en el Merlotte's, Rene estaba hablando con Mike Spencer, el director de la funeraria, y noté que se callaban en cuanto me acercaba. Por supuesto, este hecho despertó mi curiosidad por lo que decidí leerle la mente a Mike. Un grupo de hombres de la zona estaba planeando quemar a los vampiros de Monroe.

No sabía qué hacer. Los tres eran, si no amigos de Bill, al menos una especie de correligionarios suyos. Aunque yo detestaba a Malcolm, Diane y Liam tanto como el que más… Por otro lado —y siempre hay otro lado, ¿verdad?—, no iba mucho conmigo eso de enterarme de que alguien planeaba un asesinato y quedarme tan tranquila, con los brazos cruzados.

Puede que aquello no fuera más que una fanfarronada de borrachos. Para cerciorarme, me sumergí en las cabezas de la gente que tenía a mi alrededor. Descubrí con consternación que muchos de ellos estaban pensando en prender fuego al nido de vampiros. Sin embargo, no pude rastrear la procedencia de la idea. Parecía como si el veneno se hubiera vertido desde un cerebro, contagiando al resto.

No había ninguna prueba, ninguna en absoluto, de que Maudette, Dawn y mi abuela hubieran sido asesinadas por un vampiro. De hecho, los rumores apuntaban a que el informe del juez de instrucción demostraría lo contrario. Pero los tres vampiros estaban comportándose de tal manera que la gente necesitaba culparlos de algo; querían deshacerse de ellos. Y como Maudette y Dawn habían presentado señales de mordiscos en sus cadáveres y ambas eran asiduas a cierto tipo de bares… Bueno, pues la gente había atado cabos para encontrar a un culpable.

Bill se pasó por el bar a la séptima noche de estar separados. Apareció en su mesa de repente, y no estaba solo.

Había un chico con él que aparentaba tener unos quince años. También era vampiro.

—Sookie, éste es Harlen Ives, de Minneapolis —dijo Bill, como si se tratara de una presentación normal y corriente.

—Harlen —repetí, asintiendo con la cabeza—, encantada de conocerte.

—Sookie —él también me hizo un gesto con la cabeza.

—Harlen está aquí de camino a Nueva Orleans —explicó Bill, que parecía estar muy hablador esa noche.

—Voy de vacaciones —dijo Harlen—. Llevo años queriendo visitar Nueva Orleans. Es una especie de meca para nosotros, como ya sabrás.

—Ah… claro —dije, tratando de resultar natural.

—Hay un número de teléfono al que podemos llamar… —prosiguió Harlen—, para alojarnos con un anfitrión local o alquilar un…

—¿Ataúd? —sugerí con agudeza.

—Justo.

—¡Qué bien! —le dije, forzando la sonrisa de oreja a oreja—. ¿Qué va a ser? Me parece que Sam ya ha recibido las existencias de sangre, Bill, ¿te apetece? La tenemos con sabor a «A negativo» o a «0 positivo».

—Ah… pues creo que de «A negativo» —dijo Bill, después de comunicarse sin mediar palabra con Harlen.

—¡Ahora mismo! —me apresuré hacia el refrigerador de detrás de la barra y saqué dos botellas con sabor a «A negativo», les quité el tapón y las puse en una bandeja. Como siempre, no paraba de sonreír.

—¿Te encuentras bien, Sookie? —me preguntó Bill con un tono algo más natural en cuanto les puse las bebidas delante.

—Claro, Bill —dije en tono alegre. Me daban ganas de estamparle la botella en la cabeza. Así que Harlen, ¿eh? A pasar la noche… Sí, hombre, ya…

—Después, Harlen quiere acercarse a visitar a Malcolm —dijo Bill cuando me acerqué a recoger las botellas vacías y preguntarles si querían otra.

—Estoy segura de que a Malcolm le va a encantar conocer a Harlen —contesté, tratando de disimular la mala uva.

—¿Sí? Pues conocer a Bill ha estado genial —dijo Harlen, con una sonrisa que dejaba asomar sus colmillos. Vale, aquel «niñato» de edad dudosa también tenía muy mala leche—, pero Malcolm es una auténtica leyenda.

—Ten cuidado —le dije a Bill. Quería contarle el peligro que corrían los tres vampiros del nido, pero no había necesidad de precipitarse. Y no me apetecía nada tener que darle muchos detalles con Harlen allí delante, que no hacía más que lanzarme miraditas con sus ojitos azules y parpadear como si fuera un ídolo de quinceañeras—. La gente no anda muy contenta con esos tres —añadí tras una pausa. Aquello no podía considerarse una advertencia seria.

Bill se limitó a mirarme, confundido; giré sobre mis talones y me alejé.

Llegué a lamentar aquel momento, a lamentarlo amargamente.

Después de que Bill y Harlen se hubieron marchado, todo el bar empezó a bullir con la misma conversación que había escuchado a Rene y Mike Spencer. Me daba la sensación de que alguien había estado avivando el fuego, echando leña a la hoguera para alentar la rabia. Por más que me esforcé fui incapaz de descubrir de quién se trataba, aunque hice algunas escuchas al azar, tanto mentales como acústicas. Entonces, Jason entró en el bar y nos saludamos, pero poco más. No me había perdonado todavía mi reacción ante la muerte del tío Bartlett.

Ya se le pasaría. Al menos él no estaba pensando en quemar nada, como no fuera calentarle un poco la cama a Liz Barrett. Liz, que era más joven que yo, tenía el pelo castaño, corto y ondulado; sus grandes ojos eran de color miel, y desprendía un inesperado aire de sensatez que me hizo pensar que tal vez Jason hubiera encontrado la horma de su zapato. Me despedí de ellos cuando, una vez acabaron la jarra de cerveza, me di cuenta de que el nivel de furia del bar se estaba disparando y de que los hombres estaban pensando en hacer algo en serio.

Cada vez estaba más nerviosa.

A medida que avanzaba la velada, la actividad del bar se iba haciendo más frenética. Cada vez veía menos mujeres y más hombres; a más gente que se movía de mesa en mesa. Más alcohol. Los hombres se quedaban de pie, en lugar de sentarse. No era fácil de distinguir, puesto que en realidad no se trataba de una algarada en sí. Consistía, más bien, en murmullos transmitidos boca a boca, en susurros pronunciados al oído. Nadie saltaba encima de la barra y gritaba: «¿Qué decís, chicos? ¿Vamos a consentir que esos monstruos sigan entre nosotros? ¡Al castillo!» o algo por el estilo. Sencillamente, después de un rato, todos fueron saliendo y formando corrillos en el aparcamiento. Los contemplé por una de las ventanas, mientras sacudía la cabeza. Aquello no pintaba bien.

Sam también estaba intranquilo.

—¿Qué te parece? —le pregunté. Me di cuenta de que era la primera vez que le dirigía la palabra en toda la noche para decirle algo distinto a: «Pásame la jarra» o «ponme otra margarita».

—Me parece que estamos ante un escuadrón de linchamiento —contestó—. Pero no creo que salgan ya para Monroe. Los vampiros estarán vivitos y coleando hasta el alba.

—¿Dónde viven, Sam?

—Según me han dicho, a las afueras de Monroe, hacia el oeste. En otras palabras, del lado que queda más cerca de aquí —me dijo—. Aunque no estoy del todo seguro.

Después de cerrar me fui a casa, casi deseando que Bill me estuviera acechando a la entrada para poder avisarlo de lo que aquellos hombres tramaban.

No lo vi, y no pretendía ir a su casa. Después de darle muchas vueltas, me decidí a marcar su número de teléfono, pero saltó el contestador automático. Le dejé un mensaje. No tenía ni idea de bajo qué nombre aparecería el número del nido de los tres vampiros en la guía telefónica. Eso si es que tenían alguno.

Recuerdo que mientras me despojaba de los zapatos y las joyas —todas de plata, ¡fastídiate, Bill!—, estaba preocupada. Aunque no lo suficiente. Me metí en la cama y enseguida me quedé dormida en la habitación que ahora era mía. La luz de la luna se colaba a través de los estores, formando extrañas sombras en el suelo. Las contemplé durante unos pocos instantes. Bill no me despertó aquella noche para devolverme la llamada.

Muy temprano por la mañana, sonó el teléfono. Acababa de amanecer.

—¿Cómo? —pregunté, aturdida, mientras apretaba el auricular contra mi oreja. Eché un vistazo al reloj. Eran las siete y media.

—Han quemado la casa de los vampiros —me explicó Jason—. Espero que el tuyo no estuviera dentro.

—¿Cómo? —volví a preguntar, con pánico en la voz.

—Han prendido fuego a la casa de los vampiros de Monroe. Con la primera luz del sol. En la calle Callista, al oeste de Archer.

Recordé que Bill me había dicho que a lo mejor llevaba a Harlen hasta allí. ¿Se habría quedado?

—No —dije, tratando de convencerme a mí misma.

—Sí.

—Me tengo que ir —anuncié mientras colgaba el teléfono.

Los rescoldos seguían ardiendo bajo la resplandeciente luz del sol. Infinitas volutas de humo ascendían en un juego de espirales hacia el despejado azul del cielo. Los restos de la madera carbonizada se asemejaban a la piel de un caimán. A diestro y siniestro, los camiones de bomberos y los vehículos de la policía se amontonaban delante del edificio de dos plantas. Un grupo de curiosos se agolpaba tras el precinto de seguridad.

Los restos de cuatro ataúdes se alineaban sobre la chamuscada hierba. También había una bolsa con un cadáver. Comencé a caminar hacia ellos, pero tenía la sensación de no estar avanzando; era como una de esas pesadillas en las que nunca consigues alcanzar la meta.

Alguien me cogió del brazo e intentó detenerme. No recuerdo qué le dije, pero aún conservo la imagen de un rostro horrorizado. A duras penas, logré abrirme paso por entre los escombros, inhalando el olor a quemado, y a los restos mojados de un devastador incendio. No podría olvidarlo durante el resto de mi vida.

Alcancé el primer ataúd y miré dentro. Lo que quedaba de la tapa dejaba el interior al descubierto. El sol comenzaba a alzarse sobre el cielo estival; en cualquier momento, su luz se derramaría sobre los restos de la terrible criatura que descansaba sobre el empapado revestimiento de seda blanca.

¿Sería Bill? No había forma de saberlo. El cuerpo se desintegraba por momentos ante mi vista. Minúsculos fragmentos se desprendían y revoloteaban arrullados por la brisa, o desaparecían consumidos en pequeños hilillos de humo en cuanto los rayos de sol comenzaron a tocar el cuerpo.

Cada ataúd contenía un horror similar.

Sam se encontraba a mi lado.

—¿Crees que esto es asesinato, Sam?

Sacudió la cabeza.

—No sabría decirlo, Sookie. Según la ley, matar a un vampiro es asesinato. Claro que primero habría que demostrar que el incendio ha sido provocado, aunque no creo que eso sea muy difícil —ambos habíamos detectado el olor a gasolina. Los agentes recorrían los escombros, trepando a un lado y a otro, sin dejar de gritar. No daba la impresión de que estuvieran llevando a cabo una investigación muy seria del escenario del crimen.

—Pero este cuerpo de aquí, Sookie —dijo Sam, señalando la bolsa que reposaba sobre el césped—, era un ser humano, y tendrán que investigarlo. No creo que nadie entre la multitud que llevó a cabo esto se parase a pensar que podía haber una persona dentro; no se plantearon nada, aparte de sus ganas de ajustar cuentas.

—¿Por qué has venido, Sam?

—Por ti —respondió, sencillamente.

—Hasta la noche no sabré si Bill está aquí.

—Lo sé.

—¿Qué voy a hacer durante todo el día? ¿Cómo voy a poder soportar la espera?

—Tal vez con algún tranquilizante —sugirió—. ¿Unos somníferos o algo así?

—No tengo nada de eso —contesté—, nunca he tenido problemas para conciliar el sueño.

La conversación cada vez adquiría tintes más surrealistas, pero no creo que hubiera podido hablar de ninguna otra cosa.

Un hombre muy corpulento se apostó delante de mí, era un agente de la policía local. Sudaba debido al calor matinal y daba la impresión de llevar horas levantado. Puede que hubiese estado haciendo el turno de noche y hubiera tenido que quedarse cuando se declaró el incendio.

Cuando hombres que yo conocía habían provocado el incendio.

—¿Conocía a esta gente, señorita?

—Sí, los había visto en un par de ocasiones.

—¿Podría identificar los restos?

—¿Quién podría hacer eso?

Los cuerpos ya no conservaban los rasgos de los seres a los que habían pertenecido. Prácticamente, se habían volatilizado.

La visión le repugnó.

—Claro, señorita. Pero hay una persona…

—Echaré un vistazo —dije, sin pararme a pensarlo. Este hábito mío de intentar ayudar a los demás resultaba difícil de abandonar.

Como si comprendiera que estaba a punto de cambiar de idea, el agente se arrodilló sobre la consumida hierba y bajó la cremallera de la bolsa. Dejó al descubierto el rostro tiznado de hollín de una chica. Jamás la había visto. Gracias a Dios.

—No la conozco —dije, y sentí que me fallaban las rodillas. Sam me sujetó antes de que me desplomara. Tuve que apoyarme en él.

—Pobre chica —susurré—. Sam, no sé qué hacer.

Los agentes de la ley me robaron parte del tiempo aquel día. Querían descubrir toda la información posible acerca de los inhumanos propietarios de la casa. Les conté todo lo que sabía, que no era gran cosa. Malcolm, Diane, Liam: ¿De dónde eran?, ¿qué edad tenían?, ¿por qué se habían afincado en Monroe?, ¿quiénes eran sus abogados?… ¿Cómo iba a saber yo eso? Jamás había puesto un pie en su casa.

Cuando el interrogador, quienquiera que fuera, descubrió que los había conocido a todos a través de Bill, comenzó a interesarse por su paradero y a pedirme información de cómo contactar con él.

—Puede que esté justo ahí —dije, señalando el cuarto ataúd—, no lo sabré hasta que oscurezca —espontáneamente, mi mano se alzó para tapar mi boca.

Justo en ese momento uno de los bomberos empezó a reírse, mientras un compañero le hacía los coros.

—¡Vampiros fritos al estilo del Sur! —le soltó con una risotada el más bajo al hombre que me estaba interrogando—. ¡Marchando una ración de vampiros fritos con salsa sureña!

No le pareció tan endemoniadamente gracioso cuando le pegué una buena patada. Sam tiró de mí hacia atrás y el hombre que había estado interrogándome sujetó al bombero. Aullé como una loca, y, de haber podido, me habría abalanzado sobre él.

Pero Sam no me lo permitió. Me llevó a rastras hasta el coche. Sus manos eran como bandas de hierro. De repente se me vino a la cabeza la decepción que le habría supuesto a la abuela verme en aquel estado de histeria, agrediendo y gritándole a un funcionario público. Esa imagen actuó como revulsivo. Mi ira se desinfló como un globo pinchado. Dejé que Sam me metiera en el asiento del copiloto. Arrancó el coche y dio marcha atrás, y permanecí sentada en completo silencio mientras mi jefe me llevaba a casa.

Llegamos a mi hogar demasiado pronto, eran tan sólo las diez de la mañana. Como estábamos con el horario de verano, me quedaban al menos otras diez horas de luz en las que desesperarme.

Sam estuvo haciendo algunas llamadas mientras yo descansaba en el sofá, sin dejar de mirar al frente. Habían pasado cinco minutos cuando volvió a entrar en la sala de estar.

—Vamos, Sookie —dijo, enérgico—, estas persianas están hechas un desastre.

—¿Qué?

—Las persianas. ¿Cómo has dejado que se pongan así?

—¿Qué…?

—Vamos a limpiarlas. Coge un cubo, un poco de amoniaco y unos trapos. Y… prepara algo de café.

Con movimientos lentos y cautelosos, como si temiera resecarme y volatilizarme al igual que los cadáveres del incendio, hice lo que me pedía.

Para cuando volví con el cubo y los trapos, Sam ya había descolgado las cortinas del salón.

—¿Dónde está la lavadora?

—Ahí detrás, según sales de la cocina —respondí, señalando en aquella dirección.

Sam se dirigió hacia allí acarreando las cortinas entre sus brazos. No hacía ni un mes que la abuela las había lavado, para la visita de Bill; pero no dije nada.

Bajé por completo una de las persianas y comencé a lavarla. Una vez estuvieron todas limpias, nos dedicamos a abrillantar las ventanas. Empezó a llover a media mañana, así que no pudimos limpiarlas por fuera. Sam cogió un sacudidor y despejó de telarañas los rincones del alto techo. Yo repasé el rodapié. Luego, Sam retiró el espejo que había encima de la repisa y quitó el polvo de las zonas a las que normalmente no podíamos llegar; y después, entre los dos, limpiamos el espejo y volvimos a colgarlo. Recogí las cenizas de la vieja chimenea de mármol hasta que no quedó ni rastro de las lumbres del invierno. Encontré un bonito biombo, pintado de magnolias, y lo puse delante del hogar. Limpié la pantalla del televisor y le pedí a Sam que lo levantara para poder pasar el polvo por debajo. Guardé todas las cintas en sus estuches y etiqueté las que había grabado recientemente. Retiré todos los cojines del sofá y recogí con el aspirador la suciedad que se había acumulado debajo. A cambio, me vi recompensada con el fortuito hallazgo de un dólar y cinco centavos en calderilla. Aspiré la moqueta y pasé la mopa a los suelos de madera.

De ahí pasamos al comedor y le sacamos brillo a todo lo que encontramos. Cuando la madera de la mesa y de las sillas quedó reluciente, Sam me preguntó cuánto hacía que no limpiaba la plata de la abuela.

Nunca me había ocupado de hacerlo, así que abrimos el aparador y comprobamos que, en efecto, lo estaba pidiendo a gritos. Llevamos todo a la cocina, buscamos el limpiador de plata y nos pusimos manos a la obra. Teníamos la radio encendida, pero acabé por darme cuenta de que Sam la apagaba en cuanto empezaban los boletines informativos.

Nos pasamos todo el día limpiando mientras afuera no hacía más que llover. Sam sólo se dirigía a mí para sugerirme nuevas tareas.

Trabajé muy duro. Y él también.

Al anochecer, tenía la casa más pulcra y reluciente de toda la parroquia de Renard.

—Sookie, me marcho —dijo Sam—. Supongo que querrás estar sola.

—Sí —respondí—. Me gustaría agradecértelo algún día, pero aún no puedo hacerlo. Hoy me has salvado.

Sentí sus labios en la frente y un minuto después oí cómo se cerraba la puerta. Me senté a la mesa mientras la oscuridad comenzaba a apoderarse de la cocina. Cuando ya casi no acertaba a ver, salí al porche con la linterna grande.

Me daba igual que aún estuviera lloviendo. Sólo llevaba un vestido vaquero sin mangas y un par de sandalias, lo primero que había encontrado esa mañana después de recibir la llamada de Jason.

Permanecí de pie bajo la lluvia templada, con el pelo pegado a la cabeza y el empapado vestido adhiriéndose a mi piel. Me dirigí a la izquierda, hacia el bosque, y empecé a cruzarlo lenta y cautelosamente. A medida que la tranquilizadora influencia de Sam iba evaporándose, caminaba más y más aprisa, hasta que me puse a correr, raspándome las mejillas con las ramas y arañándome las piernas con agudas espinas. Alcancé el otro extremo del bosque y comencé a atravesar a toda prisa el cementerio, con el haz de luz de la linterna balanceándose por delante de mí. Al principio, había pensado en ir a la casa del otro lado del bosque, la de los Compton; pero entonces me di cuenta de que Bill tenía que estar ahí, en alguna parte de aquellas dos hectáreas de huesos y lápidas. Me situé en el centro de la parte más antigua de la necrópolis, rodeada de humildes tumbas y monumentos funerarios, en compañía de los muertos.

—¡Bill Compton! ¡Sal ahora mismo! —grité.

Me moví en círculos, mirando alrededor y envuelta en una negrura casi absoluta. Sabía que aunque yo no lo pudiera distinguir, él sí me vería. Eso, siempre que siguiera pudiendo ver y no se hubiera convertido en una de aquellas ennegrecidas monstruosidades que se habían pulverizado ante mis ojos aquella misma mañana en un jardín de las afueras de Monroe.

Nada. Ni un movimiento aparte del acompasado caer de la persistente lluvia.

—¡Bill! ¡Bill! ¡Sal, por favor!

Sentí, más que oí, un ligero movimiento a mi derecha. Enfoqué el haz de la linterna en esa dirección. El suelo se combaba y una mano pálida surgió de entre el rojizo suelo. La superficie de la tierra tembló y acabó fallando. Allí, ante mis ojos, una criatura emergió de ella.

—¿Bill?

Avanzó hacia mí. Cubierto de polvo cobrizo, con el pelo lleno de tierra, Bill vaciló antes de dirigirse a mí.

Estaba paralizada.

—Sookie —dijo, muy cerca de mí—, ¿qué estás haciendo aquí? —por una vez parecía desorientado e inseguro.

Tenía que contárselo, pero no podía abrir la boca.

—¿Cariño?

Me derrumbé. De repente, estaba de rodillas sobre el suelo empapado.

—¿Qué ha pasado mientras dormía? —estaba arrodillado junto a mí, desnudo y cubierto de lluvia.

—No llevas ropa —murmuré.

—Se ensuciaría —dijo con sensatez—. Me la quito antes de tumbarme.

—Claro.

—Dime qué ha pasado.

—Por favor, no me odies.

—¿Qué has hecho?

—¡No, no he sido yo! Pero podría haberte advertido de lo que iba a pasar. Debería haberte agarrado y hacer que me escucharas. ¡Traté de llamarte, Bill!

—¿Qué ha ocurrido?

Puse una mano a cada lado de su cara, sintiendo su piel, dándome cuenta de todo lo que podía haber perdido, y de lo que aún podía perder.

—Están muertos, Bill…, los vampiros de Monroe. Y alguien más que estaba con ellos.

—Harlen —dijo con tono inexpresivo—. Harlen se quedó a pasar la noche; había congeniado con Diane… —esperó a que terminara, con sus ojos clavados en los míos.

—Ha sido un incendio.

—Provocado.

—Sí.

Se agachó junto a mí bajo la lluvia. Todo estaba oscuro; no podía verle la cara. Aún sostenía la linterna en mi mano, pero me habían abandonado las fuerzas.

Podía sentir su ira.

Su crueldad.

Y su hambre.

Nunca antes se había mostrado tan absolutamente inhumano. No había nada en él que no fuera de vampiro.

Alzó el rostro hacia el cielo y aulló. Su rabia se percibía tan intensa que pensé que podría matar a alguien. Y la persona más cercana era yo.

Justo cuando comprendí el peligro al que me enfrentaba, Bill me agarró los brazos. Tiró poco a poco de mí. De nada servía resistirse; de hecho, pensé que eso sólo lo excitaría aún más. Bill me sostuvo a dos centímetros de su cuerpo, casi podía oler su piel, y notaba su confusión interior. Podía paladear su rabia.

Dirigir esa energía en otra dirección podía salvarme la vida. Avancé esos dos centímetros, y posé los labios sobre su pecho. Lamí las gotas de lluvia que le resbalaban por la piel, froté los pómulos contra sus pezones y me apreté contra él.

Casi al instante, sentí sus dientes arañándome la piel del hombro. Su cuerpo, duro, rígido y listo, me empujó con tanta fuerza que caí de espaldas sobre el fango. Se deslizó directamente dentro de mí, como si tratase de horadar el suelo a través de mi cuerpo. Chillé, y él gruñó en respuesta, como si fuéramos seres de la tierra, primitivos cavernícolas. Mis manos se clavaban en la carne de su espalda. Sentía la lluvia que nos golpeaba y la sangre deslizarse bajo mis uñas. Y su implacable movimiento. Pensé que iba a enterrarme en el barro, que aquélla era mi tumba. Sus colmillos se hundieron en mi cuello.

De repente me corrí. Bill aulló mientras alcanzaba su propio orgasmo y se derrumbó sobre mí, con los colmillos desplegados. Con la lengua, me lamió la herida.

Estaba convencida de que podría haberme matado sin proponérselo.

Los músculos no me respondían; claro que tampoco habría sabido qué hacer con ellos. Bill me sacó de aquella improvisada fosa y me llevó a su casa. Abrió la puerta de un empujón y se encaminó directo al amplio cuarto de baño. Me dejó con suavidad sobre la moqueta, que manché de barro, agua de lluvia y un pequeño reguero de sangre. Bill abrió el grifo del agua caliente del jacuzzi y, cuando estuvo lleno, me introdujo dentro, y luego se metió él.

Nos sentamos en los escalones mientras nuestras piernas sobresalían por encima de aquella cálida masa de agua espumosa que pronto quedó desteñida.

Los ojos de Bill miraban al infinito.

—¿Todos muertos? —dijo, con voz casi inaudible.

—Todos, y una humana también —dije con serenidad.

—¿Qué has estado haciendo todo el día?

—Limpiar. Sam me ha hecho limpiar la casa.

—Sam —repitió Bill, pensativo—. Oye, Sookie, ¿puedes leerle la mente a Sam?

—No —confesé, repentinamente exhausta. Sumergí la cabeza y, cuando volví a sacarla, vi que Bill tenía el frasco de champú entre las manos. Me enjabonó el pelo y lo aclaró. Después, comenzó a desenredarlo como la primera vez que habíamos hecho el amor.

—Bill, lo siento por tus amigos —le dije, tan cansada que apenas lograba pronunciar palabra—. Me alegro tanto de que estés vivo... —le pasé los brazos por el cuello y apoyé la cabeza sobre su hombro. Era duro como una roca. Me acuerdo de que Bill me secó con una enorme toalla blanca, y creo recordar que pensé en lo blanda y suave que era la almohada; que él se tumbó a mi lado y me rodeó con su brazo. Y entonces, me quedé dormida.

Me desperté de madrugada, al oír que alguien trasteaba por la habitación. Debía de haber estado soñando, quizá una pesadilla, porque sentía el corazón latiendo a toda velocidad.

—¿Bill? —pregunté, asustada.

—¿Qué pasa? —preguntó, y noté que la cama se inclinaba bajo su peso.

—¿Estás bien?

—Sí, estaba ahí fuera, dando un paseo.

—¿No hay nadie ahí fuera?

—No, cariño —escuché el sonido de la tela al deslizarse sobre su piel y pronto estuvo bajo las sábanas, conmigo.

—Bill, podrías haber estado en uno de esos ataúdes… —dije, recordando la angustia del día anterior.

—Sookie, ¿has pensado que tú podrías haber sido la chica de la bolsa? ¿Qué pasaría si vinieran aquí y quemaran esta casa al alba?

—¡Tienes que venirte a mi casa! Nunca la quemarían. Allí estarías a salvo —dije, vehemente.

—Sookie, escúchame. Puedes morir por mi culpa.

—¿Y qué perdería? —pregunté, apasionada—. Nunca había sido tan feliz como desde que te conozco.

—Si muero, acude a Sam.

—¿Ya estás pensando en pasarme a otro?

—Nunca —dijo con voz fría y cristalina—. Nunca —sentí que me agarraba los hombros. Estaba a mi lado, apoyado sobre un codo. Se acercó un poco más. Pude notar toda la extensión de su cuerpo.

—Oye, Bill —le dije—. Sé que no soy culta, pero tampoco soy imbécil. No es que tenga mucho mundo, pero no creo que sea una ingenua —confié en que no estuviera sonriendo al abrigo de la oscuridad—. Puedo conseguir que te acepten. Estoy segura.

—Si alguien puede, ésa eres tú —dijo—. Quiero penetrarte otra vez.

—¿Te refieres…? Oh, sí, ya sé a qué te refieres —me había cogido la mano y la había guiado hacia abajo—. A mí también me apetece —pero temía no sobrevivir a ello

241

después de los embates a los que me había sometido en el cementerio. Estaba destrozada, pero también notaba esa ardiente humedad recorriéndome, esa creciente excitación a la que Bill me había hecho adicta—. Cariño —dije, acariciándole por todo el cuerpo—, cariño —lo besé, y su lengua se adentró en mi boca. Recorrí sus colmillos con la mía—. ¿Podrías hacerlo sin morderme? —susurré.

—Claro. Es sólo que el final resulta apoteósico cuando pruebo tu sangre.

—¿Será parecido sin sangre?

—Nunca podrá ser tan bueno, pero no quiero debilitarte.

—Si no te importa… —dije con indecisión—. La otra vez me llevó unos cuantos días recuperarme.

—He sido un egoísta… Eres demasiado buena.

—Si estoy fuerte, será aún mejor —sugerí.

—Enséñame lo fuerte que eres —dijo, provocador.

—Ponte boca arriba. No sé muy bien cómo, pero otras parejas lo hacen así —me puse a horcajadas sobre él y sentí que su respiración se aceleraba. Me alegré de que la habitación estuviese a oscuras y de que afuera continuase lloviendo. Un relámpago iluminó sus refulgentes ojos. Con mucho cuidado, intenté alcanzar la posición que creía era la correcta, y lo conduje a mi interior. Tenía una gran fe en mi instinto. Desde luego, no me traicionó.

8

Estábamos juntos de nuevo. Todas mis dudas habían quedado, al menos temporalmente, disipadas por el miedo que sentí al pensar que podía haberlo perdido. Bill y yo nos enfrascamos en una inquietante rutina.

Si me tocaba hacer el turno de noche, me dirigía a casa de Bill en cuanto acababa de trabajar, y solía pasar allí el resto de la noche. Si no, era Bill el que se venía a casa después del ocaso y veíamos la tele, nos íbamos al cine o jugábamos al Scrabble. Para evitar sentirme débil y desganada, me veía obligada a tomar un descanso de todo este trajín cada tres noches. Si pese a todo, decidíamos pasar la jornada de descanso juntos, Bill tenía que abstenerse de morderme. Y siempre existía el peligro de que si él se alimentaba demasiado de mí… Así que me atiborré a vitaminas y complementos de hierro hasta que Bill empezó a quejarse del sabor. Entonces reduje las dosis de hierro.

Mientras yo dormía por las noches, Bill se dedicaba a otros menesteres. A veces, leía; otras, hacía incursiones nocturnas; y, en ocasiones, salía a arreglarme el jardín a la luz de las farolas.

Si se alimentaba de alguien más, lo mantenía en secreto y lo hacía lejos de Bon Temps, como yo le había rogado.

Digo que nuestra rutina resultaba inquietante porque tenía la impresión de que aguardábamos algo. El incendio del nido de Monroe había enfurecido y —en mi humilde opinión— asustado a Bill. Debía de resultarle mortificante ser tan poderoso cuando estaba despierto y tan indefenso cuando dormía.

Ambos nos preguntábamos si el sentimiento de rechazo a los vampiros entre los miembros de nuestra comunidad amainaría ahora que los más problemáticos estaban muertos.

Aunque Bill nunca se refería a ello de modo explícito, yo sabía, por el curso que tomaban nuestras conversaciones de vez en cuando, que le preocupaba mi seguridad porque el asesino de Dawn, Maudette y mi abuela aún andaba suelto.

Si los hombres de Bon Temps y las ciudades colindantes pensaron que al quemar a los vampiros de Monroe se estaban vengando de aquellos asesinatos, se equivocaron. Los informes de las autopsias a las tres víctimas finalmente probaron que su caudal sanguíneo estaba intacto en el momento de su muerte. Además, las marcas de mordiscos halladas en los cuerpos de Maudette y Dawn no sólo parecían antiguas, sino que quedó confirmado que lo eran. La autopsia reveló que la causa de todas y cada una de aquellas muertes había sido el estrangulamiento. Maudette y Dawn habían mantenido relaciones sexuales antes de morir. Y después, también.

Arlene, Charlsie y yo poníamos mucho cuidado al salir al aparcamiento solas; siempre comprobábamos que la cerradura de nuestras casas estuviera intacta antes de entrar, y nos fijábamos en los coches que circulaban cerca de los nuestros en la carretera. Pero resultaba complicado mantener esas precauciones, desquiciaba los nervios, y no me cupo duda de que, pronto, las tres nos relajaríamos y retomaríamos nuestros despreocupados hábitos. Puede que esto estuviera más justificado en el caso de Arlene o de Charlsie, que compartían casa con más gente, a diferencia de las dos primeras víctimas; Arlene vivía con sus hijos —y con Rene Lenier, a intervalos irregulares— y Charlsie con su marido, Ralph.

La única que vivía sola era yo.

Jason se pasaba por el bar casi a diario, y siempre se aseguraba de pasar un rato conmigo. Me di cuenta de que trataba de reparar la brecha que había entre nosotros, y puse cuanto pude de mi parte. Pero cada día bebía más, y por su cama desfilaban más mujeres que por un baño público. Sin embargo, parecía albergar sentimientos sinceros por Liz Barrett. Nos pusimos de acuerdo para resolver el asunto de las herencias de la abuela y del tío Bartlett, aunque esto último le incumbía más a él que a mí: el tío Bartlett le había legado todo a Jason, a excepción del dinero que doné al centro local de salud mental.

Una noche en la que se había tomado una cerveza de más, Jason me confesó que había tenido que volver otras dos veces a la comisaría, y que lo estaban volviendo loco. Al final, había hablado con Sid Matt Lancaster, que le había aconsejado que no volviera a personarse allí si no era en su compañía.

—¿Por qué siguen acosándote? —le pregunté—. Tiene que haber algo que no me hayas contado. Andy Bellefleur no ha estado investigando a nadie más, y los dos sabemos que ni Dawn ni Maudette eran muy exquisitas eligiendo compañeros de cama.

Jason parecía terriblemente avergonzado. Nunca había visto a mi precioso hermano mayor sonrojarse de tal modo.

—Películas —musitó.

Me acerqué para asegurarme de que había oído bien.

—¿Películas? —pregunté, incrédula.

—Shhh —susurró entre dientes, con aire de absoluta culpabilidad—. Hacíamos películas.

Supongo que me sentí tan avergonzada como él. Las hermanas y los hermanos no tienen por qué compartirlo todo.

—Les diste una copia… —insinué tímidamente, tratando de calcular hasta qué punto habría llegado su estupidez.

Él miró en otra dirección, mientras el azul brumoso de sus ojos se empañaba con el brillo de las lágrimas. Muy romántico.

—Eres bobo —le dije—. Incluso descartando la posibilidad de que todo esto saliera a la luz de esta forma, ¿no se te ocurrió plantearte lo que sucedería cuando decidieses casarte? ¿Y si uno de tus antiguos ligues decidiera enviarle una copia de vuestro pequeño tango a tu futura esposa?

—Gracias por hacer leña del árbol caído, hermanita.

Respiré hondo.

—Vale, vale. Ya has dejado de grabar vídeos, ¿no? —asintió con énfasis. No lo creí.

—Y se lo habrás contado a Sid Matt, ¿verdad? —asintió con menos firmeza.

—¿Y crees que ésa es la razón por la que Andy no te deja en paz?

—Sí —contestó Jason, taciturno.

—Entonces, si comprueban tu semen y no coincide con el hallado dentro del cuerpo de Maudette y de Dawn, problema resuelto —en ese momento mi actitud era tan sospechosa como la de mi hermano. Nunca antes habíamos hablado de muestras de semen.

—Eso es lo que dice Sid Matt, pero no me fío de esos análisis.

Genial. El espabilado de mi hermanito no depositaba ninguna confianza en la evidencia científica más fiable que podía presentarse ante un tribunal.

—¿Crees que Andy va a falsificar los resultados?

—No, no es por Andy. Él sólo hace su trabajo. Es que no sé nada del rollo ese del ADN.

—Pero mira que eres bobo —le dije, y me alejé para llevarles otra jarra de cerveza a cuatro chavales de Ruston, estudiantes universitarios que intentaban correrse una juerga en aquel confín del mundo. Sólo me restaba esperar que Sid Matt Lancaster tuviese el don de la persuasión.

Jason se dirigió a mí una vez más antes de abandonar el Merlotte's.

—¿Podrías ayudarme? —me preguntó, con una expresión muy poco habitual en él. Me había llamado a su mesa cuando su cita de esa noche se fue al servicio.

Era la primera vez que mi hermano me pedía ayuda.

—¿Cómo?

—¿No podrías leerle la mente a los hombres que vienen por aquí y descubrir si uno de ellos lo hizo?

—Eso no es tan sencillo como parece, Jason —le contesté muy despacio, sopesándolo mientras hablaba—. Para empezar, ese hombre tendría que estar pensando en su crimen mientras estuviera aquí sentado, en el momento

247

exacto en que yo lo estuviera escuchando. Además, no siempre me llegan pensamientos bien definidos. Con alguna gente es como escuchar la radio, puedo oír hasta el más mínimo detalle; pero con otros, sólo percibo una amalgama de sensaciones sin verbalizar; es como oír a alguien hablar en sueños, ¿lo entiendes? Escuchas su voz, distingues si están tristes o contentos, pero no llegas a identificar las palabras exactas que han pronunciado. Y luego, en algunas ocasiones, oigo un pensamiento, pero no logro rastrearlo hasta su origen si hay demasiada gente en el local.

Jason me miraba sin parpadear. Era la primera vez que abordábamos el tema de mi tara sin rodeos.

—¿Cómo haces para no volverte loca? —me preguntó, sacudiendo la cabeza asombrado.

Estaba a punto de intentar explicarle el procedimiento con el que conseguía protegerme y mantener la guardia, cuando vi que Liz Barrett regresaba a la mesa, con los labios recién pintados y muy esponjada. Entonces, asistí a la metamorfosis de Jason para recuperar su magistral interpretación de Casanova. Empezaba a encasillarse. Me hubiera gustado hablar un poco más con mi hermano a solas.

Más tarde, mientras los empleados nos preparábamos para marcharnos a casa, Arlene me pidió que le cuidara a los niños a la noche siguiente. Las dos teníamos el día libre, y ella quería ir con Rene a Shreveport para ver una película y cenar por ahí después.

—¡Claro! —le dije—. Hace mucho que no me quedo con los niños.

De repente se le demudó el rostro. Se volvió un poco hacia mí; fue a decir algo pero se lo pensó dos veces, y por fin, se decidió:

—¿Estará…, eh…, va a estar Bill por allí?

—Sí, teníamos pensado ver una peli. Iba a pasarme mañana por la mañana por el videoclub, pero cogeré algo que puedan ver los críos —de golpe, me di cuenta de por dónde iban los tiros—. Un momento, ¿insinúas que no vas a dejarme a los niños si Bill va a estar en casa? —noté cómo entrecerraba los ojos hasta mirarla a través de dos rendijas. La frecuencia de mi voz había caído hasta su registro de furia asesina.

—Sookie —dijo, con impotencia—, cielo, te quiero mucho. Pero no puedes entenderlo, tú no eres madre. No puedo dejar a mis hijos con un vampiro. Sencillamente, no puedo.

—¿Y te da igual que yo, que también adoro a tus hijos, vaya a estar allí? ¿O que Bill sea incapaz de tocarle un pelo a un niño por nada de este mundo? —me colgué el bolso al hombro y salí a grandes zancadas por la puerta trasera, dejando allí a Arlene con aspecto desolado. ¡No se merecía otra cosa, jolín!

Cuando tomé el desvío a casa ya estaba un poco más calmada, pero todavía no se me había pasado el cabreo. Me sentía preocupada por Jason, mosqueada con Arlene y distante de modo casi permanente con Sam, que llevaba unos días actuando como si fuéramos simples conocidos. Me debatí entre ir a mi casa o a la de Bill, y me decidí por la primera opción.

El hecho de que él estuviera a la puerta de mi casa quince minutos más tarde de la hora a la que me esperaba en la suya, da muestra de lo mucho que Bill se preocupaba por mí.

—No has ido… y tampoco has llamado —dijo en voz baja cuando abrí la puerta.

—Estoy de mal humor —respondí—. Más bien, pésimo.

Muy sabiamente, mantuvo las distancias.

—Siento haberte preocupado —le dije, al poco—. No volveré a hacerlo —me alejé de él en dirección a la cocina. Vino detrás de mí, o al menos supuse que lo hacía. Era tan silencioso que no podías estar segura hasta que lo veías.

Se apoyó contra el marco de la puerta mientras yo permanecía en el medio de la cocina, preguntándome para qué habría ido allí y sintiendo que la furia me invadía. Estaba hasta las narices de todo. Tenía muchas ganas de tirar algo, de hacer añicos cualquier cosa... pero no me habían educado para que acabara cediendo a ese tipo de impulsos destructivos. Me contuve, cerrando con fuerza los párpados y apretando los puños.

—Voy a cavar un hoyo —dije, y salí por la puerta de atrás. Abrí la puerta del cobertizo, cogí la pala y me lancé en tromba a la parte posterior del jardín. Allí había una parcela de tierra en la que nunca crecía nada, no sé por qué. Hundí la herramienta en la tierra, empujé con el pie y saqué una buena palada. Me entregué a esta tarea mientras el montón de tierra se hacía cada vez más alto y más profundo el agujero.

—Tengo unos brazos y un juego de hombros muy resistentes —dije jadeando, mientras paraba para descansar un poco apoyándome en la pala.

Bill estaba sentado en una silla del jardín, contemplando la escena. No dijo ni media palabra.

Seguí cavando.

Al final, conseguí un agujero verdaderamente hermoso.

—¿Vas a enterrar algo? —preguntó Bill cuando dedujo que ya debía de haber acabado.

—No —contemplé la cavidad—. Voy a plantar un árbol.

—¿Cuál?

—Un roble —dije, sin pensarlo.

—¿Y de dónde lo vas a sacar?

—Pues del vivero. Iré a por él esta semana.

—Tardan mucho en crecer.

—¿Y a ti que más te da? —le espeté. Volví a dejar la pala en el cobertizo y me apoyé en la pared, completamente exhausta.

Bill hizo amago de recogerme.

—¡Soy una *mujer adulta*! —rugí—. ¡Y puedo entrar en casa yo solita!

—¿Te he hecho algo? —preguntó Bill. Su voz no resultó nada tierna y eso me devolvió a la realidad. Ya me había recreado bastante en mis miserias.

—Lo siento —le dije—, otra vez.

—¿Se puede saber qué te ha enfurecido tanto?

No podía contarle lo de Arlene.

—Bill, ¿tú qué haces cuando estás furioso?

—Hago astillas un árbol —contestó—. A veces hiero a alguien.

Al lado de eso, cavar un agujero parecía bastante inofensivo; hasta podía considerarse algo constructivo. Todavía estaba tensa. Ya no sentía la pulsión de la furia haciendo que la sangre me ardiera en las venas; sólo era una especie de zumbido apagado que, de todas formas, necesitaba descargar. Miré a mi alrededor en busca de una víctima propiciatoria. Bill demostró tener ojo clínico para interpretar correctamente los síntomas.

—Haz el amor —sugirió—. Haz el amor conmigo.

—No estoy de humor para eso.

—Deja que intente persuadirte.

Y resulta que lo consiguió.

Al menos sirvió para deshacerme del exceso de energía que me invadía, pero aún sentía un residuo de tristeza que el sexo no podía curar. Arlene había herido mis sentimientos. Miré al vacío mientras Bill me trenzaba el pelo, pasatiempo que al parecer encontraba arrobador.

De vez en cuando me sentía como si fuera su muñeca.

—Jason ha estado esta noche en el bar —le dije.

—¿Y qué quería?

A veces Bill se pasaba de listo. Aunque siempre acertaba.

—Solicitar que ponga en práctica mis poderes mentales. Quiere que me meta en las mentes de los hombres que vienen al bar hasta encontrar al asesino.

—Salvo por una docena de inconveniencias, no es tan mala idea.

—¿Tú crees?

—Tanto tu hermano como yo quedaríamos libres de toda sospecha si el asesino estuviera entre rejas. Y ya no correrías peligro.

—Tienes razón, pero no sé cómo enfrentarme a ello. Sería duro, doloroso y aburrido tener que vadear toneladas de información tratando de encontrar un minúsculo detalle, una ráfaga de pensamiento.

—No más doloroso ni más duro que ser sospechoso de asesinato. Lo que pasa es que te has acostumbrado a bloquear tu don.

—¿Eso crees? —comencé a volverme para mirarle a la cara, pero Bill me retuvo para poder acabar la trenza. Jamás había pensado que mantenerme fuera de la mente de los demás pudiera considerarse un acto egoísta, pero en esta ocasión tal vez lo fuera. Tendría que invadir parcelas muy íntimas—. Como un detective —murmuré, tratando de reflejarme en un espejo más amable que el de una simple entrometida.

—Sookie —dijo Bill, y su tono apremiante me obligó a prestar atención—, Eric me ha pedido que vuelva a llevarte a Shreveport.

Me llevó un par de segundos recordar quién era Eric.

—Ah, ¿Eric el vampiro vikingo?

—El vampiro venerable —corrigió Bill.

—¿Quieres decir que te ha ordenado que me lleves? —no me gustaba nada cómo sonaba aquello. Había permanecido sentada al borde de la cama, con Bill detrás, todo ese tiempo, pero ahora me giré para mirarlo a la cara. Esta vez no hizo nada por impedirlo. Lo observé detenidamente, encontrando en su expresión algo que jamás había visto—. *Tienes* que hacerlo —solté, horrorizada. No podía imaginarme a nadie dándole a Bill una orden—. Pero cariño, yo no quiero ir a verlo.

Estaba claro que mi opinión no suponía diferencia alguna.

—Pero ¿quién se supone que es, «el Padrino» de los vampiros? —pregunté furiosa e incrédula—. ¿Es que te ha hecho una oferta que no has podido rechazar?

—Es mayor que yo. Y siendo objetivos, bastante más fuerte.

—Nadie es más fuerte que tú —afirmé, categórica.

—Ojalá fuera así.

—¿Así que es una especie de Capitán General de la Décima Región Vampírica o algo así?

—Sí, más o menos.

Bill nunca había soltado prenda sobre cómo organizaban los vampiros sus asuntos. Hasta el momento, eso no había supuesto ningún problema para mí.

—¿Qué es lo que quiere? ¿Qué pasa si no voy?

Bill esquivó la primera pregunta.

—Enviará a alguien, a unos cuantos, a buscarte.

—Otros vampiros.

—Sí —los ojos de Bill se tornaron opacos. Pude apreciar su brillante iris castaño.

Traté de pensar en ello con detenimiento. No estaba acostumbrada a que me dieran órdenes, ni a no tener ninguna elección. A mi torpe mente le llevó varios minutos evaluar la situación.

—Entonces, ¿te sentirías obligado a luchar contra ellos?

—Por supuesto. Eres mía.

Ahí estaba el «mía» otra vez. Parecía que lo decía en serio. Me dieron ganas de ponerme a protestar, pero sabía que no iba a servirme de nada.

—Supongo que no me queda otra —dije, tratando de no sonar cortante—. Pero es un chantaje en toda regla.

—Sookie, los vampiros no son como los humanos. Eric se limita a emplear el mejor medio de conseguir su objetivo, que es llevarte a Shreveport. No ha necesitado explicarme las posibles consecuencias de negarme, se da todo por sobreentendido.

—Bueno, yo ahora también lo entiendo, pero lo detesto. ¡Estoy entre la espada y la pared! Además, ¿qué quiere de mí? —acudió a mi mente una respuesta obvia, y miré a Bill, aterrada—. ¡No, eso sí que no!

—No va a acostarse contigo ni a morderte; no sin antes matarme a mí —el luminoso rostro de Bill perdió todo vestigio de familiaridad para tornarse completamente ajeno.

—Y él lo sabe —aventuré—, así que debe de haber algún otro motivo para que me quiera en Shreveport.

—Sí —convino Bill—, pero no sé cuál.

—Bueno, si no tiene que ver con mi irresistible presencia o con la rara exquisitez de mi sangre, debe de tratarse de mi… pequeña rareza.

—Tu don.

—Claro —repuse, sarcástica—. Mi precioso don —toda la furia que pensé que ya me había quitado de encima regresó para aplastarme con la fuerza de un gorila macho de unos doscientos kilos, bastante cabreado. Y además, estaba muerta de miedo. Me pregunté cómo se sentiría Bill; pero me daba pánico preguntárselo.

—¿Cuándo? —pregunté en su lugar.

—Mañana por la noche.

—Supongo que éstos son los inconvenientes de tener una relación tan poco convencional —por encima de su hombro podía ver el diseño que mi abuela había escogido diez años atrás para recubrir las paredes de la estancia. Me prometí que si salía viva de aquélla, volvería a empapelar la casa.

—Te quiero —su voz no era más que un susurro.

Aquello no era culpa suya.

—Yo también —le dije. Tuve que contenerme para no rogarle: «Por favor, no dejes que el vampiro malo me haga daño; no dejes que me viole». Si mi situación era comprometida, la de Bill lo era el doble. No podía ni empezar a imaginarme el autocontrol que debía de estar empleando. A no ser que de verdad estuviera tranquilo. ¿Podía un vampiro enfrentarse al dolor y a ese tipo de impotencia sin sufrir ningún tipo de cataclismo interior?

Escudriñé su rostro de líneas puras y piel blanca, que me era ya tan familiar; los oscuros arcos de sus cejas y el soberbio perfil de su nariz. Me fijé en que sus colmillos asomaban levemente; yo sabía que la rabia y la lujuria hacían que se desplegaran por completo.

—Esta noche —dijo—, Sookie... —con las manos me indicó que me tumbara junto a él.

—¿Qué?

—Creo que esta noche deberías beber de mí.

Puse cara de asco.

—¡Uggh! ¿No necesitas reservar todas tus fuerzas para mañana por la noche? Ahora no estoy herida.

—¿Cómo te has sentido desde que bebiste de mí, desde que puse mi sangre en tu interior?

Reflexioné antes de contestar.

—Bien —admití.

—¿Has estado enferma?

—No, pero es que casi nunca lo estoy.

—¿Has notado algún aumento de energía?

—¡Sólo cuando no me la chupas tú! —dije con acidez, pero noté que mis labios se curvaban hacia arriba dibujando una incipiente sonrisa.

—¿Te sientes más fuerte?

—Pues… supongo que sí —por primera vez caí en la cuenta de lo extraordinario que resultaba haber cargado yo sola con una butaca nueva la semana anterior.

—¿Te ha sido más fácil controlar tu poder?

—Sí, eso sí que lo he notado —lo había achacado a una mayor relajación.

—Si bebes de mí esta noche, mañana tendrás más recursos.

—Pero tú estarás más débil.

—Si no tomas mucho, podré recuperarme durante el día mientras duermo. Y puede que mañana tenga que buscar a alguien más de quien beber, antes de que salgamos para allá.

Mi rostro reflejó dolor. Sospechar que lo hacía y saberlo eran dos cosas muy diferentes.

—Sookie, es por nosotros. Nada de sexo con otras personas, te lo prometo.

—¿De verdad crees que todo esto es necesario?

—Puede que lo sea. Como mínimo es útil, y eso ya es mucho.

—Venga, vale. ¿Qué hay que hacer? —sólo conservaba recuerdos muy difusos de la noche de la paliza, de lo cual me alegraba mucho.

Me miraba con curiosidad. Tuve la vaga impresión de que la situación le hacía gracia.

—¿No te excita, Sookie?

—¿El qué? ¿Beber tu sangre? Discúlpame, pero no me pone nada.

Sacudió la cabeza como si no pudiera entenderlo.

—Me había olvidado —se limitó a decir—, me olvido a veces de que no somos iguales. ¿Qué será: cuello, muñeca o ingle?

—Ingle no —me apresuré a decir—. No sé, Bill, ¡qué asco! Lo que sea.

—Cuello —dijo él—. Ponte encima de mí, Sookie.

—Eso es como el sexo.

—Es la forma más fácil.

Me puse a horcajadas sobre él y fui acercándome poco a poco. Resultaba muy extraño; era una postura que tan sólo usábamos para hacer el amor.

—Muerde, Sookie —susurró.

—¡No puedo! —exclamé.

—Muerde o tendré que coger un cuchillo.

—Mis dientes no son tan afilados como los tuyos.

—Créeme, lo serán más que suficiente.

—Te voy a hacer daño.

Se rió en silencio; sentí que su pecho se agitaba debajo de mí.

—Maldita sea —respiré muy hondo, me armé de valor y le mordí el cuello. Apreté con todas mis fuerzas porque no tenía sentido alargar aquello. Saboreé el gusto metálico de la sangre. Bill gimió suavemente y sus manos acariciaron mi espalda y se deslizaron más abajo. Sus dedos me encontraron.

Di un respingo de sorpresa.

—Bebe —dijo con la voz ronca, y yo aspiré con fuerza. Volvió a gemir, más alto, más profundo; y sentí que se apretaba contra mí. Me invadió una suerte de locura y me aferré a él como una lapa. Me penetró y comenzó a moverse. Sus manos se clavaron en mis caderas. Bebí y tuve visiones; visiones de cuerpos blancos sobre fondo negro. Figuras que se elevaban del suelo con un solo anhelo; la emoción de la persecución a través del bosque, los jadeos de la presa,

su excitante miedo... La caza, el resonar de las atropella-
das pisadas, el febril palpitar de la sangre en las venas del
fugitivo…

Bill emitió un sonido estrangulado y se descargó en
mi interior. Aparté la cabeza de su cuello y una corriente
de voluptuosidad me arrastró hasta el océano.

Para estarle ocurriendo a una camarera telépata del
norte de Luisiana, no estaba nada mal.

9

Al día siguiente, a la caída del sol, me estaba terminando de arreglar. Bill me había avisado de que iría a alguna parte a alimentarse y, por poco que me gustase la idea, tuve que reconocer que aquello era lo más sensato que podía hacer. También había acertado al describir los efectos que produciría en mí el improvisado complemento vitamínico de la noche anterior. Me encontraba genial; rebosante de fuerza, en constante alerta, aguda e ingeniosa y, por extraño que parezca, preciosa.

¿Qué ropa podía ponerme para mantener mi propia entrevista con el vampiro? No quería que pareciera que intentaba resultar sexy, pero tampoco quería hacer el ridículo llevando un «saco de patatas» por atuendo. Como casi siempre, la mejor solución la ofrecían unos buenos vaqueros de color azul. Me puse unas sandalias blancas y una camiseta clara de cuello redondo. No había vuelto a usarla desde que empecé a salir con Bill porque dejaba al descubierto las marcas de los mordiscos, pero pensé que aquella noche no había mejor forma de reafirmar su «propiedad» sobre mí. Al recordar que la otra vez la policía me había revisado el cuello, decidí meter un pañuelo en el bolso. Y considerando la noche que tenía por delante, añadí también una gargantilla de plata. Me cepillé el pelo, que parecía al menos tres tonos más rubio de lo habitual, y lo dejé caer suelto sobre mi espalda.

Justo cuando ya no podía quitarme de la cabeza la imagen de Bill con otra persona, mi vampiro llamó a la puerta. Abrí, y nos quedamos mirándonos fijamente el uno al otro durante un largo minuto. Su boca tenía un color más intenso que de costumbre. Entonces, lo había hecho. Me mordí los labios para no decir nada.

—Sí que estás distinta.

—¿Crees que alguien más se dará cuenta? —esperaba que no.

—No lo sé —me ofreció su mano y caminamos hasta su coche. Me abrió la puerta y pasé bruscamente a su lado. Erguí la cabeza—. ¿Qué te pasa? —preguntó al advertir mi reacción.

—Nada —respondí, tratando de no elevar el tono. Me instalé en el asiento del copiloto y dirigí la mirada al frente.

Me dije que era como enfadarse con las vacas cada vez que él comiera una hamburguesa, lo que, por cierto, no era muy probable. Pero, por lo que fuera, el símil no acabó de tranquilizarme.

—Hueles diferente —le dije, cuando ya llevábamos varios minutos circulando por la carretera. Seguimos sin cruzar palabra un rato más.

—Ahora ya sabes lo que sentiré si Eric te toca —confesó, de repente—, aunque, en mi caso, será peor porque Eric disfrutará haciéndolo y yo no he disfrutado mucho de mi cena.

A mi humilde entender, aquello no era completamente cierto: yo siempre disfruto comiendo; cualquier cosa,

261

aunque no se trate de mi plato favorito… Pero le agradecía la buena intención.

No hablamos mucho; los dos estábamos preocupados por lo que nos aguardaba. El camino hasta Shreveport no pudo hacérsenos más corto. Aparcamos en la parte trasera del bar. En cuanto Bill me abrió la puerta del coche tuve que reprimir el impulso de aferrarme al asiento y negarme a salir. Una vez conseguí ponerme en pie, tuve que combatir el intenso deseo de esconderme detrás de él. Ahogué un suspiro, me cogí de su brazo y caminamos juntos hacia la puerta, como una pareja que acude ilusionada a una fiesta. Bill me contempló con aprobación.

Reprimí las ganas de atravesarlo con la mirada.

Llamó a una puerta metálica sobre la que unas letras troqueladas informaban del nombre del bar: FANGTASIA. Nos encontrábamos en el callejón de servicio, una zona de carga y descarga que se extendía por detrás de todas las tiendas del pequeño centro comercial. Vimos más coches allí aparcados; entre ellos, un deportivo descapotable de color rojo, propiedad de Eric. Todos los vehículos eran de lujo.

Jamás verás a un vampiro al volante de un Ford Fiesta.

La llamada consistió en tres toques seguidos y dos más espaciados sobre la puerta. El santo y seña vampírico, supuse. A lo mejor por fin me enteraba del extraño procedimiento que utilizaban para saludarse. ¿Tendrían un «apretón de manos secreto»?

Nos abrió la espectacular vampira rubia que había estado sentada con Eric la noche en que visité por primera vez el bar. Se apartó para permitirnos el paso, sin decir palabra.

De haber sido humano, Bill se habría quejado de lo fuerte que yo le apretaba la mano.

De repente, aquella criatura nos precedía. Se había movido a más velocidad de la que mis ojos podían apreciar, y me dio un buen susto. Bill, como es natural, ni se inmutó. Nos guió a través de un almacén que presentaba un desconcertante parecido al del Merlotte's. Luego, nos adentramos en un estrecho pasillo y franqueamos la puerta de la derecha.

Allí estaba Eric, dominando con su presencia la pequeña estancia. Bill no llegó a arrodillarse para besarle el anillo, pero le dedicó una reverencia algo más que pronunciada. Había otro vampiro allí: Sombra Larga, el camarero. Desde luego, iba pidiendo guerra. Llevaba una minúscula camiseta de tirantes en verde botella y unos cortísimos —y ajustadísimos— pantalones deportivos a juego.

—Bill, Sookie —saludó Eric—. Ya conocéis a Sombra Larga. Sookie, supongo que recuerdas a Pam... —Pam era la rubia—. Y éste es Bruce.

Bruce era humano; el humano más aterrado que había visto en toda la vida, añadiría. Me conmovió enormemente. De mediana edad y bastante tripudo, empezaba a escasearle el pelo, que se le arremolinaba tercamente en oscuras ondas sobre el cuero cabelludo. Tenía la piel del rostro bastante flácida y la boca pequeña. Llevaba puesto un bonito traje beis, una camisa blanca y una corbata estampada en tonos ocres y azul marino. Sudando copiosamente, estaba sentado en una silla de líneas sencillas frente a Eric, que, como no podía ser de otra forma, ocupaba el puesto preferente. Junto a la puerta, Pam y Sombra Larga se apoyaban contra la pared, sometidos al escrutinio del

263

jefe de los vampiros. Bill se colocó junto a ellos, y cuando iba a ponerme a su lado, Eric reclamó mi atención.

—Sookie, escucha a Bruce.

Me quedé mirando a Bruce un instante, esperando a que hablara, hasta que comprendí lo que Eric quería.

—¿Qué se supone que tengo que escuchar? —pregunté, consciente de la frialdad de mi voz.

—Alguien se ha apoderado de unos sesenta mil dólares que no le pertenecían —me explicó. «Por lo que sé, alguien tiene muchas ganas de morir», pensé—. Y antes de condenar a toda la plantilla humana a tortura o muerte, hemos pensado que tal vez tú podrías escudriñarles la mente y decirnos quién ha sido.

Dijo «tortura o muerte» con la misma serenidad con que yo preguntaba: «¿Budweiser o Heineken?».

—¿Y entonces qué haréis? —pregunté. Eric parecía sorprendido.

—El culpable nos devolverá el dinero —se limitó a decir.

—¿Y después?

Entornó sus grandes ojos azules y los clavó en mí.

—Bien, si conseguimos pruebas del delito, entregaremos al culpable a la policía —afirmó con elocuencia.

«Mentira cochina.»

—Vamos a hacer un trato, Eric —dije, sin molestarme en sonreír. Era inútil intentar coquetear un poco con él; distaba mucho de albergar algún deseo de follar conmigo. De momento.

Sonrió condescendiente.

—¿Y en qué consistiría, Sookie?

—Si de verdad entregas al culpable a la policía, haré esto mismo que me pides tantas veces como quieras —Eric alzó una ceja—. Sí, ya sé que es probable que tenga que hacerlo de todos modos… pero ¿no sería mejor si accediera de forma voluntaria, si pudiéramos confiar el uno en el otro? —empecé a sudar. No me podía creer que estuviera regateando con un vampiro.

Eric parecía estar considerando mi propuesta en serio. De improviso, pude adentrarme en su mente. Pensaba que podría obligarme a hacer lo que fuera, cuando y donde quisiera; bastaría con amenazar a Bill o a cualquiera de mis seres queridos. Pero quería integrarse, infringir la ley lo menos posible y mantener sus relaciones con los humanos dentro de un marco de normalidad, al menos, aparente. No quería matar a nadie si no era estrictamente necesario.

Me sentía como si me hubieran lanzado a un pozo de serpientes, frías y letales. Tan sólo fue un destello, una instantánea de su mente, por así decirlo; pero resultó esclarecedor.

—Además —me apresuré a decir antes de que se diera cuenta de que había tenido acceso a sus pensamientos—, ¿hasta qué punto estás seguro de que el ladrón es humano?

Pam y Sombra Larga se revolvieron, pero Eric inundaba la sala con su presencia y les obligaba a permanecer en su sitio.

—Muy interesante —dijo—. Pam y Sombra Larga son socios del bar, y si ninguno de los humanos resultara culpable, supongo que tendremos que mirar hacia ellos.

—Tan sólo era una idea —dije, sumisa. Eric me estudió con una mirada glacial, la de un ser que apenas recuerda que una vez fue humano.

—Empieza ahora, con este hombre —ordenó.

Me arrodillé delante de Bruce, tratando de decidir cómo proceder. Nunca había establecido un protocolo para algo que, básicamente, ocurría al azar. Tocarlo ayudaría; el contacto directo procuraba una transmisión más nítida, digamos. Le cogí la mano, pero me resultó demasiado íntimo —y la tenía empapada de sudor—, por lo que le subí la manga de la chaqueta para sostenerle la muñeca. Lo miré a sus pequeños ojos.

«Yo no cogí el dinero... ¿Quién habrá sido? ¿Qué imbécil descerebrado nos pondría a todos en semejante peligro? ¿Qué va a hacer Lillian si me matan? ¿Y Bobby y Heather? ¿Por qué me pondría a trabajar con vampiros? Ha sido pura avaricia, y ahora voy a pagarlo caro. Dios, nunca volveré a trabajar para estas bestias. ¿Cómo va a saber esta loca quién cogió el puto dinero? ¿Por qué no me suelta? ¿Qué es?, ¿otra vampira?, ¿o una especie de demonio? ¡Qué ojos más raros! Debería haber descubierto antes que faltaba dinero... No tenía que haberle dicho nada a Eric hasta enterarme de quién había sido...»

—¿Has cogido tú el dinero? —susurré, aunque estaba segura de que ya sabía la respuesta.

—No —gruñó Bruce. Tenía la cara bañada en sudor. Sus pensamientos y su reacción ante mi pregunta confirmaron lo que ya había «oído».

—¿Sabes quién fue?

—Qué más quisiera.

Me puse en pie y me volví a Eric sacudiendo la cabeza.

—No ha sido él —dije.

Pam escoltó al pobre Bruce afuera y regresó con el siguiente sospechoso.

Se trataba de una camarera ataviada con un vestido negro de largas mangas, cuyo escote dejaba poco a la imaginación. Llevaba el pelo teñido de rojo en una larga melena de corte desigual. Desde luego, trabajar en el Fangtasia tenía que ser un lujo para una «colmillera», y las cicatrices que lucía la chica en el cuello daban fe de lo mucho que aprovechaba sus incentivos laborales.

Se mostraba tan segura de sí misma como para dirigirle una sonrisa a Eric, y tan estúpida como para sentarse, despreocupada, en la silla de madera. Incluso cruzó las piernas a lo Sharon Stone —o eso debió de pensar ella—. Se sorprendió de ver a un vampiro desconocido y a una mujer en aquella habitación. Yo no le agradé, pero la presencia de Bill hizo que se relamiera.

—Hola, ricura —le dijo a Eric. Me quedó claro que no debía de tener mucha imaginación.

—Ginger, contesta a las preguntas de esta chica —respondió Eric. Su voz era como un muro de piedra, lisa e implacable.

Ginger pareció darse cuenta al fin de que la cosa era seria. Cruzó los tobillos y se sentó con las manos sobre el regazo, con cara circunspecta.

—Sí, amo —dijo. Pensé que iba a vomitar.

Me hizo un gesto imperioso con la mano, como si dijera: «Adelante, compañera de esclavitud, sirviente de los vampiros». Acerqué la mano a su muñeca, y me la retiró sin miramientos.

—No me toques —dijo, con una voz que era casi un siseo. Fue una reacción tan exagerada que los vampiros se pusieron en tensión. Noté que el ambiente de la sala se enrarecía por momentos.

—Pam, sujeta a Ginger —ordenó Eric. Sin hacer el menor ruido, la vampira apareció detrás de la silla; se inclinó y la sujetó con ambas manos. Resultó evidente que Ginger se resistía, porque agitó la cabeza, pero Pam sostuvo su torso en un abrazo que la dejaba inmóvil por completo. Mis dedos rodearon su muñeca.

—¿Cogiste tú el dinero? —pregunté, mirándola a sus ojos castaños, desprovistos de brillo.

Entonces gritó con fuerza durante un buen rato. Comenzó a maldecirme. Analicé el caos de su pequeño cerebro, era como tratar de caminar por entre los restos de un bombardeo.

—Sabe quién lo hizo —le dije a Eric. En ese momento, Ginger se calló, aunque seguía sollozando—. No puede decir el nombre —proseguí—. Él la ha mordido —toqué las marcas del cuello de Ginger. ¡Como si fueran necesarias más pruebas!—. Parece que la estuviera coaccionando —añadí, después de intentarlo de nuevo—. Ni siquiera puede formar su imagen en la cabeza.

—Hipnosis —sentenció Pam. Su proximidad a la asustada chica había hecho que se le desplegaran los colmillos—. Un vampiro fuerte.

—Traed a su mejor amiga —sugerí.

Para entonces Ginger temblaba como una hoja mientras en su mente luchaban por abrirse paso los recuerdos comprometidos.

—¿Debe quedarse o irse? —me preguntó Pam directamente.

—Que se vaya. Sólo conseguirá asustar al resto.

Estaba tan metida en aquello, tan concentrada en utilizar mi extraña habilidad, que no miré a Bill ni una sola vez. Me daba la impresión de que, si lo miraba, me fallarían las fuerzas. Pero sabía que estaba allí, que ni él ni Sombra Larga se habían movido desde el comienzo de aquel interrogatorio.

Pam tiró de Ginger y se la llevó. No sé lo que haría con ella, pero regresó con otra camarera vestida con la misma clase de atuendo. Ésta se llamaba Belinda, y era mayor y también más lista. Llevaba gafas; tenía el pelo castaño, y la forma más sexy de fruncir los labios que se pueda imaginar.

—Belinda, ¿a qué vampiro ha estado viendo Ginger? —preguntó Eric con suavidad, una vez estuvo sentada con la muñeca entre mis manos. La camarera tuvo el sentido común de aceptar con tranquilidad el procedimiento, y la inteligencia necesaria para darse cuenta de que mentir constituiría un error fatal.

—A cualquiera que se lo pidiera —dijo Belinda sin rodeos.

Vi una imagen en su mente, pero algo le impedía recordar el nombre.

—¿Cuál de los presentes? —pregunté de pronto. Entonces me llegó su nombre. Mis ojos lo buscaron antes de poder abrir la boca. De repente, Sombra Larga se abalanzó hacia delante. Saltó por encima de la silla en la que se sentaba Belinda y aterrizó sobre mí. Me derribó de espaldas sobre el escritorio de Eric, y si evité que sus dientes me desgarraran la garganta, fue porque me dio justo tiempo a subir los brazos. Me mordió con ferocidad en el antebrazo. Aullé, o al menos eso intenté, pero me quedaba tan poco aire después del impacto que no conseguí emitir más que un gemido ahogado.

Sólo era consciente del pesado cuerpo que me oprimía y del atroz dolor que sentía en el brazo. Y de mi pánico. Cuando me atacaron los Ratas no temí que me fueran a matar hasta que casi fue demasiado tarde. En esta ocasión, enseguida comprendí que Sombra Larga estaba dispuesto a matarme al instante, con tal de evitar que pronunciara su nombre. Entonces oí un ruido espantoso y noté que su cuerpo se apretaba aún con más fuerza contra el mío. No tenía ni idea de lo que estaba pasando. Pude ver sus ojos por encima de mi brazo. Eran de color castaño; grandes, dementes, glaciales... Y, de pronto, se apagaron. De su boca brotaba sangre; me estaba empapando el brazo, y me llenaba la boca y sentí arcadas. Aflojó la presión de los dientes y su cabeza se desplomó, inerte. Comenzó a arrugarse, sus ojos eran ahora dos globos viscosos. Mechones enteros de su espeso pelo negro caían sobre mi cara.

Estaba conmocionada, incapaz por completo de moverme. Unas manos me cogieron por los hombros y comenzaron a sacarme de debajo del cuerpo en descomposición. Me empujé con los pies para salir más rápido.

El proceso no desprendía ningún olor, pero sí una especie de mugre, negra y alargada. Sentí un horror y un asco infinito al ver a Sombra Larga desintegrarse a increíble velocidad. Una estaca le asomaba por la espalda. Eric lo estaba contemplando, como todos, pero él sostenía el mazo. Bill estaba detrás de mí, era el que me había sacado de aquella podredumbre en que se había convertido el cuerpo del vampiro. Pam se encontraba junto a la puerta, sosteniendo con una mano el brazo de Belinda. La camarera parecía tan petrificada como debía de estarlo yo.

Pero incluso aquella mugre se convertía en humo. Nos mantuvimos inmóviles hasta que desapareció la última voluta. En la alfombra quedó una especie de marca renegrida.

—Vas a tener que comprarte otra alfombra —dije, en un alarde de la más absoluta incoherencia. Sinceramente, ya no podía soportar más aquel silencio.

—Tienes sangre en la boca —señaló Eric. Los colmillos de todos ellos se habían desplegado en toda su extensión. Parecían estar bastante excitados.

—Me ha manchado de sangre.

—¿Se te ha colado algo por la garganta?

—Es probable. ¿Ocurre algo?

—Eso está por ver —dijo Pam, con voz siniestra y ronca. Estudiaba a Belinda de un modo que a mí me habría puesto muy nerviosa. Sin embargo, ella parecía sentirse orgullosa de tal atención—. Por lo general —añadió la vampira con los ojos clavados en los sensuales labios de Belinda—, somos nosotros los que bebemos de los humanos, no al revés.

Eric me contemplaba con interés, la misma clase de interés que tenía Pam por Belinda.

—¿Cómo ves ahora las cosas, Sookie? —preguntó con tal suavidad que nadie habría creído que acababa de ejecutar a un viejo amigo.

¿Que cómo me parecían ahora las cosas? Más brillantes. Percibía los sonidos con mayor claridad y sentía que se me había aguzado el oído. Quería girarme para mirar a Bill, pero me daba miedo apartar los ojos de Eric.

—Bueno, supongo que Bill y yo ya nos vamos —dije, como si no fuera posible otra cosa—. He cumplido mi palabra, Eric; y ahora tenemos que irnos. Nada de represalias contra Ginger, Belinda y Bruce, ¿vale? Eso es lo acordado —comencé a dirigirme hacia la puerta con una seguridad que estaba lejos de sentir—. Supongo que tendrás que echarle un vistazo al bar, ¿no? ¿Quién está sirviendo las copas esta noche?

—Tenemos un sustituto —dijo Eric, con aire distraído, sin apartar la mirada de mi cuello—. Hueles diferente, Sookie —murmuró, acercándose un paso.

—Bueno, recuerda que tenemos un trato, Eric —le dije, forzando una amplia sonrisa y un tono animoso—. Bill y yo nos vamos a casa, ¿verdad? —aventuré una mirada atrás, hacia Bill. Se me cayó el alma a los pies. Tenía los ojos abiertos de par en par y los labios extendidos hacia atrás en una especie de sonrisa que dejaba a la vista sus colmillos desplegados. Parecía emitir un silencioso gruñido. Sus pupilas estaban muy dilatadas… y miraba a Eric sin parpadear.

—Pam, déjanos pasar —dije con suavidad pero con tono firme. Cuando Pam se distrajo de su propia sed de sangre, evaluó la situación con un solo vistazo. Abrió de par en par la puerta del despacho y empujó a Belinda a través de ella. Luego, se echó a un lado para dejarnos salir—. Llama a Ginger —sugerí. El sentido de mis palabras penetró su mente, cegada por el deseo.

—Ginger —llamó con voz ronca. La camarera apareció corriendo desde otra de las puertas del pasillo—. Eric te desea —le explicó.

El rostro de Ginger se iluminó como si fuera a tener una cita con el mismísimo David Duchovny. Se plantó en la sala y comenzó a frotarse contra Eric casi con la misma velocidad con la que lo hubiera hecho un vampiro. Como si se hubiera despertado de un hechizo, Eric bajó la mirada hacia Ginger mientras ella recorría su pecho con las manos. Mientras se inclinaba para besar a la camarera, me miró por encima de ella.

—Ya nos veremos —dijo, y yo tiré de Bill para salir de allí cuanto antes. Él no quería irse, era como empujar un tronco. Cuando alcanzamos el pasillo, pareció ser más consciente de la necesidad de largarnos de allí, y llegamos a toda velocidad hasta su coche.

Me miré. Estaba manchada de sangre y con la ropa arrugada. Además, olía raro. «¡Menudo asco!» Me volví hacia Bill para compartir mi repugnancia, pero él me miraba con un ansia inconfundible.

—Ni lo sueñes —dije, enérgica—. Arranca el coche y sácame de aquí antes de que suceda nada más, Bill Compton. Te lo digo así de claro. No estoy de humor.

Se inclinó sobre el asiento y empezó a manosearme antes de que pudiera decir nada más. Apretó su boca contra la mía, y en apenas un segundo comenzó a lamer la sangre de mi cara.

Estaba muy asustada, y también muy furiosa. Lo agarré de las orejas y alejé su cabeza de la mía recurriendo hasta al último gramo de fuerza que me quedaba en el cuerpo, que resultó ser más de lo que yo pensaba.

Sus ojos seguían siendo como cavernas con fantasmas acechando en sus profundidades.

—¡Bill! —le grité. Lo sacudí—. ¡Espabila! —poco a poco, el Bill que yo conocía volvió a asomarse a aquellos ojos. Se estremeció y soltó un suspiro. Con suavidad, me besó en los labios.

—Vale, ¿podemos irnos ya a casa? —pregunté, avergonzada de que me temblara la voz.

—Claro —dijo. Él tampoco tenía un tono muy firme.

—¿Ha sido como cuando los tiburones huelen la sangre? —le pregunté, tras quince minutos de trayecto silencioso, ya casi fuera de Shreveport.

—Buena analogía.

No sentía ninguna necesidad de disculparse; había hecho lo que dictaba la naturaleza, al menos la de los vampiros; y no iba a molestarse en ello. Pero a mí sí que me habría gustado oír una disculpa.

—Entonces, ¿estoy metida en un lío? —pregunté, al final. Eran las dos de la mañana y descubrí que el tema no me preocupaba tanto como debería.

—Eric te tomará la palabra —respondió Bill—. En cuanto a si te dejará en paz en el sentido personal, no lo sé. Sólo quisiera… —pero su voz se desvaneció. Era la primera vez que oía a Bill expresar un deseo.

—Sesenta mil dólares no debe de ser mucho dinero para un vampiro, me imagino —observé—. Parece que estáis todos forrados.

—Pero es que los vampiros roban a sus víctimas —dijo Bill con tono práctico—. Al principio, cogemos el dinero del cadáver. Después, cuando tenemos más experiencia, podemos ejercer el control suficiente como para persuadir a un humano de que nos ceda amablemente su dinero, y después olvide que lo ha hecho. Algunos contratan administradores, otros se meten en el mercado inmobiliario y los hay que viven de los intereses de sus inversiones. Eric y Pam montaron juntos el Fangtasia. Él aportó la mayoría del capital, y Pam puso el resto. Conocían a Sombra

Larga desde hace cien años, y lo contrataron para que fuera el camarero. Él los ha traicionado.

—¿Y para qué iba a robarles?

—Alguna iniciativa empresarial para la que necesitara el capital… —explicó Bill, distraído—. Estaba bastante integrado; por lo que no podía recurrir a matar al director de un banco después de haberlo hipnotizado y persuadido para que le entregara el dinero. Así que lo cogió de Eric.

—Pero ¿Eric no se lo habría prestado?

—Si Sombra Larga no hubiera sido demasiado orgulloso para pedírselo, sí —respondió Bill.

Nos quedamos un buen rato en silencio. Por último, dije:

—Siempre había pensado que los vampiros eran más listos que los humanos… pero no es así, ¿eh?

—No siempre —matizó.

Cuando alcanzamos las afueras de Bon Temps, le pedí a Bill que me dejara en casa. Me miró de reojo, pero no dijo nada. Puede que, después de todo, los vampiros sí fueran más listos que los humanos.

10

Al día siguiente, mientras me preparaba para ir al trabajo, decidí que no quería volver a saber nada más de vampiros en una buena temporada. Bill incluido.

Ya me iba tocando recordar que era humana.

El problema es que no podía pasar por alto que era una humana modificada.

No era nada serio. Después de la primera dosis de sangre de Bill, la noche en que los Ratas me habían golpeado, me sentí curada, saludable, fuerte... Pero no era una diferencia marcada. Bueno, puede que me encontrara también algo más... sexy.

Tras el segundo trago de sangre, me noté realmente fuerte, y había actuado con mayor valor porque me sentía más segura de mí misma. Tenía más confianza en mi propia sexualidad y en su poder. Era evidente que podía manejar mi tara con mayor aplomo y aptitud que nunca.

Entonces, ingerí por accidente la sangre de Sombra Larga. A la mañana siguiente, cuando me miré en el espejo, me noté los dientes más blancos y afilados; el pelo, más claro y lustroso, y los ojos, más brillantes. Parecía la imagen de un anuncio de algún producto de higiene o de alguna campaña de salud para promocionar la ingesta de vitaminas o de leche. El salvaje mordisco de mi brazo —la marca póstuma del desaparecido, y nunca mejor dicho, Sombra Larga— no estaba curado del todo, pero presentaba bastante mejor aspecto.

En ese momento, se me volcó el bolso al ir a cogerlo, y las monedas rodaron por debajo del sofá. Levanté el extremo del pesado mueble con una mano mientras, con la otra, iba recogiendo las monedas.

«¡Un momento...!»

Me enderecé y respiré hondo. Al menos, el sol no me hacía daño a los ojos y no tenía ganas de morder al primero que me encontrara. Disfruté de la tostada del desayuno, en lugar de estar pensando en salsa de tomate. No me estaba convirtiendo en una vampira. A lo mejor sólo era una especie de humana «mejorada».

Desde luego, mi vida era mucho más sencilla cuando no salía con nadie.

Cuando llegué al Merlotte's ya estaba todo preparado, menos las rodajas de limón y lima. Se utilizaba la fruta al servir los cócteles y el té, así que cogí la tabla de cortar y un cuchillo afilado. Mientras iba a por los limones de la cámara me encontré con Lafayette, que estaba abrochándose el delantal.

—¿Te has aclarado el pelo, Sookie?

Negué con la cabeza. Bajo la discreta apariencia del delantal blanco, Lafayette era una auténtica sinfonía de color. Llevaba una camiseta fucsia de tirantes finos, vaqueros de color púrpura oscuro, chancletas rojas y una sombra de ojos de un tono frambuesa.

—Pues parece más claro —repuso con escepticismo, arqueando sus depiladas cejas.

—Es que he estado mucho al sol —le aseguré.

Dawn nunca se había llevado bien con Lafayette; quizá porque era negro o tal vez porque era gay, no lo sé... Puede que por ambas cosas. Arlene y Charlsie se limitaban a aceptarlo, pero no se esforzaban por ser especialmente amables con él. Pero a mí siempre me había caído bien, porque debía de tener una vida dura y, sin embargo, la llevaba con entusiasmo y dignidad.

Miré la tabla. Todos los limones estaban en cuartos, todas las limas en rodajas. Mi mano sostenía el cuchillo, impregnada con el jugo; lo había hecho sin darme cuenta. En unos treinta segundos. Cerré los ojos. Dios mío.

Cuando volví a abrirlos, Lafayette se debatía entre mirarme a la cara o a las manos.

—Dime que no he visto eso, corazón —exclamó.

—No lo has visto —dije. Me sorprendió comprobar que mi voz resultaba serena y uniforme—. Discúlpame, tengo que llevarme esto —deposité la fruta en contenedores separados dentro de la nevera portátil que había detrás de la barra, donde Sam guardaba la cerveza. Cuando cerré la puerta, descubrí que Sam estaba junto a mí, cruzado de brazos. No parecía muy contento.

—¿Estás bien? —preguntó. Sus brillantes ojos azules me recorrieron de arriba abajo—. ¿Te has hecho algo en el pelo? —preguntó, no muy convencido.

Me eché a reír. Me di cuenta de que mi protección mental se había activado sin dificultad, que no tenía por qué ser un proceso doloroso.

—Es del sol —contesté.

—¿Y qué te ha pasado en el brazo?

Me miré el antebrazo derecho. Había tapado la herida con una venda.

—Me ha mordido un perro.

—Lo habrán sacrificado, ¿no?

—Claro.

Miré a Sam —desde bastante cerca— y me dio la impresión de que su áspero y rojizo pelo se erizaba con energía. Me pareció como si pudiera oír el latido de su corazón. Percibía su inseguridad, su deseo. Mi cuerpo respondió de inmediato. Me concentré en sus finos labios, y el agradable olor de su loción para después del afeitado invadió mis pulmones. Se acercó un par de centímetros. Podía notar cómo el aire entraba y salía de sus pulmones. Sabía que se le estaba poniendo dura.

En ese momento, Charlsie Tooten entró por la puerta principal, y la cerró de un portazo. Sam y yo nos alejamos el uno del otro. Gracias a Dios que había llegado, pensé. Rolliza, cándida, bonachona y esforzada trabajadora, Charlsie era la personificación de la empleada ideal. Casada con Ralph, su novio del instituto, que trabajaba en una de las plantas de procesado de pollos, tenía una hija en secundaria y otra ya casada. A Charlsie le encantaba trabajar en el bar, porque así salía, y conocía gente; además, tenía maña para tratar con los borrachos y largarlos del bar sin armar bronca.

—¡Eh, hola, a los dos! —saludó, alegre. Su pelo, castaño oscuro (cortesía de L'Oreal, según Lafayette), le caía teatralmente desde la coronilla en una cascada de tirabuzones. Llevaba una blusa inmaculada y los bolsillos del short se le entreabrían porque le tiraba un poco el pantalón. Se había puesto unos calcetines y bambas negras y unas uñas postizas de color burdeos—. Mi hija está embarazada. ¡Ya podéis llamarme abuela! —anunció. Estaba más contenta que unas castañuelas. Le di el abrazo de rigor y Sam le dio unas palmaditas en la espalda. Los dos nos alegrábamos de verla.

—¿Cuándo nacerá el niño? —pregunté, y Charlsie empezó a informarnos con pelos y señales. No necesité decir ni media palabra durante los siguientes cinco minutos. Entonces, Arlene se acercó, con el cuello lleno de chupetones mal disimulados con capas de maquillaje, y hubo que explicarlo todo de nuevo. En un momento dado, mis ojos se encontraron con los de Sam, y, tras un breve instante, los dos apartamos a la vez la mirada.

Entonces comenzamos a atender a la gente que venía a comer, y el incidente quedó olvidado.

La mayor parte de la gente no bebía gran cosa en el almuerzo; como mucho, una cerveza o un vaso de vino. Y un buen número sólo tomaba té helado o agua. La clientela del mediodía se componía de personas que estaban cerca del bar cuando llegaba el momento del almuerzo; de otras que eran asiduas y se pasaban por allí por costumbre; y, por último, de los alcohólicos del pueblo, para los que la copa de las comidas era la tercera o la cuarta del día. Mientras comenzaba a apuntar los pedidos, me acordé de la petición de mi hermano.

«Escuché» durante todo el día, y fue agotador. Nunca me había pasado tantas horas «escuchando»; jamás había conseguido bajar la guardia durante tanto tiempo. Puede que ya no me resultara tan doloroso como antes; a lo mejor, ahora sabía distanciarme más de lo que «oía». Bud Dearborn, el sheriff, estaba sentado en una mesa con el alcalde, Sterling Norris, el amigo de mi abuela. El señor Norris se levantó al verme y me dio una palmadita en el hombro, y recordé que era la primera vez que lo veía desde el funeral.

—¿Cómo va todo, Sookie? —preguntó, compasivo. Parecía muy decaído.

—Pues divinamente, señor Norris. ¿Y a usted?

—Ya soy un anciano, Sookie —contestó, con una tímida sonrisa. Ni siquiera esperó a que le llevara la contraria—. Estos crímenes están acabando conmigo. No habíamos tenido un asesinato en Bon Temps desde que Darryl Mayhew le pegó un tiro a Sue Mayhew. Y ahí no hubo ningún misterio.

—¿Cuánto hará ya de eso? ¿Unos seis años? —le pregunté al sheriff, sólo para seguir allí. El señor Norris se sentía así de triste porque pensaba que mi hermano iba a ser arrestado por el asesinato de Maudette Pickens; y consideraba que, según eso, también era probable que hubiese matado a la abuela. Agaché la cabeza para esconder la mirada.

—Me parece que sí. Vamos a ver, recuerdo que nos estábamos arreglando para el recital de baile de Jean-Anne... Entonces, fue..., sí, estás en lo cierto, Sookie. Hace seis años —el sheriff asintió con aprobación—. ¿Ha estado Jason hoy por aquí? —preguntó con indiferencia, como si se le acabara de pasar por la cabeza.

—No, hoy no lo he visto —respondí. El sheriff pidió un té helado y una hamburguesa. Se estaba acordando del día en que había pillado a Jason con su Jean-Anne, follando como locos en la camioneta de mi hermano.

¡Dios mío! Estaba pensando que Jean-Anne había tenido suerte de que no la estrangulara. Y entonces percibí con total claridad algo que me dejó helada; el sheriff

281

Dearborn pensaba que «de todos modos, estas chicas no son más que escoria».

Pude integrar el pensamiento en su contexto porque el sheriff resultó ser muy «legible». Capté sin problemas los matices de la idea; estaba pensando: «Trabajos poco cualificados, sin estudios universitarios, jodiendo con vampiros… Son la hez de la sociedad».

Las palabras «herida» y «furiosa» no se acercan siquiera a describir cómo me sentía ante semejante juicio de valor.

Paseé de mesa en mesa, como una autómata, llevando las bebidas y los bocadillos y recogiendo los restos, trabajando tan duro como siempre, con esa horrenda sonrisa cruzándome la cara. Hablé con veinte conocidos, la mayoría de los cuales tenían pensamientos más inocentes que los de un niño. Casi todos los clientes pensaban en su trabajo, en tareas del hogar pendientes, o en algún pequeño problema que necesitaran solucionar, como llamar al servicio técnico para que les arreglasen el lavavajillas, o limpiar la casa para las visitas del fin de semana.

Arlene se sentía aliviada por que le hubiera bajado la regla, y Charlsie estaba absorta en sentimentaloides reflexiones sobre su promesa de inmortalidad: un nieto. Rezaba por que su hija tuviera un embarazo saludable y un parto fácil.

Lafayette pensaba que trabajar conmigo se estaba convirtiendo en algo espeluznante.

El agente de policía Kevin Pryor se preguntaba qué estaría haciendo Kenya, su compañera, en su día libre. Él estaba ayudando a su madre a limpiar el cobertizo del jardín y aborrecía cada minuto.

Escuché muchos comentarios, tanto en voz alta como mentales, sobre mi pelo y mi cutis, y sobre la venda del brazo. Parecía resultarles más deseable a muchos hombres… y a una mujer. Algunos de los chicos que habían participado en la expedición de castigo a los vampiros de Monroe pensaban que ya no tenían ninguna posibilidad conmigo, debido a mi afinidad con los no muertos, y lamentaban aquel acto impulsivo. Tomé nota mental de sus nombres; no iba a olvidar que podían haber matado a mi Bill, aunque, en aquel momento, el resto de la comunidad vampírica no figurara entre mis afectos.

Andy Bellefleur y su hermana, Portia, estaban comiendo juntos; algo que hacían al menos una vez por semana. Portia era la versión femenina de Andy: estatura media, complexión recia, boca y mandíbula que transmitían gran determinación… La similitud entre ambos favorecía más a Andy que a Portia. Tenía entendido que era una abogada muy competente; de no haber sido mujer, creo que se la habría recomendado a Jason cuando estaba buscando representante legal. Aunque eso habría sido pensar más en el bienestar de Portia que en el de mi hermano.

Aquel día, la abogada se sentía bastante deprimida porque, aunque tenía estudios y ganaba bastante dinero, nunca tenía una cita. Ésa era su preocupación íntima.

Por su parte, a Andy le repugnaba mi prolongada relación con Bill Compton; se sentía fascinado por la mejoría de mi aspecto, e intrigado por las relaciones sexuales de los vampiros. Lamentaba tener que arrestar a Jason con casi toda probabilidad. Consideraba que las pruebas contra él no eran mucho más sólidas que las que había contra otros hombres, pero Jason era el que parecía más asustado, lo que significaba que tenía algo que ocultar. Y además, estaban los vídeos, en los que Jason aparecía practicando sexo —y no precisamente de tipo convencional— con Maudette y Dawn.

Me quedé mirándolo mientras procesaba sus pensamientos, lo que le hizo incomodarse. Él sí sabía de lo que yo era capaz.

—Sookie, ¿vas a traerme esa cerveza? —preguntó tras unos instantes, mientras hacía un gesto con la mano en el aire para asegurarse de que le prestaba atención.

—Ahora mismo, Andy —respondí, distraída, y saqué una de la nevera—. ¿Quieres más té, Portia?

—No, gracias, Sookie —dijo ella cortésmente mientras se limpiaba los labios con una servilleta de papel. Portia estaba pensando en su época de instituto, cuando habría vendido su alma al diablo por una cita con el guapísimo Jason Stackhouse. Se preguntaba qué haría Jason ahora, si tendría algún pensamiento en la cabeza que pudiera interesarle. ¿Merecería aquel cuerpo el sacrificio de la compañía intelectual? Así que Portia no había visto las cintas, no sabía de su existencia. Andy estaba siendo un buen policía.

Traté de imaginarme a Portia con Jason, y no pude evitar sonreír. Sería toda una experiencia para ambos. Deseé, y no por primera vez, poder implantar ideas del mismo modo en que podía cosecharlas.

Para cuando terminó mi turno, no me había enterado de nada, aparte de que los vídeos que había grabado mi hermano con tan poca cabeza contenían algo de *bondage** suave, lo que había llevado a Andy a pensar en las marcas de ligaduras en los cuellos de las víctimas.

---

* Denominación aplicada a las ataduras ejecutadas sobre una persona vestida o desnuda con fines eróticos. *(N. de la T.)*

Así que, en conjunto, abrir la mente para ayudar a mi hermano había sido un ejercicio inútil. Lo que había oído sólo servía para preocuparme más y no proporcionaba ninguna información adicional al caso.

Por la noche vendría gente distinta. Nunca había ido al Merlotte's por gusto, ¿debería pasarme aquella noche? ¿Qué iría a hacer Bill? ¿Quería verlo?

Me sentía sola, sin amigos; no tenía a nadie con quien pudiera hablar de Bill, a nadie que lograra siquiera no asustarse al verlo. ¿Cómo iba a contarle a Arlene que estaba preocupada porque los congéneres de Bill eran aterradores y despiadados, y que uno de ellos me había mordido la noche anterior, había sangrado sobre mi boca y había acabado muerto, atravesado por una estaca? No era la clase de problemas que Arlene estaba preparada para escuchar.

No se me ocurrió nadie que lo estuviera.

No conseguía que se me viniera a la cabeza ninguna chica que se citara con un vampiro y que no fuera una fanática indiscriminada, una «colmillera» irredenta capaz de liarse con cualquier «chupasangres».

Cuando me marché del Merlotte's, mi aspecto físico «mejorado» ya no lograba darme confianza en mí misma. Me sentía como un bicho raro.

Trasteé por la casa, me eché una pequeña siesta y regué las flores de la abuela. Hacia el anochecer comí algo tras calentarlo en el microondas. Estuve dudando hasta el último momento si volver o no, y al final me puse una camisa roja, unos pantalones blancos, un par de pendientes, y regresé al Merlotte's.

Me resultó muy extraño entrar como cliente. Sam estaba al fondo, detrás de la barra, y arqueó las cejas al advertir mi llegada. Aquella noche trabajaban tres camareras a las que sólo conocía de vista, y al mirar por la ventanilla comprobé que otro cocinero se encargaba de las hamburguesas. Jason estaba en la barra. De puro milagro, el taburete contiguo no estaba ocupado, y allí me senté.

Se volvió hacia mí con el rostro preparado para recibir a una nueva conquista: la boca relajada y sonriente, los ojos brillantes y bien abiertos. Cuando vio que era yo, su expresión experimentó un cambio cómico.

—¿Qué coño estás haciendo aquí, Sookie? —me preguntó, con voz indignada.

—Cualquiera diría que no te alegras de verme —comenté. Cuando Sam se detuvo ante mí, le pedí un bourbon con Coca-Cola sin mirarlo a los ojos—. He hecho lo que me pediste y, por ahora, nada —le susurré a mi hermano—. He venido esta noche para probar con alguien más.

—Gracias, Sookie —dijo, tras una larga pausa—. Supongo que no me di cuenta de lo que te pedía. Eh, ¿te has hecho algo en el pelo?

Hasta me pagó la copa cuando Sam me la puso delante.

No parecía que tuviéramos mucho que decirnos, lo que de hecho fue positivo, ya que trataba de escuchar a los demás clientes. Había unos cuantos forasteros, y los sondeé primero para ver si podían ser posibles sospechosos. Tuve que reconocer, aunque un poco reacia, que eso no parecía muy probable. Uno pensaba en lo mucho que echaba de menos a su mujer, y el contexto indicaba que le era totalmente fiel. Otro, que era la primera vez que venía al bar y que la copa estaba buena. Un tercero se limitaba a concentrarse en permanecer erguido y confiaba en poder conducir de vuelta al motel.

Me tomé otra copa.

Jason y yo habíamos estado intercambiando conjeturas sobre a cuánto ascendería la minuta de los abogados cuando se resolviera la herencia de la abuela. Echó una mirada a la puerta y dijo:

—Oh, oh.

—¿Qué pasa? —pregunté, sin girarme a ver qué le había sorprendido.

—Hermanita, acaba de llegar tu novio. Y no ha venido solo.

Mi primer pensamiento fue que Bill se habría traído a uno de sus colegas vampiros, lo que habría resultado irritante y poco inteligente por su parte; pero, al girarme, me di cuenta de por qué Jason parecía contrariado. Bill estaba con una chica. Él la cogía del brazo y ella se le acercaba como una auténtica zorra. Él pasaba la vista por cada rincón del local. Deduje que estaba claro que intentaba provocarme.

Me bajé del taburete, y cambié de opinión. Estaba borracha. Rara vez bebo, y si bien los dos bourbon con Coca-Cola casi seguidos no habían bastado para tumbarme, como mínimo llevaba un buen «punto».

La mirada de Bill se cruzó con la mía; no esperaba encontrarme allí. No podía leer su mente, como había hecho con Eric durante un terrible instante, pero sí podía interpretar su lenguaje corporal.

—¡Eh, Bill, el vampiro! —saludó Hoyt, el amigo de Jason. Bill inclinó la cabeza con educación hacia él, pero empezó a conducir a la chica, menuda y morena, en dirección a donde yo estaba.

No tenía ni idea de qué hacer.

—Eh, Sookie, ¿a qué juega éste? —dijo Jason. Le salía humo por las orejas—. Esa chica es una «colmillera» de Monroe, la conocí cuando aún le gustaban los humanos.

Seguía sin saber qué hacer. Un gran dolor se estaba apoderando de mí, pero mi orgullo seguía tratando de contenerlo. Y a toda esa maraña de sentimientos encima tenía que añadir un toque de culpabilidad: yo no me encontraba donde Bill me habría buscado y ni siquiera le había dejado una nota. Pero, por otro lado —como el quinto o el sexto lado—, la noche anterior ya había sufrido bastantes sustos en la opereta celebrada a petición de su excelencia el Señor de Shreveport, y si había asistido a tal sarao era únicamente por mi relación con él.

Mis impulsos contradictorios me impedían moverme. Me daban ganas de lanzarme sobre ella y partirle la cara, pero no me habían educado para pelearme en los bares —también me apetecía darle una buena a Bill, pero para el daño que iba a hacerle, lo mismo valdría darse de cabezazos contra la pared—. Además, tenía muchas ganas de llorar porque me había hecho mucho daño, pero eso mostraría mi debilidad. La mejor opción era no demostrar nada, porque Jason estaba a punto de lanzarse contra Bill, y el menor gesto por mi parte bastaría para accionar el gatillo.

Demasiados conflictos, además de demasiado alcohol.

Mientras consideraba todas esas opciones, Bill se acercó a mí abriéndose paso por entre las mesas, con la chica a remolque. Observé que la sala estaba en silencio; en lugar de estudiar a los demás, ahora era yo la observada.

Noté que se me llenaban los ojos de lágrimas mientras apretaba los puños. Genial, lo peor de las dos posibles respuestas emocionales.

—Sookie —dijo Bill—, mira lo que Eric me ha dejado a la puerta.

Apenas logré entender lo que quería decir.

—¿Y? —repuse, furiosa. Me fijé en los ojos de la chica, que eran grandes y oscuros, y reflejaban su excitación. Mantuve los míos muy abiertos, sabiendo que si parpadeaba no podría retener las lágrimas.

—Como recompensa —añadió Bill. No sabía bien cómo se sentía al respecto.

—¿«Refresco» gratis? —dije, casi sin dar crédito a lo venenosas que sonaban mis palabras.

Jason me puso la mano en el hombro.

—Tranquila, hermanita —dijo, en un tono tan grave y cargado de inquina como el mío—. Éste no se lo merece.

No sabía qué era lo que Bill no se merecía, pero estaba a punto de averiguarlo. Resultó casi estimulante no tener ni idea de lo que iba a hacer a continuación, tras toda una vida de autocontrol.

Bill me estudiaba detenidamente. Los fluorescentes de encima de la barra acentuaban su palidez. No se había alimentado de ella, y tenía los colmillos retraídos.

—Vamos fuera. Tenemos que hablar —dijo.

—¿Con ella? —mi voz casi era un gruñido.

—No —contestó—, tú y yo. A ella tengo que enviarla de vuelta.

La repulsión de su voz me ablandó un poco, y lo seguí al exterior, manteniendo alta la cabeza y sin mirar a nadie. Bill mantuvo agarrado el brazo de la chica, que casi se veía obligada a andar de puntillas para poder seguirlo. No me enteré de que Jason nos acompañaba hasta que me giré y lo vi detrás de mí, cuando ya salíamos al aparcamiento. Allí la gente entraba y salía, pero resultaba algo más íntimo que el abarrotado bar.

—Hola —dijo la chica, como si tal cosa—. Me llamo Desiree. Creo que ya nos conocemos, Jason.

—¿Qué estás haciendo aquí, Desiree? —le preguntó Jason con voz serena. Casi daba la impresión de estar relajado.

—Eric me ha enviado aquí, a Bon Temps, como recompensa para Bill —dijo, coqueta, mirando a Bill por el rabillo del ojo—. Pero él no parece muy emocionado, y no sé por qué. Podría decirse que mi sangre es de la mejor cosecha; soy casi un «gran reserva».

—¿Eric? —preguntó Jason, dirigiéndose a mí.

—Un vampiro de Shreveport. Es dueño de un bar. El Gran Jefe.

—La ha dejado delante de mi puerta —me explicó Bill—, yo no la he pedido.

—¿Y qué vas a hacer al respecto?

—Enviarla de vuelta —dijo con impaciencia—. Tú y yo tenemos que hablar.

Tragué saliva y estiré los dedos.

—¿Necesita que la lleven de vuelta a Monroe? —preguntó Jason.

Bill parecía sorprendido.

—Sí, ¿te estás ofreciendo? Yo tengo que hablar con tu hermana.

—Claro —dijo Jason, de lo más cordial. Comencé a desconfiar al instante.

—No puedo creer que me rechaces —dijo Desiree, mirando a Bill y poniendo morritos—. Nadie me había despreciado hasta ahora.

—Desde luego, estoy agradecido. Y no dudo que seas, como tú dices, un auténtico reserva —dijo Bill con cortesía—. Pero tengo mi propia bodega.

La pequeña Desiree lo contempló sin comprender durante un segundo, hasta que sus ojos castaños se fueron iluminando poco a poco.

—¿Es tuya? —le preguntó, señalándome con la cabeza.

—Así es.

Jason se agitó nervioso ante tan rotunda afirmación. Desiree me dedicó un exhaustivo repaso.

—Tiene unos ojos muy raros —declaró al fin.

—Es mi hermana —advirtió Jason.

—Oh, lo siento. Tú eres mucho más… normal —Desiree sometió a Jason a un repaso similar y pareció bastante más complacida con lo que veía—. Eh, ¿cómo te apellidabas?

Jason la cogió de la mano y comenzó a llevarla hacia su camioneta.

—Stackhouse —le iba diciendo, sin dejar de mirarla, mientras se alejaban—. Por el camino ya me irás contando a qué te dedicas…

Me volví hacia Bill, preguntándome cuáles serían los motivos de Jason para realizar tan generoso acto, y me encontré con su mirada. Era como tropezarse con un muro de piedra.

—Tú dirás —le dije con voz áspera.

—Aquí no, ven a casa conmigo —removí la gravilla con el zapato.

—A tu casa no.

—Entonces a la tuya.

—Tampoco.

Levantó sus arqueadas cejas.

—¿Entonces adónde?

Buena pregunta.

—Al estanque de casa de mis padres —como Jason iba a llevar a casa a la Señorita Menuda y Morena, no estaría allí.

—Te sigo —contestó. Nos separamos para subir a nuestros respectivos coches.

La propiedad en que había pasado mis primeros años de vida estaba situada al oeste de Bon Temps. Recorrí la familiar entrada de grava y aparqué frente a la casa, un modesto rancho que Jason mantenía en bastante buen estado de conservación. Bill salió de su coche al tiempo que yo lo hacía del mío, y le indiqué que me siguiera. Rodeamos el edificio y bajamos la pendiente que, atravesada por un sendero empedrado, se extendía hasta el estanque artificial. Mi padre lo había construido y poblado de peces, con la esperanza de pescar junto a su hijo en esas aguas durante muchos años.

Desde una especie de patio de columnas se divisaban sus aguas, y, sobre una de las sillas metálicas que allí había, encontramos una manta doblada. Sin ningún comentario, Bill la cogió y la sacudió, para extenderla después sobre la ladera herbosa que rodeaba el patio. Me senté, algo reacia, considerando que la manta me transmitía tan poca seguridad como reunirme con él en una de nuestras casas. Cuando estaba cerca de Bill, sólo pensaba en acercarme aún más a él.

Me abracé las rodillas y miré a lo lejos, por encima del agua. Había una farola al otro lado del estanque. Se reflejaba sobre las mansas aguas. Bill se tumbó de espaldas junto a mí; sentí su mirada. Enlazó las manos sobre su pecho, manteniéndolas aparatosamente alejadas de mí.

—Anoche te asustaste —dijo con tono neutro.

—¿Acaso tú no estabas un poco asustado? —pregunté con más tranquilidad de la que me creía capaz.

—Por ti. Y un poco por mí.

Tenía ganas de tumbarme boca abajo, pero me preocupaba acercarme tanto a él. Cuando vi su piel resplandeciente a la luz de la luna, deseé tocarlo con todo mi ser.

—Me asustó saber que Eric puede controlar nuestras vidas mientras seamos pareja.

—¿Quieres que dejemos de serlo?

Me dolía tanto el corazón que tuve que apretarlo con mi mano por encima del pecho.

—¿Sookie? —estaba arrodillado junto a mí, rodeándome con un brazo. No podía responderle, me faltaba el aliento—. ¿Me quieres?

Asentí con la cabeza.

—Entonces, ¿por qué hablas de dejarme?

El dolor se abrió paso hasta llegar a mis ojos en forma de lágrimas.

—Me asustan mucho los otros vampiros y su forma de ser. ¿Qué será lo siguiente que me pida? Tratará de conseguir que haga algo más. Me dirá que de lo contrario te matará. O amenazará a Jason. Y él cumple sus amenazas.

La voz de Bill era tan leve como el sonido de un grillo sobre la hierba. Un mes atrás, sin duda, no habría podido oírla.

293

—No llores —me pidió—. Sookie, tengo que darte malas noticias.

No me extrañó. La única buena noticia que habría podido darme a esas alturas era que Eric se hubiera muerto.

—Eric se siente intrigado por ti —explicó—. Sabe que tienes un poder que la mayoría de los humanos no tienen, o que ignoran que poseen. Intuye que tu sangre resultará sabrosa y dulce —la voz de Bill enronqueció al decir eso, y me hizo temblar—. Y eres preciosa. Ahora, incluso más que nunca. Él no se da cuenta de que ya has tomado nuestra sangre tres veces.

—¿Sabías que Sombra Larga sangró sobre mí?

—Sí, lo vi.

—¿Hay algo mágico en lo de las tres veces?

Él rió, con esa risa oxidada y grave, que parecía retumbar bajo su pecho.

—No. Pero cuanta más sangre de vampiro bebas, más deseable te volverás para los de nuestra especie; y de hecho, para todos. ¡Y Desiree piensa que es un gran reserva! Me pregunto qué vampiro le contó eso.

—Alguno que quisiera meterse entre sus bragas —dije con sinceridad, provocando que él volviera a reírse. Adoraba escuchar su risa—. Con todo esto, ¿estás tratando de decirme que Eric me desea?

—Sí.

—¿Y qué le impide tomarme? Me dijiste que es más fuerte que tú.

—La cortesía y la tradición, entre otras cosas.

No bufé, pero poco me faltó.

—No lo desprecies. Nosotros, los vampiros, somos todos muy respetuosos con las tradiciones. Estamos obligados a convivir durante siglos.

—¿Algo más?

—No soy tan fuerte como Eric, pero no soy un vampiro novato. Podría herirlo de gravedad en una pelea. E incluso podría ganarle si tengo suerte.

—¿Algo más? —repetí.

—Tal vez —dijo Bill—, tú misma.

—¿Cómo?

—Si puedes serle valiosa de otro modo, puede que te deje en paz... Si comprende que es lo que deseas en realidad.

—Pero ¡es que no quiero resultarle valiosa! ¡No quiero volver a verlo en toda mi vida!

—Prometiste que lo ayudarías cuando te lo pidiese —me recordó Bill.

—Si entregaba el ladrón a la policía —repuse—. ¿Y qué hizo Eric? ¡Lo atravesó con una estaca!

—Con lo cual, posiblemente, te salvó la vida.

—Bueno, también yo le había encontrado a su ladrón.

—Sookie, no sabes nada del mundo.

Lo miré, sorprendida.

—Supongo que tienes razón.

—Estas cosas... no se compensan unas con otras —Bill miró hacia la oscuridad—. Incluso yo mismo pienso a veces que ya no entiendo casi nada —otra pausa lúgubre—. Sólo en otra ocasión había visto que un vampiro le clavase una estaca a otro; Eric está cruzando los límites de nuestra comunidad.

—Así que no es muy probable que vaya a respetar esas tradiciones con las que antes se te llenaba la boca...

—Puede que Pam logre mantenerlo dentro de esos límites.

—¿Qué es Pam para él?

—Él la hizo. Es decir, la convirtió en vampira, hace ya siglos. De vez en cuando, ella regresa junto a él y lo ayuda con lo que sea que él esté haciendo en ese momento. Eric siempre ha sido algo problemático, y cuanto más envejece, más malintencionado se vuelve —llamar malintencionado a Eric era, en mi opinión, quedarse muy corto.

—Así que se trata de un círculo vicioso —le dije.

Bill pareció estar considerando su respuesta.

—Me temo que sí —confirmó, con un deje de pesar en su voz—. A ti no te gusta asociarte con otros vampiros distintos a mí, y yo te estoy diciendo que no nos queda elección.

—¿Y todo este asunto de Desiree?

—Eric ha hecho que alguien la deje a mi puerta, con la esperanza de halagarme enviándome un bonito regalo. Además, era una forma de poner a prueba mi devoción hacia ti. Tal vez hubiera envenenado su sangre de alguna manera, de modo que me habría debilitado al tomarla. Quizá no fuera más que un intento de agrietar mis defensas —se encogió de hombros—. ¿Pensaste que tenía una cita?

—Sí —sentí que mi expresión se endurecía al recordar a Bill entrando en el bar con la chica.

—No estabas en casa, y tenía que localizarte —su tono no resultaba acusador, pero tampoco neutro.

—Trataba de ayudar a Jason «escuchando» a la gente. Y aún estaba triste por lo de anoche.

—¿Y ya estamos bien?

—No, pero esto es todo lo bien que podemos estar —respondí—. Supongo que quisiese a quien quisiese, las cosas no irían siempre sobre ruedas. Pero no había contado con obstáculos tan insalvables. Imagino que no hay modo de que puedas adelantar en la jerarquía a Eric, ya que el rango se establece por edad.

—No —explicó Bill—. Adelantarlo en la jerarquía no... —y, de repente, pareció pensativo—. Aunque podría hacer algo en esa línea. No es algo que me guste, va en contra de mi naturaleza, pero estaríamos más seguros.

Lo dejé pensar.

—Sí —dijo, poniendo fin a su larga meditación. No intentó explicármelo, y yo no hice preguntas—. Te quiero —añadió, como si eso fuera el trasfondo común a cualquier curso de acción que estuviera considerando. Su rostro se cernió sobre mí, luminoso y bello, en la penumbra.

—Yo siento lo mismo por ti —le dije, poniendo las manos sobre su pecho para no caer en la tentación—, pero ahora mismo tenemos tantas cosas en contra... Ayudaría mucho quitarnos a Eric de encima. Y hay otra cosa. Tenemos que detener esa investigación de los asesinatos. Así nos libraríamos de otro problema serio. Sobre el asesino recaen las muertes de tus amigos y las de Maudette y Dawn —hice una pausa para respirar hondo—. Y la de mi abuela —apreté los párpados para contener las lágrimas; me había acostumbrado a que la abuela no estuviera en casa cuando regresaba, y empezaba a adaptarme a no hablar ni poder compartir mis problemas con ella, pero de vez en cuando me asaltaba un sentimiento de tristeza tan intenso que me cortaba la respiración.

—¿Por qué crees que el mismo asesino es el responsable de que quemaran a los vampiros de Monroe?

—Creo que fue el asesino el que sembró esa idea, el que alentó ese espíritu de patrulla ciudadana en los hombres que estaban en el bar aquella noche. Creo que fue él quien marchó de grupo en grupo, incitando a la venganza. He pasado aquí toda mi vida y nunca había visto a la gente actuar de ese modo. Tiene que haber una razón para que esta vez sí lo hicieran.

—¿Los agitó? ¿Provocó el incendio?

—Eso creo.

—¿Y no has descubierto nada?

—No —tuve que admitir, apesadumbrada—. Pero eso no quiere decir que mañana tampoco consiga nada.

—Eres una optimista, Sookie.

—Sí, lo soy. Tengo que serlo.

Le acaricié la mejilla, considerando hasta qué punto había estado justificado mi optimismo desde que él entró en mi vida.

—Sigue «escuchando» si crees que puede servir de algo —me dijo—. De momento, yo probaré con otra cosa. Nos vemos mañana por la noche en tu casa, ¿te parece? Puede que… Bueno, mejor te lo explico entonces.

—Vale —sentía curiosidad, pero era obvio que Bill aún no estaba dispuesto a contármelo.

De camino a casa, mientras seguía las luces de posición de su coche hasta llegar a la entrada, pensaba en lo aterradoras que habrían resultado las últimas semanas si no hubiera contado con su presencia. Al desviarme de la carretera, deseé que Bill no hubiera decidido irse a su casa a realizar algunas llamadas de teléfono que consideraba necesarias. No se puede decir que las pocas noches que habíamos pasado separados hubiera estado encogida de miedo, pero sí que me había sentido sobresaltada y nerviosa. Siempre que me quedaba sola, dedicaba mucho tiempo a asegurarme de que las puertas y ventanas estuvieran bien cerradas, y no estaba acostumbrada a vivir así. Me sentía desalentada al pensar en la noche que me esperaba.

Antes de salir del coche, eché un vistazo al jardín. Me alegré de haber dejado encendidas las farolas antes de salir. No se movía nada. Lo normal era que *Tina* se acercase corriendo a mí en cuanto me sentía regresar a casa, ansiosa por entrar y que le echara de comer; pero aquella noche debía de estar cazando en el bosque.

Separé la llave de la entrada de las del resto del llavero. Salí corriendo desde el coche hasta la puerta delantera, introduje y giré la llave en tiempo récord. Luego, di un portazo tras de mí y eché el cerrojo. Ésa no era forma de vivir, pensé, sacudiendo la cabeza con desesperación. Y justo cuando terminaba de pensarlo, algo chocó contra la puerta con un golpe sordo. Solté un chillido antes de poder controlarme.

Corrí hacia el teléfono portátil, que estaba junto al sofá. Marqué el número de Bill mientras me apresuraba a bajar las persianas del salón. ¿Y si la línea estaba comunicando? ¡Bill había dicho que se iba a casa precisamente para llamar por teléfono!

Por suerte, escuchó el teléfono nada más entrar. Respondió casi sin aliento.

—¿Sí? —dijo. Siempre sonaba receloso.

—¡Bill —dije con dificultad—, hay alguien afuera!

Colgó el teléfono de inmediato; todo un vampiro de acción.

Se presentó allí en dos minutos. Lo vi llegar a través de una rendija de la persiana; salió de entre los árboles, moviéndose con una velocidad y un silencio que un humano jamás podría igualar. El alivio que sentí al verlo fue abrumador. Durante un segundo me sentí avergonzada de haberlo llamado para que viniera a rescatarme. Debería haberme encargado de la situación yo misma. Entonces me pregunté: «¿Por qué?». Cuando conoces a una criatura prácticamente invencible que asegura adorarte; alguien tan difícil de matar que podría considerarse inmortal; un ser de fuerza sobrehumana, es a él precisamente a quien tienes que llamar.

Bill examinó el jardín y la linde del bosque, desplazándose con una seguridad elegante y silenciosa. Finalmente, subió con agilidad los escalones del porche y se inclinó sobre algo que había allí en el suelo. El ángulo resultaba demasiado agudo y no pude ver de qué se trataba. Cuando volvió a erguirse llevaba algo entre las manos, y mostraba una apariencia absolutamente… inexpresiva.

Mala noticia.

Intranquila, me acerqué a la puerta delantera y descorrí el cerrojo. Aparté la contrapuerta de mosquitera.

Bill sostenía en sus manos el cuerpo de mi gata.

—¿*Tina*? —dije con voz temblorosa—. ¿Está muerta?

Bill asintió con un leve gesto de la cabeza.

—Pero… ¿cómo?

—Estrangulada, creo.

Sentí que me derrumbaba. Bill se mantuvo allí en pie, sosteniendo el cadáver, mientras yo lloraba a mares.

—No he llegado a plantar aquel roble —dije cuando empecé a calmarme—. Podríamos enterrarla en ese hoyo.

Nos dirigimos al jardín trasero; el pobre Bill, todavía sosteniendo a *Tina* y tratando de no parecer molesto; y yo, esforzándome por no perder los nervios de nuevo. Bill se arrodilló y depositó el pequeño bulto de pelo negro en el fondo del hueco que yo había excavado. Cogí la pala y comencé a taparlo, pero en cuanto vi cómo la tierra empezaba a cubrir a mi gata volví a sentirme destrozada. Sin decir palabra, Bill tomó la pala. Yo me volví de espaldas y él terminó la terrible tarea.

—Vamos adentro —sugirió con amabilidad cuando hubo acabado.

Entramos en casa por la puerta delantera, para lo cual tuvimos que dar un rodeo porque no había descorrido los cerrojos de detrás.

Bill me acarició y me reconfortó, aunque yo sabía que nunca le había gustado mucho *Tina*.

—Bendito seas, Bill —susurré. Lo abracé con fuerza, en un súbito ataque de pánico ante la idea de perderlo también a él. Cuando logré que los sollozos se redujeran a hipidos, lo miré, con la esperanza de no haberlo incomodado con aquel terremoto emocional.

Bill estaba furioso. Tenía la vista clavada en la pared que estaba detrás de mi espalda, y sus ojos centelleaban. Resultaba aterrador contemplarlo.

—¿Has encontrado algo en el jardín?

—No. Sólo rastros de su presencia: alguna huella, un olor que aún perduraba en el aire. Nada que pueda presentarse como prueba ante un tribunal —añadió, como si me estuviera leyendo el pensamiento.

—¿Te importaría quedarte conmigo hasta que tengas que… ocultarte del sol?

—No, claro que no —se me quedó mirando. Ya había pensado hacerlo de todas formas; tanto si yo quería como si no.

—Si aún necesitas llamar por teléfono, hazlo desde aquí, no me importa —que me facturasen a mí las llamadas, quería decir.

—Tengo una tarjeta telefónica —me dijo, sorprendiéndome una vez más. ¿Quién lo habría pensado?

Me lavé la cara y me tomé un comprimido de paracetamol antes de ponerme el camisón, en el día más triste desde que había muerto la abuela. Y, en cierto sentido, incluso más triste. Por supuesto que la muerte de una mascota no es comparable a la de un familiar; me reprendí a mí misma, pero eso no lograba reducir mi desconsuelo. Hice todos los razonamientos posibles y no llegué a ninguna conclusión, salvo el hecho de que había alimentado, cepillado y amado a *Tina* durante cuatro años. Iba a echarla mucho de menos.

11

Al día siguiente tenía los nervios destrozados. Cuando llegué al trabajo y le conté a Arlene lo que había ocurrido, me dio un fuerte abrazo y dijo:

—¡Si pillo al malnacido que le ha hecho eso a la pobre *Tina*, lo mato! —de alguna forma, me hizo sentir mucho mejor.

Charlsie se mostró igual de compasiva, aunque bastante más afectada por el golpe que habría supuesto para mí que por el prematuro fallecimiento de mi gata. En cuanto a Sam, adoptó una expresión grave y me aconsejó que lo pusiera en conocimiento del sheriff o de Andy Bellefleur. Al final, me decidí a llamar a Bud Dearborn.

—Por lo general, este tipo de cosas se dan en serie —dijo Bud, con voz estentórea—. La cuestión es que nadie más ha denunciado casos de desaparición o muerte de mascotas. Me temo que esto suena a venganza personal, Sookie. Al vampiro ese que es amigo tuyo, ¿le gustan los gatos?

Cerré los ojos y respiré hondo. Estaba llamando desde el teléfono del despacho de Sam que, sentado al otro lado del escritorio, se afanaba en confeccionar el siguiente pedido de licores.

—Bill estaba en su casa cuando quien fuera que mató a *Tina* la tiró sobre el porche —dije con toda la tranquilidad de la que fui capaz—. Lo llamé inmediatamente después y contestó al teléfono —Sam me miró, inquisitivo, y yo puse los ojos en blanco para hacerle saber lo que pensaba de las sospechas del sheriff.

—Y te dijo que la gata había sido estrangulada —prosiguió Bud, con gran pomposidad.

—Sí.

—¿Encontraste la ligadura con la que lo hicieron?

—No, ni siquiera sé de qué tipo de objeto se trata.

—¿Qué habéis hecho con la gata?

—La enterramos.

—¿Fue eso idea tuya o del señor Compton?

—Mía —¿qué otra cosa podíamos haber hecho con *Tina*?

—Puede que tengamos que desenterrarla. Con la ligadura y el cuerpo del animal, quizá podríamos ver si el método de estrangulamiento coincide con el usado en los asesinatos de Dawn y Maudette —explicó, dándose mucha importancia.

—Lo siento. No se me ocurrió pensarlo.

—Bueno, tampoco importa mucho aunque no dispongamos de la ligadura.

—Muy bien, adiós —colgué, quizá haciendo algo más de fuerza de la necesaria. Sam levantó las cejas.

—Bud es gilipollas —le dije.

—Bud no es mal policía —respondió él en voz baja—. Ninguno de nosotros está acostumbrado a ver asesinatos tan macabros por aquí.

—Tienes razón —admití tras unos instantes—. No estoy siendo justa… Pero es que no hacía más que repetir «ligadura» como si estuviera orgulloso de haber aprendido una palabra nueva. Siento haberme enfadado con él.

—No tienes por qué ser siempre perfecta, Sookie.

—¿Quieres decir que de vez en cuando puedo cagarla y comportarme como una niñata impertinente? Gracias, jefe —le dediqué una irónica sonrisa y me levanté de la mesa sobre la que me había apoyado para hacer la llamada. Me estiré. Hasta que no me di cuenta de que los ojos de Sam recorrían mi cuerpo siguiendo cada uno de mis movimientos, no volví del todo a tomar consciencia de mí misma—. ¡A trabajar! —dije enérgica, y me apresuré a salir con rapidez del despacho, asegurándome de evitar hasta el más mínimo contoneo de caderas mientras lo hacía.

—¿Te importaría quedarte esta noche con los niños un par de horas? —me preguntó Arlene, algo cortada. Me acordé de la última vez que habíamos hablado del tema, y de lo ofendida que me había sentido ante su renuncia a dejar a sus niños con un vampiro. En aquella ocasión, según ella, no había sido capaz de ponerme en la piel de una madre. Ahora, Arlene trataba de disculparse.

—Estaré encantada —esperé a ver si Arlene mencionaba de nuevo a Bill, pero no lo hizo— ¿De qué hora a qué hora?

—Pues… Rene y yo vamos a ir al cine a Monroe —dijo—. ¿Qué te parece a las seis y media?

—Perfecto. ¿Hay que darles la cena?

—No, no, se la doy yo antes. Les encantará ver a su tía Sookie.

—Lo estoy deseando.

—Gracias —dijo Arlene. Se detuvo, estuvo a punto de añadir algo más y después pareció pensárselo de nuevo—. Nos vemos a las seis y media.

La mayor parte del camino tuve que conducir con el sol de cara; resultaba cegador, como si estuviera concentrando todos sus rayos justo en mí. Llegué a casa sobre las cinco. Me cambié y me puse un conjunto corto de punto azul y verde; me cepillé el pelo y lo recogí con un pasador, y, por último, me tomé un sándwich en la cocina, sintiéndome algo intranquila por estar allí sola. La casa me resultaba enorme y demasiado vacía, así que me alegré al ver que Rene aparecía con Coby y Lisa.

—Arlene tiene problemas con una de sus uñas postizas —me explicó, con aspecto de avergonzarse de tener que mencionar un asunto tan femenino—. Y Coby y Lisa estaban ansiosos por llegar a tu casa.

Me fijé en que Rene todavía llevaba el uniforme de trabajo: las pesadas botas, el cuchillo, el sombrero y todo lo demás. Arlene no iba a dejar que la llevara a ninguna parte hasta que se diera una ducha y se cambiara.

Coby tenía ocho años y Lisa, cinco. Para cuando Rene se inclinó a darles un beso de despedida, los dos niños ya se habían colgado a mí como dos cariñosos monitos. El afecto que Rene profesaba a los niños le había hecho ganarse una mención especial en mi libro de honor. Le sonreí con aprobación y cogí a los niños de la mano para llevarlos a la cocina a por helado.

—Los recogeremos entre las diez y media y once, si te viene bien —dijo, con la mano en el pomo de la puerta.

—Claro —accedí. Estuve a punto de ofrecerme a quedármelos hasta el día siguiente, como había hecho en otras ocasiones, pero entonces me acordé del cuerpo sin vida de *Tina*, y decidí que era mejor que no pasaran allí la noche. Hice correr a los niños hasta la cocina, y, un par minutos después, oí cómo la vieja camioneta de Rene traqueteaba mientras se alejaba por el camino.

Cogí a Lisa en brazos.

—Pero ¡mi niña!, ¡si ya casi no puedo contigo de lo grande que estás! Y tú, Coby, dentro de poco te afeitas… —nos sentamos a la mesa durante más de media hora mientras los niños comían helado y me bombardeaban con la lista de logros alcanzados desde la última vez que nos habíamos visto.

Luego, Lisa quiso enseñarme cómo leía, así que le llevé un libro para pintar con los nombres de los colores y de los números. Ella los leyó, orgullosa. Coby, por supuesto, tenía que demostrar que él podía leer mucho mejor. Después, pidieron ver su programa favorito en la tele. Antes de darme cuenta, había anochecido.

—Un amigo mío va a venir a vernos —les dije—. Se llama Bill.

—Mamá nos ha contado que tienes un amigo especial —repuso Coby—. Más vale que me guste y se porte bien contigo.

—Ya verás como sí —le aseguré al niño, que se había estirado y sacaba pecho, preparado para defenderme si mi amigo especial no resultaba de su agrado.

—¿Te envía flores? —preguntó Lisa con aire romántico.

—No, todavía no. Mira, podrías decirle que eso me encantaría.

—Oooh. ¡Vale! Yo se lo digo.

—¿Te ha pedido que te cases con él?

—Pues no, pero yo tampoco se lo he pedido a él —como no podía ser de otro modo, Bill eligió ese preciso instante para llamar a la puerta.

—Tengo compañía —le dije con una sonrisa al abrirle.

—Ya he oído —respondió. Lo cogí de la mano y lo conduje hasta la cocina.

—Bill, éste es Coby y esta señorita tan guapa es Lisa —anuncié con toda formalidad.

—Estupendo, ya tenía ganas de conoceros —respondió Bill, para mi sorpresa—. Chicos, ¿os parece bien si le hago compañía a vuestra tía Sookie?

Ellos lo miraron pensativos.

—No es nuestra tía de verdad —dijo Coby, tanteando la situación—. Es muy amiga de nuestra mamá.

—¿Es eso cierto?

—Sí, y dice que no le envías flores —intervino Lisa. Por fin su vocecita se entendía con total claridad. Me alegré mucho de que Lisa hubiera superado su pequeño problema con las erres. De verdad.

Bill me miró de reojo y me encogí de hombros.

—Me lo han preguntado ellos —tuve que explicar.

—Humm —dijo, pensativo—. Tendré que corregir mis modales, Lisa. Gracias por señalármelo. ¿Cuándo es el cumpleaños de la tía Sookie, lo sabéis?

Noté que me sonrojaba.

—Bill —dije, cortante—, déjalo.

—¿Lo sabes, Coby? —le preguntó al niño. Coby sacudió la cabeza con pesar.

—Pero sé que es en verano, porque la última vez que mamá llevó a Sookie a comer a Shreveport por su cumpleaños era verano. Nosotros nos quedamos con Rene.

—Si te acuerdas de eso es que eres muy listo, Coby —le dijo Bill.

—¡Soy mucho más listo todavía! Adivina lo que aprendí el otro día en la escuela… —Coby comenzó a parlotear por los codos.

Lisa estudió a Bill con mucha atención mientras Coby hablaba, y cuando su hermano hubo acabado, dijo:

—Estás muy blanco, Bill.

—Sí —contestó él—. Es mi cutis natural.

Los críos se miraron entre sí. Deduje que habían llegado a la conclusión de que «cutis natural» debía de ser algún tipo de enfermedad, y que sería una grave falta de educación hacer más preguntas al respecto. De vez en cuando, los niños demuestran tener cierto sentido del tacto.

Bill, que al principio estuvo un poco tenso, se fue mostrando cada vez más relajado a medida que avanzaba la noche. Hacia las nueve yo ya estaba dispuesta a admitir que estaba agotada, pero Bill aguantó sin ningún problema el ritmo de los niños hasta que Arlene y Rene pasaron a recogerlos a las once.

Acababa de presentarles a mis amigos a Bill, que les dio la mano con total normalidad, cuando apareció otra visita.

Un atractivo vampiro de espeso cabello negro, peinado de un modo casi indescriptible, se abrió paso entre los árboles mientras Arlene ayudaba a los niños a subir a la camioneta, y Bill y Rene charlaban. Bill saludó de pasada al vampiro y éste alzó la mano en respuesta, y se acercó hasta allí como si lo hubieran estado esperando.

Desde el columpio del porche delantero observé que Bill hacía las presentaciones, y que el vampiro y Rene se daban la mano. Rene observaba al recién llegado boquiabierto, y me dio la impresión de que creía conocerlo de algo. Bill dirigió una mirada significativa a Rene y sacudió la cabeza. Rene cerró la boca y se guardó para sí lo que fuera que estuviera a punto de decir.

El recién llegado era fornido, más alto que Bill, y llevaba puestos unos viejos vaqueros y una camiseta con la frase «Yo estuve en Graceland*». Tenía bastante gastados los talones de las botas y agarraba con la mano una botella de sangre sintética, a la que daba algún sorbo de vez en cuando. Al beber, dejaba que parte del líquido resbalara por el exterior. Desde luego, las habilidades sociales no eran lo suyo.

Puede que me influyera la reacción de Rene, pero cuanto más miraba al vampiro, más familiar me resultaba. Con la mente, traté de oscurecer algo el tono de su tez y añadirle algunas líneas de expresión. Me lo imaginé más erguido y con un poco más de vitalidad en el rostro.

¡Dios mío!

Era el chico de Memphis.

Rene se giró para marcharse, y Bill empezó a encaminarse con el recién llegado hacia mí. Cuando se encontraban como a tres metros de distancia, el vampiro soltó:

—¡Eh, Bill me ha dicho que alguien ha matado a tu gata! —tenía un fuerte acento sureño.

Bill cerró los ojos durante un segundo y yo me limité a asentir sin decir palabra.

* Nombre de la mansión situada en Memphis (Tennessee) donde Elvis Presley vivió desde los veintidós años, y en cuyos terrenos se halla sepultado. *(N. de la T.)*

—Pues ya lo siento. Me gustan los gatos —dijo el vampiro alto, y me quedó bastante claro que no se refería a que disfrutara acariciándolos. Recé porque los niños no se hubieran enterado de todo aquello, pero el horrorizado rostro de Arlene apareció por la ventanilla de la camioneta. Era más que probable que todos los avances que Bill había logrado esa noche acabaran de irse al garete.

Por detrás de los vampiros, Rene sacudió la cabeza, y se subió al asiento del conductor. Nos dijo adiós mientras encendía el motor. Se asomó por la ventanilla para echarle un último y largo vistazo al recién llegado. Debió de decirle algo a Arlene, porque ella volvió a aparecer al otro lado del cristal contemplando la escena de hito en hito. Boquiabierta, no apartaba la mirada de la criatura que se hallaba junto a Bill. Por fin, su cabeza desapareció en la oscuridad del interior del vehículo, y se oyó un chirrido, señal de que la camioneta se ponía en movimiento.

—Sookie —dijo Bill, con tono de advertencia—, éste es Bubba.

—Bubba —repetí, no muy segura de haber oído bien.

—Sí, Bubba —terció con alegría el vampiro, destilando cierto aire bonachón pese a su temible sonrisa—, ése soy yo. Encantado de conocerte.

Le di la mano, obligándome a devolverle la sonrisa. Madre del Amor Hermoso, nunca pensé que alguna vez le estrecharía la mano a «él». Desde luego, había cambiado mucho; y a peor.

—Bubba, ¿te importaría esperarnos aquí en el porche? Deja que le explique nuestro acuerdo a Sookie.

—Por mí, perfecto —dijo Bubba con despreocupación. Se sentó en el columpio, tan feliz. Parecía tener menos cerebro que un grillo.

Pasamos al comedor, pero no sin que antes me diera cuenta de que gran parte de los habituales ruidos nocturnos —de insectos y ranas— se habían extinguido con la presencia de Bubba.

—Quería habértelo explicado antes de que Bubba llegara —susurró Bill—, pero no he podido.

—¿Es quien creo que es? —pregunté.

—Sí. Así que al menos habrá que reconocer que algunas de las historias sobre sus apariciones son ciertas. Pero no lo llames por su nombre, ¡llámalo Bubba! Algo fue mal cuando hizo la transición de humano a vampiro. Puede que se debiera a la gran cantidad de sustancias químicas que había en su sangre.

—Pero estuvo muerto de verdad, ¿no?

—No…, no del todo. Uno de los nuestros era empleado en la funeraria y gran admirador suyo. Se dio cuenta de que aún le quedaba un soplo de vida, y lo resucitó del modo más rápido posible.

—¿Lo resucitó?

—Lo convirtió en vampiro —me explicó Bill—. Pero fue un error. Por lo que me han contado mis amigos, nunca ha vuelto a ser el mismo. Tiene muy pocas luces, así que, para sobrevivir, hace trabajitos para los demás. No podemos dejar que se le vea en público, como podrás entender.

Asentí con la boca abierta. Por supuesto que no.

—Madre mía —murmuré, asombrada ante la celebridad de rango «real» que tenía en el jardín.

—Recuerda lo estúpido y lo impulsivo que es… No te quedes a solas con él, y no se te ocurra llamarle otra cosa que Bubba. Como ya te ha contado, le gustan las mascotas, pero su dieta a base de sangre animal no lo hace más fiable. Ahora bien, en cuanto a por qué lo he traído aquí…

Me crucé de brazos, aguardando la explicación de Bill con genuino interés.

—Cariño, tengo que irme del pueblo durante una temporada —explicó.

Era algo tan inesperado que me desconcertó por completo.

—¿Qué?… ¿Por qué? No, déjalo, no necesito saberlo —hice un gesto con las manos para indicarle que no tenía ninguna intención de invadir su intimidad.

—Te lo explicaré cuando vuelva —aseguró con firmeza.

—¿Y dónde encaja en todo esto tu amigo… Bubba? —pregunté, aunque tenía la desagradable impresión de conocer la respuesta.

—Bubba se va a encargar de protegerte mientras estoy fuera —dijo Bill con rigidez.

Arqueé las cejas.

—De acuerdo. No es que ande muy sobrado de… —Bill miró a su alrededor—. Bueno, de nada —reconoció finalmente—. Pero es fuerte y hará lo que yo le diga. Se asegurará de que nadie se cuele en tu casa.

—¿Se quedará en el bosque?

—Por supuesto —dijo Bill con énfasis—. Se supone que ni siquiera se acercará a hablar contigo. Por las noches se limitará a permanecer en un lugar desde el que pueda ver la casa y vigilará hasta que amanezca.

Tendría que acordarme de bajar las persianas. La idea de que un vampiro lerdo se dedicase a curiosear por mis ventanas no me resultaba nada atractiva.

—¿De verdad crees que es necesario? —pregunté, desesperanzada—. La verdad, no recuerdo que me hayas consultado.

Bill encogió un poco los hombros; su movimiento equivalente a respirar hondo.

—Cariño —dijo, forzando el tono paciente de su voz—, intento con todas mis fuerzas acostumbrarme al modo en que las mujeres de este siglo queréis que os traten. Pero no me resulta natural, en especial si temo que estés en peligro. Estoy tratando de poder sentirme tranquilo cuando me marche. Ojalá no tuviera que alejarme, pero es lo que tengo que hacer. Por nosotros.

Clavé mis ojos en él.

—Entiendo lo que me quieres decir —admití, por último—. No es que me encante la idea, pero paso miedo por las noches, y supongo… Bueno, vale.

Honestamente, no creo que importase mucho si consentía o no. Al fin y al cabo, ¿cómo iba a obligar a Bubba a marcharse si él no quería irse? El cuerpo de policía de nuestro pequeño pueblo no disponía del equipo necesario para enfrentarse a un vampiro. Y si se encontraban con éste en particular, se limitarían a quedarse mirándolo con la boca abierta el tiempo suficiente para que él los hiciera pedazos. Apreciaba la preocupación de Bill, y supuse que, al menos, debía mostrar la cortesía de agradecérselo. Le di un pequeño abrazo.

—Bueno, si tienes que irte, ten mucho cuidado mientras estés fuera —dije, tratando de no sonar desolada—. ¿Tienes dónde quedarte?

—Sí. Estaré en Nueva Orleans. Quedaba una habitación libre en ese sitio del casco viejo.

Había leído un artículo sobre aquel hotel, el primero del mundo destinado en exclusiva a vampiros. Garantizaba una seguridad completa y, hasta el momento, siempre había cumplido. Estaba situado justo en medio del barrio francés. Al anochecer, auténticas hordas de «colmilleros» y turistas lo rodeaban, aguardando a la salida de los vampiros.

Empecé a sentir envidia. Me esforcé por no presentar el triste aspecto de un cachorro que se queda tras la puerta cuando sus dueños se van de vacaciones, y me apresuré a colgar mi invariable sonrisa.

—Bueno, pásalo bien —me forcé a decir—. ¿Ya has hecho las maletas? Tardarás unas horas en llegar allí, y ya hace tiempo que oscureció.

—El coche está listo —por primera vez caí en que había retrasado su marcha para pasar más tiempo conmigo y con los hijos de Arlene—. Será mejor que me vaya —vaciló, parecía estar buscando las palabras adecuadas. Entonces, me tendió las manos y yo las cogí entre las mías. Tiró un poco de mí, una ligera presión, y yo cedí, y lo abracé. Froté mi rostro contra su camisa y lo rodeé con los brazos, apretándolo hacia mí.

—Te voy a echar de menos —me dijo. Hablaba con un soplo de aire, un leve hilo de voz, pero lo oí. Me besó la cabeza y después se apartó de mí y salió por la puerta delantera. Lo escuché dar a Bubba algunas instrucciones de última hora. El columpio chirrió cuando mi recién asignado «guardián» se levantó.

No miré por la ventana hasta que el coche de Bill se alejaba por el camino de entrada. Bubba se paseaba entre los árboles. Mientras me daba una ducha, me dije que Bill debía de confiar mucho en él, ya que me había dejado a su cargo. Pero seguía sin estar segura de quién me inspiraba más miedo: si el asesino al que perseguía, o Bubba mismo.

Al día siguiente, en el trabajo, Arlene me preguntó por qué había aparecido aquel vampiro en mi casa. No me sorprendió que sacara a relucir el tema.

—Pues es que Bill tiene que irse unos días, y está preocupado, ya sabes… —tenía la esperanza de poder dejarlo ahí, pero Charlsie se nos había acercado. No había mucho que hacer: la Cámara de Comercio celebraba una conferencia en el restaurante Fins and Hooves, y el Grupo Femenino de Cocina y Oración estaba poniendo a punto sus patatas al horno en la enorme mansión de la anciana señora Bellefleur.

—¿Quieres decir —dijo Charlsie con mirada arrobada— que tu hombre te ha conseguido un guardaespaldas personal?

Asentí con renuencia. Era un modo de verlo.

—¡Qué romántico! —suspiró.

Sí, era una forma de verlo.

—Pero ¡es que no te lo imaginas —dijo Arlene tras morderse la lengua todo cuanto pudo—, es clavadito a…!

—No, no, no digas eso si hablas con él —la interrumpí—. En realidad, es bastante distinto —eso era cierto—, y no le gusta nada oír ese nombre.

—Ah —respondió Arlene, bajando la voz, como si Bubba pudiera estar escuchándonos a plena luz del sol.

—Me siento más segura con Bubba en el bosque —dije, lo que también era más o menos cierto.

—Ah, pero ¿no se queda en tu casa? —preguntó Charlsie. Estaba claro que se sentía algo defraudada.

—¡No, por Dios! —exclamé. De inmediato me disculpé ante Dios por pronunciar su nombre en vano, últimamente me tocaba hacerlo demasiado a menudo—. No, Bubba pasa las noches en el bosque, vigilando la casa.

—¿Era verdad lo de los gatos? —Arlene parecía aprensiva.

—¡Qué va! Era una broma. Con bastante poca gracia, ¿verdad? —estaba mintiendo descaradamente, no me cabía duda de que Bubba disfrutaba los tentempiés de sangre de gato.

Arlene sacudió la cabeza, poco convencida. Era momento de cambiar de tema.

—¿Os lo pasasteis bien ayer? —le pregunté.

—Rene se portó fenomenal anoche, ¿verdad? —dijo con las mejillas sonrosadas.

Resultaba curioso que una mujer que había estado tantas veces casada se sonrojara con tanta facilidad.

—Eso tendrás que decírnoslo tú —respondí. A Arlene le encantaban las conversaciones un poco picantes.

—¡No seas tonta! Me refiero a que estuvo muy educado con Bill, e incluso con ese Bubba.

—¿Y existe alguna razón por la que no debiera estarlo?

—Tiene una especie de problema con los vampiros, Sookie —Arlene sacudió la cabeza—. Ya lo sé, yo también —confesó cuando la miré levantando las cejas—, pero en Rene llega a ser un auténtico prejuicio. Cindy estuvo saliendo con un vampiro una temporada, y estuvo muy preocupado.

—¿Y qué tal está Cindy? —sentía un gran interés por la salud de cualquiera que hubiera salido con un vampiro.

—Hace tiempo que no la veo —admitió Arlene—, pero Rene va a visitarla cada dos semanas o así. Le va bien, está más asentada. Trabaja en la cafetería de un hospital.

Sam, que estaba en esos momentos detrás de la barra reponiendo la sangre embotellada de la cámara, dijo:

—Tal vez a Cindy le apetezca volver a casa. Lindsey Krause ha dejado el otro turno porque se traslada a Little Rock.

Desde luego, eso logró captar nuestra atención. El Merlotte's empezaba a padecer una seria escasez de personal. Por algún motivo, durante el último par de meses los empleos poco cualificados en el sector de servicios estaban perdiendo popularidad.

—¿Le has hecho una entrevista a alguien más? —preguntó Arlene.

—¡Buff! Tendría que repasar los archivos… —dijo Sam con desaliento. Sabía que Arlene y yo éramos las únicas camareras que había mantenido fijas durante más de dos años. No, eso no era del todo cierto; también estaba Susanne Mitchell, en el otro turno. Sam se pasaba mucho tiempo contratando y, en ocasiones, despidiendo empleadas—. Sookie, ¿te importaría echarle un vistazo a los archivos, para descartar a algunas que se hayan mudado o que ya tengan trabajo, o por si ves a alguien que me recomendarías de verdad? Eso me ahorraría algo de tiempo.

—Claro —contesté. Recordaba que Arlene había hecho lo mismo un par de años atrás, cuando contrataron a Dawn. Nosotras teníamos más lazos con la comunidad que Sam, que nunca parecía apuntarse a nada. Sam llevaba ya seis años en Bon Temps, y nunca me había encontrado a nadie que pareciera conocer algún detalle de su vida previa a la adquisición del bar.

Me senté en el escritorio de Sam, con el grueso archivo de solicitudes. Al poco tiempo comprendí que aquel asunto me interesaba. Tenía tres montones: las que se habían mudado, las que ya trabajaban en otro lugar, y las que resultaban prometedoras. Además, añadí un cuarto y un quinto: uno, para aquéllas con las que no quería trabajar porque no las soportaba, y el otro, para las que habían muerto. La primera solicitud del quinto montón la había cumplimentado una chica que había muerto en un accidente de tráfico las navidades anteriores, y volví a sentir lástima por su familia cuando vi su nombre en la parte superior del impreso. El encabezamiento de la siguiente era un nombre: «Maudette Pickens».

Maudette había echado la solicitud tres meses antes de morir. Me imagino que ganarse la vida en el Grabbit Kwik era bastante desalentador. Cuando eché una hojeada a los campos que había rellenado y me fijé en lo penosas que eran su letra y su ortografía, volvió a darme pena. Traté de imaginarme cómo mi hermano podía haber pensado que tener relaciones sexuales con esa chica —y grabarlas en vídeo— era una forma entretenida de pasar el tiempo. Me preguntaba qué tendría Jason en la cabeza. No lo había visto desde la noche que se había ofrecido a llevar a Desiree a casa. Esperaba que hubiera regresado entero, porque aquella chica sí que era una buena pieza. Ojalá sentara la cabeza con Liz Barrett; ella tenía la tenacidad necesaria para meterlo en vereda.

Desde hacía algún tiempo, cada vez que pensaba en mi hermano era para preocuparme. ¡Si no hubiera intimado tanto con Maudette y Dawn! Aunque, al parecer, no era, ni mucho menos, el único que había disfrutado de su compañía, en un sentido tanto metafórico como literal. En los cuerpos de ambas se habían encontrado mordiscos de vampiros. A Dawn le gustaba el sexo duro, pero no sabía cuáles habían sido las preferencias de Maudette en ese sentido. Con la cantidad de hombres que repostaban gasolina y tomaban café en el Grabbit Kwik, o que pasaban por el Merlotte's a beber algo, sólo al tonto de mi hermano se le había ocurrido grabar cintas con sus hazañas sexuales.

Contemplé la enorme taza de plástico del escritorio de Sam, que tenía restos de té con hielo. En la cara externa de aquella taza verde estaba escrito, en color naranja fosforito: «Apaga tu sed en el Grabbit Kwik». Sam también conocía a las dos. Dawn había trabajado para él, y Maudette había solicitado un puesto allí.

Desde luego, a Sam no le gustaba que yo saliera con un vampiro. Puede que no le gustase nadie que saliese con no muertos.

Justo en ese momento Sam entró, y di un respingo como si me hubiera sorprendido haciendo algo malo. Bueno, según mis reglas, lo estaba haciendo: pensar mal de un amigo no está nada bien.

—¿Cuál es el bueno? —preguntó, aunque me miraba algo desconcertado.

Le entregué un montoncito de unas diez solicitudes.

—Esta chica, Amy Burley —expliqué, señalando la de más arriba—, tiene experiencia. Hace alguna sustitución en el Good Times; Charlsie trabajó con ella allí, así que puedes preguntarle.

—Gracias, Sookie. Esto me ahorrará algún que otro dolor de cabeza.

Asentí en respuesta, aunque con cierta brusquedad.

—¿Te encuentras bien? —preguntó—. Hoy pareces algo distante.

Lo miré de cerca; parecía igual que siempre. Pero no había forma de entrar en su cabeza. ¿Cómo lo hacía? Aquello sólo me pasaba con Bill, y se debía a su naturaleza de vampiro; estaba claro que ése no era el caso de Sam.

—Es sólo que echo de menos a Bill —dije a propósito. ¿Me largaría un sermón sobre los peligros de salir con un vampiro?

—Es de día; no creo que se encontrara muy bien aquí —repuso.

—Claro que no —dije, muy tiesa. Estuve a punto de añadir: «Se ha ido unos días», pero me planteé si sería juicioso contarle eso cuando albergaba ciertas sospechas, por remotas que fueran, sobre mi jefe. Salí del despacho con tal brusquedad que Sam se me quedó mirando con aire perplejo.

Cuando algo más tarde ese mismo día, vi a Arlene y a Sam enfrascados en una larga conversación, no me cupo la menor duda de que el tema central era yo. Sam volvió a su despacho aparentando estar más preocupado que nunca. No cruzamos más palabras durante el resto del día.

Aquella noche me resultó duro regresar a casa porque sabía que estaría sola hasta el amanecer. Otras noches que no pasábamos juntos me tranquilizaba saber que Bill estaba sólo a una llamada telefónica de distancia. Pero ya no. Traté de consolarme con la idea de que estaría protegida en cuanto oscureciera y Bubba saliera del agujero en el que dormía, pero no lo conseguí.

Llamé a Jason, pero no estaba en casa. Entonces, llamé al Merlotte's con la esperanza de encontrarlo allí, pero Terry Bellefleur me cogió el teléfono y me dijo que Jason no había aparecido.

Me pregunté qué estaría haciendo Sam aquella noche. ¿Por qué nunca parecía salir con nadie? Por lo que había podido observar en numerosas ocasiones, no era por falta de oportunidades.

Dawn lo había intentado con especial empeño.

Aquella noche no lograba pensar en nada agradable.

Comencé a preguntarme si Bubba habría sido el sicario al que Bill había recurrido para liquidar al tío Bartlett. Me extrañaba que Bill hubiera elegido a una criatura tan corta de entendederas para protegerme.

Todos los libros que cogía parecían de uno u otro modo inadecuados, y cada programa de televisión que empezaba a ver me parecía aún más ridículo que el anterior. Intenté leer mi ejemplar del *Time*, y me indignó el impulso suicida que gobernaba tantas naciones. Arrojé la revista al otro lado de la habitación.

Mi cabeza daba vueltas como una ardilla que tratase de escapar de su jaula. No lograba concentrarme en nada ni sentirme cómoda en ningún sitio.

Cuando sonó el teléfono me puse en pie de un salto.

—¿Sí? —dije con aspereza.

—Ya ha llegado Jason —me informó Terry Bellefleur—. Quiere invitarte a una copa.

Consideré con cierta inquietud los inconvenientes de salir a por el coche, ahora que ya había oscurecido, y regresar más tarde a una casa vacía. Bueno, a una casa que ojalá estuviera vacía. Pero me reprendí a mí misma porque, al fin y al cabo, habría alguien vigilándola, alguien muy fuerte. Aunque también un poco descerebrado.

—De acuerdo, estaré ahí en un minuto —dije.

Terry se limitó a colgar. ¡Qué locuacidad la de aquel hombre!

Me puse una falda vaquera y una camiseta amarilla y, mirando en todas direcciones, crucé el jardín hasta llegar al coche. Dejé encendidas todas las luces de fuera. Abrí el coche y me metí dentro como una exhalación. Una vez acomodada en el interior, eché el seguro.

Aquélla no era forma de vivir.

De manera casi mecánica, dejé el coche en el aparcamiento para empleados del Merlotte's. Había un perro escarbando en el contenedor, y le acaricié la cabeza antes de entrar. Teníamos que llamar a la perrera casi cada semana para que vinieran a llevarse unos cuantos animales perdidos o abandonados. En muchos casos se trataba de perras preñadas, lo que me ponía enferma.

Terry estaba detrás de la barra.

—Hola —dije, echando un vistazo alrededor—. ¿Dónde está Jason?

—No ha venido por aquí —contestó Terry—. No lo he visto en toda la noche. Ya te lo he dicho por teléfono.

Lo miré boquiabierta.

—Pero después me has vuelto a llamar y me has dicho que ya había llegado.

—No, yo no he hecho tal cosa.

Nos miramos el uno al otro fijamente. Terry tenía una de sus malas noches, de eso no había duda. Su cabeza bullía con los tortuosos recuerdos de su servicio en el ejército y su lucha contra el alcohol y las drogas. Por fuera se le veía congestionado y sudoroso a pesar del aire acondicionado, y sus movimientos eran torpes y bruscos. Pobre Terry.

—¿Lo dices en serio? —pregunté, con un tono lo más neutral posible.

—Eso he dicho, ¿no? —su voz resultaba beligerante.

Mejor sería que ninguno de los clientes del bar le diera problemas a Terry aquella noche. Me retiré con una sonrisa conciliadora. El perro seguía en la puerta de atrás. Gimoteó al verme.

—¿Tienes hambre, cosa guapa? —le dije.

Vino directo hacia mí, sin una brizna de la desconfianza que los perros extraviados solían mostrar. A la luz de las farolas, llegué a la conclusión de que aquel perro había sido abandonado recientemente, al menos por lo que se deducía de su lustroso pelaje. Era un collie, aunque no de pura raza. Pensé en volver a entrar al bar para preguntarle al cocinero de turno si teníamos algunas sobras para mi nuevo amigo, pero en ese momento tuve una idea mejor.

—Ya sé que el viejo y malo Bubba está cerca de casa, pero tal vez puedas entrar conmigo —dije con esa voz infantil que uso con los animales cuando creo que nadie me escucha—. ¿Podrías hacer pipí fuera, para no ensuciar la casa? ¿Qué me dices?

Como si me hubiera entendido, el collie se puso a marcar la esquina del contenedor.

—¡Buen chico! ¿Quieres dar una vuelta? —abrí la puerta del coche, esperando que no ensuciara demasiado los asientos. El animal vaciló—. Vamos, bonito. Ya verás qué plato tan rico te daré cuando lleguemos a casa —el soborno no tiene por qué ser necesariamente algo malo.

Tras un par de miradas más y un olfateo a fondo de mis manos, el perro saltó al asiento de los pasajeros y se sentó mirando por la ventanilla como si él mismo se hubiera apuntado a aquella aventura.

Le dije cuánto se lo agradecía y le rasqué las orejas. Arranqué el motor y quedó claro que el perro estaba acostumbrado a ir en coche.

—Ahora, en cuanto lleguemos a casa —le dije con seriedad al collie—, vamos a ir directos a la puerta delantera, ¿está claro? Hay un ogro en el bosque al que le encantaría devorarte.

El perro emitió un ladrido de excitación.

—Bueno, no va a tener ni media oportunidad —le dije para tranquilizarlo. Era agradable tener alguien a quien hablar. Era incluso bonito que no pudiera responderme, al menos por ahora. Y no hacía falta levantar la guardia porque no era humano. Muy relajante—. Vamos a darnos prisa.

—¡Guau! —asintió mi compañero.

—Tendré que ponerte algún nombre —dije—, ¿qué te parece… *Buffy*?

El perro gruñó.

—Vale, vale… ¿Y *Rover*?

Gemido.

325

—Tampoco te gusta, ¿eh? Humm… —llegamos a la entrada de casa.

—¿Puede que ya tengas un nombre? —le pregunté—. Deja que te mire el cuello.

Tras apagar el motor pasé los dedos a través de su grueso pescuezo. No llevaba siquiera un collar antipulgas.

—Alguien te ha estado cuidando bastante mal, cariño —dije—. Pero eso ya se acabó. Yo seré una buena mamá.

Con esa última estupidez agarré la llave de la casa y abrí la puerta del coche. Como una centella, el perro me adelantó y se quedó en el jardín, mirando a su alrededor, alerta. Olfateó el aire y lanzó un profundo gruñido.

—Es un vampiro bueno, cielo. Está protegiendo la casa. Vamos adentro —me tuve que valer de mil trucos para lograr que entrara en casa. Cerré de inmediato la puerta detrás de nosotros.

El perro caminó sin hacer ruido alrededor del salón, olisqueando y mirándolo todo. Después de vigilarlo durante un minuto, para asegurarme de que no iba a morder nada ni levantar la pata, fui a la cocina para encontrarle algo de comer. Llené un cuenco grande de agua. Cogí otro de plástico en el que la abuela guardaba la lechuga y puse en él los restos de la comida para gatos de *Tina* y algo de carne para tacos. Me supuse que, si estabas muriéndote de hambre, algo así resultaría aceptable. Al final, el perro encontró el camino a la cocina y fue directo a ambos cuencos. Olfateó la comida y alzó la cabeza para mirarme durante un buen rato.

—Lo siento, no tengo comida para perros. Es lo mejor que he podido encontrar. Si quieres quedarte conmigo, te conseguiré algo más apropiado.

El perro me miró durante algunos segundos más, y entonces agachó la cabeza hacia el cuenco. Comió un poco de carne, bebió y volvió a mirarme, expectante.

—¿Puedo llamarte *Rex*?

Pequeño gruñido.

—¿Y qué tal *Dean*? —pregunté—. *Dean* es un nombre bonito —un chico muy majo que me había ayudado en una librería de Shreveport se llamaba Dean. Sus ojos se parecían a los de este collie, observadores e inteligentes. Y *Dean* era algo diferente. Nunca había conocido a un perro llamado *Dean*.

—Apuesto a que eres más listo que Bubba —dije, pensativa, y el perro soltó un corto y agudo ladrido—. Estupendo, vamos, *Dean*. Vamos a prepararnos para dormir —añadí, encantada de poder mantener algo parecido a una conversación.

El perro me siguió en silencio hasta el dormitorio, estudiando todo el mobiliario con suma atención. Me quité la falda y la camiseta, y las dejé a un lado. Me bajé las braguitas y me desabroché el sujetador. El perro me contempló con gran atención mientras cogía un camisón limpio y me metía en el baño para ducharme. Cuando salí, limpia y relajada, *Dean* estaba sentado junto a la puerta, con la cabeza ladeada.

—Para limpiarse, a la gente le gusta darse una ducha —le expliqué—. Ya sé que a los perros no; supongo que se trata de algo humano —me lavé los dientes y me puse el camisón—. ¿Listo para dormir, *Dean*?

En respuesta, el perro saltó a la cama, dio unas cuantas vueltas sobre sí mismo y se tumbó.

—¡Eh, espera un momento! —desde luego, yo misma me lo había buscado. A la abuela le habría dado un ataque de llegar a saber que había un perro en su cama. Ella pensaba que los animales estaban muy bien siempre que no pasaran la noche en casa. Su regla era: humanos dentro, animales fuera. Bueno, ahora tenía un vampiro fuera y un collie en la cama.

—¡Baja de ahí! —dije, señalando la alfombra.

El collie, con lentitud y cierta renuencia, bajó a donde le indicaba. Me lanzó una mirada de reproche mientras se sentaba en la alfombra.

—¡Quédate ahí! —dije con firmeza antes de meterme en la cama. Me sentía muy cansada, y ahora que tenía al perro ya no estaba tan nerviosa, aunque no sabía qué ayuda podía esperar de él en caso de que apareciera un intruso, ya que no me conocía lo suficiente como para serme fiel. No me quedaba más remedio que conformarme con el más mínimo consuelo que pudiera encontrar, así que comencé a abandonarme al sueño. Justo mientras me quedaba adormilada noté que la cama se combaba bajo el peso del collie. Una lengua estrecha me raspó la mejilla. El perro se acomodó cerca de mí. Me volví y lo acaricié. Era agradable tenerlo cerca.

Lo siguiente que recuerdo es que estaba amaneciendo. Desde fuera llegaba una algarabía de pájaros gorjeando. Resultaba muy agradable acurrucarse en la cama. Sentí la calidez del perro a través del camisón; debía de haber sentido calor por la noche, y me había quitado la sábana de encima. Lo acaricié con torpeza en la cabeza y comencé a rascarle el pelo, pasando las manos distraídamente por entre su espeso pelaje. Se me acercó aún más, me olisqueó la cara y me rodeó con su brazo.

¿Con su «brazo»?

Con un solo movimiento, salté al suelo y me puse a chillar.

Encima de la cama, Sam estaba boca arriba apoyado sobre los codos y mirándome con aire divertido.

—¡Dios mío, Sam! ¿Cómo has llegado aquí? ¿Qué estás haciendo? ¿Dónde está *Dean*? —me tapé la cara con las manos y me di la vuelta, pero ya había visto todo lo que había que ver de Sam.

—¡Guau! —ladró Sam con la garganta de un humano. La verdad me cayó encima como un jarro de agua fría.

Me di la vuelta para mirarlo, absolutamente furiosa.

—¡Anoche me viste desnudarme, maldito…, maldito perro!

—Sookie —dijo con tono persuasivo—. Escúchame.

Otra idea se me vino a la cabeza.

—Sam, Bill te va a matar —me senté en la butaca que había junto a la puerta del baño. Puse los codos sobre las rodillas y dejé caer la cabeza—. ¡Oh, no! No, no, no.

Él se arrodilló delante de mí. Tenía el mismo pelo rubio rojizo y áspero de la cabeza en el pecho y le bajaba en una línea hasta su… Volví a cerrar los ojos.

—Sookie, me preocupé cuando Arlene me contó que ibas a estar sola —comenzó a explicarme.

—¿No te habló de Bubba?

—¿Bubba?

—El vampiro que Bill ha dejado a cargo de vigilar la casa.

—¡Ah, sí! Me contó que le recordaba a un cantante.

—Bueno, pues se llama Bubba. Y disfruta desangrando animales.

Al menos, tuve la satisfacción de verlo palidecer, aunque fuera por entre los dedos de mis manos.

—Bueno, entonces ha sido toda una suerte que me dejaras entrar —dijo finalmente.

Al recordar su apariencia de la noche anterior, pregunté:

—¿Qué eres, Sam?

—Soy un cambiante. Pensé que ya era hora de que lo supieras.

—¿Y no había otro modo de hacerlo?

—En realidad —dijo, avergonzado— tenía pensado despertar y marcharme antes de que abrieras los ojos. Pero me he quedado dormido. Correr a cuatro patas es agotador.

Creía que la gente sólo podía transformarse en lobo.

—No, yo puedo adoptar cualquier forma —aquello resultaba tan interesante que dejé caer las manos y traté de mirarle sólo la cara.

—¿Cada cuánto? —inquirí—. ¿Puedes escoger?

—Cuando hay luna llena no me queda más remedio —me explicó—. En otras ocasiones puedo hacerlo a voluntad, aunque es más difícil y tardo más tiempo. Me convierto en cualquier animal que vea antes de cambiar, así que siempre tengo un libro de perros sobre la mesilla, abierto por la página en que hay una foto de un collie. Los collies son grandes, pero no resultan amenazadores.

—Entonces, ¿podrías convertirte en pájaro?

—Sí, pero volar es muy duro. Además, siempre he tenido miedo de acabar achicharrándome en un tendido eléctrico o de espachurrarme contra un cristal.

—Y... ¿por qué? ¿Por qué querías que lo supiera?

—Parecías llevar bastante bien el hecho de que Bill fuese vampiro; en realidad creo que hasta disfrutas con ello. Así que pensé que merecía la pena intentarlo, a ver si podías asumir mi… condición.

—Pero ¡lo que tú eres —dije de repente, saliéndome por la tangente— no puede explicarse con un virus! ¡Quiero decir, tú cambias por completo!

No dijo nada. Se quedó mirándome, con sus ojos ahora azules, pero igual de inteligentes y observadores.

—Ser un cambiante es decididamente sobrenatural. Si esto existe, otras cosas también pueden existir. Así que… —dije con lentitud y cautela—, Bill no tiene ningún virus. La condición de vampiro no se limita a padecer cierta alergia a la plata, o al ajo, o al sol… Eso sólo es basura que esparcen los vampiros, propaganda, se podría llamar. Así pueden ser aceptados con más facilidad, como víctimas de una terrible enfermedad. Pero en realidad son… en realidad, están…

Corrí hasta el baño para vomitar. Por suerte, logré alcanzar el váter.

—Sí —dijo Sam desde la puerta, con voz triste—. Lo siento mucho, Sookie. Pero no es que Bill tenga un virus. Es que en realidad está… muerto.

Me lavé la cara y me cepillé los dientes dos veces. Me senté en el borde de la cama, demasiado cansada como para ir más lejos. Sam se sentó a mi lado, me pasó el brazo por el hombro, acogedor y, tras unos segundos, me acurruqué junto él, apoyando la mejilla en su cuello.

—¿Sabes? Una vez estaba escuchando la radio —dije, sin que viniera a cuento—, estaban retransmitiendo un programa sobre criogenia, sobre cómo mucha gente últimamente decidía congelar sólo su cabeza porque resulta mucho más barato que conservar todo el cuerpo.

—¿Eh?

—Adivina qué canción pusieron al final.

—¿Cuál, Sookie?

—*Put Your Head on My Shoulder**.

Sam emitió un ruido ahogado y después estalló en carcajadas.

—Oye, Sam —dije, cuando se hubo tranquilizado—. Entiendo lo que me dices, pero necesito hablar de esto con Bill. Lo quiero, le soy fiel, y además él no está aquí para defenderse.

—Escucha, el objetivo no era tratar de apartarte de Bill. Aunque eso sería estupendo —Sam esbozó su poco habitual y maravillosa sonrisa. Parecía mucho más relajado conmigo ahora que conocía su secreto.

—¿Y cuál era entonces?

—Mantenerte con vida hasta que atrapen al asesino.

—¿Así que ésa es la razón por la que has aparecido desnudo en mi cama? ¿Para protegerme?

Tuvo el detalle de parecer avergonzado.

—Bueno, reconozco que podría haberlo planeado mejor, pero pensé que necesitabas a alguien a tu lado. Arlene me había contado que Bill estaría fuera unos días,

* La traducción al español del título de esta canción sería: «Pon tu cabeza sobre mi hombro». (*N. de la T.*)

y sabía que no me dejarías pasar aquí la noche como humano.

—¿Estarás más tranquilo ahora que sabes que Bubba vigila la casa por las noches?

—Los vampiros son fuertes y feroces —reconoció Sam—. Supongo que este Bubba le debe algo a Bill, o no le haría semejante favor. No son un colectivo que se distinga por su solidaridad; su mundo está muy jerarquizado.

Debería haber prestado más atención a lo que me contaba Sam, pero estaba pensando que era mejor que no supiera nada acerca de los orígenes de Bubba.

—Si tú y Bill existís, supongo que debe de haber un montón de seres cuya existencia está al margen de la naturaleza —dije, dándome cuenta de lo mucho que me quedaba por reflexionar. Desde que conocía a Bill no había sentido tanta necesidad de acumular ideas para estudiarlas en el futuro, pero estar preparada nunca hace daño—. Algún día tendrás que contármelo —¿El yeti? ¿El monstruo del lago Ness? Yo siempre había creído en el monstruo del lago Ness.

—Bueno, supongo que será mejor que me vuelva a casa —dijo Sam. Me miró esperanzado. Seguía desnudo.

—Sí, creo que será lo mejor. Pero… ¡mierda!, tú... Oh, ¡hay que ver! —corrí escaleras arriba en busca de algo de ropa. Me parecía recordar que Jason guardaba un par de trapos en un armario del piso superior, para un caso de emergencia.

Por suerte encontré un par de vaqueros y una camisa informal en el primer cuarto en el que miré. Se notaba calor allí arriba, debajo del tejado de estaño; la planta baja tenía un termostato independiente. Regresé al piso inferior, contenta de sentir el frescor del aire acondicionado.

—Aquí tienes —anuncié, entregándole la ropa—. Espero que te quede bien —me miró como si quisiera retomar nuestra conversación, pero yo ya era demasiado consciente de que sólo iba cubierta con un fino camisón de nailon y de que él no llevaba absolutamente nada encima—. Vamos, cógelo —dije con firmeza—. Y vístete en el salón —lo obligué a salir y cerré la puerta detrás de él. Pensé que echar el pestillo resultaría insultante, así que no lo hice. Me vestí en un tiempo récord, con ropa interior limpia y la falda vaquera y la camiseta amarilla de la noche anterior. Me puse un poco de maquillaje, escogí unos pendientes y me cepillé el pelo para recogerlo en una coleta, sujetándola con una cinta de goma amarilla. Mi moral se recuperó al mirarme al espejo, pero mi nueva sonrisa se convirtió en un ceño fruncido cuando me pareció sentir que una camioneta aparcaba delante de casa.

Salí del dormitorio a la velocidad de la luz, confiando con todas mis fuerzas en que Sam ya se hubiera vestido y estuviera escondido. Había hecho algo mejor, había vuelto a convertirse en perro. Las ropas estaban tendidas en el suelo y yo las recogí y las lancé al armario del pasillo.

—¡Buen chico! —dije con entusiasmo mientras le rascaba entre las orejas. *Dean* respondió metiendo su frío hocico negro bajo mi falda—. Déjalo ya —exclamé, mirando a través de la ventana delantera—. Es Andy Bellefleur —le dije al perro.

Andy saltó de su Dodge Ram, se estiró durante un largo instante y se dirigió a mi puerta. La abrí, con *Dean* a mi lado. Contemplé al detective, inquisitiva.

—Parece que hayas estado levantado toda la noche, Andy. ¿Te apetece un café?

El perro se agitaba nervioso a mi alrededor.

—Te lo agradecería mucho, la verdad —dijo—, ¿puedo pasar?

—Claro —me aparté a un lado y *Dean* gruñó.

—Veo que tienes un buen perro guardián. Vamos, bonito, ven aquí.

Andy se agachó para tender la mano al collie, al que yo no lograba ver como si fuera Sam. *Dean* olfateó la mano de Andy, pero no la lamió. En lugar de eso, se situó entre Andy y yo.

—Pasa a la cocina —dije. Y Andy se irguió y me siguió. Tuve el café listo en un santiamén, y puse algo de pan en la tostadora. Me llevó unos minutos más ocuparme de la nata, el azúcar, las cucharas y los tazones, pero los aproveché para preguntarme qué haría Andy allí. Tenía el rostro demacrado; parecía tener diez años más de los que yo sabía que tenía. Desde luego, aquélla no era una visita de cortesía.

—Sookie, ¿estuviste aquí anoche? ¿No tenías que trabajar?

—No, no me tocaba. Estuve aquí todo el rato salvo por una breve incursión al Merlotte's.

—¿Estuvo Bill aquí en algún momento?

—No, está en Nueva Orleans. Se hospeda en ese nuevo hotel del barrio francés, el que es sólo para vampiros.

—Pareces completamente segura de que está allí.

—Así es —noté cómo se me tensaban los músculos de la cara. Se aproximaban las malas noticias.

—No he dormido esta noche —dijo Andy.

—¿No?

—Ha habido otro asesinato.

—¿Sí? —penetré en su mente—. ¿Amy Burley? —lo miré fijamente a los ojos tratando de asegurarme—. ¿Amy, la que trabajaba en el Good Times?

Era el primer nombre del montón de solicitudes aceptables al puesto de camarera del día anterior, la candidata que yo le había aconsejado a Sam. Miré al perro. Estaba tumbado en el suelo con el hocico entre las patas, y parecía estar tan triste y sorprendido como yo. Gimió de modo lastimoso.

Los ojos castaños de Andy me miraban con tal intensidad que parecían querer taladrarme.

—¿Cómo lo has sabido?

—Vamos, Andy. Déjate de bobadas. Ya sabes que puedo leer el pensamiento. Me siento fatal. Pobre Amy. ¿Ha sido como en los demás casos?

—Sí —contestó—. Sí, lo mismo; sólo que las marcas de mordiscos parecían más recientes.

Pensé en la noche en que Bill y yo tuvimos que ir a Shreveport para atender a los requerimientos de Eric. ¿Habría sido Amy la que había servido de alimento a Bill aquella noche? Ni siquiera fui capaz de calcular cuántos días habían pasado desde entonces; mi vida cotidiana se había visto radicalmente alterada por todos los extraños y pavorosos sucesos de las últimas semanas.

Me dejé caer sobre una silla de la cocina. Durante algunos minutos, sólo fui capaz de mover la cabeza con aire ausente, sorprendida por el giro que había dado mi vida. La de Amy Burley ya no daría ninguno más. Me sacudí de encima aquel singular ataque de apatía, me puse en pie y serví el café.

—Bill no ha estado aquí desde anteanoche —le dije.

—¿Y has pasado aquí toda la noche?

—Sí, puedes preguntarle al perro —dirigí una sonrisa a *Dean*, que aulló al sentirse aludido. Se acercó hasta apoyar su peluda cabeza sobre mis rodillas mientras tomaba el café. Le acaricié las orejas.

—¿Has tenido noticias de tu hermano?

—No, pero anoche recibí una curiosa llamada telefónica. Alguien me dijo que estaba en el Merlotte's… —en cuanto terminé de pronunciar esta última palabra, caí en la cuenta de que mi interlocutor debía de haber sido Sam, que me había atraído al bar para poder encontrar el modo de acompañarme a casa. *Dean* abrió la boca en un enorme bostezo que dejó a la vista cada uno de sus blancos y afilados dientes.

Deseé haber permanecido callada.

Ahora iba a tener que explicárselo todo a Andy, que apenas conseguía mantenerse despierto mientras se reclinaba sobre la silla de mi cocina, con su camisa de cuadros escoceses arrugada y manchada de café, y sus pantalones deformados por llevar demasiado tiempo sobre su cuerpo. Estaba pidiendo a gritos una cama.

—Deberías descansar un poco —le dije con amabilidad. Había algo triste en Andy Bellefleur, algo casi trágico.

—Son estos asesinatos —dijo con voz temblorosa debido al cansancio—. Esas pobres mujeres… Y todas ellas eran idénticas en tantos aspectos diferentes…

—¿Mujeres sin estudios con empleos poco cualificados? ¿Camareras a las que no les importaba aceptar a un vampiro como amante de cuando en cuando? —él asintió, con los ojos prácticamente cerrados—. En otras palabras, mujeres como yo.

Entonces, abrió los ojos. Parecía descompuesto ante su error.

—Sookie…

—Lo comprendo, Andy —dije—. En algunos aspectos somos todas similares, y si asumimos que el ataque contra mi abuela estaba dirigido a mí… Bueno, entonces supongo que soy la única superviviente.

Me pregunté a quién le quedaría por matar al asesino. ¿Era yo la única de quienes cumplían todos los requisitos que quedaba con vida? Era la cosa más aterradora que había pensado en todo el día.

Andy daba cabezazos por encima de su taza.

—¿Por qué no te tumbas en el otro dormitorio? —le sugerí en voz baja—. Tienes que dormir un poco. Me parece que no estás en condiciones de conducir.

—Es muy amable por tu parte —dijo Andy, arrastrando la voz. Parecía algo sorprendido, como si tanta amabilidad no fuese algo que pudiera esperarse de mí—, pero tengo que ir a casa y poner el despertador. Tal vez pueda dormir tres horas.

—Prometo despertarte —le dije. No me hacía ninguna ilusión que durmiera en mi casa, pero tampoco quería que tuviera un accidente de regreso a la suya. La anciana señora Bellefleur nunca me lo perdonaría y, probablemente, Portia tampoco—. Ven, acuéstate en este cuarto —lo conduje a mi viejo dormitorio. La cama individual estaba arreglada con pulcritud—. Tú túmbate en la cama y yo me encargo de poner el despertador —así lo hice, mientras él me observaba—. Ahora duerme un poco. Tengo que hacer un recado, pero volveré enseguida.

Andy no ofreció más resistencia, sino que se dejó caer con pesadez sobre la cama mientras yo cerraba la puerta. El perro había estado siguiéndome mientras yo me encargaba de Andy. Me dirigí a él con un tono bastante distinto:

—Vístete ya mismo.

Andy asomó la cabeza por la puerta del dormitorio.

—Sookie, ¿con quién hablas?

—Con el perro —respondí al instante—. Todos los días trae su collar, y se lo pongo.

—¿Y por qué se lo quitas?

—Tintinea por las noches y no me deja dormir. Ahora, vete a la cama.

—De acuerdo —parecía satisfecho con la improvisada explicación y volvió a cerrar la puerta.

Recogí la ropa de Jason del armario y la puse en el sofá delante del perro. Me senté dándole la espalda. Sin embargo, podía verlo reflejado en el espejo de encima de la repisa. El contorno del collie pareció desdibujarse. Su perfil vibró, cargado de energía. Entonces, su forma comenzó a cambiar dentro de la nube eléctrica. Cuando se aclaró la neblina, era Sam el que estaba de rodillas en el suelo, en cueros. ¡Caray, qué trasero! Tuve que obligarme a cerrar los ojos y decirme repetidas veces que no estaba siendo infiel a Bill. El culo de mi novio, intenté recordar, era igual de bonito.

—Estoy listo —dijo Sam a mi espalda, tan cerca que pegué un salto. Me levanté con rapidez y me volví para mirarlo. Descubrí que tenía su rostro a apenas quince centímetros del mío—. Sookie —dijo esperanzado. Paseó la mano por mi hombro, lo rozó y lo acarició.

Me puse furiosa porque la mitad de mi ser quería corresponderle.

—Escúchame bien, amiguito. Podías haberme contado todo esto en innumerables ocasiones a lo largo de los últimos años. ¿Desde hace cuánto tiempo nos conocemos? Cuatro años... ¡O incluso más! Y aun así, Sam, a pesar de que te he visto casi a diario, has esperado a que Bill se sienta interesado por mí para... —incapaz de terminar la frase, sacudí las manos en el aire.

Sam se retiró, lo que fue un alivio.

—No he visto lo que tenía delante hasta que me he dado cuenta de que me lo podían quitar —dijo con voz serena.

No se me ocurría nada que responder.

—Hora de irse a casa —le dije—. Y será mejor que te llevemos allí sin que nadie te vea. Lo digo en serio.

Ya era bastante arriesgado sin necesidad de que algún cotilla como Rene viera a Sam en mi coche a primera hora de la mañana y sacara las conclusiones equivocadas. Y se las transmitiera a Bill.

Así que nos pusimos en camino, con Sam agazapado en el asiento trasero. Aparqué con precaución detrás del Merlotte's. Allí había una camioneta; negra, con remolinos de color rosa y celeste a ambos lados: la de Jason.

—Oh, oh —dije.

—¿Qué pasa? —la voz de Sam quedaba algo amortiguada por su postura.

—Déjame ir a echar un vistazo —le dije, empezando a sentirme nerviosa. ¿Por qué iba a aparcar Jason allí, en la zona de empleados? Y me parecía distinguir algo así como un bulto en el interior.

Abrí la puerta de mi coche, confiando en que el ruido alertara a la figura de la camioneta. Esperé a atisbar algún movimiento, pero cuando vi que no sucedía nada comencé a atravesar la gravilla, más asustada de lo que jamás he estado a la luz del día.

Al acercarme a la ventanilla, descubrí que el bulto del interior era Jason. Estaba desplomado detrás del volante. Tenía la camisa manchada, la barbilla apoyada en el pecho, y los brazos desparramados a ambos lados del asiento. Sobre su hermoso rostro se apreciaba un largo arañazo rojo. También distinguí una cinta de vídeo sin etiquetar sobre el salpicadero de la camioneta.

—Sam —dije, odiando que mi voz revelase tanto pavor—. Ven, por favor.

Antes de lo que hubiera creído posible, Sam estaba a mi lado. Se me adelantó para abrir la puerta del conductor. Como estábamos a comienzos del verano y, aparentemente, el vehículo llevaba allí varias horas —había rocío en el capó— con las ventanillas subidas, el olor que despedía el interior era muy penetrante. Se componía al menos de tres elementos: sangre, sexo y alcohol.

—¡Llama a una ambulancia! —dije, apremiante, mientras Sam se inclinaba para tomarle el pulso a Jason. Me miró dubitativo.

—¿Estás segura de que eso es lo que quieres?

—¡Pues claro! ¡Está inconsciente!

—Espera, Sookie. Piénsalo.

Es posible que lo hubiera reconsiderado, de no haber sido porque en ese momento apareció Arlene al volante de su destartalado Ford azul. Sam suspiró y se metió en la caravana para llamar.

Era tan ingenua… Eso me pasaba por haber sido una ciudadana tan respetuosa con la ley durante todos los días de mi vida.

Acompañé a Jason al diminuto hospital local, ajena al hecho de que la policía examinaba con mucho cuidado su camioneta, y de que un coche patrulla seguía a la ambulancia; e incluso confiada cuando el médico me envió a casa asegurándome que me llamaría en cuanto Jason recobrara la consciencia. El doctor me contó, observándome con curiosidad, que parecía que Jason estaba recuperándose de los efectos del alcohol o de las drogas. Pero Jason nunca había bebido tanto antes, y no consumía drogas; la experiencia de nuestra prima Hadley nos había marcado profundamente a los dos. Le conté todo aquello al médico. Tras escucharme, me mandó a casa.

Sin saber qué pensar, fui a casa para descubrir que a Andy Bellefleur lo había despertado su busca. Me había dejado una nota avisándome, y nada más. Después, me enteré de que había llegado al hospital cuando yo todavía estaba allí, y que por consideración hacia mí había esperado a que me fuera antes de esposar a Jason a la cama.

12

Sam vino a darme la noticia alrededor de las once en punto.

—Van a arrestar a Jason en cuanto vuelva en sí, Sookie, y parece que eso ocurrirá pronto —lo que Sam no me dijo es cómo había llegado a enterarse. No le quise preguntar.

Me quedé mirándolo mientras las lágrimas se me resbalaban por las mejillas. Cualquier otro día habría pensado en lo poco favorecida que estoy cuando lloro, pero en aquel momento lo último que me importaba era mi aspecto. Se me juntaba todo. Me sentía asustada por lo que pudiera sucederle a Jason, apenada por Amy Burley, furiosa por que la policía cometiera un error tan estúpido y, además, echaba mucho de menos a Bill.

—La policía está convencida de que Amy Burley se resistió. Creen que Jason se emborrachó después de matarla.

—Gracias por avisarme, Sam —mi voz parecía venir de muy lejos—. Será mejor que ahora vayas a trabajar.

Después de que Sam comprendiera que necesitaba estar sola, llamé a información y conseguí el número de teléfono del hotel de Nueva Orleans en el que se alojaba Bill. Marqué los dígitos con la vaga sensación de estar haciendo algo que no debía, aunque no se me ocurría cómo o por qué.

—Hotel para vampiros de Nueva Orleans —anunció con gran dramatismo una voz profunda—. Su ataúd lejos de casa.

Vaya por Dios.

—Buenos días. Soy Sookie Stackhouse. Les llamo desde Bon Temps —dije educadamente—. Necesito dejar un mensaje para Bill Compton. Está alojado en su hotel.

—¿«Colmillo» o humano?

—Eh…, «colmillo».

—Un momento, por favor —volví a escuchar la profunda voz al cabo de unos instantes—. ¿Cuál es el mensaje, señorita?

Me lo tuve que pensar.

—Por favor, dígale al señor Compton que…, que mi hermano ha sido arrestado, y que le agradecería que regresara a casa en cuanto haya resuelto sus asuntos.

—Tomo nota —me llegó el sonido del garabateo—. ¿Podría repetir su nombre?

—Stackhouse. Sookie Stackhouse.

—Muy bien, señorita. Me aseguraré de que recibe su mensaje.

—Gracias.

Y ésa fue la única medida que se me ocurrió adoptar, hasta que me di cuenta de que resultaría mucho más práctico avisar a Sid Matt Lancaster. Hizo lo posible por parecer consternado al enterarse de que Jason iba a ser detenido. Me aseguró que, tan pronto como saliese del juzgado esa misma tarde, saldría disparado hacia el hospital y me informaría de lo que se enterase.

Regresé al hospital para ver si me dejaban permanecer al lado de Jason hasta que recuperara la consciencia. Solicitud denegada. No sabía si ya habría vuelto en sí, pero no querían decírmelo. Divisé a Andy Bellefleur al otro extremo del pasillo. Al verme, se giró para alejarse.

Maldito cobarde.

Me fui a casa porque no se me ocurría nada más que hacer. Recordé que, de todos modos, no me tocaba trabajar ese día. Por lo menos había algo bueno, aunque en aquellos momentos no me preocupaba demasiado. Pensé que no estaba manejando la situación tan bien como debería, que me había mantenido más serena cuando murió la abuela.

Claro que entonces no había estado tan cargada de incertidumbres. El desarrollo de los acontecimientos posteriores parecía evidente: enterraríamos a la abuela, arrestarían a su asesino y la vida seguiría adelante. Pero ahora era distinto; si la policía de verdad creía que Jason había matado a la abuela, además de a las otras mujeres, es que el mundo era un lugar tan perverso y arbitrario que yo no quería formar parte de él.

Durante aquella larguísima tarde que pasé sentada con la mirada perdida en el infinito, me di cuenta de que era ese tipo de ingenuidad la que había provocado el arresto de Jason. Si me hubiera limitado a meterlo en la caravana de Sam y limpiarlo un poco, a esconder la cinta hasta saber lo que contenía... Si, sobre todo, no hubiera llamado a la ambulancia... Eso debió de ser lo que estaba pensando Sam al mostrarse tan dubitativo. Sin embargo, la llegada de Arlene me había dejado sin opciones.

Pensé que el teléfono no pararía de sonar en cuanto la gente se enterara.

Pero nadie llamó.

No sabrían qué decir.

Sid Matt Lancaster llegó alrededor de las cuatro y media. Sin más preámbulos, me soltó:

—Lo han arrestado por asesinato en primer grado.

Cerré los ojos. Cuando volví a abrirlos, Sid me contemplaba con una expresión perspicaz en su afable rostro. Llevaba unas gafas clásicas de montura negra que agrandaban sus ojos, de un turbio castaño. Tanto sus descolgados carrillos como su afilada nariz le conferían el aspecto de un sabueso.

—¿Qué dice él? —pregunté.

—Dice que anoche estuvo con Amy —suspiré—, que se acostaron juntos y que ya había estado con ella antes. Asegura que no se habían visto en una temporada, que la última vez que estuvieron juntos Amy le había montado un numerito de celos porque él salía con otras mujeres. Se había puesto furiosa, así que a Jason le sorprendió que se le acercara anoche en el Good Times. Dice que Amy actuó de un modo extraño, como si estuviese planeando algo. Recuerda haber mantenido relaciones sexuales con ella y beber algo después, pero no se acuerda de nada más hasta que se despertó en el hospital.

—Le han tendido una trampa —dije con firmeza, consciente de que aquello sonaba a telefilme barato.

—Desde luego —la mirada de Sid Matt mostraba tanta seguridad y convencimiento como si hubiera estado en casa de Amy Burley la noche anterior.

Qué demonios, puede que así fuera.

—Oiga, Sid Matt —me incliné hacia delante obligándolo a mirarme a los ojos—. Incluso si de algún modo

346

pudiera llegar a creerme que Jason hubiera matado a Amy, Dawn y Maudette, jamás podría aceptar la idea de que hubiera movido un solo dedo para hacerle daño a mi abuela.

—De acuerdo, entonces —Sid Matt estaba preparado para recibir mis impresiones de modo llano y directo, su actitud corporal así lo indicaba—. Señorita Sookie, supongamos sólo por un minuto que Jason tuviera algún tipo de implicación en esas muertes. En tal caso, la policía podría pensar que tal vez su amigo Bill Compton matase a su abuela, ya que se interponía entre ustedes dos.

Traté de aparentar que estaba considerando con seriedad semejante estupidez.

—Bueno, Sid Matt, a mi abuela le gustaba Bill, y estaba encantada de que saliera con él.

Hasta que consiguió devolver la cara de póquer a su expresión, los ojos del abogado reflejaron la más pura incredulidad. Él no estaría nada contento de que su hija saliera con un vampiro; no podía imaginarse a ningún padre responsable que no estuviera horrorizado. Y aún podía imaginarse menos cómo iba a ser capaz de convencer a un jurado de que mi abuela había estado contenta de que yo saliera con un tipo que ni siquiera estaba vivo y que, además, me llevaba más de un siglo.

Ésos eran los pensamientos de Sid Matt.

—¿Conoce a Bill? —le pregunté.

Eso lo cogió por sorpresa.

—No —admitió—. Ya sabe, señorita Sookie, no me va esto de los vampiros. En mi opinión, supone abrir una grieta en un muro que deberíamos mantener firme entre nosotros y los presuntos «portadores» del virus. Creo que Dios quería que ese muro estuviera ahí, y al menos yo mantendré la sección que me corresponde.

—El problema de eso, Sid Matt, es que yo misma fui creada con un pie a cada lado del muro —tras toda una vida dedicada a ocultar mi «don», descubrí que, si servía para ayudar a Jason, se lo restregaría a quien fuera por delante.

—Bueno —dijo Sid Matt con valentía, ajustándose las gafas sobre el puente de su afilada nariz—, estoy seguro de que el Señor no la habría afligido con este problema, del que ya he oído hablar, sin motivo. Tiene que aprender a usarlo para mayor gloria de Él.

Nadie lo había planteado antes de ese modo. Era una idea sobre la que tendría que meditar cuando tuviera tiempo.

—Me temo que he hecho que nos alejemos del tema en cuestión, y sé que su tiempo es muy valioso —puse en orden mis pensamientos—. Quiero que Jason salga bajo fianza. Lo único que lo relaciona con el asesinato de Amy son pruebas circunstanciales, ¿no es así?

—Ha admitido que estuvo con la víctima justo antes del asesinato, y la cinta de vídeo, según me ha insinuado de modo bastante explícito uno de los agentes, muestra a su hermano manteniendo relaciones sexuales con la fallecida. La hora y la fecha de la cinta indican que se rodó en las horas, quizá minutos, previos al momento de su muerte.

Malditos fueran los peculiares gustos de mi hermano en la cama.

—Jason nunca bebe mucho. Olía a alcohol cuando lo encontré en su camioneta, pero creo que se limitaron a echárselo por encima. Estoy segura de que una prueba médica podrá demostrar lo que digo. Puede que Amy le metiera algún narcótico en la bebida que le preparó.

—¿Y por qué iba a hacer eso?

—Porque, como tantas otras, estaba loca por Jason, lo deseaba. Mi hermano podría salir con casi cualquier chica que le apetezca. No, en realidad eso es un eufemismo —Sid Matt pareció sorprenderse de que conociera la palabra—. Podría acostarse con casi cualquiera que le apetezca. La mayoría de los chicos lo consideraría un sueño hecho realidad —el cansancio empezaba a descender sobre mí como una espesa niebla—. Pero mire adónde lo ha llevado: ahora está en la cárcel.

—¿Cree que otro hombre ha amañado todo esto para incriminarlo?

—Eso es lo que pienso —me incliné hacia delante, tratando de persuadir a aquel escéptico abogado con la fortaleza de mi propia convicción—. Alguien que le tiene envidia, alguien que conoce su horario, que mata a estas mujeres cuando Jason ha salido del trabajo. Alguien que sabe que Jason se había acostado con todas esas chicas, y que conoce su afición a grabarlo en cinta.

—Podría ser casi cualquiera —dijo el abogado con pragmatismo.

—Sí —admití con tristeza—. Incluso si Jason hubiese tenido la delicadeza de no ir cacareando por ahí con quién pasaba la noche, a quienquiera que fuera le habría bastado con presenciar con quién salía de un bar a la hora del cierre. Si era observador, tal vez le preguntara por las cintas en una visita a su casa… —mi hermano podía ser algo inmoral, pero no me creo que hubiera mostrado aquellos vídeos a nadie más. Aun así, podía haberle contado a otros hombres que le gustaba realizar grabaciones—. Así que este hombre, sea quien sea, hizo una especie de trato con Amy, sabiendo que ella estaba loca por Jason. Puede que le dijera que iba a gastarle a Jason una broma pesada, o algo así.

—Su hermano no ha sido arrestado con anterioridad —señaló Sid Matt.

—No —aunque en un par de ocasiones había estado a punto, según sus propias palabras.

—No tiene antecedentes, es un miembro respetado de la comunidad, tiene un trabajo estable… Existe alguna posibilidad de que le permitan salir bajo fianza. Pero si huye, usted lo perderá todo.

Ni siquiera se me había ocurrido que Jason pudiera violar la libertad condicional. No sabía nada sobre fianzas ni de cómo se solicitaban, pero quería que Jason saliera de la cárcel. De alguna manera, permanecer allí hasta que se completasen los procedimientos legales previos al juicio… De algún modo, eso le haría parecer más culpable.

—Usted averigüe qué hay que hacer e infórmeme —le dije—. Mientras tanto, ¿puedo ir a verlo?

—Él prefiere que no lo haga —contestó Sid Matt.

Escuchar eso me dolió muchísimo.

—¿Por qué? —pregunté, tratando con todas mis fuerzas de no derrumbarme.

—Le da vergüenza —explicó el abogado. La idea de que Jason pudiera sentir tal cosa resultaba asombrosa.

—Entonces —dije, tratando de pasar a otra cosa, súbitamente cansada de esta reunión tan poco satisfactoria—, ¿me llamará cuando de verdad pueda hacer algo?

Sid Matt asintió; al hacerlo, sus carrillos se agitaron con un leve temblor. Lo incomodaba. Era evidente que se alegraba de poder alejarse de mí.

El abogado se fue en su camioneta, tras incrustarse un sombrero de vaquero cuando aún lo tenía al alcance de la vista.

Cuando hubo oscurecido por completo, salí a ver qué tal se encontraba Bubba. Lo encontré sentado bajo un roble de los pantanos, con varias botellas de sangre alineadas en torno suyo: a un lado, las llenas y, al otro, las vacías.

Yo llevaba una linterna, y aunque sabía que el vampiro estaba allí, no pude evitar asustarme un poco al enfocarlo. Sacudí la cabeza. Definitivamente, algo había ido muy mal cuando Bubba «resucitó». Me alegré mucho de no poder leerle los pensamientos; tenía la mirada de un demente.

—Eh, monada —dijo con un acento sureño tan denso como el almíbar—. ¿Qué tal te va? ¿Vienes a hacerme compañía?

—Sólo quería asegurarme de que estuvieras cómodo —le dije.

—Bueno, se me ocurren otros sitios en los que estaría más cómodo, pero como eres la chica de Bill, no voy a mencionártelos.

—Mejor —dije con firmeza.

—¿Hay algún gato por aquí? Estoy empezando a hartarme del rollo embotellado este.

—No hay. Seguro que Bill vuelve pronto y entonces podrás irte a casa —me di la vuelta y comencé a caminar de regreso. No me sentía lo suficientemente cómoda en presencia de Bubba para prolongar la conversación, si es que aquello se podía llamar así. Me preguntaba qué pensamientos asaltarían a Bubba durante sus largas noches como centinela. ¿Recordaría su pasado?

—¿Y qué me dices del perro? —preguntó desde lejos.

—Ha vuelto con su dueño —contesté, girando la cabeza.

—Qué pena —dijo Bubba para sí, tan bajo que casi no lo oí.

Me preparé para irme a la cama. Intenté ver un rato la tele, me serví algo de helado, y hasta le eché algo de chocolate líquido por encima. Aquella noche parecía que ninguna de las cosas que habitualmente me tranquilizaban funcionaba. Mi hermano estaba en la cárcel; mi novio, en Nueva Orleans; mi abuela, muerta; y alguien había asesinado a mi gata. Me sentí sola e inmensamente desgraciada.

A veces no queda más remedio que recrearse en tales pensamientos.

Bill no me devolvía la llamada.

Eso añadía más leña al fuego. Seguro que había encontrado alguna furcia complaciente en Nueva Orleans, o alguna «colmillera» de las que rodeaban el hotel todas las noches con la esperanza de conseguir una «cita» con un vampiro.

Si le pegara a la botella, me habría emborrachado. Si tuviera algo de promiscua, habría llamado al adorable J.B. du Rone y me habría acostado con él. Pero no soy tan dramática ni tan drástica, así que me limité a comer helado y ver películas antiguas en la tele. Por alguna siniestra coincidencia, estaban echando una de Elvis, *Amor en Hawai*.

Al final me fui a la cama alrededor de medianoche.

Un chillido al otro lado de la ventana de mi habitación me despertó. Me incorporé de un respingo. Oía golpes y ruidos sordos. Por último, una voz que enseguida reconocí como la de Bubba, gritó:

—¡Vuelve aquí, capullo!

Tras un par de minutos de absoluto silencio, me puse un albornoz y me dirigí a la puerta principal. A la luz del alumbrado de emergencia, el jardín se veía vacío. Entonces, atisbé movimiento a la izquierda, y cuando asomé la cabeza por la puerta divisé a Bubba, que se arrastraba cansinamente de vuelta a su escondrijo.

—¿Qué ha ocurrido? —le pregunté en voz baja. Bubba cambió de dirección y se acercó cabizbajo hacia el porche.

—Pues que algún hijoputa, si se me permite, estaba rondando la casa —me explicó. Sus ojos castaños brillaban y se parecía más a su antiguo ser—. Lo he oído varios minutos antes de que llegara, y pensé que lo tenía, pero ha llegado a la carretera atajando por el bosque, donde tenía aparcada la camioneta.

—¿Lo has visto?

—No lo suficiente para poder describirlo —dijo Bubba con pesar—. Conducía una camioneta, pero ni siquiera podría decir de qué color era; oscuro.

—Aun así, me has salvado —le dije, confiando en que la sincera gratitud que sentía se revelara en mi voz. Experimenté una oleada de cariño hacia Bill, que se había encargado de mi protección. Hasta me parecía que Bubba tenía mejor aspecto—. Gracias, Bubba.

—No ha sido nada —dijo, gentil, y por un momento se irguió, echó hacia atrás la cabeza, y puso esa sonrisa soñolienta… Era él. Abrí la boca para pronunciar su nombre, pero recordé la advertencia de Bill, y la cerré.

Jason salió en libertad bajo fianza al día siguiente.

Costó una fortuna. Firmé todo lo que me indicó Sid Matt, aunque la mayor parte del aval se cubrió con la casa de Jason, su camioneta y su bote de pesca. Si lo hubieran arrestado antes una sola vez, aunque fuera por imprudencia al cruzar la calle, no creo que le hubieran permitido salir bajo fianza.

Lo esperé en las escaleras de entrada a los juzgados, ataviada con un horrible y sobrio traje de color azul marino, bajo el calor de la mañana. El sudor me caía por la cara y se colaba entre mis labios de un modo tan desagradable que deseé lanzarme de cabeza a la ducha. Jason se detuvo frente a mí. No estaba segura de que fuera a decirme algo; su rostro parecía haber envejecido años. Por fin se enfrentaba a problemas serios, a problemas graves que no desaparecerían o se irían desvaneciendo con el paso del tiempo, como la tristeza.

—No hace falta que hable contigo de esto —dijo, en un tono de voz tan bajo que apenas era audible—. Sabes que no he sido yo. Nunca he sido violento, ni he ido más allá de tener una pelea o dos en algún aparcamiento por alguna chica.

Le toqué el hombro, pero dejé caer la mano al ver que no reaccionaba.

—Nunca he pensado que fueras tú, y nunca lo haré. Siento haber sido tan tonta como para llamar ayer a la ambulancia. Si me hubiera dado cuenta de que no era tu sangre, te habría llevado a la caravana de Sam para limpiarte y quemar la cinta. Pero me daba tanto miedo que te hubieran herido…

Sentí que se me llenaban los ojos de lágrimas, pero no era momento de llorar, así que contuve el llanto. Noté que se me endurecía el gesto. La mente de Jason era un caos, una especie de pocilga mental. Allí se cocía una mezcla poco saludable de remordimientos, bochorno porque sus hábitos sexuales salieran a la luz, culpa por no sentirse peor por la muerte de Amy, horror ante la idea de que cualquiera del pueblo pudiera creer que había matado a su propia abuela mientras acechaba a su hermana...

—Saldremos de ésta —dije, impotente.

—Saldremos de ésta —repitió él, tratando de que su voz sonara firme y segura. Pero yo pensaba que iba a tener que pasar mucho tiempo antes de que la seguridad de Jason, esa dorada confianza en sí mismo que lo había hecho irresistible, regresara a su rostro, a su gesto y a su tono de voz.

Tal vez nunca lo hiciera.

Nos separamos allí, en los juzgados. No teníamos nada más que decirnos.

Me pasé todo el día sentada en el bar, mirando a los hombres que entraban, leyéndoles la mente. Ninguno de ellos estaba pensando en cómo había matado a cuatro mujeres y había conseguido salir impune. A la hora de comer, Hoyt y Rene cruzaron la puerta, pero se marcharon al verme allí sentada. Era demasiado embarazoso para ellos, supongo.

Al final, Sam me obligó a marcharme. Me dijo que resultaba tan siniestra que estaba espantando a cualquier cliente que pudiera proporcionarme información de utilidad.

Me arrastré hacia la puerta y salí al exterior, donde brillaba un sol cegador. Estaba a punto de ponerse. Pensé en Bubba, en Bill, en todas esas criaturas que estaban despertando de su profundo letargo para caminar sobre la tierra de nuevo.

Me pasé por el Grabbit Kwik para comprar algo de leche para los cereales del desayuno. El nuevo dependiente era un chico con acné y una enorme nuez que me contempló con avidez, como si quisiera fijar una imagen mental de lo que, a su entender, era la hermana de un asesino. Sabía que apenas podía esperar a que yo saliera de la tienda para llamar por teléfono a su novia. Estaba deseando que hubiera alguna forma de ver las marcas de colmillos de mi cuello, y se preguntaba si habría algún modo de averiguar cómo se lo montaban los vampiros.

Ésa era la clase de basura que tenía que «escuchar» día tras día. No importaba lo que me esforzara en pensar en otra cosa, lo alta que mantuviera mi guardia o lo amplia que fuese mi sonrisa, siempre acababa teniendo que enterarme de estas cosas.

Llegué a casa justo cuando anochecía.

Tras sacar la leche de la bolsa y quitarme el uniforme, me puse unos pantalones cortos y una camiseta negra de Garth Brooks, y traté de pensar en algo con lo que entretenerme aquella noche. No era capaz de tranquilizarme lo suficiente como para ponerme a leer; y, de todos modos, antes tendría que pasar por la biblioteca para devolver los libros y sacar otros, lo que, dadas las circunstancias, iba a suponer un auténtico trauma. No ponían nada decente en la televisión, por lo menos aquella noche. Se me ocurrió que podría volver a ver *Braveheart*; mirar a Mel Gibson con falda escocesa siempre levanta la moral, pero era una película demasiado sangrienta para el estado de ánimo en que me encontraba. No podría soportar que le cortaran otra vez la garganta a aquella chica, incluso aunque ya sabía cuándo había que taparse los ojos.

Fui al baño para lavarme la cara, tenía el maquillaje corrido por el sudor. Entonces, ahogado por el ruido del agua corriente, me pareció oír una especie de aullido en el exterior.

Cerré el grifo y me erguí. Estaba escuchando con tanta atención que casi pude sentir cómo se me desplegaba la antena. ¿Qué…? Las gotas de agua caían desde mi rostro a la camiseta.

Ni un solo ruido, ni uno en absoluto. Me arrastré hasta la puerta principal, porque era la más cercana a la atalaya de Bubba entre los árboles.

Entorné un poco la puerta. Grité:

—¿Bubba?

No hubo respuesta. Lo volví a intentar.

Daba la impresión de que hasta las langostas y los sapos contenían el aliento. La noche era tan silenciosa que podía reservar cualquier cosa. Algo merodeaba ahí fuera, en la oscuridad.

Traté de reflexionar, pero mi corazón palpitaba con tanta fuerza que interfería en el proceso.

Antes de nada, llama a la policía.

Descubrí que ésa ya no era una opción. El teléfono no daba señal.

Así pues, podía esperar en casa a que llegaran los problemas, o podía lanzarme al bosque.

Era una decisión complicada. Me mordía el labio mientras recorría toda la casa apagando las luces, tratando de trazar un plan de acción. La casa procuraba cierta protección: cerrojos, muros, rincones y ranuras. Pero sabía que cualquier persona que se lo propusiera podría entrar, y, en tal caso, no tendría escapatoria.

Vale, ¿cómo podía salir al exterior sin que me vieran? Para empezar, apagué las luces de fuera. La puerta trasera estaba más cerca de los árboles, así que era la mejor elección. Conocía el bosque bastante bien, debería ser capaz de esconderme allí hasta que amaneciera. Podría intentar llegar a casa de Bill; estaba segura de que su teléfono funcionaría, y tenía una copia de su llave.

O podría tratar de llegar a mi coche y arrancarlo. Pero eso me retendría en un punto concreto durante varios segundos. No, el bosque parecía la mejor opción.

Me metí en uno de los bolsillos la llave de Bill y una navaja de mi abuelo, que la abuela guardaba en un cajón de la mesa del salón para abrir paquetes. En el otro bolsillo me metí como pude una linterna pequeña. Además, la abuela tenía un viejo rifle en el armario ropero, junto a la puerta principal. Había pertenecido a mi padre cuando era pequeño, y ella sobre todo lo había usado para matar serpientes. Bueno, ahora yo también tenía una serpiente que matar. Odiaba el maldito rifle, odiaba la idea de tener que usarlo, pero parecía ser el momento adecuado.

No estaba.

No me podía creer lo que veían mis ojos. Rebusqué por todo el armario.

¡Él había estado en casa!

Pero no había ninguna puerta forzada. Tenía que ser alguien a quien yo hubiera invitado. ¿Quién había estado allí? Traté de repasar mentalmente a todos mientras me acercaba a la puerta trasera, con las zapatillas bien atadas para que no pudiera pisarme los cordones en ningún momento. A toda prisa me recogí el pelo en una coleta, casi con una sola mano, para que no me molestara, y lo sujeté con una cinta de goma. Pero no podía dejar de pensar en el robo del rifle.

¿Quién había estado en casa? Bill, Jason, Arlene, Rene, los niños, Andy Bellefleur, Sam, Sid Matt... Estaba segura de que todos se habían quedado solos durante al menos un par de minutos, quizá suficientes para lanzar el rifle fuera y recogerlo más tarde.

Entonces me acordé del día del funeral. Casi todas las personas a las que conocíamos habían estado entrando y saliendo de la casa, y no podía recordar si había visto el arma desde entonces. Pero habría sido complicado pasar inadvertido al salir de una casa tan atestada de gente con un rifle entre las manos. Además, pensé que si hubiera desaparecido entonces, probablemente ya habría descubierto su ausencia; de hecho estaba casi segura de ello.

Tuve que dejar eso a un lado por el momento, y concentrarme en ser más lista que quien estuviera ahí fuera, al acecho.

Abrí la puerta de atrás. Salí agachándome tanto como pude, y entorné con suavidad la puerta tras de mí. En lugar de pisar los escalones, alargué una pierna y la apoyé en el suelo mientras me estiraba sobre el porche. Cargué mi peso sobre ella y retiré la otra pierna. Volví a agazaparme. Me recordó a cuando jugaba al escondite con Jason entre los árboles, cuando éramos niños.

Recé para que en esta ocasión mi compañero de juegos no fuera él.

En primer lugar, me oculté tras la jardinera que había colocado la abuela, y después me arrastré hasta su coche, mi segundo objetivo. Miré al cielo; había luna llena, pero como la noche estaba despejada, se veían las estrellas.

El aire resultaba pesado por la humedad, y seguía haciendo calor. En pocos minutos, mis manos quedaron empapadas en sudor.

Siguiente paso, del coche a la mimosa.

Esta vez hice más ruido. Me tropecé con un tocón y caí de bruces contra el suelo. Me mordí los labios para no gritar. El dolor se extendía por mi pierna y por la cadera, y me di cuenta de que los bordes del irregular tronco me habían producido arañazos de consideración en el muslo. ¿Por qué no lo habría arrancado antes? La abuela le pidió a Jason que lo hiciera, pero mi hermano nunca parecía encontrar el momento.

Escuché un movimiento, o más bien lo intuí. Dejando la precaución para otra ocasión, me incorporé y corrí hacia los árboles. Alguien irrumpió en la linde del bosque, a mi derecha, y se lanzó hacia mí. Pero yo sabía adónde ir, y de un sorprendente salto, me agarré a la rama inferior del árbol de juegos de mi infancia, y me impulsé hacia arriba. Si sobrevivía hasta el amanecer se me quedarían los músculos hechos papilla, pero habría merecido la pena. Intenté alcanzar el equilibrio sobre la rama, tratando de respirar con suavidad, pese a que lo que me pedía el cuerpo era gemir y gruñir como hacen los perros cuando sueñan.

Ojalá aquello fuera un sueño. Sin embargo, ahí estaba yo: Sookie Stackhouse, camarera y lectora de mentes, sentada sobre una rama en el bosque a altas horas de la noche, sin más armas que una navaja de bolsillo.

Sentí movimientos abajo; un hombre apareció entre los árboles. De una de sus muñecas colgaba un cordel. Dios mío. No conseguía distinguir sus rasgos. Pasó por debajo de mí sin verme.

Cuando desapareció de mi vista, volví a respirar. Tan silenciosamente como me fue posible, bajé al suelo. Comencé a avanzar entre los árboles, hacia la carretera. Tardaría un rato, pero si lograba llegar a ella, tal vez pudiera hacer señales a alguien para que parara. Entonces pensé en los pocos coches que viajaban por allí. Quizá fuera mejor cruzar el cementerio hasta la casa de Bill. Pensé en todas aquellas tumbas, de noche, con el asesino buscándome, y me tembló todo el cuerpo.

No tenía sentido asustarse más. Tenía que concentrarme en el presente. Calculé cada una de mis pisadas, avanzando con mucha lentitud. Entre aquella maleza, cualquier caída resultaría audible, y lo tendría encima en un instante.

Encontré un gato muerto a unos diez metros al sudeste del árbol al que me había subido. Tenía la garganta abierta. Apenas podía distinguir el color de su pelaje, pero las manchas oscuras alrededor del pequeño cadáver sólo podían ser de sangre. Tras metro y medio más de furtivo movimiento me topé con Bubba. Estaba inconsciente o muerto; resultaba difícil distinguir ambos estados cuando se trataba de un vampiro. Pero como no tenía ninguna estaca atravesándole el corazón y la cabeza seguía en su sitio, confié en que sólo estuviera inconsciente. Me imaginé que alguien le habría traído un gato envenenado; alguien que sabía que Bubba me protegía, y que había oído de su afición por los gatos.

Oí un crujido detrás de mí. El chasquido de una ramita. Me deslicé hasta quedar cubierta por la sombra de un gran árbol. Estaba desquiciada, desquiciada y muy asustada. Me preguntaba si moriría aquella noche.

Puede que no tuviera el rifle a mano, pero tenía un arma incorporada a mi cuerpo. Cerré los ojos y escudriñé con la mente.

Una oscura maraña, roja, negra… Odio.

Me estremecí. Pero era necesario hacerlo; era mi única protección. Bajé hasta el último resquicio de mis defensas.

A mi cabeza afluyeron imágenes repugnantes, que me aterraron: Dawn, pidiéndole a alguien que la golpeara para después descubrir que él estiraba unas medias entre sus manos dispuesto a rodearle el cuello con ellas; una fugaz imagen de Maudette, desnuda y suplicante; otra mujer a la que nunca había visto, de espaldas a mí, cubierta de moratones y verdugones. Después mi abuela…, mi abuela; en nuestra cocina, furiosa y luchando por su vida.

El horror de todo aquello me aturdía; me sentía paralizada. ¿De quién eran esos pensamientos? Entonces «vi» a los hijos de Arlene, jugando en el suelo de mi sala de estar. Y a mí misma, pero no me parecía a la persona que veía cada mañana en el espejo. Tenía unos enormes agujeros en el cuello, y resultaba lasciva. Una sonrisa lujuriosa se asomaba en mi rostro, y me acariciaba la cara interior del muslo de modo sugerente.

Me había introducido en la mente de Rene Lenier. Así era como él me veía.

Era un demente.

Ahora sabía por qué nunca había sido capaz de leer con claridad sus pensamientos: los mantenía apartados en un compartimento secreto, un lugar oculto de su cerebro, separado de su yo consciente.

En ese momento había divisado una silueta detrás de un árbol y se preguntaba si se parecía a la de una mujer.

Me estaba viendo.

Me puse en pie de un salto y comencé a correr hacia el cementerio. Ya no podía escuchar sus pensamientos porque mi cabeza estaba demasiado concentrada tratando de esquivar los obstáculos que el bosque me presentaba: árboles, arbustos, ramas caídas y hasta un pequeño barranco donde se acumulaba el agua de lluvia. Mis fuertes piernas me impulsaron mientras mis brazos se balanceaban rítmicamente; el sonido de mi respiración recordaba a los silbidos de una gaita.

Salí del bosque para adentrarme en el camposanto. La parte más antigua se encontraba más al norte, hacia la casa de Bill, y ofrecía las mejores posibilidades para ocultarse. Rodeé unas lápidas de aspecto moderno, situadas casi a ras de suelo, nada apropiadas para servir de escondite. Salté por encima de la tumba de la abuela, que aún no tenía losa; la tierra desnuda la cubría. Su asesino me seguía. Como una tonta me giré para calcular la distancia que nos separaba, y a la luz de la luna distinguí su mata de pelo acercándose cada vez más a mí.

A toda velocidad, descendí por la suave cuenca que conformaba el terreno y comencé a subir por una de sus laderas. Cuando consideré que ya había suficientes lápidas y estatuas de gran tamaño entre Rene y yo, me agaché tras una alta columna de granito coronada por una cruz. Permanecí muy quieta, apretándome contra la dura y fría piedra. Me puse una mano sobre la boca para silenciar los sofocantes esfuerzos que tenía que hacer para llenarme los pulmones de aire. Me obligué a calmarme lo necesario para intentar «escuchar» a Rene, pero sus pensamientos no eran lo bastante coherentes como para poder descifrarlos. Tan sólo percibía su furia. Entonces, se me presentó una imagen con nitidez.

—Tu hermana —grité—. ¿Todavía está viva Cindy, Rene?

—¡Zorra! —aulló. Y en ese preciso instante supe que la primera mujer en morir había sido su hermana; esa a la que le gustaban los vampiros, a la que supuestamente aún visitaba de vez en cuando, según Arlene. Rene había matado a su hermana Cindy, la camarera, mientras ella todavía llevaba el uniforme rosa y blanco de la cafetería del hospital. La había estrangulado con las tiras de su propio delantal. Y después de que muriera, mantuvo relaciones sexuales con ella. Rene había pensado, dentro de lo que aquella mente enferma era capaz de hacerlo, que, ya que ella había caído tan bajo, poco podía importarle hacerlo con su propio hermano. Cualquiera que permitiese a un vampiro hacerle eso merecía morir. Después, había ocultado su cuerpo para ahorrarse la vergüenza de una exposición pública. Las otras no eran de su carne, no tenía nada de malo dejarlas a la vista.

El sórdido interior de Rene me succionó como a una rama arrastrada por un remolino; me hizo tambalearme. Cuando regresé a mi propia cabeza, lo tenía encima. Me golpeó en la cara con toda su fuerza, esperando que me cayera. El golpe me rompió la nariz y me produjo tal dolor que a punto estuve de desmayarme, pero logré resistir. Le devolví el golpe, pero mi falta de experiencia lo hizo ineficaz. Sólo conseguí golpearle en las costillas, arrancándole un gruñido. Contraatacó de inmediato.

Su puño me rompió la clavícula, pero no me derrumbé.

No se había imaginado lo fuerte que era yo. A la luz de los astros, observé su cara de sorpresa ante mi resistencia. Agradecí haber ingerido tanta sangre de vampiro. Me acordé del valor que había mostrado mi abuela y me abalancé sobre él. Lo agarré por las orejas y traté de estamparle la cabeza contra la columna de granito. Alzó las manos para sujetarme por los antebrazos, e intentó desembarazarse de mí. Al final lo consiguió, pero por su mirada supe que estaba asustado y más alerta. Traté de darle un rodillazo, pero se me adelantó, girándose lo suficiente para esquivarme. Aprovechando que estaba sin equilibrio me empujó, y caí al suelo con un impacto que hizo que me rechinaran los dientes.

Se puso a horcajadas sobre mí, pero había perdido el cordel en el forcejeo, y mientras sostenía mi cuello con una mano, tanteó el suelo con la otra en busca de su herramienta favorita. Me había inmovilizado el brazo derecho, pero tenía libre el izquierdo; lo golpeé y arañé, clavándole las uñas con todas mis fuerzas. No le quedaba más remedio que ignorar mis ataques, necesitaba encontrar el cordel para estrangularme porque era parte de su ritual. Mientras intentaba golpearle, mi mano se topó con un bulto familiar.

Rene, que aún llevaba puesto el uniforme, tenía su cuchillo en el cinturón. Abrí el cierre y saqué el cuchillo de su funda, y mientras él todavía pensaba: «Debería habérmelo quitado», se lo clavé en la cintura, tiré hacia arriba, y lo extraje.

Entonces gritó.

Se puso en pie, retorciendo la parte superior de su torso y tratando de contener con ambas manos la sangre que manaba de la herida.

Me arrastré hacia atrás y me levanté, intentando alejarme de aquel hombre, que tenía tanto de monstruo como Bill.

Rene aulló:

—¡Ah, Dios! ¿Qué me has hecho? ¡Dios, qué dolor!

Eso era estupendo.

Ahora sentía miedo. Le aterraba que lo descubrieran, que se acabaran sus juegos, y su venganza.

—¡Las chicas como tú merecen morir! —rugió—. ¡Te siento dentro de mi cabeza, bicho raro!

—¿Quién es aquí el bicho raro? —bufé—. ¡Muérete, cabrón!

Jamás hubiera pensado que iba a decir aquello. Permanecí agazapada junto a la lápida, con el cuchillo empapado de sangre en la mano, esperando que volviera a lanzarse contra mí.

Daba tumbos en círculos mientras yo lo observaba con rostro impasible. Cerré mi mente a él, a su certeza de que la muerte lo llamaba. Me preparé para usar el cuchillo una segunda vez, pero justo entonces se desplomó. Cuando me aseguré de que no podía moverse, me dirigí a casa de Bill, pero sin correr; me dije que era imposible, ya que estaba exhausta, pero no estoy muy segura de que eso fuera cierto. No dejaba de ver a mi abuela, atrapada para siempre en el recuerdo de Rene, luchando por salvar su vida en su propia casa.

Me saqué la llave de Bill del bolsillo, casi sorprendida de que aún siguiera ahí. De alguna manera logré abrir la puerta, y fui dando tumbos hasta el salón, en busca del teléfono. Rocé los botones con los dedos, intentando averiguar cuál sería el nueve y cuál el uno. Apreté las teclas lo suficiente como para lograr un pitido, y, entonces, sin previo aviso, caí inconsciente.

Estaba en el hospital; lo sabía porque me rodeaba el olor a limpio de las sábanas desinfectadas.

Lo siguiente que supe es que me dolía todo.

Y había alguien en la sala conmigo. Abrí los ojos, no sin esfuerzo.

Andy Bellefleur. Su rostro anguloso parecía aún más demacrado que la última vez que lo había visto.

—¿Puedes oírme? —preguntó.

Asentí con un movimiento mínimo, que produjo una oleada de dolor en mi cabeza.

—Lo cogimos —dijo, y empezó a contarme algo más, pero volví a quedarme dormida.

Ya era de día cuando me desperté y en esta ocasión parecía estar mucho más espabilada.

Había alguien junto a mí.

—¿Quién está ahí? —dije. Sentí la garganta ronca y dolorida.

Kevin se levantó de la silla de la esquina, apartando una revista de crucigramas y guardándosela en el bolsillo del uniforme.

—¿Dónde está Kenya? —susurré. Me sonrió inusitadamente.

—Ha estado aquí durante un par de horas —me explicó—. Volverá pronto. La he enviado a comer —su rostro y su esbelto cuerpo transmitían un claro gesto de aprobación—. Eres una chica dura.

—Ahora mismo no me siento así —logré responder.

—Estás herida —me dijo. Como si no lo supiera yo.

—Rene.

—Lo encontramos en el cementerio —me contó Kevin—. Le diste una buena paliza, pero seguía consciente y confesó que había intentado matarte.

367

—Bien.

—Sentía mucho no haber terminado la tarea. No puedo creerme que cantara de aquel modo, pero cuando lo encontramos estaba herido y aterrado. Nos contó que todo había sido culpa tuya porque no te habías dejado matar como las otras. Dijo que debía de estar en tus genes, porque tu abuela... —Kevin se interrumpió, consciente de que había tocado un tema delicado.

—También se resistió —susurré.

En ese momento entró Kenya, enorme, impasible, sosteniendo un vaso desechable de humeante café.

—Está despierta —comentó Kevin, dirigiéndose a su compañera.

—Bien —Kenya no parecía tan encantada de enterarse—. ¿Te ha contado lo que ocurrió? Tal vez debamos llamar a Andy.

—Sí, es lo que nos dijo que hiciéramos, pero sólo le ha dado tiempo a dormir cuatro horas.

—Dijo que lo avisáramos.

Kevin se encogió de hombros y se dirigió al teléfono que había al lado de la cama. Me quedé medio dormida mientras le oía hablar pero pude escucharlo murmurar con Kenya mientras esperaban. Le estaba hablando de sus perros de caza. Kenya, imagino, atendía.

Llegó Andy, pude sentir sus pensamientos, su esquema mental. Se detuvo junto a mi cama. Abrí los ojos y vi que se inclinaba para estudiarme. Intercambiamos una larga mirada.

En el pasillo, se oían las pisadas de los zuecos de las enfermeras.

—Rene aún vive —dijo Andy bruscamente—. Y no para de largar.

Hice un levísimo movimiento de cabeza, con la intención de que pareciera que asentía.

—Dice que todo esto empezó con su hermana, que salía con un vampiro. Obviamente la chica sufrió tal anemia que Rene pensó que se convertiría en una vampira si no la detenía. Una noche, en el apartamento de ella, le lanzó un ultimátum. Ella lo rechazó, diciendo que no renunciaría a su amante. Mientras discutían, ella se estaba poniendo el delantal para ir a trabajar, así que Rene se lo arrancó, la estranguló y… más cosas.

Andy parecía estar asqueado.

—Ya lo sé —susurré.

—Me da la impresión —prosiguió— de que, de algún modo, decidió que podía justificar aquel horrible acto si se convencía de que quienes estuvieran en la misma situación que su hermana merecían morir. De hecho, estos crímenes son muy similares a dos sucedidos en Shreveport y que no se han resuelto aún. Esperamos que Rene nos cuente algo al respecto en el curso de sus divagaciones. Si es que sobrevive.

Noté que mis labios se apretaban. Sentía una horrorizada compasión por aquellas pobres chicas.

—¿Puedes contarme lo que te ha pasado? —preguntó Andy con voz serena—. Ve con lentitud, tómate tu tiempo y no eleves la voz. Tienes la garganta bastante dañada.

Eso ya lo había deducido yo solita, muchas gracias. Entre murmullos, relaté los sucesos de la noche anterior sin omitir ningún detalle. Andy había encendido una pequeña grabadora después de preguntarme si no tenía objeciones. La colocó sobre la almohada, cerca de mi boca, para no perderse nada de la historia.

—¿El señor Compton sigue fuera? —me preguntó cuando hube terminado.

—Nueva Orleans —susurré, apenas capaz de hablar.

—Buscaremos el rifle en casa de Rene, ahora que sabemos que es tuyo. Será una bonita prueba concurrente.

En ese instante entró en la habitación una joven vestida de blanco inmaculado, que me miró y le dijo a Andy que tendría que volver en otro momento.

Él asintió, torpemente me dio una palmadita en la mano, y se marchó. Mientras se iba, lanzó a la doctora una mirada de admiración. Era muy guapa, pero también llevaba un anillo de casada, así que Andy volvía a llegar demasiado tarde. Ella pensaba que él parecía demasiado hosco y sombrío.

No quería «escuchar» aquellas cosas, pero no tenía las fuerzas suficientes para mantener a la gente fuera de mi cabeza.

—Señorita Stackhouse, ¿cómo se encuentra? —me preguntó ella con un tono un poquito demasiado alto. Era morena y delgada, con grandes ojos castaños y labios carnosos.

—Fatal —susurré.

—Ya me lo imagino —dijo, asintiendo repetidas veces mientras me examinaba. Por algún motivo, no creí que pudiera imaginárselo. Seguro que nunca la había golpeado un asesino múltiple en un cementerio—. También ha perdido a su abuela, ¿no es así? —añadió, afectuosa. Asentí, apenas un milímetro—. Mi marido murió hace unos seis meses —explicó—. Conozco bien el dolor. Es duro enfrentarse a ello, ¿verdad?

Vaya, vaya, vaya. Dejé que mi gesto hiciera la pregunta.

—Cáncer —me explicó. Traté de mostrar mis condolencias sin mover un solo músculo, lo que resulta casi imposible—. Bueno —añadió mientras se erguía, recuperando su anterior energía—, señorita Stackhouse, su vida no corre peligro. Tiene fracturas en la clavícula, en dos costillas y en la nariz.

¡La madre del Cordero! Con razón me encontraba tan mal.

—Su cara y su cuello han recibido golpes muy fuertes. Por supuesto, ya sabrá que ha sufrido daños en la garganta.

Traté de imaginarme el aspecto que tendría. Menos mal que no había un espejo a mano.

—Y presenta gran cantidad de contusiones y cortes relativamente leves en brazos y piernas —sonrió—. Pero su estómago está perfectamente, ¡y sus pies también!

Jajaja, ¡qué graciosa!

—Le he prescrito analgésicos, así que cuando comience a sentirse mal, sólo tiene que llamar a la enfermera.

Una visita asomó la cabeza por la puerta. La doctora se volvió, obstruyendo mi ángulo de visión, y dijo:

—¿Sí?

—¿Es ésta la habitación de Sookie?

—Sí, estaba terminando de examinarla. Puede pasar —la doctora, cuyo apellido, según la placa, era Sonntag, me miró inquisitiva para obtener mi permiso, y yo logré pronunciar un leve: «Claro».

J.B. du Rone se acercó a mi cama, con un aspecto tan adorable como el modelo de la cubierta de una novela rosa. Su cabello leonado resplandecía bajo las luces fluorescentes. Sus ojos eran del mismo color, y su camiseta sin mangas mostraba una definición muscular que parecía cincelada con un…, bueno, con un cincel. Mientras él me miraba, la doctora Sonntag se lo comía con los ojos.

—Hola, Sookie, ¿te encuentras bien? —preguntó. Me pasó con suavidad un dedo por la mejilla y besó el único punto de mi frente que parecía estar libre de magulladuras.

—Gracias —susurré—, me pondré bien. Te presento a mi doctora.

J.B. volvió sus ojos hacia la doctora Sonntag, que prácticamente se moría por presentarse ella misma.

—Las doctoras no eran tan guapas cuando venía a vacunarme —dijo J.B. con sinceridad y sencillez.

—¿No has vuelto a ir al médico desde que eras niño? —preguntó la doctora, asombrada.

—Nunca me pongo enfermo —le dirigió una resplandeciente sonrisa—. Soy tan fuerte como un buey.

E igual de inteligente. Por otro lado, era más que probable que la doctora Sonntag tuviera los sesos necesarios para los dos. Ya no se le ocurría ningún motivo para seguir rondando por allí. Al salir lanzó una melancólica mirada atrás. J.B. se inclinó hacia mí y dijo con amabilidad:

—¿Te apetece algo, Sookie? ¿Unas galletas saladas o algo así?

La idea de tratar de comer cualquier alimento crujiente hizo que se me llenaran los ojos de lágrimas.

—No, gracias —musité—. La doctora es viuda —con J.B. podías cambiar de tema sin necesidad de explicar por qué.

—Increíble —soltó, impresionado—. Es lista y está soltera —arqueé las cejas de manera significativa—. ¿Crees que debería pedirle salir? —J.B. parecía todo lo pensativo que era posible en él—. Eso estaría bien. Siempre que tú no quieras salir conmigo, Sookie —me dijo, sonriente—. Tú siempre serás la primera para mí. Sólo tienes que chasquear los dedos y vendré corriendo.

Mira qué majo. No me creí tanta devoción ni por un instante, pero desde luego sabía cómo hacer que una mujer se sintiera bien, incluso si, como era mi caso, estaba segura de que presentaba un aspecto lamentable. Me dolía todo. ¿Dónde estaban esas malditas pastillas para el dolor? Traté de sonreír a J.B.

—Te duele —me dijo—. Llamaré a la enfermera.

Genial. La distancia hasta el pequeño botón me resultaba insalvable.

Me besó una vez más antes de irse y dijo:

—Voy a buscar a esa doctora tuya, Sookie. Quiero hacerle unas cuantas preguntas más sobre tu recuperación.

Después de que la enfermera inyectara alguna cosa en mi gotero, me limité a esperar que desapareciera el dolor. La puerta se abrió de nuevo.

Era mi hermano. Permaneció junto a mi cama durante largo rato, estudiando mi rostro. Al final, dijo con voz cansada:

—He estado hablando con tu doctora antes de que se fuera a la cafetería con J.B. Me ha contado todo lo que tienes —se alejó, paseó por la habitación y regresó. Me contempló durante unos segundos más—. Estás horrible.

—Gracias —susurré.

—Ah, sí, tu garganta. Lo había olvidado —empezó a darme unas palmaditas; luego paró.

—Escucha, hermanita, tengo que darte las gracias, pero me molesta que no me dejaras pelear a mí.

373

De haber podido, le habría dado una patada. ¡Que no le había dejado pelear, hombre!

—Te debo muchísimo, hermanita. He sido tan tonto al pensar que Rene era un buen amigo.

Traicionado. Se sentía traicionado.

Y entonces entró Arlene para acabar de arreglar la cosa.

Estaba hecha un desastre. Llevaba el pelo enredado en una maraña rojiza, iba sin maquillaje y había escogido la ropa al azar. Nunca había visto a Arlene con el pelo sin moldear y una buena capa de maquillaje encima.

Me miró desde las alturas —Dios, qué feliz iba a ser cuando pudiera volver a incorporarme— y, durante un segundo, su rostro mostró la dureza del granito. Pero cuando de verdad me miró a la cara, empezó a derrumbarse.

—Estaba tan furiosa contigo... No podía creerlo. Pero ahora que te veo y compruebo lo que te ha hecho... Madre mía, Sookie, ¿podrás perdonarme alguna vez?

Lo que me faltaba, no quería que estuviera allí. Traté de telegrafiárselo a Jason con la mirada, y por una vez lo logré, porque puso un brazo alrededor de Arlene y se la llevó. Antes de llegar a la puerta ella ya estaba llorando.

—No lo sabía —dijo, casi sin sentido—. ¡No lo sabía!

—Ni yo tampoco —añadió Jason con cansancio.

Me eché una siestecita tras tratar de ingerir una suculenta especie de gelatina verde.

La emoción más fuerte de esa tarde consistió en caminar hasta el baño, más o menos sola. También me senté en la silla durante diez minutos, tras los cuales estaba más que dispuesta a volver a la cama. Me miré en un espejo que había sobre la mesita, y lamenté profundamente haberlo hecho.

Tenía algo de fiebre, la suficiente para encontrarme destemplada y con la piel dolorida. Mi cara era una mancha azul grisácea, y mi nariz estaba inflamada hasta el doble de su tamaño. Tenía el ojo derecho hinchado, casi cerrado por completo. Me encogí de hombros, y hasta eso me dolió. Mis piernas... ¡Qué narices!, ni siquiera quería comprobarlo. Me tumbé con mucho cuidado y esperé a que aquel día terminara. Quizá en cuatro días me sintiera estupendamente. ¡Y a trabajar! ¿Cuándo podría volver a hacerlo?

Me distrajo un leve toque en la puerta. Otra maldita visita. Bueno, por lo menos a ésta no la conocía. Una señora algo mayor con el pelo azul y gafas de montura roja entró con un carrito. Llevaba la bata amarilla que las voluntarias hospitalarias del club Rayos de Sol vestían cuando trabajaban. El carrito estaba lleno de flores para los pacientes de esa ala.

—¡Te traigo un cargamento de buenos deseos! —dijo la señora, alegre.

Sonreí, pero el efecto debió de ser deprimente, porque su alegría se desvaneció ligeramente.

—Ésta es para ti —dijo, sacando una planta de interior decorada con un lazo rojo—. Aquí está la tarjeta, cariño. Veamos, éstas también son para ti —ahora se trataba de un arreglo floral que contenía capullos de rosas, claveles rosas y paniculata blanca. También me entregó la tarjeta correspondiente. Inspeccionando el carrito, añadió—: ¡Vaya, eres una chica con suerte! Aquí hay algo más.

En el medio del tercer presente floral había una extraña flor roja que nunca antes había visto, rodeada por un sinfín de flores más comunes. Lo observé dubitativa. La buena mujer me la entregó, diligente, junto a la tarjeta que colgaba del plástico.

Después de que se marchara de la habitación con una sonrisa, abrí los minúsculos sobres. Observé con cierta ironía que me movía con más facilidad cuando estaba de mejor humor.

La planta de interior era de Sam y de «todos tus compañeros del Merlotte's», según decía la carta, aunque sólo se leía la letra de Sam. Acaricié las brillantes hojas y me pregunté dónde la pondría cuando me la llevara a casa. El arreglo floral era de Sid Matt Lancaster y Elva Deene Lancaster. Pues vaya. El de la peculiar flor roja en el medio —en mi opinión, aquella flor resultaba casi obscena: se asemejaba a los genitales femeninos— era sin duda el más interesante de los tres. Abrí la tarjeta con cierta curiosidad. Sólo llevaba una firma: «Eric».

Eso era ya lo único que me faltaba. ¿Cómo demonios se había enterado de que estaba en el hospital? ¿Y por qué no tenía ninguna noticia de Bill?

Tras cenar algún delicioso tipo de gelatina roja, dediqué toda mi atención a la televisión durante un par de horas, ya que no tenía nada que leer y, de todos modos, mis ojos no estaban para eso. Los hematomas iban adquiriendo variopintos coloridos a cada hora que pasaba y me sentía completamente extenuada, a pesar de que sólo había caminado una vez hasta el baño y dos alrededor de la habitación. Apagué el televisor y me tumbé de lado. Me quedé dormida, y el dolor que sentía por todo el cuerpo se coló en mis sueños y me hizo tener pesadillas. En ellas corría como alma que lleva el diablo a través del cementerio, temiendo por mi vida, cayendo sobre las losas y las tumbas abiertas. Me encontraba a toda la gente que sabía que estaba allí: mi padre y mi madre, mi abuela, Maudette Pickens, Dawn Green, incluso un amigo de la infancia que se mató en un accidente de caza. Yo tenía que buscar una lápida en particular; si la encontraba, me salvaría. Todos volverían a sus tumbas y me dejarían tranquila. Corría de una a otra, poniendo la mano sobre ellas, con la esperanza de que alguna fuera la que buscaba. Sollocé.

—Cariño, estás a salvo —dijo una voz familiar.

—Bill —murmuré. Me giré hacia una losa que aún no había tocado. Cuando la rocé con mis dedos aparecieron sobre ella las letras que conformaban el nombre de: WILLIAM ERASMUS COMPTON. Como si me hubieran tirado un jarro de agua fría encima, abrí los ojos y respiré hondo para gritar, pero la garganta me dolía ferozmente. Me atraganté y comencé a toser. El dolor que sentí al hacerlo consiguió que me despertara del todo. Una mano recorrió mi mejilla. El tacto de sus fríos dedos alivió el ardor de mi piel. Traté de no llorar, pero un pequeño gemido logró abrirse paso entre mis dientes.

—Vuélvete hacia la luz, querida —dijo Bill con tono liviano.

Me había quedado dormida de espaldas a la luz que había dejado encendida la enfermera, la del baño. Obediente, me dejé caer sobre la espalda y contemplé a mi vampiro.

Bill siseó.

—Lo mataré —dijo con una certeza que me resultó aterradora.

La tensión en aquella habitación habría bastado para que una legión de histéricos tuviera que atiborrarse de tranquilizantes.

—Hola, Bill —dije con la voz ronca—. Yo también me alegro de verte. ¿Dónde has estado todo este tiempo? Gracias por devolverme todas las llamadas.

Eso lo dejó seco. Parpadeó. Hizo un notable esfuerzo por calmarse.

—Sookie —dijo—, no te he llamado porque quería contarte en persona lo que ha sucedido —no era capaz de interpretar la expresión de su rostro, pero si tuviera que apostar, habría dicho que parecía orgulloso de sí mismo.

Se detuvo e inspeccionó todas las zonas visibles de mi cuerpo.

—Aquí no me duele —le dije, tendiéndole la mano. La besó, posando sus labios sobre ella durante un largo rato hasta que sentí un débil hormigueo por todo mi cuerpo. Y eso era más de lo que me creía capaz de soportar.

—Dime qué te han hecho —me ordenó.

—Entonces, acércate. Me duele la garganta al hablar.

Arrastró una silla hasta ponerla junto al lecho, bajó la barandilla de la cama y apoyó la barbilla sobre sus brazos. Su cara quedaba a unos diez centímetros de la mía.

—Tienes la nariz rota —observó. Puse los ojos en blanco.

—Gracias por avisarme —susurré—. Se lo diré a la doctora en cuanto la vea.

Entrecerró los ojos.

—Deja de tratar de distraerme.

—Vale. La nariz, dos costillas y una clavícula.

Pero Bill quería examinarme por completo y bajó la sábana. Me moría de vergüenza. Por supuesto, llevaba puesta una terrible bata de hospital —que ya era deprimente de por sí—, no me habían bañado como era debido, mi rostro mostraba varios colores distintos y estaba despeinada.

—Quiero llevarte a casa —anunció, después de recorrerlo todo con sus manos y examinar con minuciosidad cada rasguño y cada corte. El doctor Vampiro. Le indiqué con la mano que se acercara.

—No —dije en un suspiro. Señalé a la bolsa de goteo. La contempló con cierta suspicacia, aunque sin duda tenía que saber de qué se trataba.

—Puedo sacarla —afirmó. Sacudí la cabeza con vehemencia.

—¿No quieres que me ocupe de ti?

Resoplé, exasperada, lo que dolió muchísimo. Hice un gesto de escribir con la mano, y Bill rebuscó en los cajones hasta que encontró un bloc. Curiosamente, él llevaba un bolígrafo encima. Escribí: «Mañana me darán el alta si no me sube la fiebre».

—¿Quién te va a llevar a casa? —preguntó. Estaba de nuevo junto a la cama, mirándome desde arriba con franca desaprobación, como un profesor que descubre que su mejor alumno no pasa de ser un lerdo irredento.

«Tendré que avisar a Jason o a Charlsie Tooten», escribí. De haber sido diferentes las cosas, habría apuntado de inmediato el nombre de Arlene.

—Estaré allí al anochecer —dijo.

Miré hacia arriba, a su pálida cara. La córnea de sus ojos casi destellaba en la penumbra de la habitación.

—Te voy a curar —prometió—. Deja que te dé algo de sangre —recordé cómo se me había aclarado el pelo, y que era casi el doble de fuerte que antes. Sacudí la cabeza—. ¿Por qué no? —dijo, como si ofreciera un vaso de agua a un sediento y éste lo rechazara. Quizá hubiese herido sus sentimientos.

Tomé su mano y la llevé hasta mis labios, besando con suavidad la palma. Apreté la mano contra mi mejilla más sana. «La gente me encuentra cambiada», escribí un poco después. «Y yo también lo noto.»

Inclinó la cabeza unos momentos, y después me miró, entristecido.

«¿Sabes lo que ha ocurrido?», escribí.

—Bubba me ha contado parte —dijo, y su rostro adquirió una expresión temible al mencionar al obtuso vampiro—. Sam me ha explicado el resto, y he pasado por la comisaría para leer los informes policiales.

«¿Andy te ha dejado hacer eso?», garabateé.

—Nadie se ha enterado de que estaba allí —explicó, como si tal cosa.

Traté de imaginármelo, y me dieron escalofríos. Le lancé una mirada desaprobadora.

«Cuéntame lo que ha pasado en Nueva Orleans», escribí. Comenzaba a sentirme soñolienta de nuevo.

—Tendré que explicarte algunas cosas sobre nosotros —dijo, dubitativo.

—¡Vaya, vaya, secretitos de vampiros! —susurré. Ahora le tocaba a él mirarme con desaprobación.

—Nos estamos organizando —me explicó—. Traté de idear algún modo de mantener a Eric a raya —al escuchar eso, miré de forma involuntaria hacia la flor roja—. Sabía que si me convertía en oficial, como él, le sería mucho más difícil interferir en mi vida privada.

Parecía muy interesada, o al menos eso intentaba.

—Así que asistí a la asamblea regional —prosiguió—, y a pesar de que nunca había participado como miembro activo en nuestra política, me presenté para un cargo… Y gracias a un poco de intrigante cabildeo, ¡he ganado!

Eso sí que era sorprendente. ¿Bill era un representante gremial? También me surgieron preguntas sobre eso del cabildeo. ¿Quería decir que Bill había acabado —literalmente— con la oposición? ¿O que había obsequiado a los votantes con una botella de «A positivo» por cabeza?

«¿En qué consiste tu puesto?», escribí con lentitud, mientras me imaginaba a Bill sentado en una reunión. Traté de parecer orgullosa, que claramente era lo que él esperaba.

—Soy el inspector de la Zona Cinco —explicó—. Ya te contaré en qué consiste cuando estés en casa. No quiero cansarte ahora.

Asentí, sonriendo satisfecha. Confié en que no se le pasara por la cabeza preguntarme quién me había enviado las flores. Me planteé si debía escribirle a Eric una nota de agradecimiento. ¿Por qué se me iba la cabeza a detalles tan nimios? Debía de ser por los analgésicos.

Le hice un gesto a Bill para que se acercase más. Obedeció y posó su rostro sobre la almohada, al lado del mío.

—No mates a Rene —susurré.

Su mirada era fría, gélida… Helada.

—Puede que yo ya me haya ocupado de eso —le expliqué—. Está en cuidados intensivos… Pero aunque sobreviva, ya ha habido suficientes asesinatos. Deja que la ley se encargue de él. No quiero más cazas de brujas contra ti. Nos merecemos vivir en paz.

Se me hacía cada vez más difícil hablar. Tomé su mano entre las mías, la apoyé contra mi mejilla sana. De repente, toda la nostalgia que había sentido en su ausencia se anudó en mi pecho, y le tendí mis brazos. Se sentó con cuidado al borde de la cama, e inclinándose sobre mí, con muchísima delicadeza, me pasó los brazos por debajo y, milímetro a milímetro, tiró de mí hacia él.

—No lo mataré —me prometió, al oído.

—Cariño —musité, consciente de que su agudo oído captaría aquel débil sonido—, te he echado de menos —exhaló un breve suspiro, y sus brazos me estrecharon ligeramente. Con sus manos, me acarició con suavidad la espalda.

—Me pregunto —dijo— cuánto tardarás en curarte sin mi ayuda.

—Oh, trataré de darme prisa —susurré—. Seguro que sorprendo a la doctora.

Un collie trotó por el pasillo, se asomó por la puerta entreabierta, soltó un «grouff», y se alejó tal como había venido. Asombrado, Bill se giró para echar un vistazo al pasillo. Ah, claro. Había luna llena, la podía ver al mirar por la ventana. También pude ver algo más: un pálido rostro emergió de la oscuridad, flotando en el espacio, entre la luna y yo. Era un rostro hermoso, con una aureola de largos cabellos dorados. Eric, el vampiro, me sonrió, y fue desapareciendo, poco a poco, de mi vista. Estaba volando.

—Pronto volverá todo a la normalidad —dijo Bill, mientras me tumbaba con delicadeza para poder apagar la luz del cuarto de baño. Su cuerpo brillaba en la oscuridad.

—Sí —susurré—, claro. De vuelta a la normalidad.